KB109398

헨리 데이비드 소로 Henry David Thoreau

1817년 7월 12일, 미국 매사추세츠주 콩코드에서 태어났다.
1837년 하버드대학교를 졸업한 후 콩코드로 와 잠시 교사로
일했으며, 그의 형 존과 함께 학교를 운영하기도 했다.
시인이자 사상가 랠프 월도 에머슨의 권유로 일기를 쓰기
시작했으며, 에머슨이 편집위원을 맡고 있던 잡지 〈다이얼〉에
시와 산문 등을 기고했다. 자연과 더불어 사는 삶을 중요하게
여긴 소로는 월든 호숫가에 오두막집을 짓고 2년여 동안
간소한 생활을 영위했다. 그리고 이 경험을 바탕으로
『월든』을 썼다. 『월든』은 19세기에 쓰인 가장 중요한 고전
가운데 하나로 꼽는다.
평생 물욕과 상업주의, 국가에 의한 불의를 비판했으며
정의와 인권의 중요성을 강조했다. 인두세 납부를 거부해
투옥되기도 했으며, 이를 바탕으로 쓴 『시민의 불복종』
은 훗날 간디, 마틴 루터 킹 등에게 큰 영향을 끼쳤다.
1859년에는 노예제 폐지 운동가 존 브라운을 위해 의회에
탄원서를 제출하는 등 노예제 폐지 운동에도 힘을 쏟았고,
활발한 강연과 저술 활동을 펼쳤다. 1862년 5월 6일,
폐결핵이 악화되어 생을 마감했으며, 고향 콩코드의
슬리피 할로우 묘지에 묻혔다.

소로의 문장들

소로의
문장들

헨리 데이비드 소로

박명숙
엮고 옮김

마음산책

엮고 옮긴이 | 박명숙

서울대학교 사범대학 불어교육과를 졸업하고 프랑스 보르도 제3대학에서 언어학 학
사와 석사 학위를, 파리 소르본 대학에서 프랑스 고전주의 문학을 공부하고 '몰리에르'
연구로 불문학 박사 학위를 받았다. 서울대학교와 배재대학교에서 강의했으며, 현재 출
판기획자와 불어와 영어 전문번역가로 활동 중이다. 조지 버나드 쇼의 『버나드 쇼의
문장들』, 제인 오스틴의 『제인 오스틴의 문장들』, 버지니아 울프의 『여성과 글쓰기』, 파
울로 코엘료의 『순례자』, 에밀 졸라의 『목로주점』 『제르미날』 『여인들의 행복 백화점』
『전진하는 진실』, 오스카 와일드의 『심연으로부터』 『오스카리아나』 『와일드가 말하는
오스카』 『거짓의 쇠락』, 알베르 티보데의 『귀스타브 플로베르』, 조지 기싱의 『헨리 라이
크로프트 수상록』, 도미니크 보나의 『위대한 열정』, 플로리앙 젤러의 『누구나의 연인』,
프랑크 틸리에의 『뫼비우스의 띠』 등 다수의 책을 우리말로 옮겼다.

소로의 문장들

1판 1쇄 발행 2020년 12월 5일
1판 6쇄 발행 2024년 3월 5일

지은이 | 헨리 데이비드 소로
엮고 옮긴이 | 박명숙
펴낸이 | 정은숙
펴낸곳 | 마음산책

편집 | 성혜현 · 박선우 · 김수경 · 나한비 · 이동근
디자인 | 최정윤 · 오세라 · 한우리
마케팅 | 권혁준 · 김은비 · 최예린
경영지원 | 박지혜

등록 | 2000년 7월 28일(제2000-000237호)
주소 | (우 04043) 서울시 마포구 잔다리로3안길 20
전화 | 대표 362-1452 편집 362-1451   팩스 | 362-1455
홈페이지 | www.maumsan.com
블로그 | blog.naver.com/maumsanchaek
트위터 | twitter.com/maumsanchaek
페이스북 | facebook.com/maumsan
인스타그램 | instagram.com/maumsanchaek
전자우편 | maum@maumsan.com

ISBN 978-89-6090-652-5 03840

* 책값은 뒤표지에 있습니다.

나의 펜은 지렛대다.
지렛대의 가까운 끝이 내 안을 더 세게 휘저을수록
지렛대의 더 먼 끝은
독자의 마음속 더 깊은 곳에 가닿는다.

차례

들어가며 9

자연 가운데서 건설적 고독을 추구했던 소로,
이 시대에 깊은 울림을 선사하는 그의 문장들

이 책에 인용된 저작물과 편지들 31

독자 여러분에게 33

자연 가운데서 건설적 고독을 추구했던 소로,
이 시대에 깊은 울림을 선사하는 그의 문장들

우리는 맑은 날을 기다리며 바람을 마주하고 선다.

『1840. 4. 4, 일기』

일어서서 살지 않으면서 앉아서 글을 쓴다는 것은
얼마나 헛된 일인가!
내 다리가 움직이기 시작하는 순간
내 생각이 흐르기 시작하는 느낌이 든다.

『1851. 8. 19, 일기』

세상이 뒤집혔다! 말 그대로 천지가 개벽을 한 것이다.
설레는 마음으로 이 책을 기획하고 소로의 문장들을 읽고
추리고 우리말로 옮겼을 때의 세상과, 출간을 위해 다시
원고를 마주했을 때의 세상은 마치 전혀 다른 두 개의
세상인 듯 느껴졌다. 그사이 이름도 낯선 한 감염병이 우리
모두의 삶과 일상 속으로 파고들어 모든 것을 바꾸어놓은
것이다. 눈에 보이지 않는 것에 대한 두려움과 불안이 모두를
움츠리게 하고 고립시키고 서로를 멀리하기를 강요하고
있다. 모든 것이 '빨리빨리'와 편리함에만 집중되어온 우리의
삶에 강제적인 제동이 걸렸다. 일단 멈춤이 영영 멈춤이 되지
않으려면 우리 각자가 어떻게 해야 할지 어떻게 살아야 할지
심각하게 고민하지 않을 수 없는 때가 온 것이다. 게다가

오랫동안 인간에 의해 파괴되어온 자연이 우리에게 최후의
경종을 울리듯 엄청난 기후변화 위기와 대재앙들이 물밀듯이
몰려와 우리의 경각심을 일깨우고 있다.

하지만 다시 생각해보면, 세상이 바뀐 것이 아니라 우리가
뒤늦게 깨달은 것인지도 모른다. 이런 변화와 조짐 들은 이미
오래전부터 있어왔는데 그동안 우리가 눈감고 귀 막으면서
애써 외면했던 것이 아닐까. 이제 그 눈을 크게 뜨고 자연과
지구와 세상의 목소리에, 그 절실한 호소에 다시 귀 기울여야
할 때가 온 것이다. 과잉 소통과 과잉 접속의 시대에 '홀로
있음'과 '따로 또 함께 살아가기'에 대한 자각과 고찰이
깊어지면서, 모든 게 인간 위주로만 돌아가던 세상, 문명과
개발을 앞세워 가차 없이 자연을 훼손하고 등한시해온 우리
자신을 돌아보게 되는 것이다.

또한 '뭉치면 살고 흩어지면 죽는다'는 오래된 속담이
더 이상 통하지 않는 시대가 되면서 물리적이고 사회적인
'거리두기'가 지금 시대의 유일하고 지혜로운 생존 방식인
것처럼 느껴지기까지 한다. 하지만 인간은 홀로 살아갈 수
없는 존재다. 자연이 없는 인간은 생각할 수 없으며, 우린
어떤 방식으로든 타인과 소통하고 교류하고 연대하며
살아갈 수밖에 없다. 그 방법이 대면에서 비대면(온라인)으로
바뀐다고 해서 그 사실이 달라지진 않는다. 〈뉴욕 타임스〉의
공동 주간이자 예술 비평가인 홀랜드 코터의 말처럼, 이
시대와 앞으로의 우리에겐 "아무래도 나는 집에 머무는 데
천부적 재능을 타고난 것 같습니다."(54쪽)라고 했던 소로의

'건설적 고독Constructive Solitude'(《뉴욕 타임스》 2020. 4. 9,
기사)을 배우고 익히는 것이 필요한지도 모른다.

이러한 시대에 다시 읽는 소로의 문장들은 예전과는 그
느낌이 다를 수밖에 없다. 그 어느 때보다 절실히 소로를
만나고 읽어야 할 이유와 필요성이 우리에게 생긴 것이다.
자연의 소중함과 자연과 인간의 공존을 이야기하며 그
가운데서 건설적 고독을 추구했던 헨리 데이비드 소로. 그의
문장들은 이 시대의 우리에게 무슨 이야기를 하고 있을까.

때로는 냉철한 철학자나 삶의 예리한 해부학자처럼,
또 때로는 자애로운 스승이나 맘씨 좋은 이웃처럼
조곤조곤 우리에게 이야기하는 소로의 지혜로운 목소리에
귀 기울여보자. 오랜 세월 꾸준히 수많은 사람들에게
사랑받으며 읽혀온 고전의 정의가 '우리의 삶과 나
자신을 되돌아보고 질문을 던지게 만드는 책'이라면,
소로의 문장들은 우리를 되돌아보게 하면서 동시에
인간과 우리 각자에 대한 질문을 던지게 하는 힘을
지니고 있다. 지금으로부터 160~180여 년 전, 산업혁명의
한복판에서(소로가 월든 숲으로 들어갔던 1845년에는 '피치버그
철도Fitchburg Railroad' 공사의 일환으로 콩코드의 월든 호수 옆까지
철도가 들어와 있었다) 기계문명과 물질문명의 편리함 뒤에
감춰진 자연과 인간성의 파괴를 우려하며 "올겨울에 그들은
우리 숲의 나무들을 그 어느 때보다 심하게 베어냈다. 그들이
구름을 벨 수 없다는 게 얼마나 다행한 일인가!"(206쪽)
"인간이 아직 날지 못하는 게 얼마나 다행인지 모르겠다!

하늘까지 땅처럼 폐허로 만들지는 못할 테니 말이다.
아직까지는 우린 이런 면에서 안전하다"(101쪽)라고 했던
소로가 지금의 세상과 우리를 본다면 무슨 말을 했을지 자못
궁금해진다.

작가의 글이나 작품은 언제나 작가의 생애와 상당 부분 혹은
어느 정도 관련이 있기 마련이다. 작가가 필명이나 가명으로
작품을 발표하는 이유는 바로 그런 연관성(삶의 배경)에서
벗어나 오로지 작품으로만 평가받기 위함이 아닐까. 수많은
작가들 중에서도 헨리 데이비드 소로는 그의 삶과 작품이
놀랍도록 일치했던 드문 작가 중 하나였다. 그는 자신의 삶과
글쓰기를 통해 자신이 평생토록 지켜온 삶의 원칙과 열망을
표현했다. 따라서 '의도적으로 살아보고 싶어서' 숲으로
갔던 그의 삶의 궤적을 간략하게라도 되짚어보는 것은 곧
그가 남긴 작품들을 더 잘 이해하고 체화하는 과정이 될
터다. 소로의 문장들을 읽으면서 가장 놀랐던 점은, 46년도
채 안 되는 짧은 삶을 살았음에도 불구하고 마치 300년쯤
살았을 것 같은 현인의 지혜와 통찰이 그의 글에 담겨 있다는
것이었다. 이 책은 그런 소로의 다양한 저작들 및 그가
남긴 방대한 일기와 편지 중에서 보석처럼 귀하고 단단한
문장들을 추려 주제별로 엮은 것이다. 사람들에게 자신의
재능 중에서 가장 귀한 것을 주고 싶다고 했던 소로 자신의
마음으로 이 책을 기획했으며, 그의 깊이 있고 아름다운
글을 많은 사람에게 널리 알리고 함께 읽고 싶은 마음으로

문장들을 고르고 엮어 우리말로 옮겼다.

독서의 편의를 위해 책의 구성을 걷기와 여행, 자연과 시간, 삶의 기술, 소로의 계절, 단순한 삶과 고독, 우정, 글쓰기의 기술, 일과 배움, 시민과 정부 등으로 나누면서, 오래전에 태어나고 살았던 소로가 성찰하고 추구했던 주제들이 오늘날 우리가 일상적으로 이야기하고 고민하는 문제들과 조금도 다르지 않다는 사실에, 그 강력한 시의성에 새삼 감탄하고 거듭 놀랐다. 또한 예리한 관찰력뿐만 아니라 자연을 닮은 섬세하면서도 담백한 문장들로 읽는 이를 매료시키는 소로의 감수성과 뛰어난 문학성은 많은 이들에게 촉촉한 단비 같은 울림을 선사하기에 충분하리라 생각한다. 무엇보다 길거나 짧은 그의 문장들이 각각 한 편의 잔잔한 에세이처럼 읽힐 수 있도록 문장의 선별과 번역에 심혈을 기울였으며, 특별히 그동안 국내에 잘 알려지지 않았던 소로의 일기에서 주옥같은 문장들을 가려내는 데 각고의 노력을 기울였다. 그런 마음과 정성이 모여 탄생한 이 책은 소로를 처음 만나는 독자들뿐만 아니라, 소로를 사랑하고 소로의 넓고도 깊은 세계를 더 잘 알고 싶은 독자들에게도 더없이 유용한 선물이 되리라 믿는다. 이 책의 첫 번째 독자인 나 자신이 그랬듯 이 책을 읽는 이들의 영혼의 키가 단비를 머금은 숲속 나무들처럼 한 뼘 더 자라나고 마음 근육이 더욱 단단해졌으면 좋겠다. "우리의 성공을 함께 즐기기 위해서는 먼저 홀로 성공해야 한다"(136쪽)고 했던 소로의 말처럼, 나 자신이 먼저 거센 비바람에도 흔들리지 않는 굳건함을 지녀야 내가 사는 세상을 돌아볼 수 있을 테니까.

콩코드와 초월주의자 그룹

미국의 초월주의자 그룹의 주요 멤버이자 자연주의자,
생태주의자, 환경론자, 철학자, 시인, 작가, 사회비평가,
맹렬한 노예제 폐지론자 등으로 불리는 미국의 대표적
사상가 헨리 데이비드 소로. 1817년에 그가 태어난
매사추세츠주의 콩코드는 1775년 4월 19일, 미국 독립전쟁의
포문을 연 영미 간의 전투, '렉싱턴 콩코드 전투'의 첫 교전이
벌어졌던 곳이다. 소로보다 앞서 초월주의 운동을 이끌며
'콩코드의 철학자'로 불렸던 랠프 월도 에머슨은 1837년에
발표한 시「콩코드 찬가」에서, '한때 농부들이 여기 진을
치고 있었고, 그들이 쏜 총소리는 온 세상에 울려 퍼졌다'고
찬양했다. 훗날 소로가 살았던 숲속 오두막집은 이 '콩코드
전장Concord Battle Ground'에서 남쪽으로 2마일쯤 떨어진
곳에 있었다.

　소로가 태어나 살던 19세기 전반부의 콩코드(종종
뉴햄프셔주의 주도州都 콩코드와 혼동되곤 한다)는 인구가 2000여
명에 불과한 작은 농촌 마을이었다. 당시 미국의 모든 곳이
그렇듯 상업과 제조업이 증가 추세에 있었으나 콩코드는
대부분이 농장과 숲, 과수원 등으로 둘러싸인 평화로운
마을이었다. 미국의 물질주의에 대한 정신적·문화적 대안을
처음으로 모색했던 지역이기도 한 콩코드에는 소로와

에머슨, 소설가 너새니얼 호손, 페미니즘 작가 마거릿 풀러, 소설가 루이자 메이 올컷(소설 『작은 아씨들』의 배경인 '오차드 하우스Orchard House'도 콩코드에 있다)의 아버지이자 교육자인 에이머스 브론슨 올컷, 시인 윌리엄 엘러리 채닝 등이 모여 살았다. 이 때문에 초월주의자 그룹을 '콩코드 그룹'이라고도 불렀다. 콩코드를 포함한 뉴잉글랜드의 초월주의자들은 각 개인은 지성의 한계를 '초월하여' 논리보다는 자신의 직관과 느낌을 믿어야 한다고 주장했다. 개인의 순수성과 힘을 구속하고 약화시키는 조직화된 종교나 정치적 정당을 믿기보다는 '자기 신뢰'와 함께 독립적인 삶을 영위할 때 최고의 자신, 유한한 존재가 아닌 궁극적인 존재로서의 자신을 만날 수 있다는 것이다. '모든 자연 현상은 영적 사실의 상징'임을 이야기한 에머슨처럼 소로 역시 자연 및 자연과의 공생의 중요성을 역설했다. 그에게는 자연이 곧 영적인 깨달음이었고, 숲에서 내딛는 걸음 하나하나가 영적인 자아를 찾아 나서는 발걸음이었다.

그에게 콩코드Concord는 그 이름처럼 '조화와 화합'을 상징하는 곳이었으며, 그 속에서 그는 자연과 인간의 조화, 자신과 삶의 조화 그리고 스스로와의 조화와 화합을 추구했다. 무엇보다 그는 자연만을 내세우면서 인간을 배척하거나 멀리한 염세적 은둔자가 아니었으며, 누구보다 인간을 사랑하고 인류애를 강조한 너른 의미에서의 박애주의자였음을 잊지 말아야 할 터다. "내 경쟁자의 실패는 나의 실패나 다름없다. 나의 성공이 곧 인류의 성공이 되어야 한다."(137쪽) "자연을 조금이라도 감상할 수 있으려면 인간적으로 느낄 수 있어야 한다. 그 말은 즉, 어떤 풍경을 바라보면서 자신의 고향을 떠올리듯 자연 풍경이 인간적인 애정을 불러일으켜야 한다는 것이다. 자연은 사랑이 충만한 사람에게 무엇보다 커다란 의미가 있다. 자연을 사랑하는 사람은 누구보다 인간을 사랑하는 사람이다. 내게 친구가 하나도 없다면 자연이 무슨 의미가 있겠는가? 자연은 정신적으로 더 이상 아무런 의미가 없게 될 것이다."(84쪽)

잠깐씩 다른 곳으로 여행을 떠났을 때를 제외하면 소로는 콩코드에서 태어나 평생을 살다가 콩코드에서 죽었다. 1841년 9월 4일 자 일기에서 "언젠가는 '콩코드'라는 제목으로 시 한 편을 쓸 수 있지 않을까"(287쪽)라고 이야기한 것처럼 그는 자신이 믿고 생각하는 바를 온몸과 삶으로 실천하고 보여줌으로써 그 소망을 이룬 셈이다.

소로의 가족과 청년 시절

소로의 아버지 존 소로는 프랑스 개신교인의 후손이었다. 영국의 저지 섬에서 태어난 소로의 할아버지 장(존) 소로는 1773년, 미국으로 건너와 보스턴에서 성공적인 상인으로 자리 잡았다. 그는 1800년, 가족과 함께 콩코드로 이사했다. 소로의 어머니 신시아 던바와 아버지 존 소로는 1812년에 결혼해 4남매를 두었다. 소로의 위로 누나 헬렌과 형 존, 아래로는 소피아가 있었다. 소로가 어렸을 때 그의 가족은 경제적인 어려움 때문에 여러 곳으로 옮겨 다닌 끝에 1823년에 다시 콩코드로 돌아와 정착했다. 소로 가족은 여러 차례 세 들어 살다가 마침내 1844년, 텍사스가에 집을 지어 이사했다. 1849년에는 메인가에 더 큰 집(일명 '노란 집')을 사서 수리한 뒤 1850년에 이사했다. 가족의 온전한 보금자리인 이곳에서 소로는 말년까지 살다가 1862년에 세상을 떠났다.

소로의 아버지 존은 조용하고 친절한 성품에 독서와 음악을 사랑했고(소로는 아버지에게서 플루트에 대한 사랑을 물려받았다), 주변과 마을 사람들을 관찰하고 소식을 전해주는 것을 즐겼다. 어머니 신시아는 지혜롭고 활달하고 솔직했으며 입담이 좋았다. 어려운 사람들을 집으로 초대해 음식 대접하기를 좋아했던 신시아는 콩코드의 자원봉사 단체들에 적극 참여했다. 또한 소로처럼 맹렬한 노예제 폐지론자로, 훗날 소로와 함께 '도망 노예법The Fugitive Slave Act'의 통과에 분노하며 도망하는 흑인 노예들을 물심양면으로 도왔다. 1817년 7월 12일, 콩코드 버지니아가의 외할머니 집에서 태어난 소로는 대가족이었던 양가의 친인척들에게도 많은 영향을 받으며 자랐다. 어린 시절에는 콩코드의 사설 학교와 콩코드 아카데미 등에서 지리학, 역사, 과학, 프랑스어, 라틴어, 그리스어를 공부했고, 실내에서 머물기보다는 홀로 들판을 돌아다니기를 더 좋아했다.

1833년(16세)에 소로는 하버드대학에 입학했다. 부유한 것과는 거리가 멀었던 소로 가족은 가족 중에서 가장 학구적이었던 소로를 위해(형제 중에서 소로만 유일하게 대학 교육을 받았다) 모두가 합심해 학비를 보탰다. 소로는 장학금을 받으며 라틴어, 수학, 역사, 천문학, 신학, 이탈리아어, 프랑스어, 독일어, 스페인어 등을 공부했고 1837년에 대학을 졸업했다.

그 후 콩코드로 돌아온 소로는 아무런 설명 없이 '데이비드 헨리'였던 이름을 '헨리 데이비드'로 바꾸고 평생 그 이름을 사용했다. 1837년에는 공립학교에 교사로 채용되었으나 체벌에 반대해 2주 만에 그만두고 가업인 연필 제조업에 뛰어들었다. 그런 뒤에는 교사직을 구하기 위해 메인주와 뉴욕을 비롯한 여러 곳을 전전했으나 뜻을 이루지 못하고 다시 콩코드로 돌아와 형 존과 함께 사설 학교를 열었다. 얼마 뒤 소로는 콩코드 아카데미의 건물과 이름을 대여해 학생들을 모집했다. 멀리서 온 학교의 기숙생들은 하숙을 치는 소로 가족의 집에서 머물렀다. 콩코드와 주변 마을 등에서 오는 학생의 수가 점점 늘어나자 형 존이 교사로 합류해 함께 가르쳤다. 그들은 기계적인 주입식 교육이 아닌 대화와 토론, 다양한 현장학습과 야외수업에 중점을 두었으며, 영어, 라틴어, 그리스어, 프랑스어, 수학, 물리학, 자연사 등을 가르쳤다. 그러나 성공적인 학교 운영에도 불구하고 존의 건강 악화로 아카데미의 문을 닫아야 했다. 이후 소로는 한동안(1841~1843) 에머슨의 집에 머물면서 아이들의 교육과 다양한 집안일을 도왔다. 훗날 소로는 하버드대학의 학습위원이었던 헨리 윌리엄스에게 보낸 편지(1847. 9. 30)에서 생계를 위해 많은 일들을 전전해야 했던 자신을 '괴물의 머리들'로 비유했다. "내가 했던 일들이 직업인지 거래인지 뭔지 잘 모르겠습니다. 난 제대로 배우고 익히기도 전에 뭐든지 닥치는 대로 해야 했지요. (…) 난 마치 괴물의 머리들처럼 교사, 가정교사, 측량사, 정원사, 농부, 칠장이, 목수, 석공, 날품팔이, 연필 제조업자, 사포 제조업자, 작가 그리고 때로는 엉터리 시인이었습니다."

소로를 찾아온 단 한 번의 사랑: 평생 동안 사랑하다

엄격한 은둔자로 살았을 것만 같은 이미지의 소로에게도 가슴을 뒤흔든 사랑이 찾아왔고, 그것은 그에게 단 하나의 사랑이자 평생의 사랑으로 남았다. 소로의 아카데미 기숙생 중에는 매사추세츠주의 시추에이트에서 온 11세 소년 에드먼드 수얼이 있었다. 그리고 1839년 7월, 17세 여성 엘런 수얼이 동생 에드먼드를 보러 왔다. 그녀가 2주간 콩코드에 머무는 동안 존과 헨리 형제는 동시에 그녀와 사랑에 빠졌다. 그해 9월 존은 엘런을 만나러 시추에이트에 갔고, 1840년 여름 그녀는 콩코드를 다시 방문했다. 1840년 6월 19일 자 소로의 일기(222쪽)는 그 당시 그녀와 보냈던 짧지만 행복했던 순간을 그리고 있다.

그 후 두 형제는 차례로 엘런에게 청혼을 했으나 모두 거절당했다. 엘런은 아버지의 조언대로 헨리에게 거절 편지를 쓴 뒤 자신의 이모 프루던스 워드에게 다음과 같은 편지를 보냈다. "지금까지 편지를 쓰면서 이렇게 마음이 안좋았던 적이 없는 것 같아요. 예전에 함께 즐거운 시간을 보냈던 두 형제와 이젠 더 이상 그럴 수 없다고 생각하니 마음이 너무 아파요." 하지만 엘런의 우려와는 달리 그녀가 조셉 오스굿 목사와 결혼한 뒤에도 소로는 그들 가족과 친구처럼 잘 지냈다. 소로는 일기 어디에서도 엘런 수얼의 이름이나 그녀에 대한 사랑을 자세하게 이야기한 적이 없다. 훗날 그의 누이 소피아가 죽음이 임박한 소로에게 그녀의 이름을 언급했을 때 그는 이렇게 말했다. "난 평생 동안 그녀를 사랑했어."

정신적 멘토 에머슨과의 만남: 일기를 쓰기 시작하다

1834년, 랠프 월도 에머슨이 콩코드로 이사 왔을 때 그는 이미 널리 알려진 사상가이자 시인이었다. 1836년에는 그의 대표작 『자연론Nature』이 출간되었다. 1837년, 소로가 하버드대학을 졸업하고 콩코드로 돌아왔을 때 에머슨은 장래가 유망해 보이는 청년에게 깊은 관심을 보였다(에머슨은 소로보다 14살이 많았다). 그는 소로에게 "일기는 쓰고 있나요?"라고 물었고, 소로는 그날부터 일기를 쓰기 시작했다(277쪽). 그렇게 시작된 소로의 일기 쓰기는 그가 죽기 6개월 전(1861. 11. 3)까지 24년간 중단 없이 이어졌고, 39권의 노트와 200만여 자에 달하는 기록으로 남았다. 소로의 일기는 그가 남긴 가장 귀중한 유산이라고 해도 과언이 아닐 터다. 소로는 자신의 대표작 『월든』(1854)을 출간하기 훨씬 이전부터 일기를 써왔으며, 그의 일기는 『월든』을 비롯한 그의 저작들의 모태이자 필생의 역작이 되었다.

소로의 일기 쓰기 습관은 프랑스인들이 '팡세pensée'라고 부르는 것과 같은, 간결하면서도 함축적인 글쓰기를 훈련하게 해주었다. 소로는 종종 서술과 묘사에도 감탄할 만한 뛰어난 재능을 보여주었지만, 무엇보다 짧은 문장 속에 깊은 생각을 담아내는 아포리즘 같은 글을 쓰는 데 익숙했다. 그는 일상적인 경험과 사색, 자연과 삶과 인간의 관찰, 독서에 대한 감상 등을 기록해나가는 동안 더욱 예리하고 치밀한 관찰력과 통찰력을 키울 수 있었고, 그럼으로써 자신의 사색에 풍부함과 깊이를 더했다. "되도록 자주 경건하게 자신의 고귀한 생각들과 하나가 돼라. 환대받고 기록되는 각각의 생각은 새 둥지 속의 알과 같아서 그 옆에 더 많은 알들이 놓일 것이다. 우연히 한데 모인 생각들은 하나의 틀을 이루고, 그 속에서 더 많은 생각들이 생겨나고 모습을 드러낸다. 어쩌면 이런 것이 글 쓰는 습관과 일기 쓰기의 가장 중요한 가치인지도 모른다. 우리로 하여금 가장 좋았던 시간들을 기억하게 하고 스스로에게 자극을 주게 하기 위한 것."(304쪽)

심지어 그는 "내 생각은 일기 속에 있을 때 더 단순하고 덜 인위적으로 읽힌다."(306쪽)라고 하며, 언뜻 일관성이 없는 듯 보이는 그의 단상들이 어떤 면에서는 다른 어떤 저작보다 진정한 자신의 모습을 보여준다고 믿었다.

소로는 1838년 4월, 콩코드 문화회관에서 '사회Society'라는
제목으로 첫 강연을 한 이래로(일기에 썼던 글을 토대로 했다)
여러 곳에서 70여 차례의 강연을 했다. 일기와 더불어 강연은
소로에게 출간을 위해 글을 다시 쓰기 전 자신의 발전하는
생각들을 표현하는 더없이 효과적인 수단이었다. 에머슨의
경우처럼 소로의 일기와 강연 그리고 저작 사이에는 서로
떼려야 뗄 수 없는 밀접한 관련이 있었던 것이다.

월든 숲으로 들어가다: 삶을 의도적으로 살기 위해

1842년은 소로에게겐 더없이 슬픈 한 해였다. 1842년 1월 1일,
형 존이 면도날에 손가락을 베인 상처가 파상풍으로 발전해
1월 11일에 갑작스레 세상을 떠난 것이다. 몹시 가까웠던
형의 이른 죽음은 소로에게 커다란 충격으로 다가왔다.
슬픔이 너무 깊은 나머지 소로는 파상풍과 유사한 증세를
보이기까지 했다. 비슷한 시기에 성홍열로 5살짜리 아들을
잃은 에머슨은 친구들과 가족에게 편지를 씀으로써 슬픔을
이겨내고자 했지만, 소로는 6주 동안 일기를 단 한 줄도
쓰지 못했고 수년간 형의 이름을 입 밖에 내기를 거부했다.
마침내 소로는 슬픔을 극복하고 형과의 추억을 기리기
위해 1839년에 존과 함께했던 여행에 관한 책을 쓰기로
마음먹었다. 두 형제는 엘런 수얼이 콩코드를 처음 방문하고
돌아간 뒤 2주간 화이트산맥으로 카누 여행을 떠났었다.
카누를 타고 콩코드 강과 메리맥 강을 따라 매사추세츠주의

콩코드와 뉴햄프셔주의 콩코드를 오가는 여정이었다.
1849년에 출간된 소로의 첫 작품『콩코드 강과 메리맥
강에서의 일주일』은 이렇게 탄생했다. 이제 소로는 집중해서
이 책을 쓸 수 있는 마땅한 장소를 찾아야 했다.

　대학 재학 중이던 1837년 무렵 소로는 콩코드 인근
링컨 마을의 샌디 호수(플린트 호수) 부근에 있는 작은
오두막집(그의 하버드대학 동급생이었던 찰스 휠러가 손수 지은
집이었다)에서 잠시 머문 적이 있었다. 1840년대 초반에는
한때 프루틀랜즈Fruitlands와 브룩팜Brook Farm을 비롯한
이상주의적 공동체 건설과 협동 생활이 유행이었고(모두 오래
지속되지는 못했다), 에머슨과 마거릿 풀러, 너새니얼 호손 등의
초월주의자와 지성인 들이 이에 대거 참여했다. 이런 일련의
일들에 자극받은 소로는 스스로의 삶을 두고 비슷한 실험을
하기로 결심했다. 그의 절친한 친구였던 윌리엄 엘러리
채닝은 소로에게 다른 선택은 없다면서 숲으로 들어갈 것을
부추겼고, 에머슨은 소나무 심기 등의 조건으로 자신이
사둔 월든 호숫가의 땅을 소로에게 빌려주었다. 1845년 3월,
소로는 한 농부에게 빌린 도끼로 통나무를 베어 집을 짓기
시작했고, 그해 7월 4일에 이사해 1847년 9월 6일, 그곳을
떠날 때까지 숲에서 2년 2개월 2일을 살았다.

　숲에서 사는 동안 소로는 손수 키운 콩과 감자, 옥수수와
낚시 등을 통해 식량 대부분을 자급자족했고, 남은 것은
내다 팔았다. 그는 오직 삶에 필수적인 것에만 집중하면서
나머지 시간에는 주변의 자연을 관찰하거나 독서와 글쓰기에

전념했다. 소로는 그곳에서 자신의 삶의 사실들 너머에 있는 '보다 높은 법칙들'을 찾고자 했다. 어떻게 살아야 하는지, 이웃들과는 어떻게 어울려야 하는지, 사회에서의 개인의 역할 및 사회와 스스로에 대한 의무는 무엇인지, 자신이 사는 사회의 법칙들뿐만 아니라 그보다 높은 법칙들―도덕적, 종교적 법칙 혹은 양심의 법칙 등―을 어떻게 따라야 하는지 등등의 질문을 스스로에게 던지면서 그 답을 찾고자 애썼다.

그러나 그는 많은 사람들의 오해와는 달리 철저한 은둔자나 염세주의자의 삶을 산 것이 아니었다. 일주일에 한두 번 정도는 마을로 나가 가족과 사람들을 만나고 함께 식사했으며, 그들도 종종 그의 오두막집을 방문했다. 사람들은 무엇보다 그가 월든 숲으로 들어간 이유를 궁금해했다. 그 당시 그가 살던 곳은 하버드대학 졸업생이 집을 짓고 살 만한 땅이 아니었다. 경작이 불가능하고 주로 조림지로 사용되던 땅으로, 당시 한창이던 철로 공사에 동원된 아일랜드 이민자들과 과거의 노예들, 술주정뱅이들이 주로 살던 곳이었다. 그리고 이젠 그곳이 헨리 데이비드 소로의 집이었다. 훗날 숲 생활을 끝내고 그곳을 떠날 때 그의 손에는 『콩코드 강과 메리맥 강에서의 일주일』[*]의 완성된 원고와, 훗날 『월든』의 많은 부분을 이루게 될 원고

---

[*] 1849년, 소로는 『콩코드 강과 메리맥 강에서의 일주일』의 출판업자를 구하지 못해 에머슨의 권유에 따라 1000부를 자비로 출간했다. 그 후 출판업자 제임스 먼로는 팔리지 않고 남아 있는 책 700여 권을 소로에게 돌려보냈는데, 소로는 1853년 10월 28일 자 일기에서 이에 관한 이야기를 유머러스하게 들려주고 있다.

뭉치가 들려 있었다.

인두세 납부를 거부하다: 감옥에서의 하룻밤

월든 숲에서 살던 1846년 7월 어느 날, 소로는 마을에
갔다가 우연히 샘 스테이플스라는 세금 징수관을 만났고,
6년간 체납된 인두세人頭稅의 납부를 거절하는 바람에
감옥에 투옥되었다. 그가 투옥된 직후 익명의 누군가가
대신 밀린 세금을 갚았으나 뒤늦은 조처로 소로는 하룻밤을
감옥에서 지내야 했다. 그리고 다음 날 스테이플스는
감옥에서 나가기를 거부하는 소로를 강제로 내보내다시피
해야 했다. 짧았지만 강렬했던 그날의 경험에서 훗날 그의
또 다른 명저 『시민의 불복종』이 탄생했다. 소로는 인간을
가축처럼 사고파는 노예제를 인정하고 다른 나라에 전쟁을
일으키는 정부를 자신의 정부로 인정할 수 없었다. 『시민의
불복종』에서 그는 자신이 인두세 납부를 거부한 이유를
설명하면서, "우리는 먼저 인간이어야 하고, 그다음에
국민이어야 한다"고 역설했다. 1850년, 남부에서 탈출한
노예들을 다른 주에서 잡아 오는 것을 허용하는 '도망
노예법'이 연방의회에서 통과되자 소로는 이에 분노하며
흑인 노예들이 도망하는 것을 적극 도왔다(그는 월든 숲에서
살 때에도 종종 도망 노예들을 자기 집에 숨겨주곤 했다). 미국
동북부의 캐나다 접경 도시에는 노예들이 추격자들을
피해 한밤중에 지하철 노선을 따라 도망하도록 돕는

'지하철Underground Railroad'이라는 비밀 조직이 있었는데, 소로뿐만 아니라 그의 어머니를 비롯한 가족도 이에 많은 힘을 보탰다. 1857년, 소로는 급진적 노예제 폐지론자였던 존 브라운 대위를 콩코드에서 만났고, 1859년, 존 브라운이 하퍼스 페리의 연방정부 무기고 점거 사건으로 체포되자 그를 위해『존 브라운 대위를 위한 탄원』이라는 연설을 한 것으로 유명하다.

1840년대 후반과 1850년대에 소로는 콩코드를 벗어나 메인주, 케이프코드, 퀘벡주, 화이트산맥 등지로 자주 여행을 다녔고, 이 여정들의 기록은 사후 출간된 그의 저서들,『메인 숲』『케이프코드』『캐나다의 양키』등의 생생한 재료가 되었다. 그는 특히 메인주로 여러 차례 여행을 떠났다. 오래전에 북미 인디언에게 매료되었던 소로는 1857년에 떠난 메인주의 마지막 여행에서 그 어느 때보다 인디언 원주민들의 삶과 문화에 깊은 관심을 나타냈다. 1862년 5월 6일, 소로는 대학 시절에 걸린 폐결핵이 악화되어 세상을 떠났는데, 그가 마지막으로 했던 말은 '무스moose'와 '인디언'이었다.

소로의 형제는 모두 4남매였으나 아무도 결혼을 하지 않았고, 후손을 남기지도 않았다. 1876년에 소로의 여동생 소피아가 죽고, 1881년, 그의 고모 마리아 소로가 87세로 세상을 떠나자 이 세상에는 '소로'라는 성을 가진 사람이 더 이상 존재하지 않게 되었다.

1917년 7월 12일, 소로의 열렬한 팬이었던 영국의 소설가 버지니아 울프는 소로의 탄생 100주년을 기념해 주간 문학평론지인 〈더 타임스 리터러리 서플리먼트The Times Literary Supplement〉에 기고문을 발표했다. 버지니아 울프에게 소로는 인간과 사회를 피해 숲으로 숨어든 염세적 은둔자가 아니라, 스스로의 삶과 글을 통해 자신이 깨우친 삶의 철학을 사람들에게 전해주고자 했던 '고귀한' 반항아였다. 울프의 기고문 중 소로를 너무나 잘 요약해 보여주는 아래 말은 이 책의 '들어가며'를 끝맺는 데 부족함이 없을 듯하다.

"이 개인주의자는 자신의 오두막집에 도망 노예를 숨겨주고 재워주었다. 이 은둔자는 존 브라운 대위의 변호를 위해 대중 앞에서 처음으로 목소리를 높였다. 이 자기중심적인 은자는 브라운이 감옥에 있을 때 잠을 잘 수도 생각을 할 수도 없었다. 사실 소로처럼 삶과 자신의 행위에 대해 깊이 성찰하는 사람이라면 누구라도 같은 인간에게 엄청난 의무감을 느낄 수밖에 없을 터다. 그가 숲에서 살기를 선택하든, 공화국의 대통령이든 간에. 소로가 무한한 노력을 들여 작은 책들로 압축해놓은 그의 수많은 일기들은 이 독립적인 사람이 얼마나 간절히 다른 이들과 진정으로 소통하고 싶어했는지를 잘 보여준다. '나는 내 삶의 보화를

사람들에게 기꺼이 나눠주고 싶다. 진정으로 나의 재능
중에서 가장 귀한 것을 주고 싶다. 세상사에 지친 사람들에게
도움이 될 나의 특별한 능력을 제외하고는 내겐 사유
재산이란 없다. 나는 진주를 품고 키워 자라게 할 것이다.
그리하여 나 자신이 기꺼이 다시 살고자 하는 내 삶의
부분들을 사람들에게 나눠주고 싶다.'(234~235쪽) 소로를 읽은
사람이라면 누구라도 그의 이러한 소망에 무심하진 못할
것이다."

2020년 12월
소로와의 만남에 감사하며
박명숙

나는 내 삶의 보화를

사람들에게 기꺼이 나눠주고 싶다.

진정으로 나의 재능 중에서 가장 귀한 것을 주고 싶다.

■ 일러두기

1. 이 책은 『월든』 『소로의 일기』 『걷기』 『시민의 불복종』 등 헨리 데이비드 소로의
   저작물과 편지들 가운데서 문장을 엄선해 엮은 것이다. 저작물과 편지들의 목록
   은 31쪽에서 확인할 수 있다.
2. 발췌문의 출전은 문장 말미의 겹낫표 안에 병기했으며, 『소로의 일기』의 경우 일
   기가 쓰인 날짜를 밝혀두었다.
3. 각주와 윗줄 상단에 표시한 주는 모두 옮긴이 주이다.
4. 외국 인명, 지명, 작품명 및 독음은 외래어표기법을 따르되 관용적인 표기와 동떨
   어진 경우 절충해서 실용적 표기를 따랐다.
5. 잡지, 신문 등은 〈 〉로, 시와 편명은 「 」로, 책 제목은 『 』로 묶었다.

이 책에 인용된 저작물과 편지들

『존 브라운 대위를 위한 탄원A Plea for Captain John Brown』

『콩코드 강과 메리맥 강에서의 일주일A Week on the Concord and

Merrimack Rivers』

『겨울 산책A Winter Walk』

『케이프코드Cape Cod』

『시민의 불복종Civil Disobedience』

『소로의 일기Journals』

『원칙 없는 삶Life without Principle』

『매사추세츠주의 자연사Natural History of Massachusetts』

『되찾아야 할 낙원Paradise to be Regained』

『매사추세츠주의 노예제Slavery in Massachusetts』

『메인 숲The Maine Woods』

『캘빈 H. 그린에게 보낸 편지To. Calvin H. Greene』

『대니얼 리케슨에게 보낸 편지To. Daniel Ricketson』

『해리슨 블레이크에게 보낸 편지To. Harrison G. O. Blake』

『존 브라운에게 보낸 편지To. John Brown』

『마이런 B. 벤튼에게 보낸 편지To. Myron B. Benton』

『월든Walden』

『걷기Walking』

『야생 사과Wild Apples』

독자 여러분에게

얼마 전 문화회관에서 열린 한 강연회에서 강사가 자기한테 전혀 어울리지 않는 주제를 선택했다는 생각이 들었다. 그는 내가 기대했던 것만큼 흥미를 불러일으키지 못했다. 마음에서 우러나온 이야기를 하는 대신 궁여지책으로 수박 겉핥기식 이야기만 늘어놓았다. 이런 의미에서 그의 강연에는 중심축을 이루면서 핵심을 찌르는 생각이 없었다. 차라리 시인들이 그러듯 전적으로 개인적인 그의 경험담을 들려주게끔 하고 싶었다. 지금까지 내가 받은 가장 큰 찬사는 누군가가 내 생각을 묻고 내 대답을 경청했던 일이었다. 그때 난 기쁘면서 동시에 놀랐다. 마치 도구를 능숙하게 다루는 사람처럼 '나'라는 도구를 제대로 활용하는 사람은 매우 드물기 때문이다. 사람들이 내게 무언가를 원할 때는 대부분 자신들의 땅—나는 측량사이므로—이 몇 에이커가 나오는지 알고 싶은 경우다. 또는 기껏해야 내 머리가 아프게 하는 시시콜콜한 소식들을 궁금해할 뿐이다. 그들은 '나'라는 사람의 알맹이보다는 겉껍질에 더 관심을 보인다.

언젠가 한번은 노예제에 관한 강연을 나에게 요청하기 위해 꽤 먼 곳에서 찾아온 사람이 있었다. 그런데 그와 그가 속한 단체는 강연의 90퍼센트를 자신들이 원하는 내용으로 채우고 나머지 10퍼센트만 내 생각대로 해주기를 바라고 있었다. 나는 그 제안을 거절했다. 나도 이 방면에는 경험이 조금 있는바, 어디서든 초청 강연을 할 때면 청중은 어떤 주제에 관해 내가 생각하는 바를 듣고자 하는 게 당연하다고 생각한다. 설령 내가 이 나라에서 둘째가라면 서러울 바보라 해도 말이다. 그저 듣기 좋은 말이나 청중의 구미에 맞는 말만을 골라 해서는 안 되는 것이다. 따라서 난 그들에게 나 자신을 되도록 많이 보여주기로 결심했다. 그들은 나를 보러 왔고, 내 강연을 듣기 위해 돈을 지불한 것이다. 그러므로 청중이 전에 없이 지루해할지라도 나는 온전한 내 생각을 들려주리라 마음먹었다.

이제부터 독자 여러분에게 들려주고자 하는 이야기도 이와 비슷하다. 여러분은 나의 독자들이고, 난 여행 경험이 별로 많지 않다. 그래서 되도록 수천 마일 밖의 사람들이 아닌 내 집 가까이 사는 사람들의 이야기를 하려 한다. 내게 주어진 시간이 많지 않으므로 인사치레는 생략하고 모든 면에서 비판적 입장을 견지할 생각이다. 『원칙 없는 삶』

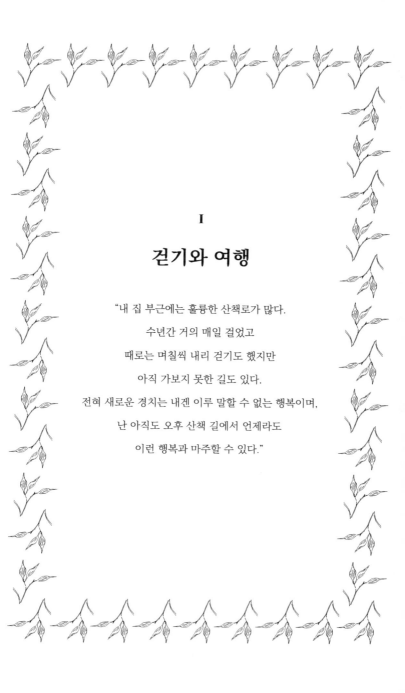

I

걷기와 여행

"내 집 부근에는 훌륭한 산책로가 많다.

수년간 거의 매일 걸었고

때로는 며칠씩 내리 걷기도 했지만

아직 가보지 못한 길도 있다.

전혀 새로운 경치는 내겐 이루 말할 수 없는 행복이며,

난 아직도 오후 산책 길에서 언제라도

이런 행복과 마주할 수 있다."

1 한가로이 걷는 것은 대단한 기술이다. 『1841. 4. 26, 일기』

2 이른 아침의 산책은 그날 하루를 위한 축복이다. 나는
안개비가 내릴 때 일어난 내 이웃들에게 마치 어떤 전승
신화를 들려주듯 맑은 일출과 새들의 노랫소리에 관해
이야기해준다. 그리고 오래된 새벽처럼 싱그럽지만
이제는 아득히 멀어진 시간을 되돌아본다. 그때는
탄탄하게 피어나는 건강함이 가득했고, 모든 행위가
단순하고 용맹했다. 『1840. 4. 20, 일기』

3 가장 심오하고 독창적인 사상가란 가장 멀리 여행한
사람이다. 『1840. 8. 13, 일기』

4 우리를 건강하고 평온하며 만족스럽게 해줄 묘약은
무엇일까? 그것은 나의 증조부나 당신의 증조부가 빚은
환약이 아니라, 우리의 증조모인 자연의 여신이 빚은
우주적이고 식물적이며 식물학적인 약이다. 이 약으로
자연의 여신은 언제나 젊음을 유지해왔으며, 그녀와
같은 시대에 살았던 수많은 '올드 파'152세까지 살았다고 알려진
영국인 토머스 파(1483~1635)를 가리킨다. '올드 톰 파'라고도 불린다보다
오래 살았고, 그들의 썩은 지방으로 자신의 건강에
양분을 공급해왔다.
내가 원하는 만병통치약은 무엇으로도 희석되지
않은 순수한 아침 공기 한 모금이다. 종종 볼 수

있는, 약병들을 싣고 다니는 길고 납작한 검은 배
모양의 수레에서 나오는 돌팔이 의사들의 물약 병,
저승의 강 아케론과 사해死海에 담가 만든 혼합물
같은 약이 아니다. 아침 공기! 만약 사람들이 하루의
원천인 새벽에 아침 공기를 마시려 들지 않는다면,
아침 시간에 대한 예매권을 잃어버린 세상 사람들을
위해 그 공기를 담은 병을 가게에서 팔기라도 해야
할 것이다. 그러나 기억하도록 하자. 아무리 차가운
지하실에 보관해두더라도 아침 공기는 정오가 되기도
전에 병마개를 밀고 나와 새벽의 여신을 따라 서쪽으로
날아가버린다는 것을. 『월든』

5   오늘 난 어떤 이에게 땅을 조금 빌릴 수 있는지를
물었다. 그는 "어떤 문밖의 땅만큼" 좋은 땅 4에이커를
가지고 있다고 했다. 그의 이 말은 진정한 시인의
표현이었다. 그와 나 그리고 세상 모든 사람들은
자유로운 공기를 호흡하고 기지개를 켜기 위해 문밖으로
나간다. 세상은 문밖에 있는데, 우린 벽판壁板 뒤로
숨어든다. 『1841. 2. 10, 일기』

6   해가 질 때마다 태양이 잠기는 곳만큼이나 아득하고
아름다운 서방으로 떠나고 싶어진다. 『1850. 11. 21, 일기』

7   낮에 걷는 사람은 많지만 밤에 걷는 사람은 얼마 없다.

낮과 밤은 아주 다른 계절이다. 『1850. 7. 1. 일기』

8 지금까지 살아오면서 걷기의 기술, 즉 걷기의 의미를
이해하는 사람은 기껏해야 한두 명 정도밖에 만나지
못했다. 말하자면 느긋하게 걷는 재능이 있는 사람
말이다. 느긋하게 걷기라는 말은 "중세에 온 나라를
유랑하면서 성스러운 땅에 간다는 명목으로 자선을
요구했던 게으른 사람들에게서" 적절히 유래한 말이다.
그들은 아이들이 "저기 성지 순례자가 가네"라고
소리칠 정도로 느긋하게 걸어 다녔고 성지 순례자임을
자처했다. 그러나 그들은 스스로 주장한 것처럼
걸어서 성스러운 땅에 간 적도 없고, 실제로는 단순한
게으름뱅이이자 떠돌이에 불과했다. 진정으로 그곳에
간 사람이 있다면, 그는 내가 말하는 좋은 의미에서
느긋하게 걷는 사람들일 것이다.

그런데 어떤 이들은 '느긋하게 걷다saunter'라는 단어가
땅이나 집이 없다는 의미의 'sans terre'프랑스어로 '땅이
없다'라는 의미에서 유래되었다고 주장하기도 한다. 좋은
의미로 특정한 집이 없거나 동시에 모든 곳이 자기
집임을 뜻한다는 것이다. 이것이 바로 느긋하게 걷기를
성공적으로 실천하는 비법일 터다. 온종일 집에만 있는
사람도 대단한 방랑자일 수 있다. 그러나 좋은 의미에서
느긋하게 걷는 사람은, 구불구불하게 흐르는 강이
알고 보면 바다로 향하는 지름길을 찾고 있는 것처럼

단순한 방랑자라고 할 수 없다. 하지만 나는 첫 번째
의미가 더 마음에 든다. 그것이 가장 그럴듯한 어원이기
때문이다. 걷기란 모두가 일종의 십자군 전쟁이다. 은자
피에르프랑스의 수사(1050~1115)로 제1회 십자군의 창도자다. '피에르
레르미트' 또는 '피에르 다미앵'이라고도 불린다의 설교에 마음이
움직인 것처럼 앞으로 나아가 이교도의 손에서 성스러운
땅을 구해내는 행위인 것이다. 『걷기』

9 사실 우린 모두 심약한 십자군이고 나약한 산책자다.
오늘날에는 아무도 끈기 있게 꾸준히 걸으려고 하지
않는다. 우리의 탐험은 밤이면 우리가 출발했던 오래된
난롯가로 되돌아오는 여정에 지나지 않는다. 걷기의
반半은 되돌아오는 것이다. 어쩌면 우린 영원한 모험심과
함께 다시는 돌아오지 않겠다는 결의로, 방부 처리한
우리 심장을 황폐한 왕국에 유물로 돌려보내려는 준비가
된 채 가장 짧은 길로 나아가야 하는지도 모른다. 부모,
형제자매, 아내와 자식 그리고 친구를 떠나 다시 보지
않을 준비가 되면, 모든 빚을 다 갚고, 유언장을 쓰고,
모든 일이 정리가 되어 자유인이 되면, 그제야 비로소
걸을 준비가 된 것이다. 『걷기』

10 내 경험으로 말하자면, 나와 나의 동반자—가끔씩
친구와 함께 걸을 때가 있다—는 우리가 새로운, 아니
오래된 질서를 수호하는 기사들이라는 공상을 하며

즐거워하곤 했다. 그 질서는 말 타는 사람이나 기사가
아닌, 여전히 오래되고 명예로운 계급인 산책자의
질서다. 옛날에는 말 타던 사람들에게 속했던 기사도와
영웅 정신이 이제는 산책자에게로 계승된 듯 보인다.
기사가 아닌 모험을 찾아다니는 산책자에게로 말이다.
오늘날 산책자는 교회와 국가와 민중 바깥에 있는
일종의 제4계급이다.

그런데 이 부근에서 이 고귀한 기술을 행하는 사람은
우리밖에 없다는 생각이 들었다. 마을 사람들이
걷는다고 주장하고 많은 이들이 때때로 나처럼 걷기도
하지만, 그들은 결코 제대로 걷는다고 할 수 없다.
걷기에 필요한 여유나 이 일에서 무엇보다 중요한
자유와 독립심은 어떤 부富로도 살 수 없다. 『걷기』

11 나는 하루에 적어도 네 시간은—대개는 그보다 더
오래—세속적인 모든 일에서 완전히 벗어나 숲속과
언덕을 느긋하게 걸어야 한다. 그렇지 않으면 건강과
맑은 정신을 유지할 수 없다. 당신은 물론 나와 생각이
다를 수도 있을 것이다. 때때로 기계공이나 가게 주인 중
많은 이들이 오전뿐만 아니라 오후까지 내내 다리를 꼰
채 마치 다리의 용도가 서거나 걷기 위한 게 아니라 앉는
것이라도 되는 듯 가게에 앉아 있는 모습을 보면, 그들이
오래전에 자살하지 않은 게 용하다는 생각이 든다. 『걷기』

12 어째서 때때로 어디로 걸을지를 결정하기가 그토록 어려운 것일까? 자연에는 미묘한 자성磁性이 존재하며, 무의식적으로 그것을 따른다면 우린 올바른 길로 가게 될 것이다. 어느 길로 걷는가는 우리에게 중요한 문제다. 세상에는 올바른 길이 존재하기 때문이다. 그러나 우린 부주의하고 어리석어서 잘못된 길로 가기가 쉽다. 실제 세상에서 우린 자신이 아직 가보지 않은 길로 가고 싶어하는 경향이 있는데, 그 길은 상상의 세계에서 기꺼이 여행하고자 하는 완벽하게 이상적인 길을 상징한다. 가끔씩 어느 방향으로 가야 할지 잘 모를 때가 있는데, 그것은 그 길이 아직 우리 머릿속에 또렷하게 떠오르지 않기 때문이다. 『걷기』

13 자신이 사는 고장과 심지어 자신의 이웃 마을을 여행하는 데는 다음과 같은 이점이 있다. 우리는 자신이 보는 것을 이해할 준비가 충분히 되어 있어서 여행자들이 흔히 저지르는 실수를 덜 저지르게 된다는 것이 그것이다. 『1851. 6. 12. 일기』

14 여행자! 난 여행자라는 호칭을 아주 좋아한다. 여행자는 여행자라는 이유만으로 존경받아 마땅하다. 여행자라는 직업은 우리 인생을 가장 잘 상징하는 것이다. 어디에서 어디를 향해 가는 것, 이것은 곧 우리 개개인의 역사이기 때문이다. 나는 특별히 밤의 여행자들에게 흥미를

느낀다.

어떤 집 주위에서 자라는 커다란 나무들, 그중에서도
특히 느릅나무는 그 집안이 오래된 뼈대 있는
가문이라는 것을 무엇보다 확실하게 보여주는 증거로
어떤 부의 증거보다 더 가치가 있다. 이런 나무들에
들인 정성의 증거를 보며 여행자들은 옥수수와 감자의
재배보다 고귀한 경작에 대한 존경심을 느끼게
된다. 『1851. 7. 2. 일기』

15 각자의 가슴속에는 지하의 불을 모시는 신전이 있다.
1년 중 가장 추운 날 황량한 언덕 위에서도 여행자는
외투 안자락에 어떤 난롯불보다 따뜻한 불을 소중히
품고 있다. 건강한 사람은 계절의 보완물과도 같아서
한겨울에도 마음속은 여름이다. 그곳은 언제나 남쪽
나라다. 거기로 온갖 새와 곤충이 몰려들고, 그의
가슴속의 따뜻한 샘물 주위로 개똥지빠귀와 종달새가
모여든다. 『겨울 산책』

16 두 여행자가 사이좋게 길을 가려면 서로 비슷한 정도로
사물을 진실하고 올바르게 바라볼 수 있어야 한다.
그렇지 않으면 그들이 걷는 길이 꽃길이 되기는 힘들
터다. 심지어 우리는 시각장애인하고도 유익하고
즐거운 여행을 할 수 있다. 그가 기본예절을 지키고,
당신이 경치를 이야기할 때 그 스스로는 보지 못하지만

당신은 볼 수 있음을 기억한다면. 또한 당신은 그가
시력을 잃음으로써 청력이 더 좋아졌을지도 모른다는
사실을 잊지 않는다면 말이다. 그렇지 않으면 두 사람이
오랫동안 동행하기는 힘들 것이다. 한 시각장애인과
시력이 좋은 사람이 함께 길을 걷다가 벼랑 끝에
이르렀다. "조심하게! 친구" 후자가 말했다. "여긴
가파른 절벽이라 이쪽으로는 더 가면 안 돼." "이 길은
내가 더 잘 아네." 전자는 이렇게 말하고는 절벽 아래로
떨어졌다. 『콩코드 강과 메리맥 강에서의 일주일』

17 어떤 사람은 집에서 수백 또는 수천 마일 떨어진 곳까지
가서야 비로소 여행이 시작된다고 생각하는 것 같다.
어째서 집에서부터 여행을 시작하지 못하는 걸까?
새로운 것을 발견하기 위해서는 반드시 멀리까지 가서
자세히 살펴야 하는 걸까? 이런 의미에서 집에서부터
여행을 시작하는 여행자는 적어도 한 고장에서 오래
살아서 정확하고 유익한 관찰을 할 수 있다는 이점이
있다. 요즘은 서로의 나라를 묘사하기 위해 미국인은
영국에 가고, 영국인은 미국으로 온다. 이런 식의 상호
평가는 분명 어떤 이점이 있다. 그러나 이렇게 서로의
등을 긁어주는 방법보다 진실에 이르는 더 나은 방법을
생각해낼 수는 없을까? 일례로 영국과 또 다른 곳을
여행한 미국인이라면 자기 고장에서 가장 유익하고
세심한 여행자가 될 수 있지 않을까? 여행자의 가장

중요한 특징으로 종종 어떤 고장의 토박이보다 그곳을 잘 알지 못한다는 점을 꼽지 않는가! 만약 누군가가 토박이로서 익혀온 앎에서 시작해 거기에 여행자로서의 앎을 더한다면 자국인과 외국인 모두 그의 책을 읽게 될 것이고, 세상에도 분명 보탬이 될 것이다.『1851. 8. 6, 일기』

18 이리저리 돌아다니고 싶은 유혹을 떨쳐내고 집에 있으려면 아주 많은 것들의 협조가 필요하다! 가령 내가 걷는 길이 100마일쯤 늘어나면 난 밤이나 비 오는 날의 피난처 대용으로 등에 텐트를 짊어지고 떠나야 한다. 아니면 적어도 날씨 변화에 대비해 두툼한 외투를 가져가야 한다. 따라서 아주 단순한 여정에 나서는 데에도 힘과 예지뿐만 아니라 단호한 결단력 또한 필요하다. 사람은 새가 이동하는 것처럼 쉽게 여행을 떠날 수 없다. 또한 파리처럼 아무 곳이나 집으로 삼을 수도 없다. 내가 편리하게 갖고 다닐 수 있는 것들이 얼마나 되는지를 따져보다보면 그냥 집에 있는 게 더 편하겠다는 생각이 들곤 한다. 그렇다면 집은 어느 정도는 내가 갖고 다니지 못하는 두툼한 외투와 텐트와 책들을 보관해두는 장소인 셈이다. 그다음으로 집은 나로 하여금 어떤 친구들을 만날 수 있을지를 기대하게 하는 곳이다. 그리고 마지막으로, 내가, 나조차도, 집에서 어떤 일을 업으로 하느냐를 따져봐야 한다. 그러나 내 경우에는 집을 정의하는 데 마지막 사항은 별로

중요하지 않다. 『1851. 8. 19. 일기』

19 공정한 눈으로 사물을 바라보는 여행자는 가장 오래된 거주민이 미처 알아보지 못한 것을 볼 수 있다.

『1851. 8. 20. 일기』

20 집 밖을 나다니는 사람이라고 해서 헛간 안을 오가는 사람보다 하늘을 자주 보는 것은 아니다. 『1851. 8. 21. 일기』

21 걷기로 말하자면, 영국의 대도시 주민들은 대부분 공원과 대로를 걷는 데 국한돼 있다. 윌킨슨에 의하면, 인근의 얼마 안 되는 오솔길들이 "토지 소유주들의 침해로 점차 사라지고 있다". 그는 사람들이 오솔길을 걸을 권리가 옹호되고 지켜져야 하며, 공공비용으로 오솔길을 통행 가능한 상태로 유지해야 한다고 제창했다. 그리고 "단단한 기초 위에 아스팔트를 깐다면 어렵지 않게 그 일을 할 수 있다"고 덧붙였다! 그가 말하는 영국 대도시 인근에서의 걷기와 걷기의 전망이란 게 어떤 것인지 가히 짐작할 만하다.

천재일 수도 있는 어떤 사람이 돌아다닐 수 있는 세상이 대로와 공원으로 제한된다고 생각해보라! 나 같으면 그렇게 갇혀 산다는 생각만으로도 신경증으로 죽고 말 것이다. 그런 조건에서 살아야 한다는 걸 미리 알 수 있었다면 난 아마 태어나기를 주저했을 것이다. 『1851. 9. 3.

일기』

22 자신에게 좀더 익숙한 들판을 떠나 산책과 같은 작은
모험을 시작하면 모든 사물을 여행자의 눈이나 적어도
역사학자의 눈으로 바라보게 된다. 평소에는 걸을
생각을 거의 하지 않던 첫 번째 다리에서 잠시 멈춰
서서는 여행자처럼 주위를 관찰하고 논평을 할 수도
있다. 때로는 그곳을 지나는 여행자가 된 듯 고향 마을을
관찰하면서 자신의 이웃들을 마치 낯선 사람들인 것처럼
평해보는 것도 좋지 않을까. 『1851. 9. 4. 일기』

23 우리가 밖에서 하게 되는 발견들은 특별하고 개별적인
것들이다. 반면 집에서 하는 발견들은 보편적이고 중요한
것들이다. 우리는 더 멀리 갈수록 표면에 더 가까워진다.
그리고 집에 가까울수록 더 깊어진다. 『1851. 9. 7. 일기』

24 이제야 달이 보름달이 되었고, 나는 홀로 걷는다.
낮에는 늘 그렇지는 않더라도 밤에는 혼자 걷는 게
제일 좋다. 나와 함께 걷는 사람은 지금의 내 기분에
공감할 줄 알아야 한다. 우리의 대화는 우리가 걷는
길로 한정되어야 하며, 우리 앞에 펼쳐지는 풍경과 사건
그리고 지세地勢에 따라 달라져야 할 터다. 부자연스럽게
자연을 이야기하면서 산책에 방해가 되는 이들에게는
작별을 고하는 게 좋다. 나는 같이 걸을 수 있는 사람을

딱 한 명밖에 알지 못한다. 나는 대부분의 사람들과 걷고
이야기하듯 술집에 함께 앉아 있을 수도 있다. 그러나
우리는 우리 생각 속에서는 결코 나란히 앉아 있지
못하며, 서로의 침묵을 들을 수도 없다. 사실 우린 결코
침묵할 수 없다. 우리는 언제까지나 침묵을 깨려고 할 뿐
아무것도 바로잡지 못한다. 서로 다른 길로 가고자 하는
사람들이 어떻게 함께 있을 수 있겠는가! 『1851. 7. 12. 일기』

25 내가 말하는 걷기는 환자가 정해진 시간에 약을 먹듯
하는 운동, 즉 아령이나 의자 운동과는 거리가 멀다.
걷기는 그 자체로 그날 하루의 과업이자 모험이다.
운동을 하고 싶거든 생명의 샘을 찾아 나서라. 건강을
위한다면서 먼 초원에서 솟아나는 생명의 샘을 찾을
생각은 않고 아령이나 흔들고 있는 사람을 생각해보라!
게다가 우린 낙타처럼 걸어야 한다. 낙타는 걸으면서
되새김질을 하는 유일한 동물로 알려져 있다. 한
여행자가 워즈워스의 하녀에게 주인의 서재를
보여달라고 청했을 때 그녀는 이렇게 대답했다.
"여기가 그분의 도서관이고요, 그분의 서재는 문밖
자연이랍니다." 『걷기』

26 걷다보면 자연스레 들판이나 숲으로 향하게 된다. 만약
정원이나 상가만 걷는다면 우린 어떤 사람이 될까?
어떤 철학 학파는 자신들이 숲으로 가지 않으므로 숲을

자신들 쪽으로 데려와야 한다고 생각했다. "그들은
플라타너스를 심어 작은 숲과 산책로를 만들었다."
그들은 그곳에 만든 옥외 주랑에서 야외 산책을 하곤
했다. 물론 우리 마음이 함께하지 않는다면 아무리
숲으로 향한다 한들 아무 소용이 없을 터다. 숲속을
1마일쯤 걷다가 내 마음이 딴 데 가 있는 걸 깨닫고는
놀라기도 한다. 오후에 산책을 할 때면 아침에 했던 일과
사회적 의무를 되도록 잊으려고 하지만, 가끔은 마을을
마음속에서 떨쳐버리기 힘들 때가 있다. 어떤 일에 대한
생각이 머릿속을 떠나지 않아서 몸과 마음이 따로 놀고
주변에 무감각해지는 것이다. 그래도 걷다보면 다시
감각이 돌아오곤 한다. 숲 바깥의 일을 생각할 거면 뭐
하러 숲에 가겠는가? 나는 스스로를 의심해보다가 다른
일—아무리 그것이 '좋은 일'이라 할지라도—에 몰두해
있는 나 자신을 깨닫고는 몸서리를 치곤 한다. 가끔씩
이런 일이 실제로 일어난다. 『걷기』

27 내 집 부근에는 훌륭한 산책로가 많다. 수년간 거의 매일
걸었고 때로는 며칠씩 내리 걷기도 했지만 아직 가보지
못한 길도 있다. 전혀 새로운 경치는 내겐 이루 말할 수
없는 행복이며, 난 아직도 오후 산책 길에서 언제라도
이런 행복과 마주할 수 있다. 두세 시간만 걸으면
내가 간절히 보고 싶어했던 낯선 시골 풍경이 눈앞에
펼쳐진다. 때로는 예전에는 보지 못했던 농가 한 채가

다호메이 왕국1600년경부터 1904년 사이 오늘날의 베냉 지역에 있었던
아프리카의 왕국만큼이나 근사해 보인다. 이렇게 걷다보면
10마일 반경이나 오후 산책 길에서 만나는 풍광의
변화무쌍함과 사람의 70 평생 사이에는 서로 닮은 점이
있음을 알게 된다. 아무리 자주 겪어도 결코 익숙해지는
법이 없다는 게 그것이다. 『걷기』

28 나는 10마일, 15마일, 20마일 그리고 그 이상도 거뜬히
걸을 수 있다. 대개는 집 앞에서 시작해 다른 집
옆으로는 지나가지 않고, 여우나 밍크를 마주칠 때를
제외하고는 길을 건너지도 않는다. 처음에는 강을 따라
걷다보면 개울이 나오고 목초지와 숲 언저리에 이르게
된다. 집 부근에는 몇 제곱마일의 땅에 아무도 살지 않는
곳도 있다. 언덕에서 내려다보면 문명 세계와 인간의
거주지가 아주 멀리 보인다. 농부들과 그들이 일하는
모습도 마멋과 마멋의 굴만큼이나 거의 보이지 않는다.
인간과 인간의 일, 교회와 국가와 학교, 무역과 상업,
제조업과 농업 그리고 가장 불안한 정치에 이르기까지,
이 모든 게 자연 풍경 속에서 얼마나 미미한 자리를
차지하는지를 보는 것이 나를 즐겁게 한다. 『걷기』

29 좀더 높은 몇몇 산들을 안내자 없이 또는 등산로가 아닌
길로 올라간 적이 있다. 그리고 예상했던 것처럼 아주
평탄한 대로로 다닐 때보다 시간과 인내심이 조금 더

필요했을 뿐이다. 세상을 사는 동안 아주 보잘것없는
능력의 소유자라 할지라도 그가 극복하지 못할 장애물을
만나는 경우는 극히 드물다. 내가 경험한 바에 의하면,
여행자들은 대체로 자신이 다니는 길의 험난함을 부풀려
이야기하는 경향이 있다. 그러나 대부분의 악이 그렇듯,
길의 험난함은 우리 상상의 산물이다. 대체 서두를 일이
뭐란 말인가? 만약 길을 잃어버린 사람이, 사실은 길을
잃은 것도 제정신을 잃은 것도 아니며, 그저 오래된
신발을 신은 채 그곳에 서 있거나 당분간 거기서 사는
것이라고 생각하고, 따라서 길을 잃은 것은 그가 아니라
그를 알던 장소들이라고 결론짓는다면, 얼마나 많은
불안과 위험이 사라질 것인가. 홀로 서 있다고 해도 나는
결코 혼자가 아닌 것이다. 우주에서 이 지구가 어디로
굴러갈지 누가 알겠는가? 하지만 그런다고 우린 길을
잃었다며 스스로를 포기하진 않을 터이니 지구가 어디로
굴러가든 개의할 필요가 없다. 『콩코드 강과 메리맥 강에서의
일주일』

30 오늘 당신은 여행의 장점들에 대해 한 장章을 쓰고,
내일은 여행하지 않는 것의 장점들에 대해 한 장을 쓰게
될지도 모른다. 『1851. 11. 11, 일기』

31 걸을 때 동반자를 필요로 한다면 마음속으로 자연과의
친밀한 교감을 얼마간 포기한 것이나 다름없다. 걷기는

분명 좀더 평범한 것이 될 터다. 사교성이란 자연과
거리를 둘 때 발휘될 수 있다. 하지만 나는 걷기가
그렇게 야성적이고 신비한 것이 되게 할 생각은
없다. 『1852. 7. 27, 일기』

32 보다 자유로운 감각으로 거닐도록 하자. 꽃과
돌만큼이나 별과 구름을 세심하게 살피는 것은 좋은 일이
아니다. 내 생각이 그러하듯 내 감각을 자유로이 떠돌게
놔둬야 하며, 내 눈은 주의 깊게 보지 않고 그저 보게끔
해야 할 터다. 토머스 칼라일은 무언가를 관찰하려면
주의 깊게 봐야 한다고 말한 바 있다. 하지만 나는 그냥
봐야 한다고 말하고 싶다. 무언가를 주의 깊게 볼수록
그것을 제대로 알기가 어렵기 때문이다. 나는 너무
과도하게 주의를 기울이는 습관이 있다보니 감각이
쉴 틈이 없을 뿐만 아니라 지속적인 긴장 상태로 인해
고통받기까지 한다. 그러니 너무 주의를 기울여보지는
말자. 우리가 사물에게로 가지 말고 그것이 우리에게로
오게 하자. 언젠가 꽃들을 계속 바라보고 있다가 문득
이런 버릇을 바로잡기 위해 구름을 관찰하는 습관을
들이는 게 낫겠다는 생각이 들었다. 하지만 그것은
잘못된 생각이다! 그런 습관 역시 나쁘기는 마찬가지일
터다. 내게 필요한 것은 세심하게 살피는 것이 아니라
눈을 진정으로 한가롭게 두는 것이다. 『1852. 9. 13, 일기』

33 소중한 젊은 날들이여! 그 시간은 결코 다시 올 수 없는 걸까? 그 시절에는 산책하는 동안 지나친 호기심으로 세세한 것들을 관찰하지 않았다. 오직 나 자신만을 듣고, 냄새 맡고, 맛보고, 느꼈다. 나의 성장하는 육체와 지성과 마음 안에 자연을 품고 있었다. 어떤 벌레나 곤충도, 어떤 네발짐승이나 새도 나의 시야를 제한하지는 못했다. 나의 눈은 끝 모르는 우주로 열려 있었다. 이제 하늘을 나는 한 마리 새는 내 눈 속에 한 점 티끌이 되었다. 『1853. 3. 30. 일기』

34 금전적 여유가 없다보니 내 고향인 이곳에서 이토록 오랫동안 꾸준히 살면서 이 땅을 점점 더 많이 연구하고 사랑할 수 있게 되었다. 이 모두는 나를 이끌어주는 이들의 선함 덕분이라고 생각한다. 이와 비교할 때 세상을 돌아다님으로써 얻게 되는, 세상에 대한 얄팍하고 산만한 사랑과 앎은 과연 어떤 의미가 있을까? 여행자의 삶은 메마르고 불편할 수밖에 없다. 물질적 부는 그에게 자연 속의 집, 즉 주택이든 농장이든 그 무엇도 마련해주지 못한다. 사업가는 그의 사업으로 인해 자연 속의 거주지를 장만하기는커녕 자연성自然性을 잃어버리기 십상이다. 『1853. 11. 12. 일기』

35 걷기는 걷는 방향에 관한 한 과학일 수 있다. 나는 놀랍도록 건조한 이 계절을 활용하기 위해 대초원에

다시 가곤 한다. 그곳은 평소에는 가기 어려운 곳이기 때문이다. 어떤 장소건 가장 유익하고 즐겁게 찾아갈 수 있는 특별한 계절이 있기 마련이다. 각 장소마다 그런 계절이 어느 때인지를 잘 생각해볼 필요가 있다.

『1854. 8. 22. 일기』

36 아무래도 나는 집에 머무는 데 천부적 재능을 타고난 것 같습니다. 『1855. 2. 1. 해리슨 블레이크에게 보낸 편지』

37 아무리 좁고 구불구불하다 할지라도 사랑과 존중심으로 걸을 수 있는 길을 따라가라. 어디에서 군중과 떨어져 홀로 자신만의 길을 가든지 간에 언제나 갈림길이 있기 마련이다. 큰길만 따라가는 여행자들은 울타리에 난 틈을 볼 수 있을 뿐이다. 『1855. 10. 18. 일기』

38 나는 이처럼 고요하고 어둡고 보슬비가 내리는 오후에 밖에 나가는 것을 좋아한다. 이런 날에 산책이나 여행을 하면 밝은 날에 하는 것보다 더 많은 암시와 유익함을 얻을 수 있다. 안개비로 시야가 좁아지고, 수면은 완벽하게 매끄러우며, 고요함은 성찰에 더없이 유리하다. 나는 태양과 바람으로 무감각해지거나 단단해지는 대신 마치 고요한 방에 머물 때처럼 더 많은 인상印象을 받아들이고 한층 더 민감해진다. 생각은 더 집중되고, 나는 아주 조밀해진다. 이럴 때

느끼는 고독 역시 진정한 고독이다. 날씨 탓에 많은
사람들이 집에 머물기 때문이다. 이 안개는 지붕처럼 내
주위를 에워싸 나는 마치 집 안에 있는 듯한 느낌으로
걸어간다. 보이지 않는 다리 위로 지나가는 마차 소리는
그 어느 때보다 크고, 다른 소리도 마찬가지다. 나는
가까이 있는 사물들을 바라볼 수밖에 없다. 모든 것이
내 마음을 어루만져주는 듯하고, 구름과 안개가 나직이
나를 뒤덮는다. 나의 관찰과 사색의 힘이 훨씬 커지고
주의가 산만해지지도 않는다. 그리하여 세상과 내 삶이
단순해진다. 『1855. 11. 7. 일기』

39 해외로 나가 묵은 때를 벗겨내고 세속적 의미에서
내 삶을 더 나아지게 할 기회가 생겼을 때 행여 내 삶이
정주성定住性을 잃어버리게 될까봐 두려운 생각이
들었다. 이 들판과 개울과 숲, 이곳의 자연현상 그리고
이곳 주민들의 소박한 일상이 더 이상 내게 흥미와
영감을 불러일으키지 못하게 된다면 어떤 문화나 부도
그러한 손실을 보상해줄 수 없을 터다. 내가 두려운 것은
어떤 사회—세련된 사회라면 더더욱—속으로 들어가는
여행과 지적인 사치의 희열이 포함하는 방탕함이다.
파리가 내 마음속으로 들어와 점점 더 많은 것을
의미하면서 콩코드가 점점 더 적은 자리를 차지하게
된다 할지라도, 더없이 자랑스러운 파리와 내 고향
마을을 맞바꾸는 것은 아주 형편없는 거래가 될 것이다.

파리는 기껏해야 이곳에서 사는 법을 배울 수 있는
학교이자 콩코드로 가는 디딤돌, 콩코드라는 대학에
입학하기 위한 예비 학교가 될 뿐이다. 나는 언제까지나
지극히 평범한 사건들과 매일같이 일어나는 현상들
속에서 만족감과 영감을 느끼며 살 수 있기를 바란다.
그리하여 내 감각들이 매 순간 감지하는 것과 일상적인
걷기 그리고 이웃들과의 대화에서 영감을 얻고, 내
주변의 것들 외에는 또 다른 천국을 꿈꾸게 되지 않기를
바란다. 와인이나 브랜디에 새로 맛을 들인 사람이 더
이상 물을 좋아하지 않을 수도 있을 것이다. 그런 그를
유감스럽게 생각하면 안 되는 걸까?
내게는 회색개구리매가 콩코드 초원을 나는 광경이
파리에 입성하는 데 필요한 것들의 항목보다 훨씬 더
소중하다. 이런 면에서 나는 전혀 야심이 없다. 나는 내
고향 땅을 방치해 더 이상 아무것도 볼 게 없도록 하고
싶지 않다. 내게는 내 고향의 가치를 일깨워주고 그것을
더 잘 누릴 수 있게 해주는 여행만이 의미가 있다. 가장
값싼 즐거움을 누릴 줄 아는 이가 세상에서 가장 부유한
사람이다. 『1856. 3. 11. 일기』

40 단순하고 소박한 것들에서 할 일과 재미를 찾는 것이
좋다. 그런 것들이 가장 오래가고 가장 생산적이다.
유럽이나 아시아로 가서 이리저리 돌아다니며 그곳의
다른 움직임을 지켜보느니 하루 동안 초원에서 이 소들의

움직임을 지켜보는 편이 낫다. 지금 소들은 모두 한
방향으로 서서히 나아가고 있는데, 그들을 지켜본 뒤
그 진행 방향을 예측해 꼼꼼히 차트에 그려보고 그들의
행태를 충실히 보고하는 식으로 말이다. 어떤 경우든
우리가 전하는 것은 결국 우리 자신의 이야기다. 게다가
후자보다는 전자의 경우에 우린 휴식이라곤 모르는
하잘것없는 자신을 보여줄 공산이 크다.

『1856. 10. 5, 일기』

41 강이 모여 호수가 되듯 마을은 길이 모여드는
곳이다. 이를테면 큰길의 확장이라고 할 수 있다.
길이 팔다리라면 마을은 몸통이다. 사방으로 뚫려
있으면서 여행자들이 일상적으로 통과하는 대로다.
마을village이라는 단어는 라틴어 빌라villa에서 왔다.
바로기원전 116~기원전 27, 고대 로마의 저술가는 길을 뜻하는
비아via나 그보다 오래된 단어인 베드ved나 벨라vella와
마찬가지로 빌라가 '운반하다'를 뜻하는 베호veho에서
유래한 것으로 보았다. 빌라는 물건을 운반해 오고
운반해 가는 곳이기 때문이다. 짐수레를 끌어 생계를
꾸려가는 사람들은 벨라투람 파체레vellaturam facere라고
불렸다. 라틴어의 빌리스vilis와 영어의 비열한vile과
악한villain이라는 단어 역시 여기서 유래되었다. 이는
마을 사람들이 얼마나 타락하기 쉬운지를 암시한다.
그들은 몸소 여행을 하지 않고서도 마을을 오가는

여행객들로 인해 노독路毒을 느낀다. 『걷기』

42 어떤 사람들은 전혀 걷지 않는다. 또 어떤 사람들은
큰길만 걷는다. 어떤 구역을 가로질러 걷는 사람들도
있다. 길은 말과 상인을 위해 만들어진 것이다. 나는
길을 따라 걷는 일이 별로 없다. 술집이나 식료품점,
마차 대여소나 역에 서둘러 갈 일이 없기 때문이다. 나는
스스로 여행하기 좋은 말일 뿐 내가 좋아서 누군가를
태우고 가는 말은 아니다. 풍경 화가는 길을 표시하기
위해 사람들을 그려 넣는다. 내가 그런 그림에 등장하는
일은 없을 것이다. 나는 마누인도 신화에 나오는 인류의 시조로,
최초의 법전인 『마누법전』의 창제자로도 알려져 있다, 모세, 호메로스,
초서 같은 옛 선지자나 시인들처럼 자연 속으로 걸어
들어간다. 이 자연을 미국이라고 할 수도 있겠지만
이것은 미국이 아니다. 자연을 발견한 사람은 아메리고
베스푸치나 콜럼버스 또는 다른 누군가가 아니다.
내가 본 자연은 이른바 미국의 역사보다 신화 속에 더
충실하게 그려져 있다. 『걷기』

43 도보 여행은 운신이 훨씬 자유로운 편이다. 말을
이용하는 여행은 말에 너무 많은 것을 희생해야 한다.
그런 여행에서는 한낮을 보낼 만한 매력적인 장소나
기막힌 경치가 내려다보이는 곳을 선택할 수가 없다.
그런 곳은 대개 물이 없거나 말을 타고는 갈 수 없기

때문이다. 『1858. 7. 4. 일기』

44 우리는 삶에서, 즉 살아 있는 모든 시기마다 눈을 뜬 채
지속적으로 꿈을 꾼다. 소년은 자기 아버지의 뜰에서
캠핑을 하지 않는다. 그것은 충분히 모험적이지 못할
뿐만 아니라 환상을 방해하는 광경과 소리로 가득하기
때문이다. 그래서 20~30마일 정도를 걸어가 그곳에
텐트를 친다. 낯선 주민들이 자기 아버지가 집에서
그러듯 버릇처럼 침대에서 자고 있는 곳에서. 그리고
그들의 뜰에서 캠핑을 한다. 그러나 그럴 때조차도 그는
지금 있는 곳이 아닌 또 다른 곳에 가 있는 꿈을 꾸기를
멈추지 않는다. 『1859. 8. 27. 일기』

45 지금 이 부근에서 가장 좋은 땅은 사유지가 아니다.
풍경은 누군가가 소유할 수 있는 게 아니며, 걷는
이들은 상대적인 자유를 누린다. 그러나 언젠가는 이
땅이 유원지라는 명목으로 갈래갈래 쪼개져 소수의
사람들만이 그 속에서 제한적이고 독점적인 즐거움을
누리게 될 터다. 울타리가 늘어날 테고, 사람들을 공공
도로로만 모이게 하기 위한 유흥가와 또 다른 장치들이
생겨날 것이다. 그리되면 신이 주신 땅 위를 걷는 것이
어떤 신사의 영토를 침범하는 꼴이 될 터다. 어떤 것을
독점적으로 즐기는 것은 거기서 진정한 즐거움을 느끼지
못하도록 스스로를 배제하는 격이다. 그런 끔찍한 날이

오기 전에 우리에게 주어진 기회를 잘 활용하도록
하자. 『걷기』

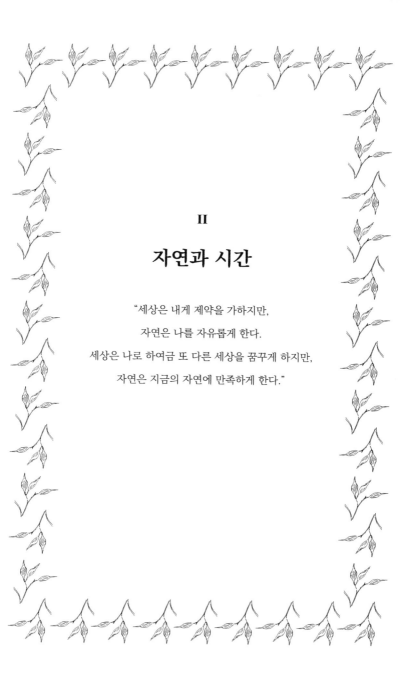

II
자연과 시간

"세상은 내게 제약을 가하지만,
자연은 나를 자유롭게 한다.
세상은 나로 하여금 또 다른 세상을 꿈꾸게 하지만,
자연은 지금의 자연에 만족하게 한다."

1 내가 이야기하고자 하는 것은 자연과, 시민으로서의
자유와 문화와는 대조되는 절대적인 자유와 야성에
관한 것이다. 나는 인간을 사회의 구성원이 아닌
자연의 거주자나 자연과 땅의 한 부분으로 바라보고자
한다. 『걷기』

2 자연의 모든 법칙은 인간의 아주 작은 움직임조차
따르면서 그에 적응해나간다. 『1837~1846년. 날짜 미상. 일기』

3 이 타락한 시대에 강물의 잔물결 소리에 귀 기울이는
사람은 결코 절망하지 않으리. 『콩코드 강과 메리맥 강에서의
일주일』

4 자연의 모든 부분은 하나의 삶이 소멸하는 것은 또
다른 삶을 위한 자리를 만드는 것이라고 가르친다.
떡갈나무는 죽을 때 그 껍질 안에 풍부한 곰팡이를
남김으로써 어린 숲에 왕성한 삶을 선사한다. 소나무는
모래가 많은 척박한 땅을 남기고, 더 단단한 나무는
강력하고 기름진 곰팡이를 남긴다.
이처럼 나도 마모와 부식을 끊임없이 이어가면서 훗날
내가 성장할 토양을 만들어간다. 내가 지금 사는 대로
거두게 되는 것이다. 내가 소나무와 자작나무처럼
자란다면 나의 순수한 곰팡이는 떡갈나무에 양분을
공급하지 못할 터다. 그러나 소나무와 자작나무도, 아니

어쩌면 잡초와 블랙베리조차도 나의 두 번째 성장을
위한 바탕이 될 수 있을지도 모른다. 『1837. 10. 24. 일기』

5   땅에는 새로운 것이 없을지라도 하늘에는 여전히 새로운
것이 있다. 우리는 하늘에서 언제나 필요한 자원을 얻을
수 있다. 하늘은 끊임없이 새로운 페이지를 우리에게
보여준다. 이 푸른 대지 위에서는 바람이 조판組版을
하고 있으니, 탐구심이 강한 사람은 언제나 새로운
진리를 읽을 수 있다. 『1837. 11. 17. 일기』

6   인간은 끊임없이 새로운 이동 수단과 방식을
발명해낸다. 최근에는 몇몇 증기선들이 대서양에서
밤낮으로 서진해오고 있다. 우리 세대의 새로운 진화의
선도자들이다. 그러는 동안 냇가에서는 조용히 초목이
자라나고, 엄숙한 숲은 무심하게 물결친다. 땅은
어떤 소리도 내지 않고, 불 위의 냄비는 끓어 넘치며,
사람들은 저마다의 일로 분주하다. 『1838. 4. 24. 일기』

7   별들이 밤낮으로 우리를 내려다보듯 인간의 허영심이
들끓는 속된 대낮에도 선한 요정들은 여전히 우리를
굽어보며 인도하고 있다. 우리가 그들을 알아보지
못할지라도. 『1838. 8. 29. 일기』

8   오늘 오후 처음으로 강이 얼마나 놀라운 존재인가라는

생각이 들었다. 단단한 지구의 들판과 초원을 쉴 새 없이
굴러가는 거대한 양의 물질은 높은 곳에서 흘러나와
안정적인 인간의 거주지와 이집트의 피라미드를 거쳐
쉴 새 없이 자신의 저수지로 서둘러 가고 있다. 어쩌면
미시시피 강과 아마존 강의 상류에 사는 이들은 지극히
자연스러운 충동으로 강의 흐름을 따라 강 끝까지
가보고 싶어할지도 모른다. 『1838. 9. 5. 일기』

9 오래된 풀밭에서 뜻밖에 금맥이나 은맥 같은 귀한
광맥에 굵은 뿌리를 내리고 있는 소나무를 발견하고
놀랄 때가 있다. 그럴 때면 아직 세상의 젊음을 살고
있다는 깨달음과 함께 이 행성의 부를 지각하게 된다.
그렇다면 인간의 본성도 아직 한창때인 셈이다. 도끼,
곡괭이, 삽을 가져다가 수액이 풍부한 지점을 톡톡
두드려보자. 골수가 풍부한 저장고는 강건한 힘줄처럼
반짝이고, 우린 팔다리가 다시 유연해지는 것을 느낀다.
이럴 때 인간은 뚱함을 누그러뜨리고 동료들에게
친절해진다. 이런 소나무 뿌리는 상냥함의 서약이다.
하지만 어디를 둘러봐도 온통 척박한 땅만 있다면
조금은 언짢아해도 괜찮을 터다. 『1839. 4. 9. 일기』

10 자연은 결코 서두르는 법이 없다. 자연의 시스템은
언제나 같은 속도로 순환한다. 싹은 마치 짧은 봄날이
영원하기라도 한 듯 서두르거나 갈팡질팡하지 않고

서서히 자라난다. 자연은 자신이 하는 모든 일에 각각에
필요한 시간만큼 지극한 공을 들인다. 마치 그 일이 다른
모든 것들을 지체시키는 유일한 목적이라도 되는 양. 혹
지는 해가 아직 남아 있는 날을 활용하라고 재촉하는
듯 보여도, 오랫동안 변함없이 고르게 내는 귀뚜라미
울음소리는 자신의 시간을 영원처럼 여길 것을 가르치며
우리를 안심시켜주곤 한다. 지혜로운 사람은 늘 평온한
마음을 유지하며, 안절부절못하거나 조바심치는 법이
없다. 그는 어떤 산책자들이 매 걸음마다 온몸으로
휴식을 취하는 것처럼 매 순간 자신이 있는 그곳에서
머문다. 반면 그렇지 못한 사람은 피로가 쌓여 갑자기
멈춰 서게 되기 전까지는 다리 근육을 풀 생각을 하지
않는다. 『1839. 9. 17. 일기』

11 자연은 우리가 아주 세심하게 살피는 것도 모두
    참아낸다. 그리고 자연의 아주 작은 잎에 눈높이를
    맞추고 들판을 곤충의 시각으로 바라보기를 권한다.
    『1839. 10. 22. 일기』

12 보기 드문 경치는 거기에 어울리는 주민이 살고 있음을
    직접적으로 암시한다. 그의 숨결은 바람이 되고, 그의
    기분은 계절이 되며, 자연은 그에게 언제나 공정할
    것이다. 자연처럼 차분하지 못하고 안달하고 걱정하는
    사람은 자연처럼 꾸준한 사람이 될 수 없다. 『1839. 12. 2. 일기』

13 자연의 역사를 접하면, 그 역사가 아무리 빈약하더라도 우린 어린아이로 돌아가게 된다. 물고기들의 이름과 계보를 아는 것만으로도 나는 물고기를 사랑하지 않을 수 없다. 심지어 물고기의 지느러미 가시 수는 물론이고, 측선에 얼마나 많은 비늘이 있는지도 알고 싶다. 나는 양서류가 되어 가까운 개울과 호수에서 농어와 잉어와 함께 물속을 노니는 상상을 하곤 한다. 또는 강물에 떠 있는 부엽浮葉들 아래, 그 줄기들이 만든 구불구불한 통로 사이에서 위풍당당한 강꼬치고기와 함께 꾸벅꾸벅 조는 꿈을 꾸기도 한다. 『1840. 2. 14. 일기』

14 사랑은 모든 자연이 노래하는 송시의 반복구와도 같다. 새들의 노래는 결혼 축가다. 꽃들의 결혼은 초원을 울긋불긋 물들이고, 산울타리를 진주와 다이아몬드로 장식한다. 깊은 물속, 높은 창공, 숲과 초원 그리고 땅속 깊은 곳 어디에서든 사랑은 모든 것들의 일이자 삶의 조건이다. 『1840. 3. 2. 일기』

15 오늘 나는 내 조류학 지식이 아무런 쓸모가 없음을 깨달았다. 내가 들었던 새들의 울음소리는 천지창조의 첫날 아침처럼 신선했다. 그 울음소리는 내 영혼의 수많은 캐롤라이나와 멕시코의 미답의 황야를 떠올리게 했다. 『1840. 3. 4. 일기』

16 자연은 우리의 슬픔에 공감하지 않는다. 자연은 슬픔을
위한 준비를 하는 대신 슬픔에 맞서는 다양한 장치를
마련해놓은 듯하다. 자연은 눈물이 뺨 위로 흘러내리지
않도록 속눈썹 끝을 비스듬하게 만들어놓았다.

『1840. 7. 27. 일기』

17 자연의 소리에는 내가 아주 젊었던 시절의 낭만이
깃들어 있다. 유년기에 그랬던 것처럼 천국은 우리
주변에 있다. 자연의 소리는 아무리 거칠고 과도해
보여도 모두가 진실하다. 자연의 소리는 꿈이
나의 유일한 실제 경험이 되게 하며, 내가 영웅에
대해 상상했던 모든 것을 내게 상기시켜주고 다시
확인시켜준다. 그것은 아직 살아보지 못한 삶, 삶 너머의
삶, 나의 시간이 마침내 도달하게 될 삶이다. 나는
시간의 뚜껑을 열고 그 속을 들여다본다. 『1841. 1. 30. 일기』

18 반복하는 것은 쉽지만 새로 시작하는 것은 어렵다.
자연은 수많은 형태로 스스로를 쉬이 반복하게 되어
있다. 자연의 은판 사진술에서는 자연 고유의 빛이 조수
역할을 하며, 그 사진 또한 겉으로 보이는 것보다 훨씬
많은 의미를 지니고 있다. 자연은 그 전망과 동등한
깊이를 지닌다. 따라서 자연의 관찰에는 전망을 위한
작은 망원경과 더불어 깊이를 위한 현미경도 사용될
수 있다. 우린 이처럼 외면의 형태는 손쉽게 늘려갈

수 있지만, 외면에 걸맞은 내면을 갖추기란 쉬운 일이
아니다. 『1841. 2. 2. 일기』

19 병을 앓는 동안 거리에서 소들이 나직하게 우는 소리를
들었다. 마치 건강한 귀가 나의 쾌유를 예고하는 것
같았다. 이 소리는 효과적으로 나를 진맥한다. 모든
감각으로 들어오는 향기는 여전히 내가 자연의 아이임을
알려준다. 저기 헛간에서 나는 도리깨질 소리와 모루의
땅땅거리는 소리는 저승이 아닌 이승에서 나는 소리다.
내가 의사라면 환자들을 이렇게 치료하고 싶다. 그들을
휠체어에 태워 창가로 데리고 가 자연으로 하여금
진맥하게 하는 것이다. 그들의 오감이 건강한지는 금방
밝혀질 터다. 자연의 소리는 내 맥박이 뛰는 소리하고
다르지 않다. 『1841. 2. 26. 일기』

20 자연은 자신의 은밀한 서랍 속을 엿보도록 이 시간을
내게 허락한 것 같다. 나는 내 코트나 벽을 짚은 손에서
올라오는 미세한 땀의 그림자를 지켜본다. 그리고 집의
구석진 곳들로 가서 내 맥박이 뛰는 것을 느끼며, 그
속에서 수수한 삶을 살면서 안락함을 느낄 수 있는 힘이
내게 있는지를 살핀다. 『1841. 2. 26. 일기』

21 신들은 파벌을 만들지 않는다. 그들은 어느 누구의
편에도 서지 않는다. 자연은 몇몇 신실하고 충직한

영혼의 편이라는 생각이, 특별히 그들을 위해
존재한다는 생각이 들 때면 나는 신과 인간 들을 멀리한
채 언덕 아래에서 살아가는 이름 모르는 누군가를
보러 간다. 그리고 그곳의 뜰에는 그의 양식이 될
딸기와 토마토가 자라고 있으며, 산비탈에는 햇살이
따사롭게 깃들어 있음을 알게 된다. 그리하여 신들이
공평무사한 자비를 베풀고 있음을 인정하지 않을 수
없는 것이다. 『1841. 4. 15, 일기』

22 최고의 시인들은 결국엔 자연의 길들여지고 문명화된
측면만을 그려낸다. 그들은 산의 서편은 보지 않는다.
풍경에는 시간을 자연적으로 분할하는 수많은 문자반이
존재하며, 저마다 모양새가 다른 수많은 그림자들이
시간을 가리킨다. 『1841. 8. 18, 일기』

23 어디를 헤매든 우주는 우리를 에워싸기에 우린 언제나
우주의 중심이 된다. 이런 이유로 어디에서 하늘을
올려다보아도 하늘은 언제나 오목하다. 끝없는 심연을
내려다보아도 심연 또한 오목할 터다. 들판에 서서 보면
하늘은 지평선에서 땅 쪽으로 둥글게 굽어 있다. 나는
하늘의 치마를 끌어내린다. 별들이 아주 낮게 떠 있는 걸
보면 내게서 멀어지고 싶지 않은 듯하다.
별들은 언제나 나를 기억하면서 빙빙 돌아 내게로
되돌아온다. 『1841. 8. 24, 일기』

24 여름 햇살처럼 따사로운 햇빛이 숲과 호수 위를 비추고
있다. 이런 날 아침이면 지구는 마치 신들의 발할라
궁전북유럽 및 서유럽의 신화에 나오는 궁전 처럼 아름답다. 사실
우리 영혼은 결코 자연을 넘어서지 못한다. 숲에는
형언하기 힘든 행복이 있다. 단지 그 환희가 감춰져
있을 뿐이다. 겨울에 수많은 가지에 녹색 잎이 하나밖에
달려 있지 않을 때에도 숲속의 기운은 얼마나 따뜻한가!
겨울의 혹한에도 숲은 거칠지 않고 부드럽다. 숲은
헐벗음으로써 스스로를 보호한다. 숲의 소리와 풍경은
내 영혼의 만병통치약이다. 숲은 신성한 건강을
지니고 있다. 하느님도 숲보다 건강하진 않다. 1월에
나뭇가지들이 삐걱거리는 소리부터 7월의 부드러운
바람 소리에 이르기까지 숲의 모든 소리는 우리의
기운을 북돋아주며 똑같은 신비로운 확신으로 가득 차
있다. 『1841. 12. 15. 일기』

25 나는 어떤 책에서보다 바위에 붙어 자라는
지의류地衣類에서 더 지기知己 같은 친근감을 느낀다.
나의 지기는 특별한 야성을 지니고 있어서 야생으로
몹시 돌아가고 싶어한다. 내 안에 결점을 상쇄하는
어떤 자질들이 있는지는 잘 모르겠지만, 무언가를
진실로 사랑하고자 하는 마음이 있는 것만은 분명하다.
그래서 어떤 비난을 받을 때마다 이러한 근거에 기대야
한다. 이는 모든 경우에 써먹을 수 있는 나의 논거인

셈이다. 나의 사랑은 누구도 반박할 수 없다. 나를 만날 때는 이 사실을 염두에 두어야 할 터다. 그러면 강한 나를 발견할 수 있을 것이다. 누군가가 나를 꾸짖거나 스스로를 심하게 자책할 때마다 즉시 이런 생각을 하곤 한다. "무언가를 사랑하는 내 마음을 믿도록 하자." 이 점에서 나는 온전한 사람이며 하느님의 지지를 받는 존재다. 『1841. 12. 15. 일기』

26 숲 저편 보이지 않는 농가에서 연기가 몽실몽실 피어오르는 것을 볼 때면 가까이 가서 살필 때보다 농촌의 가정생활에 대한 시적 암시를 더 많이 받게 된다. 솔잎과 떡갈나무에 맺힌 이슬이 수증기가 되어 날아가듯 연기도 조용히 하늘로 올라간다. 그러는 동안 원과 화관 모양을 만드느라 저 아래 가정의 여느 주부 못지않게 분주하다. 연기는 한 편의 인간 전기傳記와 같은 시대에 속하며, 누군가의 모자 깃털처럼 바람에 나부낀다. 저 한 뙈기의 하늘 아래에서 어떤 구상構想이 무르익고 어떤 재주가 발휘되는바 앞으로 어떤 일이 일어날지 궁금해진다. 연기에서는 냄비가 끓을 때보다 더 많은 것이 새어 나온다. 연기는 사람의 숨결과도 같다. 역사나 소설에서 흥미로운 것은 모두가 저 구름 아래에서 일어난다. 삶과 죽음, 행복과 슬픔의 모든 이야기가 그 아래에서 펼쳐진다. 『1841. 12. 15. 일기』

27 숲은 모든 신화에서 신성한 장소로 등장한다.

드루이드고대 켈트족의 신앙이었던 드루이드교의 성직자들 가운데의
떡갈나무나 에게리아로마신화에 나오는 출산의 여신 또는 물의 님프의
동굴처럼. 심지어 좀더 친숙하고 평범한 삶에서조차도
'반스데일 숲'과 '셔우드 숲'처럼 유명한 숲은 존중심을
가지고 이야기한다. 로빈 후드에게 의지할 셔우드
숲이 없었더라면, 그 이야기가 그토록 매력적이긴
힘들었을 터다. 우리를 매료시키고 다시 어린아이가
되게—숲의 발라드를 읽고, 푸른 숲속 나무의 이야기에
귀 기울이게—하는 것은, 언제나 숲의 알려지지 않은
이야기, 미답의 은밀한 숲에서 일어나는 행위와 그
속에서 펼쳐지는 삶이다. 『1841. 12. 23, 일기』

28 쳇바퀴 돌 듯하는 이 단조로운 삶 속에도
푸른 하늘빛 순간들이 있어,
어느 남쪽 숲 언저리에 봄이 뿌려놓은 제비꽃이나
아네모네처럼 흠 없이 아름다운 이런 순간들이
이 세상에서 인간의 고통을 위로할 뿐인
대단치 않은 목적을 지닌 최고의 철학을 무색하게 한다.

『1841. 12. 30, 일기』

29 씨가 땅속에 잔뿌리를 내린 것을 보니 토양이 알맞은
듯하다. 이제는 똑같은 자신감으로 싹을 위로 뻗어도
좋을 것 같다. 사람이 이처럼 단단하게 땅속에 뿌리를

내리는 것은 그만큼 위로 높이 솟아오르기 위해서가
아닐까? 귀한 식물들은 땅에서 멀리 떨어져 대기와
빛 속에서 맺는 열매로 그 가치를 인정받으며, 그보다
흔한 야채와는 다른 대접을 받는다. 그러나 야채는
2년생 식물일지라도 뿌리가 성숙할 때까지만 키워지며,
이런 이유로 윗부분이 잘려 나가기 일쑤여서 대부분의
사람들은 그것이 꽃피우는 계절을 알지 못한다. 『월든』

30 과일은 그것을 사는 사람이나 시장에 내다 팔기 위해
재배하는 사람에게는 결코 그 진정한 맛을 보여주지
않는다. 그 맛을 보는 방법은 딱 한 가지밖엔 없는데, 그
방법을 택하는 사람은 얼마 없다. 허클베리의 참맛을
알고 싶거든 목동이나 자고새에게 물어보라. 허클베리를
한 번도 따보지 않은 사람이 그 맛을 안다고 생각하는
것은 흔히 범하는 실수다. 『월든』

31 때때로 경험한 바에 의하면, 가장 감미롭고 다정하며,
가장 순수하고 고무적인 교제는 자연물 가운데서 찾을
수 있는 것 같다. 딱하게도 성향이 염세적인 사람이나
극도의 우울증에 빠진 사람의 경우도 마찬가지다. 자연
속에서 살면서 감각을 온전히 유지하는 사람이 진정
암담한 우울을 느낄 일은 없다. 건강하고 순수한 사람의
귀에는 폭풍우조차 '바람의 신'이 연주하는 음악으로
들린다. 순박하고 용기 있는 사람을 속된 슬픔으로

몰아넣을 권리를 가진 것은 아무것도 없다. 『월든』

32 부드러운 이슬비가 한번 내리면 풀들은 한층 더
푸르러진다. 마찬가지로 더 좋은 생각들을 받아들이면
우리의 전망도 훨씬 밝아질 것이다. 『월든』

33 우리가 건강을 찾을 수 있는 곳은 사회가 아닌 자연 속에
있을 때다. 발을 자연 가운데 딛고 서 있지 않는다면
우리 얼굴은 모두 창백해지고 납빛이 될 터다. 사회는
언제나 병들어 있으며, 가장 좋은 사회조차 대부분
그렇다. 사회 속에서는 소나무 내음처럼 건강한 향취도,
높은 목초지의 떡쑥처럼 마음을 파고들며 원기를
북돋아주는 어떤 향기도 찾을 수 없다. 『매사추세츠주의 자연사』

34 내가 말하는 서부는 야생의 또 다른 이름일 뿐이다. 내가
말하고 싶은 것은, 세상을 보존하는 길은 야생 속에서
찾아야 한다는 사실이다. 나무는 야생을 향해 잔뿌리를
뻗는다. 도시는 어떻게든 야생을 억제하려 하고, 인간은
쟁기로 땅을 파헤치며 야생을 침범해나간다. 인간을
버티게 하는 강장제와 나무껍질을 제공하는 것은 숲과
야생이다. 우리의 조상은 야만인이었다. 로물루스와
레무스가 늑대 젖을 먹고 자랐다는 사실은 아무 의미
없는 우화가 아니다. 고귀한 자리에 오른 모든 국가의
설립자는 그와 유사한 야생의 원천에서 자양분과 활력을

얻었다. 대영제국의 후손이 북부의 숲의 후손에게
정복당하고 쫓겨난 것은 늑대의 젖을 먹고 자라지
못했기 때문이다. 『걷기』

35 한마디로 좋은 것은 모두 야생적이고 자유롭다.
악기가 연주하는 것이든 인간이 내는 소리든 음악의
가락에서는 무언가가 느껴진다. 일례로 일말의 풍자도
없이 말하건대, 여름밤에 울려 퍼지는 나팔 소리의
야생성은 원시림에서 포효하는 야생동물의 울음소리를
연상시킨다. 내가 이해하는 한 그 소리에는 야생동물의
야성이 담겨 있다. 나는 길들여진 사람이 아닌 야성적인
사람을 친구나 이웃으로 삼고 싶다. 야만인의 야성은
선한 사람들이나 연인들에게서 볼 수 있는 격렬한
야생성의 완화된 버전일 뿐이다. 『걷기』

36 하루 종일 연필을 만들다가 저녁에 걸어서 옛 동창을
만나러 갔다. 그는 배들이 나이아가라 폭포를 돌아
항해할 수 있도록 웰랜드 운하를 건설하는 일을 도우러
갈 예정이다. 그는 내 삶의 방식과 이렇게 사는 이유를
전혀 이해하지 못했고, '삶의 안락함'을 확보하는 일
이상은 생각하지 말라고 강조했다. 그리고 우린 평온한
마음으로 말없이 각자의 길을 갔다. 나는, 이 아름다운
저녁에 여전히 마을을 비추는 달빛 아래서 이런 생각을
일기에 적기 위해. 그는, 내 목표하고는 다르지만 아마도

목적이 선한 계획을 더욱 무르익게 하기 위해. 하늘의
똑같은 별들은 이렇게 서로 다른 우리 둘 위에서 가만히
빛났다. 우리 둘 중 하나가 잘못 생각한다 할지라도
자연은 변함없이 차분히 우리의 생각에 고개를 끄덕일
것이다. 또한 언제까지나 인내하면서, 당신의 아이들이
어떻게 합의를 이루어내는지 지켜보며 미소 지을 터다.
그리하여 내가 사는 동안 웰랜드 운하와 또 다른 편의
시설들이 만들어질 것이다. 『1842. 3. 17, 일기』

37 다른 사람들에게는 종교인 것이 내게는 자연에 대한
사랑이 아닐까. 『1842. 10. 30, 일기』

38 정신적이고 지적인 건강을 유지하기 위해서는 끊임없이
자연과 교류하고 자연현상을 관조하는 것이 무엇보다
중요하다! 학교 공부나 직업 훈련에서는 결코 자연이
선사하는 것 같은 평온함을 느낄 수 없다. 철학자는
자연현상을 관찰할 때처럼 되도록 멀리 떨어진 채
차분하게 인간사를 관조해야 한다. 윤리주의 철학자는
자연 철학자와 같은 훈련을 필요로 한다. 자연 연구에
익숙한 사람은 그렇지 못한 사람보다 훨씬 유리하게
인간을 연구할 수 있다. 『1851. 5. 6, 일기』

39 우린 요정의 세계에 살고 있는 게 분명하다. 지구
표면에서 지평선을 계속 들어 올리면서 어느 방향으로

건건, 볼록한 지구를 어디서 어떤 길로 오르건 우린
하늘과 땅 사이를 결코 벗어나지 못한다. 햇빛과
별빛과 인간의 거주지에서 결코 멀어지는 법이 없다.
단 5마일만이라도 온갖 사건과 현상으로 가득하지 않은
길을 걸어갈 수 있을지 궁금해진다. 주민들에게 미처
하지 못한 질문은 또 얼마나 많은가! 『1851. 6. 7, 일기』

40 사람들은 미래의 가능성이 과거의 성취를 훨씬
넘어선다고 믿는 경향이 있다. 그래서 과거는 상식에
비추어 되새기면서 미래는 초월적인 감각의 힘을 빌려
예측하곤 한다. 『1851. 6. 7, 일기』

41 내가 보기에 계절마다 존재하는 미세한 차이를 유심히
살핀 사람은 아무도 없다. 일례로 두 밤이 닮은 경우는
거의 없다. 오늘 밤은 대기가 따뜻하다보니 평소보다
바위가 따뜻하게 느껴지지 않는다. 특별히 모래는 더
그렇다. 계절에 관한 책은, 각 페이지가 그 계절에 자연
가운데서 쓰이거나, 그곳이 어디든 그 지방에서 쓰여야
한다. 『1851. 6. 11, 일기』

42 나는 관찰자가 언제나 자신을 중심에 두고 생각한다는
사실에 늘 놀라움을 금치 못한다. 그는 언제나 호弧의
중앙을 향해 서 있다. 하지만 수많은 언덕에서
수많은 관찰자가 자신과 똑같이 유리한 위치에서 해

지는 하늘을 바라보고 있다는 사실은 전혀 생각지
못한다. 『1851. 7. 10. 일기』

43 내 소리에 놀란 참새 한 마리가 푸드덕 풀숲에서
날아오른다. 밤새 꾸며놓은 둥지에는 알 세 개가 놓여
있다. 일찍 여문 옥수수에는 벌써 수염이 자라기
시작했고, 걸어가는 동안 옥수수 특유의 건조한 냄새를
맡을 수 있었다. 오늘 오후에는 잘 익은 블랙베리를
따 모았다. 가을이 성큼 다가온 듯하다. 어쩌면
지금 내 귀에 들리는 다양한 소리와 내 눈에 보이는
광경은 언젠가 그것들이 내게 무언가를 이야기했음을
상기시키는 게 아닐까. 흥미로운 연상 작용으로 말이다.
나는 전생의 기억을 떠올리기 위해 앞으로 나아간다.
혹시라도 전생에 대한 기억을 이곳 어딘가에서 만날 수
있지 않을까 기대하면서. 나는 자연이 본래의 모습을
보존하고 있으리라는 것을 믿어 의심치 않는다. 지금의
자연은 호메로스가 노래한 자연만큼이나 더없이
건강하다. 우리는 자연과의 교감을 통해서만 궁극적으로
건강해질 수 있다. 『1851. 7. 12. 일기』

44 지금 내 나이 서른넷이다! 그런데도 내 인생은 아직
전혀 꽃필 기색을 보이지 않는다. 어린 싹에는 얼마나
많은 것이 담겨 있는가! 대체로 이상과 실제 사이에
커다란 괴리가 있다보니 난 아직 태내에 있다는

생각이 든다. 내겐 사회적 본능은 있지만 사회성은
없다. 인생은 한 가지 성공을 이루기에도 충분히 길지
않다. 또다시 서른네 해를 산다고 해도 그런 기적이
일어나긴 힘들 터다. 나의 계절은 자연의 계절보다
훨씬 느리게 순환한다. 나의 시간은 자연의 시간과는
다르게 흘러가고, 나는 그 사실에 만족한다. 자연이
이처럼 빠르게 순환한다고 해서 나까지 서둘러 나아가야
하는 걸까? 자신이 듣는 음악에 맞춰, 그 리듬을 따라
나아가도록 하자. 내가 사과나무처럼 빨리 익는 게
중요한 일일까? 떡갈나무처럼 빨리 성장해야 하는
걸까? 내 삶은 초자연적인 만큼 자연 가운데의 내 삶이
나의 정신적 삶의 봄이자 유아기에 머물러 있어서는
안 되는 걸까? 나의 봄이 반드시 여름으로 옮겨 가야만
하는 걸까? 훗날의 온전한 삶을 위해 지금의 성급하고
사소한 성취를 희생시켜서는 안 되는 걸까? 내 삶이
커다란 곡선을 이룬다면, 어째서 그것을 구부려 더 작은
원으로 만들어야 하는가? 내 영혼은 자연의 걸음에
발맞춰 펼쳐지지 않는다. 내가 살아가야 할 사회는 지금
이곳에 있지 않다. 그런데도 미래의 삶에 대한 예감을 이
초라한 현실과 맞바꿔야 하는가? 나는 이런 현실 대신
앞날에 대한 순수한 기대를 선택하겠다. 삶이 기다리는
것이라면, 기다리도록 하자. 나는 허망한 현실에 부딪혀
난파하진 않을 것이다. 『1851. 7. 19. 일기』

45 질병이란 존재의 법칙이 아닐까? 강 위에 떠다니는 수련
잎치고 벌레 먹어 구멍이 나지 않은 게 없다. 거의 모든
관목과 교목에는 벌레 혹이 나 있는데, 종종 나무의 최고
장식물로 여겨지기도 하고 열매와 구별하기도 어렵다.
만약 고통이 동반자를 원한다면 동료가 부족할 일은 결코
없을 터다. 아직 더위가 한창인 지금, 조금도 벌레 먹지
않은 잎이나 열매가 있다면 내게 보여달라. 『1851. 9. 1, 일기』

46 우리는 영원이라는 시간 속에서 각자의 몫을 살아간다.
삶의 기술이라고! 나는 책의 어떤 페이지가 오늘 오후를
어떻게 보낼지를 알려주는지 기억하지 못한다. 나는
시간을 잘 보내는 방법도, 시간을 절약하는 방법도 별로
알고 싶지 않다. 어떻게 부자가 될 수 있는지, 어떻게
하루를 헛되지 않게 할 수 있는지도 알고 싶지 않다.

『1851. 9. 7, 일기』

47 사람들은 진실이 저 멀리 어딘가에 있다고 생각한다.
우주의 외곽이나 가장 멀리 떨어진 별 뒤에, 아담 이전과
최후의 인간 다음에. 영원에는 물론 진실하고 숭고한
무언가가 있다. 그러나 이 모든 시간과 장소와 기회는
지금, 여기에 있다. 하느님 자신도 현재의 순간에서
가장 지고한 존재가 되며, 모든 시대를 통틀어 지금보다
성스러웠던 적은 없을 것이다. 우리는 우리를 둘러싼
현실을 끊임없이 빨아들이고 그 속에 몸을 적심으로써만

숭고하고 고귀한 것을 조금이라도 이해할 수 있게
된다. 『월든』

48 풍경을 제대로 바라볼 때 그 풍경은 보는 사람의
삶에 영향을 미친다. 어떤 풍경을 바라보며 어떻게 살
것인가, 어떻게 충만한 삶을 살 것인가를 생각하게
된다. 어린 사냥꾼이 덫으로 사냥감 잡는 법을 배우듯,
우린 세상이라는 꽃에서 꿀 모으는 법을 배운다.
이것이 내가 매일 하는 일이다. 나는 꽃을 찾아다니는
꿀벌처럼 분주하다. 이런 용무로 온 들판을 누비고
다닌다. 그러다 나 자신이 꿀과 밀랍으로 무거워졌다고
느낄 때 가장 행복하다. 나는 온종일 자연의 달콤함을
찾아다니는 꿀벌과도 같다. 내 눈을 이 꽃에서 저 꽃으로
옮겨 가다보면 꽃들을 수분시켜 귀하고 멋진 품종을
만들어낼지도 모르지 않는가. 『1851. 9. 7, 일기』

49 하루에 한 번은 지평선에 있는 산들을 바라볼 필요가
있다. 산들은 세속적이고 하찮은 것과는 거리가 먼
생각, 되도록 하늘을 향하는 나의 생각에 부응해주었다.
푸른 하늘과 영묘한 베일 너머로 보이는 산들은 땅
위에 세워진 자연의 신전이자 높이 치켜세워진 대지의
눈썹으로, 바라보는 이의 생각이 자연스레 고양되고
승화되며 신성해지는 것을 지켜본다. 나는 풍부한
대기나 하늘을 통해 땅을 바라볼 수 있기를 바란다.

대기처럼 훌륭한 그림물감은 없기 때문이다. 그렇게
바라본 산들은 절로 경배의 마음을 우러나게 한다.
『1851. 9. 12. 일기』

50 석양을 바라볼 때마다 해가 지는 곳처럼 멀고도 아름다운
서부로 가고 싶어진다. 태양은 매일 서부로 조금씩
이동하면서 자기를 따라오라고 우리를 유혹한다. 태양은
모든 나라가 그 뒤를 따르는, 위대한 서부의 개척자다.
우리는 밤새도록 지평선에 걸린 산등성이를 꿈꾼다.
그것이 비록 마지막 햇살에 금빛으로 빛나는 수증기
덩어리에 지나지 않을지라도 말이다. 지상낙원이라 할
만한 아틀란티스 섬해저로 가라앉았다는 대서양상의 전설의 낙원과
헤스페리데스그리스신화에 나오는 여신들로 '저녁의 아가씨들'이라는 뜻.
세계의 서쪽 끝에서 황금 사과밭을 지키고 있다고 한다의 섬과 정원은
고대인들이 꿈꾸던, 신비와 시상詩想으로 둘러싸인
위대한 서부가 아니었을까. 해 지는 하늘을 바라보면서
머릿속으로 헤스페리데스의 정원과 이 모든 신화의
근원을 떠올리지 않을 사람이 있을까? 『걷기』

51 자신의 마음을 보고 싶다면 하늘을 보라. 자신의 기분을
알고 싶다면 날씨가 어떤지를 보라. 날씨에 실망하는
사람은 자신에게도 실망할 것이니. 『1852. 1. 26. 일기』

52 마치 단단하고 햇살이 비치는 땅에 발을 딛고 서 있는 것

같은 느낌이 든다. 땅은 모든 철학과 시와 심지어 종교의
바탕이다. 지난여름 몇 에이커의 땅을 잘 가꾼 사람이
자신의 일부도 마찬가지로 잘 가꾸었을 거라고 믿는다.
앞으로 그를 빈민 구호소나 감옥에서 보게 될 일은 결코
없을 것이다. 사실상 그는 천국으로 향하는 길 위에
있는 것과 다를 바 없다. 그가 농장을 인수했을 당시
그곳에는 접목한 나무 한 그루 없었다. 그런데 이제 그는
과일을 팔아 상당한 수입을 얻고 있다. 그를 평가할 또
다른 사실이 없을 때 이는 그의 도덕적 진가를 보여주는
명백한 증거가 된다. 『1852. 3. 1. 일기』

53 파랑새는 등에 하늘을 지고 다닌다. 『1852. 4. 3. 일기』

54 자연을 조금이라도 감상할 수 있으려면 인간적으로 느낄
수 있어야 한다. 그 말은 즉, 어떤 풍경을 바라보면서
자신의 고향을 떠올리듯 자연 풍경이 인간적인 애정을
불러일으켜야 한다는 것이다. 자연은 사랑이 충만한
사람에게 무엇보다 커다란 의미가 있다. 자연을
사랑하는 사람은 누구보다 인간을 사랑하는 사람이다.
내게 친구가 하나도 없다면 자연이 무슨 의미가
있겠는가? 자연은 정신적으로 더 이상 아무런 의미가
없게 될 것이다. 『1852. 6. 30. 일기』

55 자연은 관찰자로서 의식적으로 탐구하는 사람이

아닌 충만한 삶을 사는 이에게 자신을 드러내 보인다.
전자에겐 자연은 서둘러 자신을 보여줄 뿐이다. 그러나
진실한 마음으로 대하는 이에게 자연은 비유적 표현에
가깝다. 『1852. 7. 2. 일기』

56 너무나 습관적이고 판에 박힌 생각에 빠져 살다보니
지구에 표면이라는 게 있다는 걸 잊을 때가 있다.
그래서 지금처럼 저기 달빛에 잠긴 언덕과 강물, 괴물
같은 풍경들을 보면서 놀라곤 한다. 사물의 표면을
살피는 것은 언제나 유익하다. 내 눈이 보고 있는
강물과 언덕, 이 판독 불가한 것들은 대체 다 뭐란
말인가? 내가 숨 쉬는 대기에는 우리에게 활력을
불어넣는 무언가가 있고, 내가 유독 민감하게 반응하는
이것은 지구의 표면에서 불어오는 진짜 바람이다. 나는
눈으로 바깥을 내다보고, 창가로 가서 신선한 공기를
느끼고 들이마신다. 이것은 충만한 내적 경험 못지않게
근사한 사실이다. 어째서 지금까지 우린 외면을 그토록
깎아내리려 했을까? 표면을 인식하다보면 건전한
감각이 수시로 깨어나는 것을 느끼게 될 것이다.

『1852. 8. 23. 일기』

57 내가 산에 올라갔다 왔다고 하면 많은 이들이 망원경을
가져갔느냐고 묻는다. 물론 망원경이 있으면 좀더 멀리
볼 수 있었을 것이고, 특별한 물체를 더 또렷이 볼 수도,

좀더 많은 건물들을 알아볼 수도 있었을 터였다. 그러나
이런 사실은 높은 위치에서 볼 수 있는 전망의 고유한
아름다움과 장관과는 아무 상관이 없다. 내가 산에 오른
것은, 지금까지 그래왔던 것처럼 몇몇 특정한 대상을
아주 가까이 있는 것처럼 보기 위해서가 아니었다.
나는 엄청나게 다양한 풍경들이 서로 상호작용을
하여 마치 그림처럼 보이는 모습을 보고 싶었다.
망원경으로 산 위에서 내려다보는 풍경은 시와 비교한
과학적 사실들처럼 무미건조해 보일 수 있다. 여관이나
산장에서는 망원경을 빌려주기도 한다. 그들은 망원경을
챙기지 않으면 정상으로의 여정은 아무 쓸모가 없으며
경치를 반밖에 보지 못하는 거라고 생각한다.

『1852. 10. 20. 일기』

58 건강한 현실을 경험하기 위해서는 생각과 감정에
바닥짐배의 안정을 위하여 바다에 싣는 돌이나 모래을 싣듯 집 밖으로
나가야 한다. 건강은 이런 휴식과 목적 없는 삶을 필요로
한다. 현재를 사는 삶 말이다. 자연 속에서 무엇을 할지
집 안에서 아무리 많이 생각하더라도 바깥에 나서면
자연은 여전히 새롭게 다가올 것이다. 나는 내 안에
있는 광물성과 식물성 그리고 동물성을 위해 집 밖으로
나간다.
내 생각은 세상이 지닌 의미의 일부다. 따라서 나는
생각을 표현하기 위한 상징으로 세상의 일부를

이용한다. 『1852. 11. 4. 일기』

59 신체적이고 정신적인 건강을 위해서는 현재에 잘 보여야
한다. 건강을 어디에서 발견하든 꼭 껴안도록 하자.
『1852. 12. 28. 일기』

60 내가 자연을 좋아하는 이유 중 하나는, 자연은 인간이
아니라 인간에게서 벗어난 은신처이기 때문이다. 인간의
어떤 제도도 자연을 통제하거나 그 속으로 스며들지
못한다. 자연에는 또 다른 종류의 권리가 지배한다. 자연
속에서 나는 온전한 기쁨을 누릴 수 있다. 이 세상이
온통 사람으로만 이루어져 있다면, 난 맘껏 기지개를
켤 수도 없고 모든 희망을 잃게 될 것이다. 세상은 내게
제약을 가하지만, 자연은 나를 자유롭게 한다. 세상은
나로 하여금 또 다른 세상을 꿈꾸게 하지만, 자연은
지금의 자연에 만족하게 한다. 『1853. 1. 3. 일기』

61 야생동물을 보호하려면 야생동물이 살거나 기댈 수 있는
숲이 있어야 한다. 사람도 마찬가지다. 100여 년 전의
사람들은 우리 마을의 숲에서 벗겨낸 나무껍질을 길에
내다 팔았다. 그 원초적이고 질긴 나무의 모습 가운데는
햇볕에 그을리게 함으로써 인간의 생각의 섬유질을
더욱 단단하게 하고 강화하는 원리가 숨어 있다. 아! 그
시절과 비교할 때 오늘날 내 고향 마을이 이렇게 쇠락한

것을 생각하면 몸서리가 쳐진다. 이젠 더 이상 두꺼운
양질의 나무껍질을 모을 수도 없고, 타르와 테레빈유도
만들 수 없다.

그리스, 로마, 영국과 같은 문명국가는 오래전 그 자리에
있던 원시림이 썩은 토양을 바탕으로 유지되어왔다.
흙만 고갈되지 않는다면 그들은 언제까지나 살아남을
수 있다. 아, 위태로운 인간의 문화여! 식물 세계가
고갈된다면 국가가 유지되기를 기대할 순 없다. 그때는
우리 선조들의 뼈로 거름을 만들어야 할 터다. 그런
곳에서는 시인은 자신의 남아도는 지방으로 버텨야
하고, 철학자는 자신의 골수까지 빼 먹을 지경이 될지도
모른다. 『걷기』

62 우리 주위에는 대개 충분한 공간이 있다. 지평선이 우리
턱밑까지 바짝 다가오는 법은 없다. 울창한 숲이나
호수도 우리 문 앞까지 와 있지는 않으며, 언제나 어느
정도 개간되어 우리 발자국에 닳고 닳아 익숙해진다.
어떤 식으로든 전용轉用되어 울타리가 쳐지며, 끊임없이
자연에게서 되돌려줄 것을 요구받는다. 『월든』

63 사계절이 선사하는 우정을 즐기는 동안에는 어떤 것도
삶을 짐스럽게 하지 못할 터다. 오늘 내 콩밭을 적시며
나를 집에 머물게 하는 저 보슬비는 지루하고 우울하지
않으며, 나를 위해서도 좋은 일을 하고 있는 셈이다.

비 때문에 콩밭을 갈지 못한다고 해도, 비는 콩밭을
가는 것보다 훨씬 큰 가치가 있다. 비가 오랫동안 계속
온다면 땅속의 종자들이 썩고 낮은 지대의 감자 농사를
망치겠지만, 높은 지대의 풀에게는 좋은 일이며, 풀에게
좋은 것은 나에게도 좋은 일이다. 『월든』

64 마을을 둘러싸고 있는 미답의 숲과 초원이 없었다면
우리 삶에서 활기를 찾아보긴 힘들었을 터다.
우리에게는 야생이라는 강장제가 필요하다. 때때로
알락해오라기와 뜸부기가 숨어 사는 습지를 걸어서
건너거나 도요새의 울음소리에 귀 기울일 필요가 있다.
또한 더 야성적이고 더 고독한 새만이 둥지를 짓고
밍크가 땅에 바짝 배를 댄 채 기어가는 곳에서 바람에
흔들리는 사초莎草의 냄새를 맡을 필요가 있다. 『월든』

65 월든 호수 같은 호수가 또 하나 있는데, 이곳에서
서쪽으로 2마일 반쯤 떨어진 나인 에이커 코너Nine Acre
Corner에 있는 화이트 호수가 그것이다. 그러나 여기서
12마일 이내에 있는 호수들을 거의 다 알고 있지만 월든
호수처럼 맑고 샘물 같은 성질을 지닌 호수는 본 적이
없다. 아마도 지금까지 수많은 부족들이 이 물을 마시고
감탄하면서 그 깊이를 재봤을 것이고 그런 뒤에 역사의
뒤안길로 사라졌겠지만, 호수의 물은 지금도 여전히
푸르고 맑기 그지없다. 월든 호수의 물은 이따금씩 물이

마르곤 하는 그런 샘물이 아닌 것이다!
어쩌면 아담과 이브가 에덴동산에서 쫓겨나던 봄날
아침에도 월든 호수는 이미 존재하고 있었을지도
모르며, 옅은 안개와 서풍을 동반한 부드러운 봄비
속에서 얼음이 녹고 있었을지도 모른다. 호수의
수면에는 인간의 추락을 알지 못한 수많은 물오리와
기러기 들이 그토록 맑은 물에 흡족해하며 떠다니지
않았을까. 이미 그때부터 호수의 물은 불어나고
줄어들기를 반복하면서 스스로를 정화하고 지금과 같은
빛깔을 띠게 되었을 것이다. 그리하여 세상에 하나밖에
없는 월든 호수가 될 권리와 천상의 이슬을 증류하는
특허권을 하늘에서 따냈을 것이다. 지금은 잊힌 수많은
민족들의 문학에서 이 호수가 '카스탈리아의 샘'그리스
델포이에 있는 샘으로 카스탈리아라는 님프에게서 그 이름이 유래했다.
카스탈리아는 그 샘물을 마시는 이들에게 영감을 불어넣어주는 일종의
뮤즈이기도 했다 같은 역할을 했을지 그 누가 알겠는가? 또한
황금시대에는 어떤 요정들이 이 호수를 지배했는지
그 누가 알겠는가? 월든 호수는 콩코드 마을이 자신의
소박한 왕관에 달고 있는 최고의 보석인 것이다. 『월든』

66 화이트 호수와 월든 호수는 지상의 커다란 수정들이며
'빛의 호수들'이다. 이들 호수가 영원히 응결되고
손안에 움켜쥘 정도로 작은 것이었다면, 제왕들의
머리를 장식하는 진귀한 보석으로 쓰기 위해 노예들이

캐 갔을지도 모른다. 그러나 이 호수들은 액체 상태인
데다 그 양도 넉넉하고 우리와 후손들에게까지 영원히
확보돼 있으므로 우린 이들을 무시하고 코이누르의
다이아몬드1849년부터 영국 왕실이 소장하고 있는 106캐럿의 인도산
다이아몬드로 세계 최대를 자랑한다를 뒤쫓는 것이다.

이 호수들은 너무도 순수해서 시세를 매길 수 없으며,
어떤 불순물도 포함하고 있지 않다. 이들은 우리
삶보다 얼마나 더 아름다우며, 우리 인격보다 얼마나
더 투명한가! 우린 이 호수들의 비천한 모습을 본
적이 없다. 호수는 오리들이 헤엄치는 농부의 집 앞
물웅덩이에 비할 수 없을 만큼 깨끗하다! 이곳에는
깨끗한 야생 오리들이 찾아온다. 그러나 어떤 인간
거주자도 자연의 진가를 알아보지 못한다. 아름다운
깃털을 지닌 새들은 노래를 부르며 꽃들과 조화를
이룬다. 하지만 어떤 젊은 남녀가 자연의 야생적이고
풍부한 아름다움과 함께 호흡하며 살아가는가? 자연은
그들이 사는 도시에서 멀리 떨어져 홀로 있을 때 가장
번창한다. 자연을 놔두고 천국을 이야기하다니! 이는
지구에 대한 모독이 될 것이다. 『월든』

67 트렌치아일랜드 태생의 영국 성직자·시인인 리처드 체네빅스
트렌치(1807~1886)를 가리킨다의 말에 의하면 "'라이벌rival'강'을
뜻하는 'river'에서 유래한 말이다. 라틴어로 'rīvus'는 '개울'을, 'rivális'는
'개울의 공동 사용자'를 가리킨다 이라는 단어는 본래 같은

개울가나 반대편 개울가에 사는 사람"을 의미한다.
그런데 그의 설명에 따르면, 수리권水利權은 개울가에
사는 이웃들 간의 수많은 분쟁의 원인이 되어왔으므로
'라이벌'이라는 단어가 '경쟁자'라는 두 번째 의미를
띠게 되었다. 내 친구들은 본래의 의미에서 콩코드
강을 사이에 둔 라이벌들이다. 그러나 우린 강물의
사용을 두고 서로 다툰 적이 한 번도 없다. 콩코드 강은
많은 혜택을 제공하면서도 누구에게도 트집거리가
되지 않는다. 다툼을 야기하지 않는 평화로운 강인
것이다. 콩코드 강은 양쪽 강가에 사는 이웃들을
라이벌이 아니라 친구가 되게 했다. 내 친구는 곧 나의
라이벌이다. 우린 서로 반대쪽 강가에 살지만, 우리
사이를 흐르는 콩코드 강은 파문波紋이나 웅얼거리는
소리도, 급류나 다툼도 일으키지 않으며, 우리를 서로
다투게 할 사소한 혜택 따위를 제공하는 법도 없다.

『1853. 1. 16. 일기』

68 자신의 삶을 묘사하기 위한 비유와 상징의 원료로
자연을 이용하는 사람은 더없이 풍요로운 사람이다.
내가 삶으로 넘쳐흐르고 그 표현수단이 부족할 만큼
경험이 풍부해진다면, 자연은 시상詩想으로 가득한 나의
언어가 될 터다. 그리하여 모든 자연은 우화가 되고, 모든
자연현상은 신화가 될 것이다. 『1853. 5. 10. 일기』

69 어떤 경계 너머의 숲을 베어내는 사람은 새들을
멸종시키는 셈이다. 『1853. 5. 17. 일기』

70 잠에서 깨면, 막 코르크 마개를 딴 하루의 표면에서 터져
나오는 거품인 양, 귀에 익은 새들의 나직한 노랫소리나
참새 지저귀는 소리가 들려온다. 일찍 일어나는 새가
벌레를 잡는 법이다! 하루 종일 맑은 정신으로 있고자
한다면, 매일매일이 선사하는 달콤한 과즙의 첫잔을
음미해야 할 터다. 『1853. 6. 2. 일기』

71 자연은 삶을 살아가는 장소로 기능할 때만 아름답다.
아름다운 삶을 살겠다고 마음먹지 않은 사람에게 자연은
아름다울 수 없다. 『1853. 7. 21. 일기』

72 각각의 계절이 지나는 동안 그 속에서 충만한 삶을
살도록 하자. 신선한 공기를 호흡하고, 자연의 음료를
마시며, 그 열매를 맛보자. 그리고 그것들 하나하나가
우리에게 미치는 영향을 기꺼이 받아들이도록 하자.
『1853. 8. 23. 일기』

73 자연 가운데서 일어나는 다사다난한 인간사가 없다면
자연이 무슨 의미가 있을까? 살아가는 동안 우리가 겪는
수많은 기쁨과 슬픔은 가장 아름답게 자신을 드러내는
자연의 빛과 그림자와도 같다. 『1853. 11. 2. 일기』

74 나는 그게 무엇이든 자연이 내게 제공할 수 있는
자양분을 빨아들이는 것을 업으로 삼고 있다. 그 일을
끝없이 반복할 것을 감수하면서. 나는 하늘과 대지의
젖을 마신다. 『1853. 11. 3. 일기』

75 자연이 주는 작은 선물들을 어린아이처럼 기뻐하며 받지
않으면서 어떻게 자연을 이해하기를 기대할 수 있을까?
그 선물들이 지닌 고유한 가치 때문이 아니라, 그것들이
자연이 주는 선물이기 때문에 더 기쁜 것이다. 나는 내
기쁨의 원천이 아무리 사소하고 보잘것없는 것이라
할지라도 그 선물들로 내 바구니를 가득 채우기를
좋아한다. 『1853. 11. 7. 일기』

76 당신의 봄과 여름의 열매가 익기 시작하면 당신 안에
있는 그 씨가 단단해지는 걸 느끼지 않는지? 당신의
생각들이 향미와 원숙함과 더불어 밀도를 갖추기
시작하지 않는지? 인격의 파종기를 거치지 않고 어떻게
생각의 수확기를 기대할 수 있겠는가? 나의 봄날의
결실인 내 작은 몇몇 생각은 벌써부터 갓 태어난
어린 새들을 먹이는 베리처럼 무르익고 있다. 또 다른
몇몇 생각은 여름 가뭄의 영향을 받은 초목의 아래쪽
잎들처럼 이르게 익어 밝은색을 띠고 있다. 『1854. 8. 7. 일기』

77 지금까지 지나온 봄과 여름을 떠올릴 때마다 마음이

몹시 쓰려온다. 나는 아침에 일찍 일어나는 사람이
아니었다. 나는 사회에 휘둘리고 지쳤다. 나는 차와
커피를 마셨고, 그럼으로써 스스로를 값싸고 속된
존재가 되게 했다. 나의 날들은 모두가 한낮이었고,
신성한 아침과 저녁을 알지 못했다. 이제부터 나는
일찍 일어나, 정신을 고양시키는 영향력을 지닌 이들과
어울리면서, 그런 꿈들을 품고 생각이 깨어 있는 삶을
살고 싶다. 그러려면 식습관에도 각별한 신경을 써야 할
것이다. 『1854. 8. 13. 일기』

78 혹시라도 자연의 어떤 부분이 연민을 불러일으킨다면,
우리가 슬퍼하는 것은 바로 우리 자신이다. 자연에는
영원한 건강과 아름다움이 존재하는 반면, 우린 세상이
지닌 아름다움의 일부만을 짧은 순간에 언뜻 볼 수 있을
뿐이기 때문이다. 『1855. 12. 11. 일기』

79 자연은 천재성과 신성神性으로 가득 차 있다. 눈송이
하나까지도 자연의 다재다능한 손길을 피하지 못한다.
자연이 빚은 것은 그 어느 것도, 심지어 이슬방울이나
눈송이 하나도 하찮거나 조악하지 않다. 『1856. 1. 5. 일기』

80 나도 한번 버드나무처럼 굳건한 정신력을 지녀봤으면!
이 얼마나 강인한 생명력인가! 이 얼마나 유연한 삶인가!
게다가 상처는 어찌나 빨리 극복하는지! 버드나무는

결코 좌절하는 법이 없다. 버드나무는 젊음과 기쁨과
영원한 삶의 상징이다. 『1856. 2. 14. 일기』

81 퓨마, 검은 표범, 스라소니, 울버린, 늑대, 곰, 무스, 사슴,
비버, 칠면조 같은 고귀한 동물들이 여기서 사라져가는
걸 보면서 길들여진 나라, 말하자면 거세된 나라에서
산다는 느낌을 지울 수가 없다. 『1856. 3. 23. 일기』

82 야생 사과의 시대는 곧 끝날 것이다. 야생 사과는
뉴잉글랜드에서는 더 이상 볼 수 없는 과일이 될 터다.
지금부터 100년 후 이 들판을 거니는 사람은 야생
사과를 몰래 따 먹는 즐거움을 알지 못할지도 모른다.
아, 불쌍한 이여, 그가 영영 알지 못할 즐거움이 얼마나
많은가! 『야생 사과』

83 젊은 여성을 향한 청년의 사랑과도 같지만 그보다 훨씬
오래가는, 자연을 향한 인간의 사랑이 그의 삶의 지배적
원칙이 되기란 얼마나 드문 일인가! 모든 자연은 나의
신부다. 누군가에게는 삭막하고 끔찍한 고독을 느끼게
하는 자연이 또 다른 누군가에게는 달콤하고 다정하며
상냥한 사교의 장場이 된다. 『1857. 4. 23. 일기』

84 이곳이 아닌 마을 어디에서도 볼 수 없는 팽나무
두세 그루를 그들이 베어버렸다. 주님이 이 야만적인

약탈자들로부터 우리를 구원해주기를!

아동 학대범들이 처벌을 받는다면, 자신들이 보살펴야 할 자연의 얼굴을 험히 다루는 사람들도 벌을 받아야 마땅하다. 『1857. 9. 28. 일기』

85 완전히 해가 진 지금 산은 정상부터 산기슭까지 온통 짙푸른 색을 띠고 있다. 늘 그렇듯 조그만 구름 하나가 하루의 문 앞에서 해를 지키고 있다가, 해가 사라진 지금 그 빛을 우리에게로 되비쳐준다. 그러나 이 장엄하고 찬란한 산이 거기 있다는 걸 매일 떠올리면서 그에 걸맞게 살아가기란 얼마나 어려운 일인가! 산은 우리에게 나아갈 길을 일러주며 끊임없이 그 사실을 상기시킨다. 『1857. 11. 4. 일기』

86 아프면 모든 것이 엉망이 된다. 어제는 허리 통증과 감기로 고생했고, 으레 그렇듯 그 때문에 일상이 중단되기에 이르렀다. 나는 한동안 자연과의 친밀한 관계나 일상적 관계를 이어갈 수 없었다. 자연에 공감한다는 것은 완벽히 건강하다는 증거다. 평온한 마음으로만 자연의 아름다움을 느낄 수 있다. 우리가 누리는 즐거움은 값이 쌀수록 더 안전하고 더 건전하다. 극장과 오페라 같은 것에 커다란 가치를 두는 사람은 갈피를 잡지 못하는 사람이다. 우리 각자가 나아가야 할 필연적인 길은, 비록 풀밭 딱정벌레의 길처럼 겉보기엔

평범하고 모호해 보일지라도, 자신이 느낄 수 있는
더없이 충만한 기쁨으로 향하는 길이다. 두더지와
버섯하고만 대화를 함으로써 주변 사람들을 부끄럽게
할지라도, 자신의 부싯돌에 맞는 쇠가 어떤 것인지를
안다면 아무런 문제가 되지 않는다. 『1857. 11. 18. 일기』

87 콩코드에서 북쪽으로 올라가다 보면 아마도 강둑에서
올려다보거나 내려다보게 될 메리맥 강 유역이 우리의
영감을 불러일으키는 첫 번째 광경이 될 것이다. 너른
강이 만들어내는 경치에는 문화와 문명에 맞먹는
무언가가 있다. 강의 수로는 몸뿐만 아니라 생각도
함께 유서 깊고 유명한 항구들로 이끌면서 우리로
하여금 아름답고 위대한 모든 것과 하나가 되게 한다.
나는 한나절을 걸어간 끝에 마침내 메리맥 강의 둑에
섰던 기억을 떠올리기를 좋아한다. 강둑은 육지를
차단할 만큼 충분히 넓었고, 나의 눈과 생각을 바다로
향하는 수로로 이끌었다. 강은 우리를 자유롭게 해주는
영향력을 지녔다는 점에서 호수보다 우월한 어떤
것이다. 강은 끊임없이 움직이며 무한히 길게 펼쳐진다.
한 마을의 뒤편과 맞닿아 흐르는 강은 새의 날개와도
같다. 아직 펼쳐보지는 않았지만 언젠가 활짝 펼쳐
세상을 감쌀 준비가 된 날개를 닮았다. 강의 물살이 빠를
때는 강이 날개를 가볍게 파닥거리는 듯 보인다. 강이
흐르는 마을은 날개가 달린 마을이다. 『1858. 7. 2. 일기』

88 매 계절의 자연의 모습은 결코 과하게 두드러지거나
눈에 거슬리는 법이 없다. 우리가 찾을 때는 언제나
거기 있지만 관심을 요구하지도 않는다. 자연은
우리로 하여금 고독의 혜택을 오래도록 누리게 하는,
조용하지만 잘 통하는 동반자와도 같다. 우린 언제라도
자연과 함께, 어떤 장소에 어울리지 않는 말투로
말해야 할 필요 없이, 조용히 자연스럽게 걷고 말할 수
있다. 『1858. 11. 8. 일기』

89 모든 것에는 그에 어울리는 계절이 있다. 우린 대체로
그 계절을 제외하고는 어떤 특정한 현상에 별다른
관심을 갖지 않는다. 이를테면 리플 호수에서 잔물결이
이는 것을 지켜보거나 화살촉을 찾아 나서거나, 암석과
지의류를 연구하고 모래사막을 걷기에 좋은 시기가 있다.
자연을 관찰하는 사람은 농부가 자신의 계절을 활용하듯
이 각각의 계절을 활용할 줄 알아야 한다. 현명한 사람은
오늘 어떤 놀이를 해야 할지를 알며, 그것을 한다. 책력과
같은 엄격한 규칙이 아닌 계절이 우리를 다스리게
하자. 사람의 기분과 생각은 자연의 그것들처럼 꾸준히
끊임없이 순환한다. 호기를 놓치지 말자. 지금이 아니면
영영 하지 못할 것이다! 현재를 살면서, 모든 물결 위에
올라타고, 매 순간 속에서 자신만의 영원을 발견해야
할 터다. 어리석은 사람들은 자신에게 주어진 기회의
섬에 발을 딛고 선 채 또 다른 땅으로 눈길을 돌린다.

또 다른 땅이란 없다. 이 삶 말고 또 다른 삶은 없다. 이
삶과 비슷한 삶도 없다. 훌륭한 농부가 있는 곳에 좋은
땅이 있는 법이다. 또 다른 길을 택하게 되면 인생은
후회의 연속이 될 것이다. 우리가 탄 배가 좌초하지 않고
바람 앞에서도 순항할 수 있게 하자. 뉘우치고 후회하는
사람을 위한 세상은 없다. 『1859. 4. 24. 일기』

90 마을마다 공원이 있어야 한다. 500에이커나
1000에이커쯤 되는 울창한 숲이면 더 좋을 터다.
그곳에서는 나뭇가지 하나도 땔감용으로 베어내서는 안
된다. 숲은 영원한 공공의 소유이자 교육과 휴식을 위한
장소가 되어야 한다. 『1859. 10. 15. 일기』

91 집을 지을 수 있는 그럴듯한 행성이 없다면 집이 무슨
소용이 있을까요? 『1860. 5. 20. 해리슨 블레이크에게 보낸 편지』

92 문명은 우리 집들을 개선해왔으나 그 안에 사는
사람들을 같은 수준으로 개선하지는 못했다. 문명은
궁전을 만들어냈으나 귀족과 왕을 낳는 것은 그리 쉬운
일이 아니었다. 『월든』

93 우리가 진보라고 부르는 것은 대부분 시골을 도시로
탈바꿈시키는 것을 의미한다. 『1860. 8. 22. 일기』

94 내가 보기에 대부분의 사람들은 자연을 돌보는 일에
관심이 없으며, 살아 있는 동안 누릴 수 있는 자기
몫의 자연의 아름다움을 고작 럼주 한 잔 값 정도에
팔아넘기고자 한다. 인간이 아직 날지 못하는 게 얼마나
다행인지 모르겠다! 하늘까지 땅처럼 폐허로 만들지는
못할 테니 말이다. 아직까지는 우린 이런 면에서
안전하다. 『1861. 1. 3. 일기』

95 내가 호숫가를 떠난 뒤로 벌목꾼들이 그곳을 더욱
황폐하게 만들어놓았다. 앞으로는 때때로 호수가
내다보이는 전망의 숲속 오솔길을 거니는 것은 오랫동안
불가능할 터다. 이제부터 나의 뮤즈가 침묵하더라도
탓할 수가 없게 되었다. 숲들이 베어져나가는데 어떻게
새들이 노래하기를 기대할 수 있겠는가?
이제 호수 바닥의 통나무들과 낡은 통나무 배 그리고
호수를 둘러싼 빽빽한 숲도 모두 사라져버렸다. 호수가
어디 있는지도 잘 알지 못하는 마을 사람들은 호수로
가서 멱을 감거나 물을 마시는 대신 수도관으로
물을 끌어와 그 물로 접시를 닦으려 한다! 적어도
갠지스강처럼 신성해야 할 호수의 물로 말이다. 그들은
수도꼭지를 틀거나 마개를 뽑아 월든 호수의 물을 손에
넣으려 하는 것이다! 『월든』

96 마을을 매력적인 곳이 되게 하는 자연적 지형은 어떤

것들일까? 강과 그에 딸린 폭포, 초원, 호수, 언덕,
절벽이나 개별 암석들, 숲 그리고 홀로 서 있는 오래된
나무들. 이런 것들이 아름다운 것이다.

이 모두는 달러와 센트로는 절대 가치를 매길 수 없는
최고의 용도를 지니고 있다. 마을 주민들이 지혜롭다면
아무리 많은 비용이 들더라도 이런 것들을 보존하려고
애쓸 것이다. 자연의 지형은 고용된 교사나 설교자 혹은
공인된 어떤 학교 교육 시스템보다 훨씬 많은 것을
가르쳐줄 수 있기 때문이다. 『1861. 1. 3, 일기』

97 식물이나 나무의 배아 상태인 씨앗은 그 속에 성장과
삶의 원칙을 포함하고 있다. 내가 보기에, 그리고 자연의
경제학에 비추어 이는 코이누르의 다이아몬드보다 훨씬
귀한 것이다. 『1861. 3. 22, 일기』

98 우리 안에는 모든 것을 열렬히 탐사하고 배우고자 하는
마음과 모든 것이 신비에 싸인 채 탐사되지 않기를
바라는 마음이 동시에 존재한다. 불가해한 존재인 땅과
바다가 무한한 야성을 간직한 채 사람의 발길이 닿지
않는 미개척 상태로 남아 있기를 바라는 것이다. 어떻게
해도 우린 자연의 모든 것을 알 수는 없을 터다. 『월든』

99 시간은 내가 낚시를 드리우는 강물에 지나지 않는다.
나는 그 물을 마신다. 물을 마시면서 나는 그 모래

바다를 보고 강물이 얼마나 얕은지를 알게 된다. 얕은
물은 흘러가버리지만 영원은 남는다. 나는 더 깊은 곳의
물을 마시고 싶다. 바다에 별들이 조약돌처럼 깔린
하늘의 강에서 낚시를 하고 싶다. 『월든』

100 무엇보다 우린 현재를 살지 않을 재간이 없다. 과거에
얽매여 지나가는 삶의 순간을 낭비하지 않는 이가
가장 축복받은 사람이다. 우리 가까이 있는 농가들의
마당에서 수탉이 홰치는 소리를 듣지 못하는 철학은
시대에 뒤처진 철학이다. 그 소리는 대체로 우리 생각의
습관과 일이 녹슬어 구식이 되어가고 있음을 우리에게
일깨워준다. 현재를 사는 사람의 철학은 우리의
철학보다 앞선 최신 철학이다. 이는 지금 이 순간을
따르는 복음이 신약보다 새로운 복음임을 시사한다.
일찍 일어나고, 남보다 앞서 시대의 흐름에 발맞추며,
자신이 있는 곳에 있는 것이 시의적절하며 시대의 선두
주자가 되는 길이다. 그런 사람은 절대 뒤처지는 법이
없다. 『걷기』

101 지금까지 한 번도 해가 진 적이 없는 것처럼 집 한
채 보이지 않는 외딴 초원으로 해가 지는 광경은
도시에 햇살이 쏟아질 때만큼이나 찬란하고 장엄하다.
초원에서는 날개가 금빛으로 물든 고독한 회색개구리매나
둥지 밖으로 고개를 내미는 사향쥐가 눈에 띌 뿐이다.

늪지대 한가운데서는 검은 띠처럼 보이는 작은 개울이
막 방향을 틀어 썩은 나무 그루터기를 휘감으며 서서히
흘러간다. 그토록 고요하고 부드럽게 눈부신 금빛으로
시든 풀과 나뭇잎을 물들이는, 그렇게 순수하고 환한 빛
속을 걷는 동안, 지금까지 잔물결조차 일지 않고 졸졸
소리도 들리지 않는 황금빛 홍수 속에 잠겨본 적이 한
번도 없다는 생각이 들었다. 모든 숲과 둔덕의 서쪽이
엘리시움그리스 · 로마 신화에서 영웅과 덕 있는 사람들이 사후에 간다는
극락세계. 낙원의 경계처럼 빛났고, 우리 등 뒤를 비추는
햇빛이 저녁에 우리를 집으로 인도하는 순한 목동처럼
느껴졌다.

그렇게 우린 성스러운 땅을 향해 느긋이 걸어갈 것이다.
태양이 그 어느 때보다 찬란하게 빛나는 그날까지.
우리의 정신과 마음속까지 비추는 햇살이, 가을 강둑에
내리쬐는 따사롭고 평화로운 황금빛 햇살 같은 위대한
각성의 빛으로 우리의 온 생애를 환하게 밝혀줄
그날까지. 『걷기』

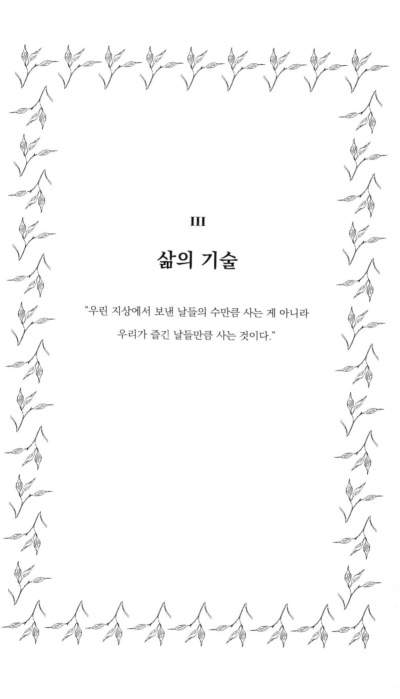

III

삶의 기술

"우린 지상에서 보낸 날들의 수만큼 사는 게 아니라
우리가 즐긴 날들만큼 사는 것이다."

1 나는 이 세상을 살기 좋은 곳으로 만들려고 세상에 온
것이 아니다. 좋은 곳이든 나쁜 곳이든 그 속에서 살고자
세상에 왔다. 『시민의 불복종』

2 나는 태어나던 날만큼 현명하지 못했음을 언제나
유감스럽게 생각했다. 『월든』

3 사람은 자신의 희망도 절망도 아니며, 자신의 지난
행위는 더더욱 아니다. 우린 지금까지 자신이 무엇을
했는지 모르고, 지금 무엇을 하고 있는지는 더더구나
알지 못한다. 저녁이 될 때까지 기다리도록 하자. 그러면
그날 한 일의 어떤 부분이 한낮에 생각했던 것보다
밝게 빛나는 것을 보면서 자신이 애쓴 일의 진정한
의미를 깨닫게 될 것이다. 농부가 밭고랑 끝에 이르러
뒤를 돌아보면 그제야 비로소 자신이 지나온 길 중에서
어디가 가장 빛나는지 분명히 알 수 있는 것처럼. 『콩코드
강과 메리맥 강에서의 일주일』

4 의식적인 노력으로 자신의 삶을 향상시키는, 의심할
여지없는 인간의 능력보다 더 고무적인 것은 없다.
특별한 그림을 그리거나 조각상을 만들어 어떤 대상을
아름답게 하는 것은 대단한 일이다. 그러나 그 대상을
바라보게 하는 어떤 분위기나 매체를 조각하고 그리는
것은 그보다 훨씬 멋진 일이며, 우리는 실제로 그렇게 할

수 있다.

하루의 본질에 영향을 미치는 것, 그것이야말로 최고의
예술이다. 모든 사람은 자신의 삶이, 사소한 부분까지도,
가장 고양되고 중요한 시간에 숙고할 가치가 있게끔
만들 의무가 있다. 『월든』

5 "그대의 눈을 자기 안으로 돌려보라. 그대의 마음속에서
아직 발견하지 못한 1000개의 지역을 만나게 되리니.
그곳들을 여행하고, '자신'이라는 우주의 전문가가 돼라."
(…)
그대 안에 있는 신대륙과 신세계를 발견하는 콜럼버스가
돼라.
그리하여 무역이 아닌 생각을 위한 새로운 항로를
개척하라. 『월든』

6 항상 주의 깊게 살피는 자세는 어떤 관찰 방법이나
훈련보다 중요하다. 언제나 봐야 할 것을 제대로 보는
훈련에 비하면 아무리 잘 선택된 역사나 철학이나 시의
강의, 또는 훌륭한 교제交際나 감탄스러운 일상이라
할지라도 이것들은 별로 대단한 게 아니다. 당신은
단순한 독자나 학생이 되겠는가, 아니면 '제대로 보는
사람a seer'이 되겠는가? 당신의 운명을 읽고 당신
앞에 놓인 것을 보라. 그런 다음 미래를 향해 발을
내딛어라. 『월든』

7 나는 예나 지금이나, 대부분의 사람들이 그러듯, 보다
높은 삶 또는 소위 정신적인 삶을 추구하는 본능과
더불어 원시적이고 야성적인 삶을 향한 본능을 내
안에서 발견하곤 한다. 그리고 그 둘을 모두 존중한다.
나는 선薔 못지않게 야성을 사랑한다.『월든』

8 도토리와 밤이 나란히 떨어졌을 때, 하나가 다른 하나에
그저 자리를 내주지는 않는다는 것을 알게 되었다.
도토리와 밤은 각자의 법칙에 따라 싹을 틔우고, 할 수
있는 한 무성하게 자라난다. 어느 하나가 다른 하나에
그늘을 드리우고 그것을 소멸시켜버릴 때까지. 제
본성에 따라 살아갈 수 없는 식물은 죽게 마련이다.
사람도 그와 다를 바 없다.『시민의 불복종』

9 우리 각자는 육체라고 불리는 신전의 건축가다.
사람들은 순전히 자기만의 스타일에 따라 지은 신전을
자신이 숭배하는 신에게 바친다. 대리석으로 또 다른
신전을 짓는다 한들 육체라는 신전에서 벗어날 수는
없다. 우린 모두 조각가이자 화가이며, 스스로의 살과
피와 뼈가 작품의 재료가 된다. 내면이 고귀한 사람의
얼굴에서는 단번에 품위가 느껴지고, 비열하고 음탕한
사람의 얼굴은 추해 보이기 마련이다.『월든』

10 혼자가 되기 위해서는 현재의 나에게서 벗어나야

한다. 로마 황제의 방처럼 거울로 둘러싸인 곳에서
어떻게 혼자가 될 수 있겠는가? 나는 다락방을 찾는다.
그곳에서는 거미조차도 아무런 방해를 받지 않으며,
마루를 쓸 필요도, 잡동사니를 정리할 필요도 없다.

『1837. 10. 22. 일기』

11 무언가를 차분히 생각하고 싶으면 잔잔한 물 위의 배에
올라 물이 흐르는 대로 떠다니는 게 좋다. 그러면 저절로
어떤 영감이 떠오를 것이다. 흐름을 거슬러 올라가면서
전력을 다해 노를 젓다보면 충동적이고 격렬한
생각들만이 머릿속을 스쳐간다. 투쟁과 권력 그리고
장엄함만을 꿈꾸게 되는 것이다. 그러나 물의 흐름을
따라 뱃머리를 돌리면 새롭고 다양한 풍경이 보인다.
바람과 물의 흐름이 장면을 달라지게 하면서 바위, 나무,
암소, 둔덕 등이 눈에 들어온다. 그리하여 멀리까지
가닿으면서, 숭고하고 고요하며 부드럽게 물결치는
유연한 생각이 떠오르게 된다. 『1837. 11. 3. 일기』

12 진실은 환한 대낮에 앞에서 그러는 것처럼, 캄캄할 때
뒤에서도 우리를 후려치곤 한다. 『1837. 11. 5. 일기』

13 나는 아직 오늘의 교훈을 온전히 알아보는 분별력이
부족하다. 그러나 언젠가는 그런 능력을 갖추게 될
것이다. 나는 앞으로 어떻게 살아야 할지를 알기 위해

지금까지 내가 어떤 삶을 살아왔는지를 알고자 한다.
『1837. 11. 12. 일기』

14 진실은 언제나 진실 자체로 되돌아간다. 우린 오늘은
이런 모습을, 내일은 또 다른 모습을 언뜻 볼 수 있을
뿐이다. 그리고 그다음 날이 되면 그런 모습들이 서로
뒤섞인다. 『1837. 11. 13. 일기』

15 어떤 사람의 특징을 이야기할 때 우리는 단지 한
부분만을, 단순히 산술적인 어떤 요소만을 묘사한다고
생각한다. 실상은 그렇지 않다. 부분은 전체로 스며든다.
어떤 부분은 다른 부분보다 핵심에서 더 멀리 떨어져
있을 수 있다. 그렇다 해도 핵심적인 것의 영향 아래
빛나지 않거나 그늘지지 않는 부분이란 없다.

『1837. 12. 12. 일기』

16 인간의 능력 중에서 애초부터 쓸모가 없거나 악한
의도로 생겨난 것은 없다. 어떤 면에서도 전적으로
나쁜 인간이란 존재하지 않으며, 최악의 열정도 최선의
열정에 그 뿌리를 두고 있다. 예를 들어 분노는 아직 그
근원의 흔적을 간직하고 있는, 왜곡된 부정적 감정인지도
모른다. 실제로 식물의 가시는 생기다 만 가지임이
드러났다. "가시에 불과한데도 어떤 가시에는 잎이
달리고, 유포르비아 헵타고나라는 선인장에는 때때로 꽃과

열매까지 달린다." 『1837. 12. 12. 일기』

17 혁명은 결코 갑작스럽게 일어나는 것이 아니다. 어떤 한 사람이나 어떤 수많은 사람들도 단 몇 년이나 몇 세대 사이에 사건들을 통제하거나 인류로 하여금 혁명 운동에 나서고 싶게 하지는 못한다. 영웅이란 피라미드의 맨 꼭대기 돌이거나 아치 꼭대기의 쐐기돌에 불과하다.
『1837. 12. 27. 일기』

18 한 방울의 포도주가 술잔 전체를 물들이는 것처럼 아주 작은 진실 한 조각이 우리 생애 전부를 물들일 수도 있다. 진실은 고립된 별개의 것이 아니며, 보물처럼 우리 마음속 창고에 차곡차곡 쌓이는 것도 아니다. 실질적인 진보가 이루어지는 것은 그동안 자신이 안다고 생각했던 것을 잊고 새롭게 배워나갈 때다.
100개의 돌을 하나씩 집어 자신의 바구니로 가져오는 사람처럼 해마다 진실의 단편斷片을 하나씩 선택해 나란히 쌓아두는 것이다. 『1837. 12. 31. 일기』

19 지성은 식칼과도 같아서 사물의 비밀을 알아보고 그 틈새를 파고든다. 나는 더 이상 필요 이상으로 손을 바삐 놀리고 싶지 않다. 나의 머리는 곧 내 손과 발이다. 나는 나의 최고의 능력들이 머리에 집중돼 있음을 느낀다. 그리고 어떤 동물이 코와 앞발로 굴을 파듯 내 머리가

굴을 파는 기관임을 본능적으로 안다. 나는 머리로 이
주변의 언덕에서 광석을 채굴하고 굴을 파서 나의 길을
낼 것이다. 이 부근 어딘가에 노다지가 묻혀 있다는
생각이 든다. 탐지 막대와 희미하게 올라오는 증기로
그 사실을 알 수 있다. 그러니 여기서부터 땅을 파
내려가야겠다. 『월든』

20 인간은 어떤 폭풍우도 가라앉히지 못하는 코르크
마개와도 같아서, 항구에 도달하는 그날까지 안전하게
떠갈 것이다. 마개의 갈라진 틈이나 옹이구멍을 통해
보더라도 세상은 여전히 아름다울 것이다. 『1838. 1. 16. 일기』

21 인간은 스스로의 행복을 만드는 장인匠人이다. 우리는
스스로 얼마나 자신의 환경을 탓하는지를 깨달아야
한다. 우리가 탓할 것은 자기 자신뿐이다. 어떤 일은
만족스럽지 못하고, 저건 험난하고, 또 어떤 것은
심하게 힘들다면, 자신에게 문제가 있는 것은 아닌지
생각해봐야 한다. 자신의 모습이 모든 이들의 마음을
얼어붙게 한다면 시큰둥한 대접을 불평해서는 안 된다.
다리를 절뚝거리면서 길이 험하다고 투덜거리지 말자.
무릎이 좋지 않으면서 언덕이 가파르다는 핑계를
대지는 말자. 이는 어느 스웨덴 여관 벽에 쓰여 있는
말의 핵심이기도 하다. "트롤하테에서 최고급 빵과
고기와 와인을 맛보고 싶으시면 필히 가지고 오시기를

당부드럽니다!"『1838. 1. 21. 일기』

22 진실을 실현하고자 하는 인간적인 열망은 세상이나
결과에 대한 모든 두려움을 삼켜버린다. 『1838. 2. 13. 일기』

23 사람이 무엇을 해야 부끄럽지 않을 수 있을까? 물론
아무것도 하지 않을 수도 있다. 그러나 그랬다가는
그 즉시 당연히 게으름뱅이라는 별명이 붙을 터다.
누구보다 먼저 스스로를 그렇게 부를 수도 있다. 하지만
무언가를 한다고 해서 게으름뱅이보다 낫다고 할 수
있을까? 그는 실제로 무언가를 하긴 하는 것일까?
오히려 어떤 것을 망쳐놓는 것은 아닐까? 설사 어떤
것을 했다고 해도, 제대로 하지 못했거나, 기껏해야
비교적 잘한 것에 불과한 건 아닐까? 『1838. 3. 5. 일기』

24 극장을 생각해보면, 우리가 그날그날 저지른
어리석음들을 있는 그대로 세세히 살펴볼 시간이
없으므로, 저녁에 한 시간 정도를 그것들을 뭉뚱그려
바라보며 웃고 우는 데 보내는 게 아닌가 싶다. 우린 더
완벽한 교제에 대한 희망도 없이, 아마도 그런 교제는
바람직하지도 가능하지도 않을 거라고 생각한다.
그러면서 인생의 드라마가 아닌 위대한 소극farce이라고
불릴 만한 연극에서 각자의 배역을 연기하는 데
만족한다. 돈을 받고 무대의 외관을 유지하는 역할을

맡은 보잘것없는 전속 배우처럼.
우리의 사소한 행위는, 그것이 행해지자마자, 어린
참게가 바다로 향하듯 인과因果의 바다로 나아간다.
그리고 영원의 바다에 이르러 한 방울의 물이 된다.
『1838. 3. 14. 일기』

25 오랜 지혜든 오늘날의 지혜든 세상에 이미 알려진 것은
내 곁으로 와서 스스로 말하기 전까지는 빤한 거짓말에
불과하다. 『1838. 8. 4. 일기』

26 사람들이 인정하는 유일한 믿음을 신조라고 한다.
그러나 우리가 무의식적으로 삶의 근거로 삼는 진정한
신조, 우리가 채택하기보다는 거꾸로 채택당하는 신조는
글이나 설교로 이야기하는 것과는 전혀 다르다. 물에
빠진 사람이 지푸라기라도 잡으려는 것처럼 인간은
자신의 신조를 꽉 움켜잡고 놓지 않는다. 자신이
물속으로 내려보낸 닻이 바닥에 닿지 않을 때 그 신조가
도움이 되지 않을까 생각하면서. 『1838. 9. 3. 일기』

27 젊음 안에 흐르는 정신을 어떻게 설명할 수 있을까. 그
흐름 속에 나무토막과 진흙을 던져 넣어보라. 물은 더
높이 솟구칠 뿐이다. 그 흐름을 막을 수는 있겠지만 물을
말라버리게 할 수는 없을 터다. 누구도 그 수원에 결코
다다를 수 없기 때문이다. 여기저기 물길을 막고자 하면,

머지않아 전혀 예상치 않았던 곳에서 물이 콸콸 솟구쳐 땅에 붙박인 모든 것을 쓸어가고 말 것이다. 젊음은 행복을 양도할 수 없는 권리로 받아들이며 그것을 움켜잡는다. 눈물은 흘러나오자마자 반짝인다. 슬픔으로 솟구친 눈물이 언제 기쁨으로 반짝이게 될지 누가 알겠는가? 『1838. 9. 15. 일기』

28 사람들은 대부분 비열한 어떤 것을 경멸하면서 자신은 절대 그러지 않을 거라고 결심하곤 한다. 그리고 그런 결심을 지키는 데 필요한 덕성도 얼마간 지니고 있다. 그러나 그런 결심조차 필요 없을 만큼 고결한 경멸을 느끼는 경우는 극히 드물다. 『1839. 4. 7. 일기』

29 농부는 작물 및 계절의 순환과 보조를 맞추지만, 상인은 거래의 변동과 보조를 맞춘다. 거리에서 그들이 걷는 모습이 얼마나 다른지 살펴보라. 『1839. 5. 11. 일기』

30 약자弱者는 평평하다는 말은 옳다. 모든 평평한 물체들처럼 그는 힘의 방향인 모서리로 서기보다는 편리한 표면으로 눕는 것을 선호한다. 그는 인생을 무난하게 흘려보낸다. 대부분의 사물은 어떤 특정 방향으로 더 강하다. 짚은 세로 방향, 널빤지는 모서리가 더욱 강하다. 그러나 용자勇者는 완벽한 구와 같아서 어느 한쪽으로 누울 수가 없으며, 사방이 고루 강하다.

비겁한 사람은 기껏해야 형편없는 회전타원체로, 대개는
어느 한쪽은 늘어나고 다른 한쪽은 눌려 있다. 또는
속이 텅 빈 구체에 비유될 수도 있을 터다. 이런 사람은
부피를 잔뜩 부풀리는 게 최선이라고 생각한다.

『1839. 5. 17, 일기』

31 우리가 칭송하는 다른 사람의 미덕은 우리 자신의
미덕이기도 하다. 우리는 스스로 지닌 것만큼만 볼 수
있기 때문이다. 『1839. 6. 22, 일기』

32 사랑을 치유하는 길은 더 많이 사랑하는 것밖엔
없다. 『1839. 7. 25, 일기』

33 후회를 최대한 즐기라. 슬픔을 절대 억누르려 하지
말고, 슬픔을 보살피고 소중히 여겨라. 그러다보면
슬픔이 그만의 온전한 존재 이유를 갖게 될 것이다. 깊이
후회하는 것은 곧 새롭게 사는 것이다. 『1839. 11. 13, 일기』

34 천재의 사회적 조건은 모든 시대를 통틀어 언제나
똑같다. 아이스킬로스는 늘 혼자였을 것이고, 우주의
신비에 대한 그의 순박한 경외심은 어느 누구의 공감도
얻지 못했을 것이다. 『1840. 1. 29, 일기』

35 삶은 안락함만으로는 충분하지 않다. 우리는 긴장

속에서 살아가야 한다. 매일, 매주 단조롭고 평온한
날들의 반복에 만족하지 말고, 전투를 앞둔 군인처럼
내일의 치열한 출격을 열렬히 고대하며 잠자리에 들어야
한다. 용맹한 병사에게는 평화로운 무위無爲와 여가가
전쟁의 피로보다 더 견디기 힘든 법이다. 육체적 만남을
구하는 우리의 몸이 온화한 날씨나 열대 기후에서
나른함을 느끼듯, 우리의 영혼도 불안과 불만족
가운데서 더 무성하게 자라난다.
자기 영혼의 땅을 갈 시간을 갖는 이가 진정한 여가를
즐길 줄 아는 사람이다. 『1840. 2. 11. 일기』

36 빵이 항상 영양을 공급해주지는 못한다. 그러나
인간이나 자연에게서 어떤 너그러움을 발견하고
순수하고 영웅적인 기쁨을 함께 나누는 것은 언제나
유익하다. 더구나 그것은 우리의 굳은 관절을 풀어주고,
무엇 때문에 괴로운지 알지 못할 때에도 우리를
유연하고 탄력 있게 만들어준다. 『월든』

37 비겁한 자의 희망은 의심이고, 영웅의 의심은
일종의 희망이다. 신들은 희망을 품지도 의심하지도
않는다. 『1840. 2. 20, 일기』

38 나는 어떤 행성보다 자유롭다. 『1840. 3. 21, 일기』

39 오늘날의 세계는 어떤 배역도 연기할 수 있는 좋은
무대다. 지금 이 순간 나는 사람들이 어딘가에서
살고 있는 삶 또는 상상으로 그려볼 수 있는 다양한
종류의 삶을 떠올려본다. 내년 봄쯤이면 나는 페루의
우편배달부나 남아프리카의 농장주, 시베리아의 망명가,
그린란드의 고래잡이, 콜롬비아 강가의 정착민, 광동의
상인, 플로리다의 군인, 케이프세이블의 고등어잡이
선원, 태평양 어딘가에 표류한 로빈슨 크루소 혹은
항해자가 되어 말없이 어느 바다를 떠가고 있을지도
모른다. 이렇게 배역의 폭이 넓은데 햄릿 역을 제외해야
한다면 얼마나 애석하겠는가!
하지만 이런 역할들은 내가 선택할 수 있는 것의
일부에 불과하다. 그 무엇과도 비교할 수 없을 만큼
근사한, 얼마나 더 많은 역할들이 나를 기다리고 있을지
궁금해진다! 『1840. 3. 21. 일기』

40 우리는 맑은 날을 기다리며 바람을 마주하고 선다. 『1840. 4.
4. 일기』

41 우리의 눈을 감기는 빛은 어둠과 다를 바 없다. 오직
깨어서 기다리는 날만이 동이 튼다. 앞으로도 더 많은
날들이 밝아올 것이다. 태양은 아침에 뜨는 별에 지나지
않는다. 『월든』

42 누군가가 우리에게 친절하게 대하거나 선물을 하면
우린 그 사람이 아니라 그의 진실과 사랑에 빚을 지게
된다. 그 빚을 갚기 위해 우린 더욱 진실하고 친절해져야
한다. 스스로 친절을 베풀면서 기뻐하는 만큼 우리가
진 빚도 줄어들게 되는 것이다. 감사하는 마음이란 곧
스스로 만족하면서 기뻐하는 마음이 아니겠는가? 고귀한
빈자는 고귀하게 친절을 받아들임으로써 모든 의무에서
벗어난다. 『1840. 5. 14, 일기』

43 어째서 사람들은 인간이 삶의 도덕적 측면으로
기울어지는 경향이 있다고 변함없이 강조하는 것일까?
우리 삶은 모두가 도덕적이지만은 않다. 삶의 실제 현상을
공정하고 면밀하게 살필 필요가 있다. 『1840. 6. 15, 일기』

44 몸이 자극을 받지 않는 한 어떤 영감도 받을 수 없다.
내 몸 또한 길들고 진부한 삶을 배척한다. 어떤 이들은
사치나 나태로 침체된 육신에도 아랑곳없이 정신적
투쟁을 하겠다고 애쓰지만 이는 치명적인 착각이다.
몸은 영혼이 탄생시키는 첫 번째 개종자이자 영혼의
열매인 셈이다. 인간이 져야 할 모든 의무는 단 한
줄로 요약될 수 있다. 그것은 스스로 완전한 몸이 되는
것이다. 『1840. 6. 21, 일기』

45 나는 하늘의 밑바닥을 볼 수 없다. 나 자신의 밑바닥을

볼 수 없기 때문이다. 하늘은 내가 지닌 무한함의
상징이다. 『1840. 6. 23. 일기』

46 진정한 지혜에 이르는 길은 구속이나 엄격함이 아닌
자유분방함과 어린아이 같은 천진함이다. 무언가를 알고
싶다면 먼저 그것을 즐겨라. 『1840. 6. 23. 일기』

47 나 자신의 생각만큼 낯설면서 나를 깜짝 놀라게 하는
것은 없다. 『1840. 7. 10. 일기』

48 말의 의미를 결정짓는 것은 말이 아닌 사람이다. 천박한
사람이 지혜로운 격언을 사용할 때면 나는 어떻게 그
말을 그의 천박함에 어울리게 해석할지를 궁리하게
된다. 그러나 현명한 사람이 평범한 말을 하는 경우에는,
그 말을 더 너른 의미로 해석할 수는 없을지 곰곰
생각하게 되는 것이다. 『1840. 7. 11. 일기』

49 우리는 자신의 삶을 신봉하고 변화의 가능성을
부인하면서 철저하고 진실하게 살도록 강제되고 있다.
그러면서 이것만이 유일한 길이라고 말한다. 그러나
하나의 중심으로부터 반지름이 다양한 원들을 그릴
수 있는 것처럼 인생에는 수많은 길이 존재한다.
생각해보면 모든 변화는 하나의 기적이라고 할 수
있으며, 그 기적은 매 순간 일어나고 있다. 『월든』

50 뉴잉글랜드에 매년 우리를 찾아오는 비둘기들이
점점 줄어든다고 한다. 숲에 새들이 둥지를 틀 나무
기둥이 없어서다. 마찬가지로 매년 우리를 찾아오는
생각도 점점 줄어들고 있다. 우리 마음의 숲이 나날이
황폐해져—불필요한 야심의 불을 지필 불쏘시개로 팔려
나가거나 제재소로 보내지는 바람에—, 생각이 내려앉을
나뭇가지 하나 남아 있지 않기 때문이다. 생각은 더
이상 우리 안에 집을 짓지도 번식하지도 않는다. 좀더
따뜻한 계절에는 생각의 희미한 그림자가 마음속 풍경을
언뜻 스치고 지나가기도 한다. 봄이나 가을의 철새처럼
날갯짓을 하는 생각이 드리우는 그림자다. 그러나 아무리
하늘을 올려다봐도 그 생각이 어떤 것인지를 알 길이
없다. 우리의 날개 달린 생각은 우리 안에서 가금류로
퇴화해버린다. 생각은 더 이상 하늘로 날아오르지
않으며, 기껏해야 상하이나 코친차이나과거에 프랑스령이었던
베트남 최남단 지역의 영광을 누릴 뿐이다. 어디선가 들은 적
있는 위-대-한 생각이나 위-대-한 사람들처럼!
우리는 땅에 딱 붙어 사느라 좀처럼 위로 올라가지
못한다! 이제 스스로를 좀더 높여야 할 때가 되었다.
적어도 나무 위까지는 올라가야 하지 않겠는가. 『걷기』

51 평생 어느 한 대상을 마주하고 있을지라도 나는 단지
내가 관심 있는 것만을 보고 있는 건지도 모른다.
『1841. 1. 22. 일기』

52 하루가 지고 있다. 뜰에서 어린 수탉들의 울음소리가
들려온다. 햇볕을 쬐며 짐승의 마른 똥 사이를 거니는
녀석들의 모습도 보인다. 마루 위를 바쁘게 오가는
발소리가 들려오고, 집 전체가 무언가를 하는 소리로
소란스럽기 짝이 없다. 하루가 무사히 지나갔고 시간은
차고 넘친다. 사람들은 오전에 서둘러 피었다가 오후에
꽃잎을 오므리는 여름날의 꽃들처럼 분주하다.
인생의 중요한 주제는 코앞의 일로 인해 언제나 두
번째로 밀려난다. 목수는 널빤지로 지붕을 이느라
망치를 두드리는 사이에도 정치 이야기만 한다.
삐걱거리는 펌프 소리는 천공天空의 음악만큼이나
필요하다.
이러한 일상의 견고함과 명백한 필요성은 나도 모르는
새에 나의 일부가 된다. 그것은 마치 병약자를 위한
지팡이나 쿠션과도 같다. 사실 지팡이나 쿠션의
관점에서 보면 모두가 병약자나 다름없다. 만약 숲속에
단단하게 곧추 서 있는 나무가 한 그루밖에 없다면, 모든
사람들이 달려가 나무에 몸을 비비면서 자신의 영역임을
분명히 할 것이다. 일상은 우리가 딛고 서는 땅이자 기댈
수 있는 벽이다. 우리는 벽에 몸을 기대지 않고는 부츠를
신을 수도 없다. 이웃들도 이야기할 때는 울타리에
몸을 기댄다. 닭이 홰치는 소리, 이랴 이랴 말을 모는
소리, 거리에서 벌어지는 일 등은 광대가 묘기를 부리고
유연성을 키울 수 있는 도약판과도 같다. 건강하려면

때때로 일상의 벽에 몸을 기대야 한다. 우리가 벽에 몸을
기델 때 시곗바늘은 문자반 위에 가만히 서 있다. 그리고
우린 밤의 다정한 어둠과 침묵 속에서 옥수수처럼
성장한다. 우리의 연약함은 일상을 원하지만, 우리의
강인함은 일상을 이용한다. 몸에 좋은 것은 몸으로 하는
작업이며, 영혼에 좋은 것은 영혼이 빚어낸 작품이다.
또한 어느 한쪽에 좋은 것은 다른 한쪽의 작품이기도
하다. 그러니 어느 한쪽을 나쁘게 말하거나 서로 분리된
관계로 여기지도 말아야 할 터다. 『1841. 1. 23. 일기』

53 우린 강해지고 아름다워져 영혼의 동반자가 되기에
부족함이 없도록 우리 몸을 부지런히 만들어가야 한다.
나무처럼 자라나고 자연의 순리에 따르는 건전한 대상이
될 수 있도록 몸을 가다듬어야 한다. 내 영혼을 내
마음대로 처분할 수 있었다면 아마도 나는 이 병들고
나태한 육신이 아닌 들판을 뛰노는 영양에게 즉시
줘버렸을 것이다. 『1841. 1. 25. 일기』

54 우린 끊임없이 자기 자신이 될 것을, 가치 있고 고귀한
어떤 것이 되기를 권유받는다. 나는 나 자신이 나를
찾아와주기만을 기다렸다. 그 어떤 것도 나를 붙잡은 적은
없었지만, 난 언제나 나 자신보다 뒤처지거나 그 뒤를
쫓아다니기만 했다. 『1841. 2. 3. 일기』

55 진정한 도움이란 대개 도움을 주는 사람뿐만 아니라
도움을 받는 사람의 탁월함을 포함한다. 심지어 도움을
받기 위해 신神을 필요로 할 때도 있다. 탁월한 사람은
무의식적으로라도 남들이 그를 도울 좋은 기회를
끊임없이 제공하지만, 도량이 좁은 사람은 모든
적극적인 선행을 배척한다. 소박하고 고결하게 딱 한
번만 도움을 청한다면 모든 진실한 이들이 앞다투어
도움을 주려 할 것이다. 내게 도움을 청하고자 하는
이웃이 있다면, 내 귀에 들려오도록, 한 번도 소리 내어
기도해본 적이 없는 사람처럼 간절하게 사심 없이
하늘을 향해 기도해야 할 것이다. 도움은 경건하게
청해야 하는 법이다. 『1841. 2. 11. 일기』

56 나는 능력으로 사람을 평가하지 않는다. 누군가의 가장
중요한 행위는 그가 내게 남기는 인상이다. 말 없고
활달하지 않은 사람도 뭐든지 해낼 수 있다. 재능은 어떤
방향으로 심화된 기질을 의미할 뿐이다. 우리는 새로운
행위를 하기 위한 기량을 연마하기보다는 모든 행위를
할 수 있는 새로운 능력을 습득해야 한다. 최근에 나는
어떤 새로운 재능이 두드러져 보일 만큼 성장하지는
않았다. 그러나 언젠가는 하늘이나 빈 공간을 바라볼
때 나의 성장의 결실이 내 시선 안으로 들어올 것이다.
그리하여 늘 보던 고사리류와 떡쑥 같은 식물이 다르게
보일 것이다. 『1841. 2. 18. 일기』

57 늘 세심하게 주의를 기울여야 하는 일이긴 하나, 저녁에
외출을 할 때면 나는 미리 난롯불을 피워놓고 나가곤
한다. 집에 돌아왔을 때 따뜻한 불이 나를 맞이할 수
있게 하기 위해서다. 심지어 어떤 때는 집에 있을
예정인데도 번거로움을 덜기 위해 마치 외출을 할
것처럼 굴기도 한다. 이런 것 또한 삶의 기술이다. 삶을
끊임없이 감독하지 않고도 삶이 홀로 나아갈 수 있게끔
하는 것. 그런 다음 우린 난롯가에 머물듯 조용히 앉아서
살아가면 그만이다. 『1841. 2. 20. 일기』

58 사랑은 거친 것의 가장 부드러운 상태이자 부드러운
것의 가장 거친 상태다. 사랑은 쐐기풀처럼 거칠게 다룰
수도, 제비꽃처럼 부드럽게 다룰 수도 있다. 사랑에도
휴일이 있긴 하지만 결코 쉬는 법이 없다. 『1841. 2. 22. 일기』

59 나의 가장 소박한 생각이 광산 가장 깊숙한 곳에서
캐낸 다이아몬드처럼 더없이 순수한 광택으로 빛날
것이다. 『1841. 2. 26. 일기』

60 우리는 위대해지기 위해서는 단지 키만 크면 되는
것처럼, 폭이 넓어지기보다는 더 커지기만 하면 되는
것처럼 행동하곤 한다. 몸을 길게 늘이고 발꿈치를 들고
서면서. 하지만 진정한 위대함이란 균형을 잃지 않으면서
자연스럽게 발바닥으로 서는 것이다. 『1841. 2. 26. 일기』

61 좋은 것들은 모두 값이 싼 반면 나쁜 것들은 모두 매우 비싸다. 『1841. 3. 3. 일기』

62 벤 존슨1572~1637, 영국의 극작가·시인·평론가은 "인간은 스스로를 악의 통로로 만든다"라는 의미심장한 말을 한 바 있다. 이 말은 사실이다. 한 인간의 본질이 악에 의해 바뀌지는 않더라도, 그의 피부의 모든 구멍과 몸속의 구멍 그리고 그가 지나다니는 길 들이 악의 통로로 이용되어 더럽혀지기 때문이다. 인간은 자신의 악이 지나다니는 길이다. 눈 밝은 악마가 몸속을 헤집고 다녀 그의 살과 피와 뼈는 헐값이 된다. 그리하여 그는 더없이 하찮은 존재, 죄의 세 갈래 길이 만나는 곳이 되고 만다. 미덕의 통로가 되는 사람도 이와 같다. 미덕이 바람처럼 그의 모든 통로를 순환하며 그를 신성한 존재가 되게 한다. 『1841. 3. 4. 일기』

63 관대함은 짧게 보면 비싸게 먹히는 것 같지만 길게 보면 언제나 이득이다. 부유해지고 싶거든 가난 속에서도 관대해져야 한다. 훌륭한 행위를 하는 데 부수적인 하찮은 행위란 없다. 앞날의 예견된 고귀함을 위해 오늘의 진실한 삶을 미뤄서는 안 될 터다. 허리띠를 졸라매야 자립에 이를 수 있다고 믿는다면 지체 없이 관대해져야 한다. 우리는 현재의 사소한 것들에 진정한 고귀함을 희생시키는 경향이 있다. 어떤 이가 당신에게

800달러를 청구한다면 그에게 850달러를 지불하라.
그러면 깔끔한 계산이 될 것이다. 배수로나 도랑에서처럼
깎은 듯 넘침 없이 흐르는 물이 아니라, 강둑에서
완만하게 넘쳐흐르는 자연의 물과 같은. 『1841. 3. 27. 일기』

64 내 삶이 끊임없이 스스로를 살피게 하지 않으면 삶이
점점 꾀죄죄해지는 것을 보게 된다. 삶의 때가 덕지덕지
쌓인다. 하루를 잘 살아내는 것 다음으로 중요한 일은
우리의 날들을 냉철하고 차분하게 살피는 것이다.

『1841. 3. 30. 일기』

65 살아가는 동안 내가 누군가를 기다릴 일은 없을 것이다.
그러나 삶을 활기차게 하기 위해 길거리에서 이런저런
사람들하고 대화를 나누다보면 내 삶이 더할 수 없이
성숙해지는 것을 느낀다. 삶이란 산속의 개울이 기다란
산등성이와 평평한 초원을 거쳐 마침내는 바다에 이르게
되듯 스스로 물길을 만들어나가는 과정이다. 인간의 삶도
이와 마찬가지로 흘러 바다에 가닿는다. 지상의 수로를
통해서가 아니라면, 이슬과 비의 모습으로 모든 장애물을
건너뛰어 종국에는 무지개로 그 승리를 알린다. 인간의
삶도 자신의 높이를 찾아가는 물처럼 영리하게 어김없이
휘어져 흐르기도 한다. 그런데 신이 인간의 삶을 구불구불
흘러가게 했다고 해서 불평할 수 있을까? 『1841. 4. 7. 일기』

66 실눈으로 별을 볼 때처럼 일종의 자발적인 눈 멻으로 보는 것을 잊어버릴 때 우린 비로소 자신을 알게 된다. 자신이 누구인지를 가장 잘 알 수 있는 것은 꿈을 꿀 때다. 스스로를 바로 본다는 것은 뒤돌지 않고 뒤를 보는 것만큼이나 어렵다. 따라서 그런 의도로 거울을 보는 것은 어리석은 일이다. 『1841. 4. 27. 일기』

67 우리는 부당하게도 사람들한테 확정된 성격을 부여하곤 한다. 그들의 과거를 모두 한데 모아 평균을 내고는 그들을 안다고 생각하는 것이다. 『1841. 4. 28. 일기』

68 인간의 진짜 성격은 그의 모든 말과 행동 아래 조용히 모습을 감추고 있다. 화강암이 다른 지층의 기저를 이루는 것처럼. 『1841. 5. 3. 일기』

69 사람이 변덕스러운 까닭은 무엇이 진실이고 절대적으로 옳은 게 무엇인지를 알지 못하기 때문이다. 변덕스러운 사람은 평생의 오래된 지혜가 부족하기 때문에 매시간 조심하고 또 조심하는지도 모른다. 우리는 일생을 사는 동안 일종의 추측 항법으로 항해할 수밖에 없다. 어떤 배와 교신할 수도 없고 어떤 곳이 있는지를 미리 살필 수도 없다. 그러나 이 모든 어려움에도 불구하고 꾸준히 나아가 언젠가는 항구에 도착해야 한다. 대체로 말해 우린 어떤 특정한 지식보다는 폭넓고 보편적인 유용한

지혜를 갖춰야 하며, 그것을 따를 때에도 늘 신중해야
한다. 우리는 사실 자신이 아는 것보다 더 현명하다.
사람들이 실패하는 것은 지식이 부족해서가 아니라
신중함이 부족해 슬기롭게 처신하지 못하기 때문이다.
헛간과 울타리에 낮게 설치된 풍향계는 맑은 날이나
궂은 날을 예고하는 바람이 대체로 어느 쪽에서 꾸준히
불어오는지를 정확히 알려주지 못한다. 그러나 대기의
또 다른 층 위로 높이 솟은 첨탑 위의 풍향계는 그것을
잘 말해준다. 어떤 경우든 우리가 알아야 하는 것은
아주 단순하다. 그것은 살아가는 동안 잘못된 방향으로
나아가서는 안 된다는 사실이다. 『1841. 5. 6. 일기』

70 위대한 사람은 위대해지기 위한 기회를 기다리는
법이 없다. 그는 스스로 자신의 모든 것을 위한 기회를
만들어나간다. 『1841. 6. 1. 일기』

71 가장 좋은 생각에는 어둠이 없을 뿐만 아니라 도덕도
없다. 우주는 최고의 생각으로 향하는 새하얀 빛으로
넘실댄다. 자연의 도덕적 측면이란 것은 인간의 생각이
반영된 편견에 불과하다. 순결한 어린아이에게는
지품천사도 수호천사도 존재하지 않는다. 때때로 우린
미덕을 행해야 한다는 생각에 초연한 채 변함없는 아침
햇살 속으로 걸어 들어간다. 그 속에서 옳고 그름이라는
딜레마에 빠질 필요 없이, 올바르게 살아가면서 주변

공기를 호흡하기만 하면 되는 것이다. 이런 삶을 생명력
그 자체라는 말 말고 어떤 이름으로 부를 수 있을까.
침묵은 이에 관한 설교자이며, 언제까지나 그렇게 남아
있을 터다. 그런 삶을 아는 이는 설교하려 들지 않을
것이기 때문이다. 『1841. 8. 1. 일기』

72 내가 내가 아니라면 대체 누구란 말인가? 『1841. 8. 9. 일기』

73 핵심에 이르지 않으면서 거죽에 금박을 입히고 표면에만
광택을 내는 예술은 니스 칠이나 세선 세공을 하는 것과
다를 바 없다. 반면에 천재의 작품은 처음에는 투박해
보인다. 시간의 흐름을 고려해 만들어진 그 작품에는
광택이 깊이 배어 있기 때문이다. 시간이 지나 군데군데
갈라지기 시작하면서 비로소 작품의 가장 중요한 본질이
드러난다. 작품이 지닌 힘이 곧 작품의 아름다움이다.
작품은 깨어지면서 빛이 나고, 쪼개져 정육면체와
다이아몬드가 된다. 다이아몬드처럼 빛나기 위해서는
갈라져야 하는 것이다. 그리하여 그 표면은 내면의
찬란함에 이르는 창이 된다. 『1841. 8. 28. 일기』

74 누군가의 친절에 보답하면 그 친절은 무효가 된다. 나는
내게 친절을 베푼 이의 행위가 그의 의도대로 정당하고
관대한 행위로 남아 있게 할 것이다. 진정한 자선가는
결코 채권자로 모습을 바꾸지 않는다. 그의 속 깊은

친절은 여전히 내게로 향하며 결코 끝나지 않을 터다.
나는 나를 대상으로 하는 고귀한 행위들의 더없이 운
좋은 목격자일 뿐이며, 성급한 감사로 그런 행위들을
방해하기보다는 그 고귀함을 더욱 드높이기를 원한다.
작용과 반작용이 동일하듯 우주만큼이나 넓은 고귀함은
개인으로서의 그가 아닌 세상으로 되돌아갈 터다. 어떤
이들이 내게 친절을 베푼다면 그 이상 그들이 뭘 더
바라겠는가? 난 그들을 지금보다 부자로 만들어줄 수는
없다. 설사 그들이 친절하지 않다고 해도 그들이 기여하지
않은 내 권리를 빼앗아 갈 수도 없다. 『1841. 9. 2. 일기』

75 슬픔의 깊이는 어떤 기쁨의 높이보다 훨씬 큰
법이다. 『1841. 9. 5. 일기』

76 누군가가 죽기 전까지는 그를 해부하려고 들지 마라.
사랑은 그 대상을 분석하는 법이 없다.
우린 죽은 애벌레의 마디가 몇 개인지 알지 못하는
것처럼 살아 있는 인간의 능력이 얼마큼인지 알지
못한다. 『1841. 9. 14. 일기』

77 아무리 반듯하고 점잖은 사회에 살고 있어도 어느
정도는 투쟁을 통해 스스로 길을 개척해야 한다. 더없이
친절하고 상냥한 사람일지라도 용맹함으로 승리를
쟁취해야 하는 것이다. 아무리 적은 한 줌의 흙에도

믿음의 씨앗만큼이나 의심의 씨앗도 함께 자라나기
때문이다.
물론 사람의 마음을 열 수 있는 용기는 도시의 성문을
여는 용맹함보다 우월하다. 언제나 망은忘恩이 아닌
공감과 격려로, 사람들로 하여금 당신이 아닌 그들
자신을 위해 그래야 한다는 것을 알게 해야 할 터다.
『1841. 11. 29. 일기』

78 인간의 성격만큼 매력적이면서 끊임없이 흥미를
유발하는 것은 없다. 그만큼 세심한 보살핌을 필요로
하면서도 거친 풍파를 잘 견디는 식물은 없다. 인간의
성격은 제비꽃이자 동시에 떡갈나무다. 『1841. 11. 30. 일기』

79 나는 내 삶이 더 이상 잠시 체류하는 것처럼 느껴지는
걸 원치 않는다. 그렇게 삶을 그리는 철학은 진실일 리가
없다. 이제는 살기 시작해야 하는 때가 되었다.
『1841. 12. 25. 일기』

80 인생이라는 업은 단기간에 배울 수 있는 게 아니다.
진실한 삶을 살기 위해서는 다른 어떤 일보다 많은
숙련과 섬세한 기술이 필요하다. 농부의 거친 손과
더불어 소녀의 섬세한 손가락도 필요하다. 매일의
노동은, 너무 자주, 손은 물론 심장의 표피마저도 거칠게
만든다. 세상과 너무 허물없이 지냄으로써 우리의

감수성을 잃어버리는 일이 없도록 주의를 기울여야 할
터다. 경험은 우리에게서 천진함을 앗아가고, 지혜는
우리에게서 무지를 거두어간다. 세상 속을 걷되 그
방식에 물드는 일은 없도록 하자. 『1841. 12. 29, 일기』

81 자신의 실수와 잘못은 빨리 잊을수록 좋다. 그런 것들을
오래 곱씹는 것은 죄를 더 무거워지게 한다. 후회와
슬픔은 조금이라도 더 나은 것, 애초부터 그런 것들과는
상관없어 보이는 자유롭고 독창적인 어떤 것으로 대체될
수 있을 뿐이다. 자신이 한 행동을 오랫동안 슬퍼하는
대신 즉시 새롭게 달리 시도를 하는 것이 잘못을 씻는
길이다. 그렇지 않으면 우린 죄과에 대한 벌로 오랫동안
후회에 시달리게 될 터다. 그러나 뛰어난 사람들은
자신의 과오를 죄로 여기기보다는 그것을 거울삼아
미래를 위한 용기와 미덕에 더욱 열중한다. 반면 그렇지
못한 사람은 자신의 잘못으로 인해 스스로 그럴 자격이
없다고 생각하면서 부적절한 행위들에 빠져들곤
한다. 『1842. 1. 9, 일기』

82 창밖으로 사람들이 자기 영역을 정하고 말뚝을 박느라
분주한 모습을 재미있게 지켜본다. 하느님도 그들이 땅
위 여기저기에 쳐놓은 보잘것없는 울타리들을 보면서
미소 짓고 계실 것이다. 『1842. 2. 20, 일기』

83 누군가의 성격이 깊은 인상을 남기는 것은 자신에게
고착된 성격이 없다는 데 동의하는 사람의 경우다.
다양한 속성에 공감하면서 그것들을 두루 거치는 사람은
한 특정한 개인으로 머물지 못한다. 대부분의 사람은
스스로에게 담보 잡혀 있는 탓에 그들의 편협하고
제한된 덕목이 유연성을 발휘할 수 없다. 그들은 마치
악에 물들까봐 보호자 없이는 나쁜 친구들과 어울리지
못하는 어린아이들과도 같다. 나쁜 친구들에게서조차
어떤 교훈을 얻을 수 있음에도 불구하고. 이름이나
명성에 아무런 부담을 느끼지 않고 세상을 살아가는
사람은 운이 좋은 사람이다. 어쨌거나 그런 것들은
지나간 이야기일 뿐이고 앞날을 예견해주지도 못하며,
따라서 그에게는 아무런 영향을 미치지 못한다.
성격은 어떤 특별한 재능이 확립된 것을 의미한다.
성격은 우리로 하여금 세상에 맞서 스스로를 지키게
하며, 잘못된 길로 빠지게 되면 스스로를 반성하게
한다. 성격은 특별한 재능의 고유성을 지킬 준비가
돼 있는 개와도 같다. 엄밀히 말해 특별한 재능은 그
무엇에도 아무 책임이 없다. 재능은 도덕적인 게 아니기
때문이다. 『1842. 3. 2. 일기』

84 삶과 죽음 사이에 어떤 차이점이 있는지를 생각해본다.
죽는다는 것은 죽기 시작해서 그 상태를 이어가는 게
아니다. 죽음은 지속의 상태가 아닌 일시적인 상태일

뿐이다. 그러나 산다는 것은 지속적인 상태이며, 단지
태어나는 것만을 의미하지 않는다. 지속되는 죽음이란
없다. 죽음은 일시적인 현상이다. 자연은 어떤 것도
죽음의 상태로 세상에 내보내지 않는다. 『1842. 3. 12, 일기』

85 메멘토 모리!(죽음을 기억하라!) 우리는 오래전 어떤
훌륭한 인물이 자신의 묘비에 새기게 한 이 숭고한
문장의 의미를 이해하지 못합니다. 우린 이 말을
비굴하게 칭얼거리는 의미로 해석했습니다. 우리가
어떻게 죽어야 하는지를 까맣게 잊어버린 것입니다.
그럼에도 불구하고 우리가 죽는다는 것은 분명한
사실입니다. 그러니 우리가 할 일을 하고, 그것을 끝내야
할 것입니다.
어떻게 시작하는지를 안다면 언제 끝내야 할지도 알
테니까요. 『존 브라운 대위를 위한 탄원』

86 인간의 도덕성은 오직 영원만이 풀 수 있는
수수께끼다. 『1842. 3. 19, 일기』

87 허둥지둥 살지 않겠다는 결심만큼 인간에게 유용한 것도
없다. 『1842. 3. 22, 일기』

88 우리의 성공을 함께 즐기기 위해서는 먼저 홀로
성공해야 한다. 『되찾아야 할 낙원』

89 내 경쟁자의 실패는 나의 실패나 다름없다. 나의 성공이 곧 인류의 성공이 되어야 한다. 『1842. 3. 22. 일기』

90 내가 생각하고 그 생각을 말하기 위해서는 엄청나게 큰 공간이 필요하다. 위대한 생각을 펼치려는 사람에게는 창공도 충분히 높지 않고 바다도 충분히 깊지 않다. 내 생각은 나를 먹이고 덥히고 입힐 수 있어야 한다. 나의 모든 것이 초대돼 즐길 수 있는 여흥의 장場이 되어야 한다. 그곳에는 신들도 친구처럼 초대될 수 있음을 알아야 한다. 『1842. 3. 22. 일기』

91 인간은 결국에는 자신이 목표한 것만을 이루게 마련이다. 그러므로 당장은 실패하더라도 높은 목표를 겨냥하는 게 낫다. 『월든』

92 인간의 발명품들은 진지한 일들에 대한 우리의 관심을 다른 데로 돌리기 위해 만들어진 보기 좋은 장난감인 경우가 많다. 그것들은 '개선되지 않은' 목적─기차로 보스턴이나 뉴욕에 가는 것처럼 이미 너무나 쉽게 이룰 수 있는─을 위한 '개선된' 수단에 지나지 않는다. 『월든』

93 인생의 다양성과 즐거움을 소진시키는 것으로 여겨지는 지루함과 권태는 태곳적부터 있어왔을 것이다. 그러나 인간의 능력은 아직까지 한 번도 제대로 측정된 적이

없다. 과거의 일들로 사람이 무엇을 할 수 있는지를
판단해서는 안 된다. 지금까지 인간이 시도해본 것은
너무나도 적기 때문이다. 『월든』

94 실험으로 나는 적어도 다음과 같은 사실을 배웠다.
자기가 꿈꾸는 방향으로 자신 있게 나아가면서
머릿속에 그리던 삶을 살고자 노력하는 사람은 보통
때는 생각지도 못했던 성공을 거두게 되리라는 것을.
그는 모든 것을 뒤로하고 눈에 보이지 않는 경계를 넘게
될 터다. 그리하여 새롭고 보편적이며 좀더 자유로운
법칙이 그의 주위와 내면에 자리를 잡기 시작할 것이다.
혹은 오래된 법칙들이 확대되면서, 보다 자유로운
의미에서 그에게 유리하게 해석되어 고차원적 존재로
살아가도록 허락받을지도 모른다. 삶이 단순해질수록
우주의 법칙 또한 덜 복잡해 보일 것이며, 고독이 더
이상 고독이 아니고, 가난이 가난이 아니며, 단점 또한
단점이 아니게 될 터다. 설사 공중에 누각을 지었다고
해도 이는 헛된 일이 아니다. 원래 누각이 있어야 할
곳은 그곳이니까. 그러니 이제 그 아래 기초만 다지면
되는 것이다. 『월든』

95 사랑이 있는 무지와 서툶이 사랑이 없는 지혜와
재주보다 낫다. 『콩코드 강과 메리맥 강에서의 일주일』

96 사랑을 할 때까지는 우린 사랑의 높이를 알지
못한다. 『1843. 9. 28. 일기』

97 과장이라! 지금까지 어떤 과장도 없이 인간의 미덕을
이야기한 적이 있었던가? 어떤 엄청난 과장도 없이
인간의 악덕을 이야기한 적이 있었던가? 우린
스스로에게 자신을 부풀려 이야기하지는 않는지?
아니면 얼마나 자주, 있는 그대로의 자신을 인정하는지?
번개는 부풀려진 빛이다. 우리는 과장하며 살아간다.
시는 과장된 역사이며, 새로운 기준에 부합하는
진실이다. 『1845. 날짜 미상, 일기』

98 사람은 자기 자신보다 이웃에게 존경받는 사람이 되고
싶은 욕구가 더 강한 법이다. 『1845~1846. 날짜 미상. 일기』

99 사람들을 비교하는 방법은 그들 각자의 이상을 비교하는
것이다. 실제 사람은 다루기엔 너무 복잡하다.
『1845~1846. 겨울. 일기』

100 모든 아이들은 얼마간은 세상을 다시 시작하는
셈이다. 『월든』

101 젊음은 우러러보거나 기대할 무언가를 필요로 한다.
언젠가 내게 "저 할아버지들은 몇 살까지 살아요?"라고

물어본 어린 소년처럼. 아이는 적어도 200번의 여름을
날 수 있기를 바란다고 했다. 100살의 나이에도 돋보기
없이 신발을 수선하고, 105살에도 능숙하게 낫질을 하는
노인은 우리 삶이 존엄하고 존중받는 삶이 되게 하는 데
없어서는 안 될 존재다. 『1845. 여름, 일기』

102 사람들은 눈을 감은 채 잠들어 있거나 허식에 속아
넘어가는 데 동의함으로써 어디에서나 판에 박힌 일상과
습관을 확립하고 공고히 한다. 이러한 삶의 바탕에는
언제나 순전한 환상이 자리하고 있다. 반면 놀이로
인생을 배우는 아이는 인생의 진정한 법칙과 관계들을
어른보다 더 명확히 분간해낸다. 어른들은 삶을 가치
있게 살지도 못하면서 경험 덕분에, 바꿔 말하면
실패를 해봤다는 이유로 자신이 아이보다 현명하다고
생각한다. 『월든』

103 고집 세고 융통성이 없는 것은 우리의 상황이 아닙니다.
고집이 센 것은 우리의 습관입니다. 『1848. 3. 17. 해리슨
블레이크에게 보낸 편지』

104 나의 실제 삶은 자축할 만한 게 전혀 없는 하나의
'사실fact'일 뿐입니다. 그러나 난 나의 신념과 열망에
대해서는 존중심을 느낍니다. 나는 이러한 신념과 열망에
근거해 말하는 것입니다. 『1848. 3. 27. 해리슨 블레이크에게 보낸 편지』

105 단순한 도덕성을 넘어서는 목표를 세우십시오. 단순히 선한 사람이 되려고 하지 말고, 무언가를 위해 선한 사람이 되도록 하십시오. 『1848. 3. 27, 해리슨 블레이크에게 보낸 편지』

106 누군가가 잘못된 행동을 하고 있음을 깨우쳐주려 한다면 먼저 옳은 일을 하십시오. 하지만 그를 설득하려고 하지는 마십시오. 사람들은 자신이 보는 것만을 믿으니까요. 그러니 그들로 하여금 보게 하십시오. 『1848. 3. 27, 해리슨 블레이크에게 보낸 편지』

107 우리의 삶은 놀랄 만큼 도덕적이다. 미덕과 악덕은 단 한순간도 휴전하는 법이 없다. 선량함이야말로 절대 실패할 일이 없는 유일한 투자다. 『월든』

108 사람들은 대체로 도움을 주기보다는 충고하기를 더 좋아하는 경향이 있다. 『1850. 6. 4, 일기』

109 우린 하이에나를 중상中傷하고 있다. 세상에서 가장 흉포하고 잔인한 동물은 인간이다. 『되찾아야 할 낙원』

110 사람들은 자기가 먹는 음식이 약이 되기도 할 때 무엇보다 행복하다고 생각하는 것 같다. 『콩코드 강과 메리맥 강에서의 일주일』

111 일찍 일어나는 습관을 기르도록 하자. 머리와 발을 같은 높이에 오래 놔두는 것은 현명하지 못한 일이다. 『1850. 6. 8. 일기』

112 한 권의 책이 많은 장張으로 이루어지듯 우리 삶에는 다양한 차원의 수많은 층위가 존재한다. 대부분의 사람은 아마도 그중 두세 층위 정도의 삶을 살아왔을 것이다. 더 높은 층위에서는 더 낮은 층위의 삶을 기억할 수 있지만, 더 낮은 층위에서는 더 높은 층위의 삶을 기억해낼 수 없다. 『1850. 6. 9. 일기』

113 인생의 어떤 사건도 내 젊은 날의 기억만큼 상상력과 사랑, 숭배와 감탄 그리고 경이로움을 불러일으키지 못한다. 『1850. 6. 9. 일기』

114 사람들이 성서의 기적을 이야기하는 것은 자신들의 삶에 기적이 없기 때문이다. 『1850. 6. 9. 일기』

115 나는 실제 삶이 상상의 삶보다 현실적이지 않다는 것을 알게 되었다. 어째서 실제 삶만을 특별히 중요하고 가치 있게 여기는지 잘 모르겠다. 나는 내 생각을 사로잡는 것이 실제 삶에서 멀어질수록 더 깊은 인상을 받는다. 게다가 나는 실제 사건만큼 진정으로 비현실적이고 우연적인 것을 본 적이 없다. 실제 사건은 내 꿈보다 내게

더 많은 영향을 미치지 못한다. 『1850. 7~8월 날짜 미상, 일기』

116 생각은 우리의 삶을 이루는 중요한 사건입니다. 그 밖의
다른 것들은 우리가 이곳에 사는 동안 불어온 바람을
기록한 것에 불과합니다. 『1850. 8. 9, 해리슨 블레이크에게 보낸 편지』

117 나는 이렇게 혼잣말을 하곤 합니다. '네가 좋았다고
고백한 일을 조금 더 많이 하라. 아무 이유 없이
만족스럽거나 불만스러운 경우는 없다.' 『1850. 8. 9, 해리슨
블레이크에게 보낸 편지』

118 당신을 위해 그 누구도 할 수 없는 일을 하십시오.
그 밖의 다른 것은 모두 생략해도 좋습니다. 어떤
식으로든 우리의 삶이 존중받게 하는 것은 쉬운 일이
아닙니다. 『1850. 8. 9, 해리슨 블레이크에게 보낸 편지』

119 인간과 무스와 소나무를 비롯한 모든 존재는 죽은
것보다 살아 있는 게 낫다. 그 사실을 제대로 이해하는
사람은 자신의 생명을 망가뜨리기보다는 지키려고 할
것이다. 『메인 숲』

120 우리의 생각은 언제나 죽은 이들과 함께한다. 그리하여
우리가 그들의 세계로 올라가거나 그들이 우리의 세계로
올라온다. 형제자매라 할지라도 어쩔 수 없이 잊히고 마는

사람도 있다. 반면 살아 있을 때보다 죽은 뒤에 더 가깝게 느껴지는 사람도 있다. 죽어서야 참모습이 알려지면서 더 가까이 느껴지는 친구와 지인이 있는가 하면, 세상을 떠나 우리에게서 멀어지면서 영영 잊히는 사람도 있다. 죽음으로 인해 이별하면서 더 가까워지는 친구들도 적지 않다. 『1850. 12. 24, 일기』

121 매너는 의식적인 것이다. 성격은 무의식적인 것이다. 『1851. 2. 16, 일기』

122 익숙한 이름이라고 해서 그 사람이 덜 낯설게 느껴지는 것은 아니다. 『1851. 5. 21, 일기』

123 아, 그동안 나는 어떤 삶을 살아왔는가! 오래도록 기억해야 할 것을 기억하는 일이 이다지도 어렵다니! 우린 얼마나 가려웠는지는 기억하지만 우리 심장이 어떻게 뛰는지는 기억하지 못한다. 나는 때때로 뜨겁고 영원할 것 같았던 젊은 날을 떠올리곤 한다. 하지만 이제 그것은 나의 기억 속에서만 존재할 뿐이다. 『1851. 6. 11, 일기』

124 젊은 시절, 감각을 잃어버리기 전에는 난 내가 생생히 살아 있음을, 형언할 수 없는 만족감을 느끼며 온몸으로 인생을 살고 있음을 알 수 있었다. 그 시절의 내겐 삶의 권태와 신선함 모두가 달콤하게만 느껴졌다. 『1851. 7. 16, 일기』

125 사랑하는 순진무구한 아이를 대하듯 나 자신에게
다정할 수 있기를. 새롭게 발견한 자아를 대하듯
아이들과 벗들을 대할 수 있기를. 끊임없이 나 자신을
찾아 나서되, 잠시라도 마침내 나를 찾았노라고
생각하지 않기를. 자신에게 결코 익숙한 사람이 되지
않으며, 언제나 낯선 사람처럼 여전히 내가 알고
싶어지기를. 『1851. 7. 16. 일기』

126 지금까지 인간이 창조해낸 어떤 신들보다 나 자신을 더
사랑하고 숭배할 수 있기를! 나의 벽감壁龕에 간직한
성화聖火가 결코 꺼지지 않게 하기를! 『1851. 8. 15. 일기』

127 생각을 하다보면 슬퍼지기 마련이다. 따라서 묵상은
슬픔에 가깝다. 『1851. 8. 18. 일기』

128 젊은이에게는 **열정**이었던 것이 성숙한 사람에게는 기질이
된다. 성숙한 사람은 자극이나 열기 또는 열정이 없이도,
젊음을 흥분시키고 평정심을 잃게 했던 세상을 관조할
수 있다. 『1851. 11. 1. 일기』

129 내가 기록하고자 하는 것은 그윽하게 무르익은
순간들이다. 나는 인생의 껍질이 아닌 알맹이를
보존하고 싶다.
인생의 컵이 꽉 차서 삶이 흘러넘치면 표본 삼아 몇

방울을 보존하도록 하자. 지성이 마음을 비추면 마음은
지성을 따뜻하게 덥혀줄 것이다. 『1851. 12. 23. 일기』

130 사람은 가장 자신다울 때 제일 잘할 수 있다.

『1852. 1. 21. 일기』

131 내가 보기에는, 철학의 정점에 서 있는 사람은 인류와
인간의 작품들이 모두 함께 눈에 보이지 않는 곳으로
가라앉고 말 거라고 생각하는 것 같다. 인간은
총체적으로 지나치게 강조되고 있는 듯 보인다. 시인은
인간이 인류의 적절한 연구 주제라고 이야기한다. 이
말은즉, 그 밖의 다른 모든 것—우주를 더 너른 관점으로
바라보는 일—을 배제하는 연구라는 의미다. 이는
인류의 자기중심주의일 뿐이다. 주로 출판업자들의 손에
놀아나는 유치한 가십성의 사교 문학들은 대체 다 뭐란
말인가? 또 다른 시인은 세상이 우리에게 너무 많은
신경을 쓴다고 말한다. 이는 물론 인간이 우리한테 너무
많은 신경을 쓴다는 말도 된다. 널리 알려진 인간관과
제도와 상식에는 편협함과 망상이 포함돼 있다. 인간으로
하여금 박애주의와 자선의 미덕들을 그토록 과장하면서
이를 인간의 가장 고귀한 속성으로 여기게 하는 것은
우리 자신이 나약한 존재이기 때문이다. 머지않아
세상은 박애주의와 오로지 그것에만 근거한 모든 종교에
피로감을 느끼게 될 것이다. 『1852. 4. 2. 일기』

132 변질된 선행에서 풍기는 악취보다 고약한 냄새는 없다.
그것은 인간의 썩은 고기요, 신의 썩은 고기다. 어떤
사람이 내게 선행을 베풀겠다는 의식적인 목적으로 집에
오는 걸 알게 된다면 나는 전력을 다해 도망칠 것이다.
질식할 정도로 입과 코와 귀와 눈을 먼지로 채우는
아프리카 사막의 메마르고 뜨거운 바람을 피해 달아나듯
말이다. 그가 베푸는 선행의 해독이 내 피에 섞일까봐
두렵기 때문이다. 이런 경우라면 난 차라리 자연스럽게
악행을 견디는 편을 택할 것이다.

굶고 있을 때 먹을 것을 주고, 추위에 떨 때 입을 것을
주고, 수렁에 빠졌을 때 나를 건져준다고 해서 그 사람이
내게 좋은 사람인 것은 아니다. 뉴펀들랜드 개도 그쯤은
할 수 있다. 자선은 가장 넓은 의미에서의 인류애라고 할
수 없다. 『월든』

133 자선은 인류에게 충분히 평가받는 거의 유일한
미덕이다. 아니, 지나치게 과대평가 받고 있다. 우리의
이기심이 자선을 과대평가하는 것이다. 어느 화창한 날
이곳 콩코드에서 건장하고 가난한 한 남자가 내게 다른
마을 사람을 입에 침이 마르게 칭찬했다. 그가 가난한
사람들에게 친절하다는 이유에서였다. 그런데 가난한
사람은 바로 자신을 가리키는 것이었다. 『월든』

134 세상에는 도끼로 악의 가지들을 쳐내는 사람이

1000명이라면 악의 뿌리를 내려치는 사람은 한 명이
있다고 하겠다. 가난한 사람들에게 최대한의 시간과
돈을 나눠주는 사람은 자신의 삶의 방식을 통해 그가
줄이고자 애쓰는 불행을 오히려 더 조장하는 것인지도
모른다. 그런 사람은 열 명의 노예 중 한 명을 판
대금으로 나머지 아홉 명의 노예에게 일요일 하루만
자유를 선사하는 독실한 노예 주인과 다를 바 없다. 『월든』

135 나는 인간과 인간이 만들어낸 제도가 아주 큰 부분을
차지하면서 우리의 관심을 독차지하는 세계관에
찬동하지 않는다. 인간이란 지금 내가 서 있는 자리에
불과하며, 따라서 전망은 무한하다. 인간은 나를 비추는
거울의 방이 아니다. 거울에 내가 비칠 때면 내가 아닌
다른 누군가가 보인다. 인간은 철학적으로는 지나간
현상에 불과하다. 우주는 인간의 거주지 이상으로 훨씬
광대하다. 사람들은 좀처럼 밖에 나가지 않으며, 밤에는
대부분 집에 머문다. 사실 일생에 한 번이라도 밤새
밖에 있어본 사람은 얼마 없다. 인간 세상의 이면을
들여다보며 인간의 제도를 길가의 독버섯처럼 여긴 적이
있는 사람은 더더욱 찾기 힘들다. 『1852. 4. 2. 일기』

136 나는 두 부류의 사람들을 알고 있다. 그중 대부분은
사회성이 뛰어난 사람들이다. 그들은 표면에서
살아가며, 일시적이고 덧없는 것에 관심을 가진다.

그들은 홍수에 떠내려가는 나무를 닮았다. 언제까지나
오로지 뉴스만을 궁금해하는, 영원한 바다의 거품이자
찌꺼기와도 같다. 그들은 정책을 즐겨 사용하고, 소재의
결핍을 매너로 보완한다. 그들에게는 써야 할 편지가
많고, 부와 세상 사람들의 인정이 곧 성공을 의미한다.
그들은 사회에서 사업을 벌이는 것을 궁극적이고도
충분한 목표로 여긴다. 세상은 그들에게 충고를 하고,
그들은 그 충고에 귀 기울인다. 그들은 상황의 산물로서
전적으로 덧없는 삶을 살아간다. 『1852. 4. 24. 일기』

137 숲을 사랑해서 하루의 절반을 숲에서 거니는 사람은
한량으로 취급받을 위험이 있다. 하지만 투기꾼으로
하루 종일 숲에서 머물면서 나무들을 깎아내 일찌감치
땅을 황폐해지게 하는 사람은 근면하고 진취적인
시민으로 존경받는다. 마치 도시 사람들은 숲을
베어버리는 것 말고는 자신들의 숲에 아무런 관심도
없는 것처럼! 『원칙 없는 삶』

138 대부분의 사람들은 여기저기로 손쉽게 이식移植이
가능하다. 뿌리가 거의 없거나 곧은뿌리가 없기
때문이다. 혹은 뿌리가 땅속으로 깊게 파고들지 않기
때문이기도 하다. 그래서 뿌리 아래 삽을 밀어 넣고
들어올리기만 하면 뿌리와 모든 게 뽑혀 나간다.

『1852. 5. 14. 일기』

139 거짓말을 하는 사람은 나쁜 평판을 얻는다. 반면 어떤
사람은 거짓 매너로 좋은 평판을 누리며 살아간다.

『1852. 6. 25. 일기』

140 젊음은 자신이 가진 재료로 달과 이어주는 다리나
지구 위의 궁전 또는 신전을 짓는다. 시간이 지나
중년은 자신이 가진 재료로 장작 헛간을 짓는 것으로
결론짓는다.

나무는 대체로 1년에 두 차례, 봄과 가을의 성장기를
거친다. 봄의 성장기에 우린 추위나 가뭄으로 나무가
어느 지점에서 제대로 자라지 못했는지를 알 수
있다. 그리고 여름에는 나무의 성장을 방해한 요인이
무엇이었는지 궁금해한다. 사람도 마찬가지다. 대부분의
사람은 봄에 성장을 그치며, 젊은 시절의 소망을
가로막았던 첫 번째 장애물을 결코 넘어서질 못한다.
그러나 체질이 좀더 단단하거나 좀더 기름진 땅에 심은
식물들은 빠르게 다시 회복하곤 한다. 그들이 겪은
좌절을 기억하듯 흉터나 옹이를 간직한 채. 그들은
또다시 앞으로 나아감으로써 새로운 봄의 성장과 맞먹는
힘찬 가을의 성장을 이루어낸다. 『1852. 7. 14. 일기』

141 각각의 현상은 우리에게 온 세상을 나타내면서 모든
것의 상징이 되어야 한다. 『1852. 12. 28. 일기』

142 우린 몸의 허기와 갈증은 재빨리 해결하면서 영혼의
허기와 갈증을 달래는 데는 왜 이다지도 느린
것일까요! 『1853. 2. 27, 해리슨 블레이크에게 보낸 편지』

143 삶이 불만스럽다 싶으면 좀더 나은 것을 바라게 된다.
마치 무언가를 기대하듯 더 세심하고, 더 삼가고
절제하는 생활을 한다. 그러다 문득 나 자신이 견과의
알맹이처럼 생명으로 가득하며, 평온하고 온화한
기쁨으로 넘쳐흐르고 있음을 깨닫는다. 차분히
생각하면서 식습관에 좀더 주의를 기울이도록
하자. 일찍 일어나 아침 산책에 나서도록 하자.
호사스러움과는 영영 작별하고 온전히 사색하는 삶을
살자. 그리하여 나의 개울을 둑으로 막으면 그 물이
내 머리로 모여들 터다. 이제 나는 생각으로 가득 차
있다. 『1853. 10. 26, 일기』

144 사람들이 치켜세우는 나의 작은 성공이 내 악덕 덕분이
아닐까 싶을 때가 있다. 어쩌면 나는 다른 사람들보다
고집이 더 세고, 목적을 이루기 위해 다른 이들의
행복까지를 포함해 엄청난 희생을 치렀는지도 모른다.
심지어 얼마간 악덕의 도움을 받지 않고는 어떤 선도
이룰 수 없으리라는 생각이 들기도 한다. 『1854. 9. 21, 일기』

145 괴물은 결코 우리가 생각하는 그곳에 있지 않습니다.

진정 무서운 것은 우리의 비겁함과 나태함입니다.
『1854. 12. 19, 해리슨 블레이크에게 보낸 편지』

146 어리석고 경박한 100만 명의 사람들보다 현명하고
진실한 한 사람의 관심을 끌 수 있다면 그것이 더 커다란
성공이 아닐는지요. 『1856. 2. 10, 캘빈 H. 그런에게 보낸 편지』

147 나는 여전히 가르치는 사람이 아닌 배우는 사람이며,
닥치는 대로 먹는 편이라 줄기와 잎을 모두
먹어치웁니다. 하지만 어쩌면 머지않아 좀더 정확하고
설득력 있게 이야기할 수 있을지도 모릅니다. 수많은
세세한 것들 아래 철학과 감정이 묻혀버리지만 않는다면
말이죠. 『1856. 5. 21, 존 브라운에게 보낸 편지』

148 우리가 어떤 문제에 어떤 겉모습을 부여하더라도
결국엔 진실만큼 우리에게 도움이 되는 것은 없다. 오직
진실만이 혼자서도 잘 견뎌내는 법이다. 우린 대부분
우리가 있어야 할 곳에 있지 않고 거짓된 입장을 취한다.
다양한 우리의 본성을 통해 하나의 상황을 전제하고 그
속으로 자신을 밀어 넣는 것이다. 따라서 우린 동시에
두 가지 상황에 직면하게 되며, 거기서 빠져나오기란 두
배나 어려운 일이 된다. 정신이 온전할 때는 우린 오직
사실만을, 실제 상황만을 주목한다. 의무적으로 말해야
하는 것이 아닌 스스로 말해야 한다고 생각하는 것을

말하도록 하자. 어떤 진실도 거짓보다는 낫다. 『월든』

149 인간이란 얼마나 놀라운 제도이자 계시인가! 우리는
어리석게도 누군가가 공언하는 신조를 '그 사람'이라는
사실보다 더 중요하게 생각하는 경향이 있다. 그가
얼마나 어려운 환경에 처해 있었고, 세상이 그에게
얼마나 비열하게 굴었는지 따위는 중요하지 않다.
인간은 하나의 우월한 힘이며, 그 자체로 새로운 법이기
때문이다. 인간은 그 법칙을 준수할 필요가 있는 하나의
시스템이다. 『1856. 12. 1. 일기』

150 삶에는 무한한 단계가 존재한다. 잠과 죽음에 가까운
단계에서부터 언제나 깨어 있는 불멸에 가까운 단계에
이르기까지. 따라서 사람과 사람을 혼동해서는 안 된다.
한 사람의 삶과 또 다른 사람의 삶만큼 커다란 차이가
있는 것은 없기 때문이다. 『1857. 1. 13. 일기』

151 찬사와 아부는 대부분 그것들이 내포하는 허세로
인해 내게 경멸을 불러일으킨다. 누가 자신에게 나를
추켜세울 자격이 있다고 생각하는 걸까? 누군가를
칭찬한다는 것은 종종 칭찬하는 사람에게 우월성이
내재돼 있음을 암시한다. 그것은 실제로는 미묘하게
상대방을 깎아내리는 행위와 다를 바 없다. 『1857. 3. 27. 일기』

152 생각에서조차도 자유로운 사람을 만나기란 얼마나 드문
일인지! 인간은 원칙에 따라 살아간다. 어떤 사람들은
집에만 틀어박혀 있으려 하고, 우린 모두 세상이라는
테두리를 벗어나지 못한다. 언젠가 한 지적인 이웃을
숲으로 데리고 간 적이 있다. 그가 머릿속에서 인간의
모든 제도를 깨끗이 지워버리고 새롭게 시작하면서,
완전히 새로운 관점으로 사물을 바라볼 수 있기를
바라서였다. 하지만 그는 그럴 수가 없었다. 전통과 그를
옭아맨 갈고리에서 벗어나지 못했다. 그는 정부, 대학,
신문 같은 것들이 언제까지나 영원히 존속하리라고
생각한다. 『1857. 5. 12, 일기』

153 우리의 가시거리 안에 있는데도 눈에 보이지 않는
것이 많다. 우리의 지적 가시거리 안에 있는 것이
아니기 때문이다. 그 말은 즉, 그것은 우리가 찾는 것이
아니라는 의미다. 따라서 가장 넓은 의미에서 우린
자신이 찾는 세상만을 발견하게 되어 있다. 『1857. 7. 2, 일기』

154 생전 아무것도 하거나 말하지 않으면서 기대만
불러일으키는 삶을 사는 사람들이 있다. 그들의
탁월함은 어떤 몸짓이나 처신하는 방식 이상으로
나아가지 못한다. 그들은 허리에 매다는 장식 띠나
어깨에 메는 조각된 전투용 곤봉을 닮았다. 또한
쇼윈도에서 점차 녹슬어가는 날 선 도구와도 같다. 나는

그 도구들만큼은 아니어도, 그 재료인 철이나 강철 조각,
또는 누군가의 손에 들린 덤불 베는 도구를 보는 것도
좋아한다. 『1859. 3. 10. 일기』

155 생각이든 표현이든 행위든 가장 좋은 것들에는 언제나
어떤 우연이 자리하고 있다. 기억할 만한 생각, 마음에
드는 표현, 감탄스러운 행위는 일부만 우리 것이다.
어떤 생각이 떠오른 것은 그 순간의 기분이 그 생각과
잘 어울렸기 때문이다. 우리는 또한 자신이 좋은 말과
행위를 했다는 것을 의식하지도 잘 알지도 못한다.
우리는 단지 부분적으로만 의식적으로 자신의 목표를
향해 나아가고 무모하게 성공을 추구한다. 우리가
가장 완벽하게 또는 완벽하리만치 잘하는 것은 오랜
단련으로 철저하게 습득한 것이다. 그리고 마침내
그것은 부지불식간에 우리에게서 떨어져 내린다.
나뭇잎이 나무에서 떨어져 내리는 것처럼. 그렇게 우린
마지막으로 무의식적인 무언가를 남긴다. 『1859. 3. 11. 일기』

156 강물의 깊은 곳은 얕은 곳만큼 뚜렷이 보이지 않아서
세심하게 살피지 않으면 찾을 수 없다. 어쩌면 인간의
본성도 그런 게 아닐까. 『1859. 7. 5. 일기』

157 나는 깨어 있는 삶과 꿈을 구분하는 법을 알지 못한다.
우린 언제나 자신이 살고 있다고 믿는 삶을 사는 게

아닐까? 『1859. 11. 12. 일기』

158 젊은이는 반신반인이다. 그러나 성인은, 아아, 한낱
인간에 지나지 않는다. 『1859. 12. 19. 일기』

159 우린 지상에서 보낸 날들의 수만큼 사는 게 아니라
우리가 즐긴 날들만큼 사는 것이다. 『1860. 2. 23. 일기』

160 잠자거나 깨어 있거나, 달리거나 걷거나, 현미경이나
망원경을 사용하거나 맨눈으로 보는 것과는 상관없이
인간은 자기 자신 말고는 아무것도 발견할 수 없고,
결코 아무것도 능가하지 못하며, 아무것도 뒤에 남길 수
없습니다. 『1860. 5. 20. 해리슨 블레이크에게 보낸 편지』

161 내 건강을 물어봐주어서 고맙습니다. 추측건대 나는 살날이
몇 달 남지 않은 것 같습니다. 물론 그게 얼마가 될지
아무것도 알지 못합니다. 나는 다만 그 어느 때보다 삶을
즐기고 있고 아무것도 후회하지 않는다는 말을 덧붙이고
싶을 뿐입니다. 소로의 마지막 편지. 소로는 1862년 5월 6일, 45년을 채 살지
못하고 세상을 떠났다 『1862. 3. 21. 마이런 B. 벤튼에게 보낸 편지』

162 어째서 우린 이토록 허둥대고 인생을 낭비하면서
살아야 하는 걸까? 마치 배가 고프기도 전에 굶어
죽기로 결심한 사람들처럼. 사람들은 '제때의 한 땀이

훗날 아홉 땀의 수고를 덜어준다'고 하면서, 내일 아홉
땀의 수고를 덜기 위해 오늘 1000땀을 뜨고 있다. 일로
말하자면 특별히 중요한 일을 하는 것도 아니다. 단지
무도병舞蹈病에 걸려서 우리 머리를 가만히 놔두지
못하는 것뿐이다. 『월든』

163 하루를 자연처럼 느긋하게 보내보자. 선로에 호두
껍데기나 모기 날개가 떨어져도 탈선하는 일 없이.
일찍 일어나 아침을 거르든 먹든 조용히 차분함을
유지하자. 손님이 오건 가건, 종이 울리거나 아이들이
울든 말든 단호하게 하루를 보내도록 하자. 왜 우리가
무너져 내려 물결에 휩쓸려 가야 하는가? 정오의 얕은
여울에 자리 잡은 점심이라는 이름의 무시무시한 격류에
당황하고 압도당하는 일이 없도록 하자. 이 같은 위험만
잘 이겨내면 우린 안전하다. 나머지는 내리막길이기
때문이다.
긴장을 풀지 말고 아침의 활기를 유지한 채,
오디세우스처럼 돛대에 몸을 묶고 위험을 피해 다른
길을 찾아 항해하도록 하자. 기적이 울리면, 그러느라
목이 쉴 때까지 울리게 놔두자. 종이 울린다고 왜 우리가
뛰어가야 하는가? 『월든』

164 사람들이 떠받들고 성공적인 것으로 여기는 삶은 단지
한 종류의 삶에 지나지 않는다. 어째서 우린 또 다른

종류의 삶들을 희생하면서까지 한 가지 삶만을 지나치게
강조하는 걸까? 『월든』

165 사람들은 대부분 조용히 절망적인 삶을 살아간다.
체념은 절망이 만성화된 것이다. 『월든』

166 나의 독자들 중에 아직 인생 전부를 살아본 사람은
없다. 지금은 인류의 삶 전체에서 봄의 몇 달간에
불과한지도 모른다. 7년 동안 옴에 시달려본 사람은
있어도 아직까지 콩코드에서 17년 된 매미를 본 사람은
없다. 인간은 자신이 사는 지구의 겉껍질밖에는 알지
못한다. 대부분의 사람은 6피트 깊이로 땅을 파본 적도,
그 높이만큼 공중으로 뛰어올라본 적도 없다. 사람들은
자신이 지금 어디에 있는지도 모른다. 게다가 자신에게
주어진 시간의 절반 가까이를 잠자는 데 쓴다. 그런데도
인간은 스스로를 현명하다고 여기면서 지구 표면에
하나의 질서를 확립했다. 정말이지 인간만큼 심오한
사상가이자 야심만만한 존재가 또 있을까! 『월든』

167 나는 집이나 농장에 매여 있지 않아서 매 순간 나의
유별난 성향을 따를 수 있었다. 『월든』

168 자연과 인간의 삶은 각각의 체질만큼이나 다양하다.
다른 사람의 앞날이 어떨지 그 누가 예측할 수

있겠는가? 우리가 잠시 서로의 눈을 들여다보는 것보다 놀라운 기적이 일어날 수 있을까? 한 시간 동안 우린 세상의 모든 시대를, 아니 모든 시대의 모든 세상을 사는 것이다. 역사, 시, 신화를 비롯한 다른 누군가의 체험기를 아무리 많이 읽었어도 이보다 경이롭고 유익한 것은 본 적이 없다. 『월든』

169 스스로의 평가에 비하면 대중의 평가는 무력한 폭군에 지나지 않는다. 인간은 스스로를 어떻게 생각하느냐에 따라 그 운명이 결정되거나 암시된다. 『월든』

170 삶의 가치가 가장 떨어지는 시기에 미심쩍은 자유를 누리겠다고 인생의 황금기를 돈 버는 데 바치는 사람들을 보면 어느 영국인이 생각난다. 그는 고국으로 돌아와 시인의 삶을 살기 위해 먼저 인도로 떠나 돈을 벌고자 했다. 그는 당장 다락방으로 올라갔어야 했다. 『월든』

171 우린 왜 그토록 필사적으로 서두르며 그토록 무모한 시도를 하려는 것일까? 누군가가 자신의 동료들과 보조를 맞추지 않는다면, 그건 아마도 그가 다른 고수의 북소리를 듣기 때문일 터다. 그가 자신이 듣는 음악에 맞춰 나아가게 하라. 그 음악의 박자가 어떻든 얼마나 멀리서 들리든 상관없이. 그가 사과나무나 떡갈나무와

같은 속도로 성장해야 할 필요는 없다. 그가 자신의 봄을
여름이 되게 해야 하는 걸까? 자신에게 맞는 여건이
아직 갖추어지지 않았다고 해서 또 다른 현실로 그
자리를 메워야 하는 걸까? 공허한 현실에 부딪혀 자신의
배가 난파되는 일은 없어야 할 것이다. 『월든』

172 우린 길을 잃고 나서야, 달리 말하면 세상을 잃고
나서야 비로소 자신을 알아가기 시작한다. 그리고
자신이 선 자리와 자신이 맺는 관계들의 무한한 범위를
깨닫는다. 『월든』

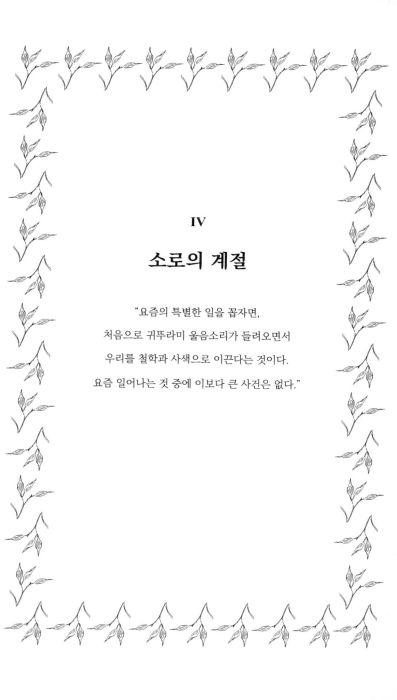

IV

소로의 계절

"요즘의 특별한 일을 꼽자면,
처음으로 귀뚜라미 울음소리가 들려오면서
우리를 철학과 사색으로 이끈다는 것이다.
요즘 일어나는 것 중에 이보다 큰 사건은 없다."

봄

1 어린아이가 여름이 오기를 기다리듯 우린 언제나
어김없이 돌아오는 계절의 순환을 차분히 기뻐하며
지켜본다. 신들의 오랜 세월 동안 수많은 봄이 돌아올
때마다 우린 밖으로 나가 우리의 에덴동산에 다시금
감탄하고, 매번 그곳을 새롭게 치장하면서도 결코 싫증
내는 법이 없다. 『1838. 1. 6. 일기』

2 오늘은 밖에 오래 나가 있지 않았는데도 벌써 새봄이
태어난 느낌이었다. 아직 젖먹이에 불과하지만
진정으로 그 존재를 드러내기 시작한 봄. 눈이
18인치나 쌓였는데도 아랑곳없이 자연은 "풀밭에서
예전처럼 오래된 노래"를 부르기 시작했다. 나는 "뭐야!
이게 다야?" 하고 씨익 웃으면서 은근한 만족감을
드러냈다. 『1838. 2. 18. 일기』

3 1년 동안 일어나는 현상들이 매일 작은 규모로 호수
안에서 일어난다. 매일 아침, 대체로 얕은 곳의 물은
깊은 곳의 물보다 빠르게 데워지며, 저녁부터 다음
날 아침까지는 마찬가지로 더 빨리 식는다. 하루는
1년의 축소판이다. 밤은 겨울이고, 아침과 저녁은 봄과
가을이며, 낮은 여름이다. 얼음이 갈라지거나 울리는
소리는 기온의 변화를 나타낸다. 『월든』

4 내가 일하던 곳은 소나무가 우거진 기분 좋은
산비탈이었는데, 나무들 사이로 호수와 어린 소나무와
히코리가 자라는 숲속의 작은 공터가 보였다. 호수의
얼음은 군데군데 녹은 곳도 있긴 했지만 아직 다 녹지는
않았고, 온통 거무스레한 빛깔에 물기를 잔뜩 머금고
있었다. 그곳에서 일하는 낮 동안에는 조금씩 눈발이
날릴 때도 있었다. 그러나 집으로 돌아가기 위해 철로
변으로 나설 때면, 선로에 길게 펼쳐진 금빛 모래가
어른거리는 대기 속에서 어슴푸레 빛나곤 했다. 철로는
봄날 햇빛을 받아 반짝였고, 우리와 함께 또 다른 한
해를 시작하기 위해 찾아온 종달새와 딱새과의 작은
새 그리고 그 밖의 새들이 지저귀는 소리가 들려왔다.
기분 좋은 봄날이 이어졌고, 인간의 불만이 쌓인 겨울이
대지와 함께 녹았으며, 동면하고 있던 삶이 기지개를
켜기 시작했다. 『월든』

5 봄이 이미 우리 곁에 와 있는데 우린 겨울 안에서
머무적거리고 있다. 기분 좋은 봄날 아침에는 모든
사람의 죄가 용서받는다. 그런 날은 악덕에도 휴전이
발효된다. 따뜻한 햇볕이 내리쬐는 동안에는 더없이
사악한 죄인도 돌아올 수 있을 터다. 되찾은 자신의
순수함을 통해 우린 이웃의 순수함을 발견한다.
어제까지만 해도 당신은 도둑, 주정뱅이 또는
호색한으로 알았던 이웃을 동정하거나 경멸하면서

세상에 절망감을 느꼈을지도 모른다. 그러나 햇살이
밝고 따사롭게 비추면서 만물을 소생시키는 첫
번째 봄날 아침, 당신은 어느 평온한 일터에서 그와
마주칠지도 모른다. 그리고 그의 지치고 방탕한 핏줄이
고요한 기쁨으로 부풀어 올라 새로운 날을 축복하고,
어린아이 같은 순수함으로 봄기운을 받아들이는 것을 볼
때면 그의 모든 과오는 잊히고 말 것이다. 『월든』

6 3월은 봄을 부채질하고, 4월은 봄에 세례를 주며,
5월은 봄옷으로 갈아입는다. 봄은 결코 자라지 않으며
느릿느릿 나아갈 뿐이다. 봄이 되어 언제나처럼 싹이
트고 잎이 돋아나면 꽃봉오리가 바짝 그 뒤를 따른다.
겨울이 와도 봄은 결코 사라지지 않으며, 두더지처럼
눈 밑을 기어 다닌다. 그러다 가끔씩 샘과 수로 위로
물안개처럼 그 모습을 드러낸다.
사람도 봄과 같을 수 있기를! 그의 인성人性이, 잎을
바짝 뒤따르는 꽃봉오리처럼 한 걸음 더 나아가며 계속
전진하는 젊음과 같기를! 『1838. 3. 1. 일기』

7 북동에서 동으로 불던 바람이 북서에서 남으로 불고,
초원의 풀에 매달려 딸랑거리던 고드름들이 풀줄기를
따라 졸졸 흘러내리면서 동료들과 떼 지어 어김없이
그 수위水位를 찾아간다. 호수에서는 부산하고
활기찬 소리를 내며 얼음이 갈라지고, 쪼개진 얼음은

소용돌이치듯 더 큰 물줄기를 따라 떠내려간다.
쉿소리와 굉음을 내며 거칠게 얼음이 흘러가는 길은
얼마 전까지만 해도 산지기의 수레와 여우가 지나다니던
단단한 땅이었다. 가끔씩 얼음 덩어리 위에서 여전히
생생한 스케이트 자국과 강꼬치고기 잡이용으로
뚫어놓은 구멍이 눈에 띄기도 한다.
개울에서는 다양한 속도로 떠다니는 조그만 얼음
덩어리들이 서로 맞부딪히는 희미한 소리로 만족감과
기대를 드러낸다. 개울물이 콸콸 흘러가는 천연 다리
아래에서는 나직하게 서둘러 대화를 나누는 소리가
들려온다. 작은 개울은 초원의 체액을 운반하는 통로다.
지난해의 풀과 꽃자루 들이 눈비에 흠뻑 젖어 있고, 이제
개울은 향등골나무, 박하, 창포, 페니로열 같은 초원의
차茶를 단숨에 실어 나른다.
불을 지핀 솥에서 얼음이 녹듯 호수에서는 햇빛이
가장자리를 먼저 녹인 다음, 그 틈새로 빛을 쏘아 넣어
깊은 물의 아래쪽을 일제히 녹인다. 『1840. 3. 8. 일기』

8 오늘 저녁 강둑을 따라 걸으며 예전에 들었던 것 같은
저녁의 소리를 들은 뒤 이런 생각이 들었다. 우린 삶의
표면 바로 아래에서 잠들어 있다가 어느 순간 삶에 눈을
뜨게 되는 게 아닐까. 봄이 되어 다시금 들판을 뒤덮은
푸른 초목이 사실은 겨울과 한 번도 멀리 떨어져 있던
적이 없는 것처럼. 『1837~47. 3월. 일기』

9 땅에 낀 서리가 녹기 시작하면 사람에게서도 무언가가
녹기 시작한다. 대지는 지금 반쯤 벌거벗었다. 숲을
포효하게 하고 생명과 부산스러움으로 세상을 가득
채우는 이 3월의 바람은 나무들을 겨울잠에서 깨우고
자극하여 수액을 흐르게 한다. 『1852. 3. 9. 일기』

10 오늘 아침 자리에서 일어나기 전에 난 형언하기 힘든
향기로운 여름날의 아침을 떠올렸다. 햇빛이 비치는
가운데 수많은 새들이 다정하게 지저귀며 봄날을
예고할 때, 난 마치 서사시와 영웅시의 새로운 단락에
대해 논쟁하는 듯했던 여름날 아침을 기억해내는
것이다. 그러한 아침이 선사하는 평온함과 그 무한한
기대감이라니! 새들의 노래나 지저귐은 마치 이슬처럼
나뭇잎에서 뚝뚝 떨어져 내린다. 그럴 때마다 우리
삶에도 신성한 불멸의 무언가가 생겨나는 듯했다.

『1852. 3. 10. 일기』

11 오늘 집 벽에 긴 사다리를 걸쳐놓을 일이 있었는데,
애를 좀 썼다고 몸이 후들거리는 것을 보고 지난겨울에
몸의 일부를 거의 쓰지 않았음을 깨달았다. 이 얼마나
큰 손실인가 말이다! 밖으로 나가 열심히 일하면서
땀을 흘려야겠다는 생각이 들었다. 땅에 서리가 거의
녹았음에도 불구하고 내 안의 겨울은 아직 끝나지 않은
것이다. 내게는 계절이 거꾸로 가는 듯 보였다. 자꾸만

나이를 먹다보면 더 이상 계절의 순환에 공감하지 않는 날이 올지도 모른다. 우리 안의 겨울이 영영 끝나지 않을 그날이. 『1852. 3. 30. 일기』

12 나이를 먹을수록 봄에 더 이상 싹을 틔우지도 않을 뿐 아니라 새해가 온다는 사실에 무심해지는 듯하다. 1년이 여러 달로 나뉘어 있다는 생각도 못하고 한 해를 보내기도 한다. 새해가 시작되는데도 더 이상 새로운 결심을 하지 않게 되니 서글픈 생각마저 든다! 『1852. 3. 31. 일기』

13 이젠 아침이 선사하는 좋은 기운과 영감을 받아들이기엔 너무 나이가 들어버린 것 같다. 새들도 예전처럼 그렇게 열심히 즐겁게 노래하지 않는다. 호수의 수면에는 잔물결이 희미하게 일 뿐이다. 젊은 날에는 관찰이라는 소중한 경험을 할 기회가 별로 없다. 젊은이의 감수성과 나이 든 이의 분별력이 합쳐질 수 있다면 얼마나 좋을까? 『1852. 4. 2. 일기』

14 이제야말로 잠시 주춤거리던 봄이 본격적으로 다시 시작되고 있다. 생각해보면 언제나 이렇지 않은가? 언제나 여름에 뒤이어 오는 인디언 서머를 닮은, 봄의 이른 징후가 보이다가는 다시 잠깐 동안 겨울로 돌아가지 않는가? 이를테면 진정한 봄보다 앞서 찾아오는 인디언 혹은 가짜 봄날이 기대를 불러일으킨

다음 이내 실망시키는 식이다. 마치 우리 삶에서 만나게
되는 첫 번째 거짓 약속처럼. 그럼에도 불구하고 모든
것은 이 추운 날들에도 전진을 멈추지 않은 듯 보인다.
이 모든 것이 어느 날 불쑥 시작되었으리라고는 믿기
어렵기 때문이다.

이제 해가 지면서 따사롭고 환한 빛이 모든 사물을
비춘다. 한 해의 늦은 오후인 가을, 여행객이 외투로
몸을 꽁꽁 싸맨 채 겨울을 준비하기 위해 밤늦게 집으로
돌아갈 무렵 비추는 빛을 닮은 빛으로. 봄날의 석양은
산책자가 여름을 꿈꾸며 집으로 향할 때 그 길을 밝히는
한 해의 여명과도 같다. 『1853. 3. 18. 일기』

15 오늘의 특이한 점은 무엇보다 언덕과 절벽의 바위 쪽에
자라는 메마른 떡갈나무와 또 다른 잎들에서 풍겨
나오는, 건조하고 온화하며 여름을 예고하는 향기를
맡을 수 있다는 것이다.

멀리서 여름이 다가오는 냄새를 맡는 것이다. 그러한
온기는 사람을 다시 젊어지게 한다. 거리도 마찬가지로
건조하고 여기저기서 먼지가 풀풀 날린다. 차가운
북서풍이 불어와 산에는 여전히 새하얀 눈이 남아 있다.
그러나 이젠 서풍이 더 많이 불어온다. 산마루는 이제 하늘
쪽부터 녹기 시작한다. 단지 바라보는 것만으로 저토록
멀리 떨어진 풍광과 소통하고 풍요로운 약속의 땅을 눈에
담을 수 있으니, 이 얼마나 감동적인가! 『1853. 3. 20. 일기』

16 난롯불 대신 해의 온기를 처음으로 이용하는 날은
홍미로운 아침을 맞게 된다. 머지않아 강물에서 멱을
감을 것처럼 햇볕에 몸을 담그는 것이다. 불을 피해
다락방 창가로 가서 자연의 거대한 중앙난방에 자신의
생각을 덥힌다. 옆에서는 파리가 윙윙거리며 함께 볕을
쬐고 있다. 『1853. 3. 22. 일기』

17 채닝은 언젠가 미노트와 그의 건강에 대해 이야기를
나누던 중에 이렇게 말했다. "지금이라도 당장 죽고
싶겠군요." 그러자 미노트는 이렇게 대꾸했다. "아뇨,
난 지난겨울을 악착같이 버텨냈습니다. 그러니 좀더
오래 머물면서 파랑새 울음소리를 다시 한 번 더 듣고
싶군요." 『1854. 3. 5. 일기』

18 갑자기 날씨가 따듯해졌다. 인근에서는 이렇게
날씨가 좋아지는 것보다 중요한 일은 없다. 따듯해진
공기만으로 우리의 기분과 자연의 모습에 이처럼
놀라운 변화가 일어나다니, 이보다 경이로운 일이 또
있을까. 어제까지만 해도 대지는 황량하고 꽁꽁 얼어붙어,
마치 죽어버린 것처럼 단조로운 모습이었다. 바깥은
반짝이는 푸른 물에도 불구하고 차가운 바람과 시든
풀과 추위가 온통 지배하고 있었다. 사람들은 자꾸만
자기 안으로 움츠러들었다. 그런데 이젠 꽃이 피고 잎이
돋아나는 것처럼 대지의 표면이 느닷없이 깨어나는

듯한 느낌이 든다. 하지만 그건 사실이 아니었다. 나는
개구리 울음소리나 새로운 새의 노랫소리를 듣고자
했지만 아직은 들을 수 없었다. 단지 얼어붙었던 땅이
조금 더 깊게 녹고 있고, 언덕 여기저기에서 물이 졸졸
흘러내리고 있을 뿐이다. 그렇다, 가장 큰 변화는 우리
안에서 일어나고 있었다. 마치 인생의 새로운 장을 여는
것 같은 기분이 드는 것이다.『1855. 3. 31, 일기』

19 지난겨울은 나와 우리 모두에게 굉장한 겨울이었습니다.
내가 그 겨울을 얼마나 즐겼는가 하는 생각은 하지
않습니다. 각자의 일에 신경 쓰면서 조금이라도 앞으로
나아갈 수 있다면 얼마나 행복했는지 불행했는지가 무슨
대수겠습니까?『1856. 3. 5, 대니얼 리케슨에게 보낸 편지』

20 이처럼 햇볕이 내리쬐는 강둑에서 반사되는 온기를
느낄 때면, 누런 모래와 불그레한 하층토를 볼 때면,
마른 잎들이 바스락거리는 소리와 몇몇 방수로에서 눈이
녹아 흘러내리는 소리가 들릴 때면, 난 결코 양도할 수
없는 영원한 유산의 계승자임을 떠올리며 그 사실을
재확인하곤 한다. 자연에서 발견하는 영원함은 나
자신의 속성이기도 하다. 지금까지 얼마나 많은 봄마다
이런 똑같은 경험을 해왔던가! 자연의 이런 꾸준한
지속성과 회복력은 곧 나 자신의 본질이기도 하다는
것을 깨닫고는 또다시 힘을 얻곤 한다.『1856. 3. 23, 일기』

21 비와 안개가 내리자 벌거벗은 남쪽 강둑의 흙에
군데군데 초록이 보이기 시작한다. 놀라운 광경이다.
대지의 적갈색 뺨에 깃든 귀한 밝은 초록빛은 밤새
자라난 초록 곰팡이를 연상시킨다. 마치 대지의
뺨이 지저귀는 새들이 전해다준 초록빛으로 물든 것
같았다. 이런 광경은 여름날의 꽃과 무르익은 가을날의
다채로움만큼이나 흥미롭다. 불그레한 대지의 뺨 위로
번져나가는 희미한 초록빛을 또다시 볼 수 있다니, 이
얼마나 고무적인가! 나는 자연과 더불어 소생한다.
자연의 승리는 곧 나의 승리다. 『1856. 4. 3. 일기』

22 매년 돌아오는 새해는 우리에게 깜짝 선물을 안겨준다.
우린 저마다 다른 새들의 노랫소리를 사실상 잊고
있었음을 깨닫는다. 그리고 또다시 그 소리를 듣게
되면, 마치 꿈처럼 그것을 기억해내면서 이전에 우리가
어떻게 살았는지를 떠올린다. 어째서 새의 노랫소리가
일깨우는 것들은 언제나 즐겁고 슬픔과는 거리가
먼 것일까? 우리가 가장 건강했던 시절을 떠올리게
하기 때문일까? 자연의 목소리는 언제나 기운을
북돋아준다. 『1858. 3. 18. 일기』

23 아침과 봄의 기운을 얼마나 느끼는가로 건강을
가늠해볼 수 있다. 자연이 깨어나는 소리에 아무
반응을 하지 않는다면, 이른 아침 산책에 대한 기대로

잠이 깨지 않는다면, 첫 파랑새의 노랫소리에 더
이상 흥분이 느껴지지 않는다면, 우리 인생의 아침과
봄날은 지나가버린 것이다. 그런 변화는 맥박에서도
느껴진다. 『1859. 2. 25. 일기』

24 우리에겐 눈과 추위가 단순히 봄을 지체시키는 것으로
여겨질 뿐이다. 자연의 섭리에서 이러한 것들이 지닌
가치를 우린 얼마나 잘못 이해하고 있는가! 『1859. 3. 8. 일기』

25 우리는 종종 호숫가에 있는 휠러 씨 집 울타리에
기대앉아 시간을 보낸다. 휠러 씨 집은 메리엄 씨 집
맞은편에 있다. 이맘때에도 여전히 우린 해가 가장 잘
들면서 제일 아늑하고 따뜻한 곳을 찾아다니곤 한다. C가
1년 동안 다녀본바 그곳이 가장 따뜻하다고 했다. 우린
강둑에 누운 뱀들처럼 그곳에서 빈둥거린다. 볕이 잘
드는 아늑하고 편안한 곳에서 우린 최적의 상태가 된다.
그런 곳에서는 생각이 샘솟고 활짝 피어난다. 그러다
차츰 그늘진 서늘한 곳을 찾게 된다. 사람들은 기후에
참으로 잘 적응한다! 겨울이면 난롯가로 모여들고,
봄가을에는 햇볕이 드는 아늑한 곳을 찾아간다.
여름에는 그늘지고 서늘한 숲이나 산들바람이 불어오는
물가로 향한다. 이렇게 해서 한 해의 평균 온도가
우리한테 꼭 맞게 되는 것이다. 『1857. 4. 26. 일기』

26 저녁이 상당히 짧아졌다. 집보다는 밖에서 점점 더 많은
시간을 보내고, 더 적게 생각하며 더 많이 움직인다.
그리고 이런저런 잡다한 일들로 더 바삐 지내다가,
집에는 주로 먹고 자러 들어온다. 『1860. 4. 17. 일기』

여름

27 대부분의 나무에 무성하게 잎이 돋아나고,
검정물푸레나무가 완전히 초록으로 변했을 때에야
비로소 진정한 신록의 계절이 시작되었다고 할 수
있다. 『1860. 6. 4. 일기』

28 메뚜기가 탁탁 소리를 내며 나는 광경은 이맘때 누리는
호사가 아닐 수 없다. 여름이 또다시 겨울의 발자취를
더듬어 나갈 때, 검게 그을린 귀뚜라미가 풀밭에서
부르는 〈니벨룽겐의 노래〉를 듣는 것은 나를 즐겁게
한다. 귀뚜라미는 가장 끈질긴 가수다. 눈에 보이지 않는
합창단의 줄기찬 노랫소리에 양쪽 귀를 열어두노라면
마치 대지 자체가 끊임없이 노래를 부르는 것만
같다. 『1838. 8. 29. 일기』

29 해는 이미 15분 전에 졌지만 햇살은 여전히 남아
중천까지 비추고 있다. 깜빡 잠이 든 사이 서쪽에서 붉게
빛나는 내일이 아스라한 아침의 예감처럼 나의 뇌리를
스쳐 지나간다. 서쪽에서 흐릿한 안개가 마치 낮이
일으킨 먼지처럼 굴러온다. 저쪽 숲에서는 다시 날이
밝을 때까지 하늘 지붕을 떠받칠 연기 기둥이 올라가고
있다. 저기서 느긋하게 휴식을 취하는 풍경이 내게
일러준다. 모든 좋은 것은 기다리는 이의 몫이며, 서쪽

언덕으로 서둘러 가기보다는 여기 남아 있어야 새벽을
더 빨리 맞이할 수 있다고.

아침과 저녁은 형제자매와도 같다. 아침과 저녁마다
참새와 개똥지빠귀가 노래 부르고, 개구리는 개굴개굴
울어댄다.

뒤쪽 숲이 내는 숨소리가 점점 커져간다. 어째서 밤은
이토록 허둥지둥 서둘러 자리를 잡는 걸까! 저기 다리
위를 덜컹거리며 지나가는 짐수레는 낮이 밤에게
돌려보내는 배달부다. 그러나 그 급보는 봉인돼 있다.
덜컹거리는 소리 속에서 '이것이 내가 유일하게 내는
소리'라고 마을이 말하는 것 같다.

따라서 붉은색은 낮의 색이다. 적어도 낮의 발꿈치의
색이다. 낮이 '서쪽으로 발을 내딛는 것'이다. 우리는
낮이 오고갈 때만 그 존재를 알아차릴 수 있다.

개는 저 멀리 있는 별들을 향해 당당하고도 끈기 있게
짖어댄다. 나도 당신처럼 낯설면서도 친숙한 이 밤을 홀로
걷는다. 내 목소리가 당신 목소리처럼 저 다정한 하늘에
부딪혀 울려 퍼진다. 개 짖는 소리 가운데서도 들리는
것은 오직 내 목소리뿐이다. 밤 10시다. 『1840. 6. 24. 일기』

30 오늘처럼 선선한 밤에는 모든 풀잎과 나뭇잎이 마치
초록 얼음물에 잠긴 듯 보인다. 눈이 아프다면 이리로
와서 이 광경을 바라보라. 그대의 눈에 최고의 안약이 될
것이니. 아니면 기다렸다가 눈으로 하여금 어둠 속에서

멱을 감게 하라. 『1840. 6. 30. 일기』

31 지난번에 본 일출은 여지껏 본 일출들보다 빛이 더
강한 듯 보였다. 나는 인간도 새벽빛처럼 싱그럽게
출발해 새벽의 약속과 꾸준함으로 삶을 향해 나아가며,
고결하고도 차분하게 생의 한낮을 거쳐 더욱더
아름답고 희망 가득한 생의 일몰에 이르러야 한다는
것을 깨달았다. 날이 늙어서 저무는 것일까? 아니면
인간이 해보다 빨리 지쳐버리는 걸까? 진홍빛 석양에서
나는 싹트는 새벽빛을 본다. 서쪽의 형제들에게는 내게
그랬던 것처럼 순수하고 밝게 떠오르는 빛일 것이다.
저녁은, 주춤거리는 낮의 뒷모습 속에서, 아침과
한낮에는 보이지 않던 아름다움을 드러내 보여준다.
행여 한낮의 열기와 소란스러움에 억눌리는 느낌이
든다면, 황동빛으로 우리를 태우는 태양이 또 다른
이들을 위해서는 아침 언덕을 금빛으로 물들이고 숲속의
합창대를 깨우고 있음을 기억하자.
우린 마음속에서도 새벽과 한낮과 고요한 일몰의 과정을
겪기 마련이다.
우리가 저녁 대기라고 부르는 것은 하루 동안의 행위가
축적된 것으로, 아름다운 빛을 흡수해 새벽의 벌거벗은
약속보다 한층 더 풍부한 것들을 보여준다. 한낮의 열기
속의 성실한 노동으로 삶의 저녁에 풍요롭게 타오르는
석양빛을 맞을 준비를 하자. 『1840. 7. 3. 일기』

32 비가 온 뒤에는 풀이 그러하듯 난 다시 활기를 되찾곤
한다. 안개 사이로 해가 다소 밝게 비칠 때를 제외하고는
그때만큼 내가 활짝 피어나고 하루가 아름다운 적은
없다. 그럴 때면 난 좀더 나은 삶을 살기를 갈망하게
된다. 『1850. 6월. 일기』

33 6월이 되어야 비로소 들판에서 풀이 물결친다고 할 수
있다. 개구리가 꿈꾸고, 풀이 물결치며, 미나리아재비가
머리를 흔들고, 더위로 호수와 개울에서 멱을 감고 싶어질
때에야 비로소 여름이 시작되는 것이다. 『1850. 6. 8. 일기』

34 반달보다 조금 큰 달이 떴다. 5월의 밤처럼 서늘한 밤,
시간은 밤 10시를 가리키고 있다. 마을을 지나오는 동안,
화려한 그물코 무늬로 땅을 뒤덮은 느릅나무의 육중한
그림자가 내게 인간은 기대했던 것보다 훨씬 많은 것을
얻는다고 말하는 듯했다. 자연은 인간에게 공중에 우뚝
선 나무뿐만 아니라 다양한 무늬로 땅을 다채롭게 하는
그림자도 더불어 선사한다. 밤이면 나무의 그림자는
땅에 자리를 펴고 눕는다. 그림자는 위로 높이 솟거나
동그랗게 몸을 구부리고, 어둠을 밝히는 샹들리에처럼
거리를 향해 몸을 숙이기도 한다. 『1851. 7. 7. 일기』

35 베리 열매가 익어가는 계절이므로 아이들은 열매를
찾아 나설 준비를 한다. 베리는 아이들을 들과 숲으로

이끄는 중요한 역할을 한다. 아이들은 모두가 들과 숲의 야생 과일들에 빠삭하다. 베리 철이면 학교는 방학을 하고, 수많은 고사리손들은 이 조그만 과일들을 따느라 분주하다. 베리 따기는 고역이 아니라 언제나 즐거운 놀이다. 어릴 적에 나는 한나절 동안 학교를 제쳐두고 가까운 언덕에서 혼자 허클베리를 따러 다니면서 얼마나 즐거워했는지 모른다. 가족의 저녁 식탁을 위한 푸딩을 만들기 위해서였다. 아아, 식구들이 먹을 거라곤 푸딩밖에 없었지만, 나로서는 더없이 소중한 경험이었다! 그처럼 자유로웠던 한나절이 내겐 영원한 삶의 약속과도 같았다. 『1851. 7. 16. 일기』

36 하루 이틀은 날씨가 꽤 쌀쌀했다. 아침에 얇은 코트를 걸치고 집 서쪽 창문을 열고 앉아 있을 때도 한기가 느껴졌다. 이런 시간에는 자연히 햇볕이 드는 곳을 찾게 된다. 하지만 날씨가 쌀쌀할수록 생각을 집중하기가 쉽다. 햇볕이 드는 창문은 내 차지가 될 수 없어서, 15일 아침에는 밖으로 나가 얇은 코트를 입은 채 들판에 누워 햇볕을 쬐었다. 거기도 쌀쌀하기는 마찬가지였다. 그런데 이런 쌀쌀함이 내겐 유익할 거라는 생각이 들었다. 덕분에 내 삶이 더욱더 사색하는 삶이 될 수 있다면! 어째서 묵상은 슬픔을 닮은 걸까? 회피하기보다는 진정으로 구하고 싶은 살진 슬픔도 있다. 그런 슬픔은 내게 긍정적인 즐거움을 안겨준다. 내

삶이 하찮아지는 것을 막아주는 것이다. 이제 내 삶은
여름의 열기로 메말라 쪼그라든 요란하고 얕은 개울이
아닌 깊은 강물처럼 흘러간다. 『1851. 8. 17. 일기』

37 오늘은 차갑고 매섭기까지 한 바람이 불어와 관목들을
고개 숙이게 하고 나무들을 흔들어놓는다. 7월에는
이런 바람이 불지 않았다. 나는 지금 바람의 차가움이
아닌 그 세기와 지속성을 이야기하는 것이다. 바람은
시간이 갈수록 거세지고 더 차가워지다가는 해 질 녘이
되어서야 잦아든다. 이젠 산책을 나갈 때는 외투를
껴입어야 한다. 땅에는 여기저기 낙과가 흩어져 있고,
어쩔 수 없이 많은 과일이 손실될 것이다.
솔숲 사이로 불어오는 바람은 파도처럼 요란한 소리를
낸다. 귀뚜라미 울음소리도 덜컹거리는 짐마차의 소음도
그 소리에 파묻히고 만다. 바람을 거슬러 가는 짐마차는
시간이 상당히 지연될 게 분명하다. 이런 날에는 차분히
생각에 잠기기가 힘들다. 쉼 없이 동요하는 비바람에
마음을 빼앗기기 십상이기 때문이다. 이렇게 바람이
불면서 모든 것을 뒤흔드는 부산한 날은 무엇을 말하고
싶은 걸까? 가벼운 것들은 모두 어딘가로 뿔뿔이
흩어진다. 짚과 떨어진 잎 들은 서로 자리를 바꾼다.
이렇게 바람이 부는 날은 분명 자연의 경제학에 꼭
필요하다. 이 고장 전체가 바닷가고, 바람은 해변에
부서지는 파도다. 바람은 하얀 은빛으로 반짝이는

나뭇잎들의 아랫면을 뒤집어 보여준다. 무엇 때문에
이렇게 풀과 나무가 바람에 시달리고 비틀려야 하는
걸까? 이는 나무에게 수액을 올려 보내는 것을 멈추고
줄기를 더 두꺼워지게 하라고 말하는 자연의 첫 암시가
아닐까? 『1851. 8. 26. 일기』

38 5월의 폭풍우가 지나간 뒤 새로운 해가 떴다. 새로운
세상은 참으로 눈부시고, 상쾌함과 다정한 약속과
향기로 가득하다! 나무는 새잎을 세상에 내보내기에
여념이 없다. 기억할 만한 계절이다. 이런 계절에는
모든 것이 희망에 차 있다! 이 어린잎들은 꽃들만큼이나
아름답다. 『1852. 5. 17. 일기』

39 지금 라넌큘러스가 그렇듯 머지않아 마리골드가 강을
이루고, 여름날의 뜨거운 열기는 그 속으로 잠겨들
것이다. 봄날의 노란색은 정오의 휘황찬란한 빛과
비교한 아침의 샛노란 빛처럼 희미하고 서늘하고
순결하다. 반면 가을의 노란색은 젊음이 아닌 장년이나
노년의 열기인 삼복더위의 결실이다. 봄날의 노란색은
버드나무의 꽃차례나 일찍 핀 양지꽃처럼 순수하고
투명하며 수정같이 맑다. 『1852. 6. 16. 일기』

40 한 계절과 또 다른 계절 사이에는 얼마나 미묘한 차이가
존재하는가! 아마도 요즘이 1년 중 가장 따뜻하면서

하루가 가장 긴 시기일 것이다. 하지만 가장 건조한 계절은 아니다. 모래밭이나 길가의 돌들 위에서 잘 익은 블랙베리를, 햇볕에 따뜻하게 덥혀진 베리를 주운 기억을 떠올릴 때마다 난 이 사실을 확신하게 된다. 계절들은 1년을 순환하는 가운데 서로의 수많은 차이를 허용한다. 『1852. 6. 19. 일기』

41 기상학자들이 있지만 아름다운 석양을 기록하는 일은 누가 할까? 사람들은 바람의 방향은 기록하면서 석양이나 무지개의 아름다움을 기록하는 일은 등한시한다. 『1852. 6. 28. 일기』

42 처음으로 안개가 자욱하게 낀 아침이었다. 자리에서 일어나기 전부터 안개 속에서 튀어나온 듯한 새들의 노랫소리가 들려왔다. 막 코르크 마개를 딴 음료수의 거품처럼 음악과 함께 안개 거품이 터져 나오는 것 같았다. 이런 새들의 노랫소리는 아침의 서리꽃을 금빛으로 물들게 한다. 마치 안개가 땅과 물의 표면에 생겨난 엄청나게 달콤한 거품이라도 되는 양. 안개 속에 있던 이산화탄소가 빠져나가면서 음악과 함께 거품이 터져 나온다. 달아나는 밤의 지하 저장고에서 막 옮겨 온 아침의 이산화탄소가 발산하는 소리인 것이다. 아침에 새들이 지저귀는 소리는 그 소리와 완벽한 조화를 이룬다. 오늘 아침에 난 평소보다 일찍 잠에서

깰 뻔했다. 나는 작년보다 늙었다. 그사이 아침은 더
길어지고 낮은 더 짧아졌다. 그게 무엇이든 과도함—
전날 물을 너무 많이 마시는 것을 포함해서—은 아침에
맑은 정신을 유지하는 데 치명적이다. 반면 소들의 방울
소리는 건강에 천상의 음악으로 작용한다. 아, 언제나
사색과 시상詩想에 깨어 있을 수 있다면! 그리하여 늘
새롭게 태어날 수 있다면! 우리의 감각이 정화되어 더
또렷이 볼 수 없다면, 활기찬 모습으로 자리에서 일어날
수 없다면, 그걸 아침이라고 부를 수 있을까?

『1852. 7. 7, 일기』

43 각각의 계절에 그에 걸맞게 살도록 하자. 그 계절의
공기를 호흡하고, 제철 음료를 마시고, 제철 과일을
맛봄으로써 각 계절의 기운을 받아들이도록 하자. 그런
것들이 우리의 유일한 일용 음료와 식물성 약품이
되게 하자. 8월에는 베리를 먹도록 하자. 배를 타고
망망대해를 나아가거나 북부의 사막을 지날 때처럼 마른
고기와 페미컨북미 인디언들이 발명한 보존식품의 하나로, 말린 고기와
과일, 지방 등을 섞어 빵처럼 굳힌 것만으로 살지 말자. 사방에서
불어오는 바람에 자신을 내맡기자. 몸의 모든 모공을
열어둔 채, 모든 계절에 자연의 다양한 흐름과 그 개울과
대양에 몸을 담그도록 하자. 그렇다, '자연'은 건강의 또
다른 이름이며, 각각의 계절은 건강의 다양한 상태를
나타낸다. 어떤 이들은 봄이나 여름, 또는 가을이나

겨울이 자신과 맞지 않는다고 생각한다. 그러나 그런
생각을 하는 이유는 그들이 그 계절에 건강하게 지내지
못하기 때문이다. 『1853. 8. 23. 일기』

44 희망과 약속의 계절은 지나가고 어느새 조그만 과일들의
계절이 도래했다. 인디언들은 한여름을 베리가 무르익는
계절로 나타냈다. 이런 생각을 하다보면 조금 슬퍼진다.
우리의 소망과 그 실현 사이에 존재하는 간극이 보이기
시작하기 때문이다. 천국에 대한 기대는 사라져버리고,
우린 얼마 안 되는 조그만 베리로 규정될 뿐이다.

『1854. 6. 17. 일기』

45 잠시라도 배를 햇볕 아래 놔둘라치면 배 안의 자리가
엄청나게 뜨거워지곤 한다. 이럴 때 멱을 감는 건 얼마나
큰 호사인지 모른다! 이 계절에 처음으로 느끼는 기분
좋은 뜨거움이다. 이런 날에는 자꾸만 몸을 적시고
싶어진다. 그럴 때는 물이 내 몸을 흠뻑 적시게 놔두어야
한다. 그러다 물 밖으로 나오면 몸 위의 물이 재빨리
말라버리거나 몸 안으로 스며들어 다시 물속으로
들어가고 싶어진다. 그럴 때마다 진정으로 이 행성에서
사는 기분이 들면서, 마침내 자연과 내가 하나가
되었음을 알게 된다. 『1854. 7. 3. 일기』

46 비가 온 뒤의 서늘하고 고요하며 구름 낀 날씨는 진정한

가을을 연상시키면서 우리의 기운을 북돋워준다.
개똥지빠귀는 여전히 노래를 부르고, 오색방울새는 좀더
자주 지저귀며, 쌀먹이새bobolink가 링크 링크link link
하며(이 얼마나 완벽한 선율인가!) 노래하는 소리가 들려온다.
귀뚜라미는 지금이 가을인 양 더욱더 요란하게 울어댄다.
이 모든 소리에 우리 마음은 평온해진다. 이런 계절에는
아마도 몹시 더운 날 숲에서 만나는 모기가 가장 성가신
존재일 터다. 우린 봄과 가을의 경계선을 지나는 중이거나
이미 지나버린 것인지도 모른다. 겨울로 향하는 긴 비탈을
내려가기 시작하는 것이다. 『1854. 7. 14. 일기』

47 아마도 요즘 대체로 가장 관심을 끄는 사건은 적당히
따뜻하면서 유쾌한 날일 것이다. 날씨는 밖에서 시간을
보내는 건강한 사람이나 방에 머무는 아픈 사람을
비롯해 가장 많은 이들에게 영향을 미친다. 따라서
날씨가 대화의 보편적인 주제가 되는 것은 당연한
일이다.
따뜻한 비가 내리고 있다. 그 비 사이로 두꺼비
울음소리가 쉼 없이 들려온다. 『1857. 5. 4. 일기』

48 6월이다. 6월은 풀과 잎의 달이다. 낙엽수에 둘러싸인
상록수가 더욱 짙어 보인다. 벌써부터 사시나무가 다시
몸을 떨고, 새로운 여름이 내 앞에 펼쳐지기 시작한다.
난 너무 늦어버리기라도 한 듯 약간 초조해진다.

각각의 계절은 아주 작은 하나의 점에 지나지 않는다.
새로운 계절이 오기가 무섭게 금세 지나가버리곤 한다.
계절에는 지속성이 없다. 계절은 단지 나의 생각에
어떤 분위기와 색조를 부여할 뿐이다. 매년 계절마다
되풀이되는 각각의 현상은 하나의 회상이자 자극제다.
우리의 생각과 감정은 마치 서로 꼭 들어맞는 두 개의
톱니바퀴처럼 계절의 순환에 부응한다. 우린 한 번에
하나의 접점과 교감할 뿐이다. 그럼으로써 고취되고
자극을 받아 즉각적으로 새로운 계절이나 접점으로 옮겨
간다. 한 해는 자연 가운데서 그 언어를 발견하는 일련의
수많은 감각과 생각으로 이루어져 있다. 나는 어떤 때는
얼음이, 또 어떤 때는 수영마디풀과의 여러해살이풀로 식용과
약용으로 쓰인다이 된다. 각각의 경험이 그에 상응하는 정신
상태로 변하는 것이다. 『1857. 6. 6. 일기』

49 간간이 비가 부슬부슬 내리는 가운데 산책을 나섰다.
빗속에서도 여전히 일하면서 파종을 마치느라 여념이
없는 농부 존 호스머 씨와 그의 아들들이 보였다. 그는
서서히 몸이 젖으면서도 조용히 고랑에 거름을 뿌리고
있었다. 이런 비는 사색에 좋다. 특히 숲속으로 걸음을
옮길 때면 마음을 달래주듯 나뭇잎에 듣는 빗방울
소리에 기분이 좋아진다. 마치 자연 속에 자리를 잡고
사는 기분이 든다. 비로 인해 숲이 더 집처럼 느껴지는
것이다. 빗속에서는 사소한 소음들이 더 나직하게

들린다. 새들은 더 가까이서 깡충거린다. 똑같은
나무들도 여느 때보다 조용히 사색에 잠긴 듯 보인다.
구름은 한층 더 높아진 지붕이다. 구름과 비는 나로
하여금 대지의 표면과 나무처럼 가까이 있는 대상에
더욱 집중하게 한다. 『1858. 5. 17. 일기』

50 요즘의 특별한 일을 꼽자면, 처음으로 귀뚜라미
울음소리가 들려오면서 우리를 철학과 사색으로 이끈다는
것이다. 요즘 일어나는 것 중에 이보다 큰 사건은 없다.
이는 서로 주고받아야 할 가장 흥미로운 소식이지만 아직
어떤 신문에서도 찾아볼 수 없다. 『1859. 5. 27. 일기』

51 첫 번째 여름에는 책을 읽지 못했다. 콩밭을 갈아야
했기 때문이다. 아니, 나는 종종 이보다 나은 일을
했다. 지적인 일이든 육체노동이든 어떤 일을 하느라
가장 아름다운 현재의 순간을 희생할 수는 없는 때가
있었다. 나는 내 인생의 넉넉한 여백을 사랑한다.
때때로 여름날 아침에는 습관적인 멱을 감은 뒤 해 뜰
녘부터 정오까지 해가 잘 드는 문간에 앉아서 몽상에
잠기곤 했다. 소나무와 히코리와 옻나무에 둘러싸인 채
아무런 방해도 받지 않는 고독과 정적을 즐기며. 그러는
동안 주위에서는 새들이 노래를 하거나 소리 없이 집
안을 넘나들었다. 그러다 지는 해가 집의 서쪽 창문을
비추거나 멀리 한길에서 어느 여행자의 마차 소리가

들려오면 그제야 시간이 흘렀음을 깨닫곤 했다.
이런 계절에는 난 밤사이의 옥수수처럼 자라났다. 그런
시간들은 손으로 하는 어떤 일보다 훨씬 소중했다.
내 인생에서 공제되는 시간들이 아닌, 내게 할당된
허용치를 훨씬 넘어서는 시간들이었다. 나는 동양인들이
일을 저버리고 명상에 잠기는 이유가 무엇인지 알 것
같았다. 『월든』

가을

52 9월의 어느 날 오후, 벽에 기댄 채 햇볕을 쬐며 사색에
잠기거나, 회색 바위 아래에서 웅크린 채 꾸벅꾸벅
졸거나 귀뚜라미의 유혹적인 노래에 귀를 기울이는
것은 진정한 호사가 아닐 수 없다. 이제부터는 낮과
밤은 우연적인 것일 뿐, 시간은 언제나 차분한 황혼
무렵이거나 행복한 날의 끝맺음처럼 느껴진다. 메마른
들판과 비스듬히 비치는 햇살에 금빛으로 물든
현삼玄蔘이 나의 양식이다. 나는 '자비로운 자연'이라는
표현보다 자연의 성향을 더 잘 나타내는 말을 알지
못한다. 『1838. 9. 20. 일기』

53 햇볕의 따사로움이 한없이 고맙게 느껴지는 아름다운
가을날, 언덕 위의 나무 그루터기에 앉아 호수를
내려다보며 수면 위에 끊임없이 생겨나는 동그란
파문들을 관찰하노라면 어느새 마음이 차분하게
가라앉곤 한다. 파문이 일지 않았더라면 하늘과
나무들의 그림자 때문에 호수의 수면이 잘 보이지
않았을 터다. 저 넓디넓은 수면은 잠시 동요가 일더라도
이내 다시 잠잠해지곤 한다. 마치 물 항아리를
흔들어놓으면 찰랑이는 파문이 가장자리에 닿으면서
수면이 다시 잠잠해지곤 하는 것처럼. 『월든』

54 9월이나 10월의 이런 날, 월든 호수는 완벽한 숲의
거울이 된다. 호숫가를 장식하는 돌들은 드물고 진귀한
보석처럼 보인다. 지구의 표면에서 호수처럼 아름답고
순수하면서 너른 것은 없으리라. 호수는 하늘의 물이다.
호수에는 울타리가 필요 없다. 수많은 민족이 오고
갔지만 호수를 더럽히지는 못했다. 호수는 어떤 돌로도
깰 수 없는 거울이다. 호수의 수은은 결코 닳아 없어지지
않으며, 자연은 호수의 도금을 끊임없이 손본다.
어떤 폭풍우나 먼지도 언제나 산뜻한 호수의 표면을
흐려지게 하지는 못한다. 호수라는 거울에 생겨나는
불순물은 물속으로 가라앉거나, 태양의 아지랑이
같은 솔—이다지도 가볍고 부드러운 걸레라니—이
쓸어내거나 털어낸다. 호수라는 거울은 어떤 입김
자국도 남겨두는 법이 없다. 오히려 자신의 입김을
구름처럼 높이 위로 띄워 보내며, 그 구름은 다시 호수의
가슴에 그 모습을 비춘다. 『월든』

55 오늘은 아직까지 들판에 남아 있는 초목의 유령,
즉 죽거나 시들어버린 초목을 연구해보는 것도
재미있겠다는 생각이 들었다. 그들은 초록빛 초목이
그랬던 것만큼이나 눈에 띄는 커다란 공간을 차지하고
있다. 게다가 그들은 기억 속에서뿐만 아니라 우리의
환상과 상상 속에서도 존재한다.
자신에게 주어진 날들을 아름답게 보내지 못한다고

자책하며 스스로의 즐거움을 망친다면 이런 아름다운
오후, 천상의 오후는 생겨날 수 없다. 내 존재의 의미나
한심한 행동 따위를 곱씹다보면, 나를 찾아온 눈부시게
아름다운 나날들에 맛볼 수 있는 기쁨을 누리지 못하게
된다. 젊은 시절이 지나면 자신을 안다는 것이 스스로의
만족을 망쳐놓는 불순물로 작용하기 십상이다.

나는 저 멀리 보이는 외딴 시골집에서라면 만족스러운
나날을 보낼 수 있을 거라는 생각을 버릇처럼 하곤 한다.
그 시골집에서라면 아무런 방해도 받지 않을 수 있을 것
같다. 아직 나의 따분한 생각이나 무미건조한 습관을 그
속에 투영해 풍경을 망치지 않았기 때문이다. 사실 저
풍경 속의 아름다움이란 게 곧 내 안의 어떤 풍요로움이
아니면 무엇이겠는가? 그런데 아무리 봐도 내 삶
속에서는 그 풍요로움이 실현된 것을 찾을 수가 없다.
그럼에도 더 이상 이런 나 자신을 조금도 부끄러워하지
않을 수 있다면 나의 모든 날들이 아름다울 수 있을
것이다. 『1850. 10. 31. 일기』

56 1년 중 어느 때라도 어딘가 따뜻한 곳이 있기 마련이다.
바람이 거세게 부는 날이라 할지라도 오전 10시경이면
숲에서 아늑한 곳을 찾을 수 있다. 그곳에서는 잠시
추위를 잊을 수 있는 것이다. 나는 월든 호수의 북동쪽
기슭에 자주 갔다. 돌이 많은 호숫가의 솔숲에서 반사된
햇빛이 그곳을 호수의 난롯가로 만들어주었다. 할 수

있을 때 햇볕으로 몸을 덥히는 것이 불을 쬐는 것보다 훨씬 기분이 좋고 건강에도 좋다. 『1850. 11. 8, 일기』

57 안개가 끼었는데도 오늘 아침 울타리에는 서리가 아주 두껍게 내렸다. 그 위 어디든지 손톱으로 이름을 쓸 수 있을 정도다. 『1851. 9. 23, 일기』

58 잎에 해당되는 사실은 열매와 나무, 동물과 사람에게도 똑같이 해당된다. 성숙하면 각자의 고유한 특징이 나타난다는 게 그것이다. 『1851. 9. 30, 일기』

59 이 계절에는 갓 떨어진 바삭하게 마른 잎의 색채가 얼마나 보기 좋은지 모른다! 아직 그 형태와 잎맥이 선명한 막 떨어진 잎에는 여전히 어떤 생명이 남아 있다. 밤나무 잎은 나무 아래 땅을 거의 뒤덮다시피 하고 있다. 자연의 색인 황갈색 잎은 우리가 바라보든, 만지든, 냄새를 맡든 아랑곳없이 순수하고 건강한 모습으로 가볍고 깊게 누워 있다. 어느 잎에서나 몸에 좋은 차가 우러날 것만 같다. 어린 밤나무의 잎들은 헐벗고 거무스름한 잎꼭지만 남긴 채 바스락 소리를 내며 빠르게 떨어져 내린다. 이즈음 숲속을 걸으면 땅을 뒤덮은 마른 잎들, 특히 밤나무와 떡갈나무와 단풍나무 잎들로 인해 요란한 소리가 난다. 저 잎들을 지금보다 잘 활용할 수 있으면 좋겠다. 잎들이 순수한 곰팡이로

변할 때까지 기다리지 말고. 잎들로 침대 속을 채울 수는
없을까? 아니면 동물 사료나 깔짚으로 쓸 수는 없을까?
잎들이 눈과 비를 맞아 반반해지면 지금보다 훨씬
알아보기 힘들 것이다. 지금이 마른 잎들을 즐길 수 있는
적기다. 요즘은 온 자연이 약용 향기로 가득한 일종의
마른 약초와도 같다. 『1851. 10. 10, 일기』

60 나는 수많은 밝은 날들이 지나간 뒤에 찾아오는, 이처럼
수수하고 사색에 잠기기 좋은 구름 낀 오후를 몹시
사랑한다. 생각에 집중하게 해주고, 지상을 더 천국같이
만들어줄 수 있다면 구름이 하늘을 가린다 한들
무슨 상관이겠는가! 귀뚜라미 울음소리가 더 또렷이
들려오고, 내 생각은 이전보다 덜 헤매고 덜 흐트러진다.
나는 내 예전 생각의 흐름이 얼마나 얕았었는지를
깨닫는다. 깊은 물속은 마치 하늘에 구름이 낀 것처럼
어둡다. 바닥에서 햇빛을 반사하는 얕은 물속은
반짝거리며 빛난다. 내 뺨을 간질이는 바람에도 어떤
의미가 가득 실려 있는 것 같다. 『1851. 10. 12, 일기』

61 간간이 희미하게 해가 비치는 가운데 여전히 안개 같은
가랑비가 내리고 있다. 지난 24시간 동안 나무들은 많은
잎을 잃었다. 해가 너무 낮게 떠서 햇살이 땅속으로
스며들 것만 같다. 이젠 가축도 사람도 그늘을 필요로
하지 않는다. 그늘보다는 온기가 더 소중하게 느껴지는

때인 것이다.

민활하고 활동적인 사람은 여름보다는 겨울에 한층
더 지적인 삶을 영위한다. 여름에는 그의 안에 내재된
동물성과 식물성이 열대에서처럼 무르익는다. 여름
동안에는 주로 자신의 감각에 의지해 살아간다.
반면 겨울에는 뜨거운 열정이 아닌 차가운 이성이
세력을 떨침으로써 사색과 성찰로 그를 이끈다. 덜
감각적이면서 더 정신적인 삶을 살게 되는 것이다.
순전히 감각적인 여름을 보냈다면, 겨울에는 어떤
파충류나 또 다른 동물처럼 무기력한 상태로 시간을
보내게 될 터다.
두 계절의 인간의 마음은 겨울보다는 여름의 분위기를
더 닮았다. 겨울에는 바깥의 도움을 빌리기보다는
자기 자신과 스스로의 방편에 더 많이 의지하게
된다. 겨울에는 인간에게 의지해 살던 동물인 곤충도
대부분 자취를 감춘다. 그러나 좀더 고귀한 동물들은
그와 더불어 혹독한 겨울을 살아낸다. 인간은 자기
마음속에서 영원한 여름을 사는 것이다. 건강한
사람에게 견디지 못할 겨울이란 없다. 『1851. 10. 13. 일기』

62 오늘 아침에는 추위에 손가락이 곱았다. 세찬 북서풍이
젖은 눈밭 위를 거의 수평으로 불어온다. 새들은
피신처를 찾는 듯 이리저리 날아다닌다.
우리를 자기 성찰로 이끄는 겨울이 목전에 닥쳤다. 이제

자리에 앉아 사색에 잠길 때인 것이다. 『1851. 10. 27. 일기』

63 지난밤과 오늘 아침에 비바람이 치더니 밤이 땅에
잔뜩 떨어져 있다. 숲에서 밤을 줍는 동안 대부분
속이 빈 밤송이가 요란한 소리와 함께 떨어져 내린다.
단단하고 바삭거리며 탁탁 소리를 내는 숲속 밤나무
잎들 사이에서 밤을 찾는 일은 언제나 즐겁다. 밤의 색인
밤색에는 묘하게 기분이 좋아지게 하는 무언가가 있다.
밤의 색이 한 가지 색으로 분류되는 게 그리 놀랄 일이
아니다. 『1852. 10. 15. 일기』

64 지금과 다른 계절에 대한 회상이 내게 어떤 영향을
미치는지를 생각할 때마다 놀라게 된다. 내 일기에서
그런 구절을 만날 때면 마치 한 편의 시를 읽는 것 같은
감동을 받는다. 그 글을 썼던 당시보다 그 계절과 그때의
특별한 현상을 더 음미하게 된다. 그렇게 바라본 세상은
온통 봄날 같고 아름다움으로 가득하다. 내가 할 일은
보통의 여름날의 경험과 분위기를 충실하게 기록하고
그것을 겨울에 읽는 것뿐이다. 그리하면 그 글은 나를
그 시간 속으로 데리고 가 여름날이 홀로 보여줄 수
있는 것보다 훨씬 많은 것을 내게 보여준다. 오직 그
계절의 가장 희귀한 꽃, 가장 순수한 곡조만을 내게
전해준다. 『1853. 10. 26. 일기』

65 10월은 사람의 일생에서 더 이상 일시적인 기분에
좌지우지되지 않는 시기에 해당한다. 10월은 모든
경험이 무르익어 지혜가 되며, 인간의 모든 뿌리와
가지와 잎이 성숙함으로 빛나는 때다. 봄날과 여름날의
그 자신과 그때 행한 모든 일이 비로소 밖으로 드러나는
때, 자신만의 열매를 맺는 때인 것이다. 『1853. 11. 14. 일기』

66 나뭇잎들이 떨어지면 온 땅이 기분 좋게 걸을 수
있는 묘지로 변한다. 나는 잎들의 무덤을 이리저리
돌아다니면서 다시 흙으로 돌아가는 잎들을 생각하기를
즐긴다. 여긴 누워 있는 이도 공허한 묘비명도 없다.
나는 잎들이 썩어가는 냄새를 맡는 게 즐겁다. 마을
사람들은 자신이 원하는 묏자리를 위해 경매에서 거금을
지불하거나, 묘비에 시구를 새겨 넣음으로써 묘지를
신성한 장소로 만들고자 한다. 하지만 난 묏자리를
사두지 않는다. 여기 나를 위한 충분한 자리가 있기
때문이다. 『1855. 10. 29. 일기』

67 땅 위의 모든 것들은 여느 때처럼, 아니 그보다 더, 마치
언제나 봄인 것처럼 밝게 빛나고 있다. 특히 헐벗고
다소 빛바랜 들판과 목초지, 그루터기 등이 그렇다.
마치 무르익은 표면에서 빛이 반사되는 것처럼 보인다.
더 이상 성숙하기 위해 빛을 빨아들일 필요가 없기
때문이다. 『1857. 10. 5. 일기』

68 오후 내내 밤을 줍는 지속적이고 단조로운 일을 하면서
난 어떤 깨달음을 얻곤 한다. 잠시 동안 더 나은 일들을
잊은 채 하늘도 쳐다보지 않고 잎들을 옆으로 쓰는
일에 몰두했다. 그러는 동안 내 눈은 밤을 포함해 땅
위에 있는 것은 무엇이든 찾아내는 데 익숙해져갔다.
어쩌면 하늘보다는 땅을 더 많이 내려다보는 게 건강에
더 좋을지도 모른다. 하지만 몇 시간이고 몸을 숙인
채 잎들을 옆으로 쓸면서 오로지 밤만을 생각하는 건
아니다. 문득문득 좀더 의미 있는 생각을 하기도 한다.
이 일은 내게 훗날 다시 시작함으로써 새로운 삶을 살 수
있도록 넉넉한 휴식과 기회를 제공해준다. 『1857. 10. 24, 일기』

69 잠에서 깨니 줄기차게 비가 쏟아지는 소리가 들렸다.
남동쪽에서 불어오는 폭풍우다. 그 바람에 우리
복숭아나무의 가지들이 부러졌다. 온종일 퍼붓는 비에
떨어진 느릅나무 가지와 잎 들이 거리를 뒤덮다시피
했다. 이런 바람은 그것이 지닌 힘보다 훨씬 큰 피해를
입히곤 한다. 이 시기의 나무들은 이런 바람에 맞설
준비가 안 되어 있는 데다 잎과 열매로 한껏 무거워진
탓에 더 힘겨울 수밖에 없다. 수많은 낙과가 발생할
테고, 한동안 과일값은 헐값이 될 것이다. 『1858. 9. 16, 일기』

70 지난밤은 유난히 어두웠고 바람이 많이 불었다. 어둠이
긍정적인 무언가로 느껴지는 것은 어둠에 새로운 가치가

생겨났기 때문이다. 이젠 비와 바람이 지나간 아침마다 한층 더 신선하고 서늘한 기운이 느껴지고, 여전히 푸른 나뭇잎들은 더욱더 환한 광택을 발한다. 『1858. 10. 2, 일기』

71 잎이 떨어지는 계절에, 차가운 땅거미가 지기 직전, 더 미세해진 공기의 입자가 느껴지는 요즘만큼 자기 성찰이 더 순수해지고 더 또렷해지는 때는 없는 것 같다. 1년 중 이 계절에 내면적 성찰이 더 또렷해지는 것처럼, 밤이 점점 더 차가워지고 길어질 때에야 비로소 더 환한 불과 함께하는 우리의 겨울밤이 시작된다고 할 수 있을 터다. 그럴 때면 알록달록한 빛깔의 오리들이 자주 찾아와 알록달록한 잎들 사이를 떠다니며 헤엄치곤 한다.
『1858. 10. 17, 일기』

72 이제 자연은 마치 운동선수처럼, 자신의 가장 큰 적수인 겨울과 시합하기 위해 본격적으로 옷을 벗기 시작한다. 벌거벗은 나무와 가지가 근육의 전시장을 방불케 하지 않는가! 『1858. 10. 29, 일기』

73 내게 가을fall은 말 그대로 잎이 떨어지는falling 것을 의미한다. 어떤 이들은 잎들의 색이 변하거나 더 밝은색으로 바뀌는 것이 가을이라고 하지만. 잎이 무르익어 떨어지는 것, 이것을 나는 '가을 색조'라고 부른다. 『1858. 11. 3, 일기』

74 잡초들은 맨몸 또는 꼭 맞는 솜털 옷이나 플란넬 셔츠 위에 서리로 된 재킷을 입고 있다. 이 벌거벗은 잔가지들은 마치 운동선수들처럼 겨울에 도전장을 내민다. 이런 추위는 우리를 깨끗하게 해주고 응축시킨다. 우리의 정신력은 꽁꽁 얼어붙은 통 속에 든 사과주처럼 더욱 강력해진다. 『1859. 10. 16. 일기』

겨울

75 개울의 "은모래와 자갈은 봄과 함께 영원한 소곡小曲을
노래한다". 때 이른 서리가 개울의 좁은 수로에 다리를
놓자 웅성거리던 소리가 잠잠해진다. 오직 모래
바닥에서 가물거리는 햇빛만이 보는 이의 눈길을 끌
뿐이다. 그러나 그 깊이를 절대 가늠할 수 없는 영혼도
있다. 그 바닥에는 결코 햇빛이 비치지 않기 때문이다.
우린 멀리 떨어진 가파른 기슭에서 바라보지만
물속에서는 어떤 움직임도 느낄 수 없다. 오직 돌멩이가
가라앉거나 떡갈나무 가지가 떨어져 내릴 때 나는
나직한 소리를 들을 수 있을 뿐이다. 개울로 흘러드는
수많은 물줄기를 단단히 묶어두는 얼음 족쇄에게는 그런
것들의 모습조차 낯설기 짝이 없다. 『1837. 11. 9. 일기』

76 모든 나무와 울타리 그리고 눈 위로 고개를 쳐들었던
풀잎 윗부분이 오늘 아침에는 두꺼운 서리로 뒤덮여
있었다. 나무들은 마치 선잠을 자다가 들킨 어둠의
요정들 같았다. 한편에서는 잿빛 머리카락을 나부끼는
나무들이 햇빛조차 들지 않는 외딴 계곡에 옹기종기
모여 있고, 다른 한편에서는 일렬로 늘어선 산울타리와
물가의 나무들이 서둘러 어딘가로 가고 있었다. 관목과
풀 들은 밤의 꼬마 요정들처럼 움츠러든 머리를 눈 속에
감추려 애쓰고 있었다.

나뭇가지와 더 키가 큰 풀들은 여름옷인 잎 대신
겨울옷인 근사한 얼음 잎을 입고 있었다. 잎맥이
양쪽으로 갈라지는 잎의 중앙과 그보다 미세한
섬유질까지도 너무나 또렷이 보였고, 잎 가장자리는
규칙적인 톱니 모양이었다. 『1837. 11. 28, 일기』

77 오늘 아침에는 잎과 잔가지 들이 온통 반짝이는 얼음
갑옷을 입고 있었다. 탁 트인 들판의 풀들까지 수많은
다이아몬드를 주렁주렁 매달고 있어서, 여행자의
발이 스치기만 해도 딸랑딸랑 경쾌한 소리를 낼 것만
같았다. 말 그대로 보석과 주옥珠玉을 부숴 잘게 깨뜨려
흩뿌려놓은 듯했다. 마치 누가 밤새 땅을 한 꺼풀
벗겨내 맑은 수정 층에 빛이 비치게 한 것 같았다.
걸음을 옮길 때마다, 고개를 좌우로 돌릴 때마다 새로운
풍경이 눈에 들어왔다. 오팔, 사파이어, 에메랄드, 벽옥,
녹주석綠柱石, 토파즈 그리고 루비가 사방에 널려 있었다.
아름다움이란 여기나 저기, 예나 지금, 로마나 아테네에
존재하는 게 아니라 감탄할 영혼이 있는 곳에 존재하는
게 아닐까. 집에서 발견할 수 없는 아름다움을 다른
곳에서 찾아 헤매는 것은 부질없는 일일 것이다.

『1838. 1. 21, 일기』

78 눈이 녹아 강물이 이례적으로 불어났다. 사람들은 배를
타고 채마밭과 감자밭에 가고, 마을 아이들은 다음번엔

누구 집 울타리가 쓸려 나가는지 보기 위해 발돋움을
한다. 불어난 물에 굴에서 쫓겨난 수많은 사향쥐가
사냥꾼들에게 죽임을 당했다.

사향쥐는 우리에게 비버 대신이다. 초원을 지나
불어오는 바람에는 진한 사향 내음이 가득 실려 있다.
그 독특하고 상쾌한 냄새는 우리에게 어딘가에 야생의
땅이 있음을 알려준다. 아직 사람의 발길이 닿지 않은
삼림 지대가 멀지 않은 곳에 있는 것이다. 강줄기를 따라
진흙과 풀로 4~5피트쯤 솟게 지은 사향쥐의 보금자리를
볼 때면 피라미드나 아시아의 고분에 대한 글을 읽을
때보다 더 큰 감동이 느껴진다.

이 이례적인 물의 흐름 탓에 거리에서는 사람들의
발걸음이 더 빨라진다. 강물이 도로에 넘쳐흐를 때면
으르렁거리는 폭포 소리나 공장의 요란한 소음을
떠올리게 된다.

대다수 나무줄기가 몇 피트도 남기지 않고 이렇게
잠겨버릴 줄 누가 알았겠는가? 이제 깊은 물에 둘러싸인
초원의 나무들은 왜소하기 짝이 없다. 큰 나무 작은 나무
할 것 없이 하나같이 균형을 잃은 모습이다. 『1840. 2. 22, 일기』

79 솔솔 불어오는 차가운 미풍에 바스락거리는 떡갈나무
관목은 이글거리며 탁탁 소리를 내는 불을 닮았다. 이
나무는 소나무보다 많은 열을 품고 있다. 초록은 차가운
색이다.

하늘을 배경으로 서 있는 숲은, 흩어진 빛이 통과하는
틈새들이 또렷이 많이 보일수록 윤곽이 더욱
풍성해진다.
산들바람에 스트로부스 소나무의 솔잎들이 눈에
띄게 흔들리고, 양지 쪽에서는 나무 전체가 뭉근하게
끓어오르는 듯 보인다.
오늘 나는 오솔길에 잠시 멈춰 선 채, 나무들이 시절이나
상황에 구애받지 않고 앞날에 대한 걱정 없이 자라는
모습을 감탄하며 바라보았다. 나무는 인간과는 달리
기다리는 법이 없다. 지금이 어린나무에게는 황금기다.
흙, 공기, 햇빛, 비가 모두 넉넉하다. 『1841. 1. 2. 일기』

80 겨울에는 온기가 해에서 직접 전해질 뿐 땅에서는
온기를 느낄 수 없다. 여름에는 태양의 열기의 고마움을
잊기 쉽다. 그러나 눈 덮인 계곡을 요리조리 돌아다니는
동안 등 뒤를 비추는 햇볕이 느껴질 때면, 쉼 없이
선행을 베풀듯 그 후미진 곳까지 나를 쫓아오는 특별한
친절에 고마운 마음이 절로 든다.
바람이 불면 금빛 구름 사이로 내리는 고운 가랑눈이
흩뿌리듯 숲길로 스며든다.
눈으로 뒤덮인 나무들은 무척 수수하고 맑은 빛을
받아들일 뿐 찬란하게 빛나지는 않는다. 마치 젖빛
유리창을 통과하고 태양의 모든 광채를 머금은 듯한
일종의 하얀 어둠으로 빛난다.

숲의 패션은 파리의 패션보다 훨씬 변화가 심하다. 눈,
서리, 얼음, 초록 잎과 마른 잎이 끊임없이 새로운 패턴을
만들어낸다. 나무들의 윤곽은 만화경의 온갖 모양과
색조를 비롯해 문장학紋章學 서적의 도안과 부호까지
다양하다. 고개를 끄덕이는 소나무 우듬지를 볼 때마다
머리에 깃털을 꽂는 새로운 패션이 유행하는 게 아닐까
하는 생각이 든다. 『1841. 1. 30, 일기』

81 나는 머지않아 호숫가로 떠나 그곳에서 갈대 사이를
살랑살랑 불어오는 바람 소리만을 들으며 살고 싶다.
그리하여 그곳에 나 자신을 남기고 올 수 있다면
그것만으로도 성공이라 할 수 있을 터다. 하지만
친구들은 거기서 뭘 하고 살 건지 내게 묻곤 한다.
계절이 바뀌는 과정을 지켜보는 것만으로도 충분히
바쁘지 않을까? 『1841. 12. 24, 일기』

82 지난 6일 밤에 내린 눈이 새하얗게 땅을 뒤덮었다.
첫눈이 내려 2인치가량 쌓였다. 일주일 전쯤 암소
떼가 목초지에서 집으로 돌아오는 것을 본 적이 있다.
방목이 끝난 소들은 이젠 축사에 머물고 있다. 농부는
얼마 안 되는 첫눈을 이용해 바위 같은 무거운 것을
옮기는 등 급한 일을 처리하려는 듯했다. 재빨리 기회를
포착할 줄 아는 사람이었다. 더 이상 숲가 너머로는
소 떼나 어른이나 아이 들의 흔적을 찾을 수 없다.

모두들 느닷없이 발이 묶인 것이다. 숲 너머의 외딴
목초지나 언덕은 이제 소 떼와 소 치는 사람들 그리고
겁쟁이들은 갈 수 없는 곳이 되었다. 이런 장소들이
획득한 갑작스러운 고독과 고립에 감탄이 절로 나온다.
겨울에만 누릴 수 있는 소중한 사적 자유와 은거와
고독이 아닌가! 겨울이 땅에 깔아놓은 새하얀 눈의
카펫은 모든 산책자들에게 양털 신발을 신었을 때보다
더 폭신한 느낌이 들게 하고, 만물이 고요한 가운데 홀로
뽀드득 소리를 낸다.

오늘 밤은 처음으로, 얼어붙은 눈의 표면에서 초승달이
희미하게 빛나고 있다. 『1850. 12. 8. 일기』

83 땅 위에 눈이나 얼음이 얼마 남아 있지 않은 아름다운
날이다. 공기는 아직 차지만 땅이 반쯤 드러나 있어
헛간에서 나온 암탉들이 꽤 먼 곳까지 돌아다닌다.
수탉 주위에서 날개를 매만지는 암탉들은 여전히 약간
조바심을 치면서 한 해를 불러내려 애쓰고 있다.

『1851. 2. 12. 일기』

84 아이들은 일주일 전부터 스케이트를 타고 있었지만
나는 측량을 하느라 스케이트를 탈 시간이 없었다.
측량 때문에 얼음판 위를 걸어 다니면서도 얼음이
얼었다는 사실조차 잘 깨닫지 못했다. 날씨로 말하자면,
숲에서 열심히 일하는 사람에게는 모든 계절이 다

비슷비슷하다. 나로서는 1년 중 2~3일은 상당히 더웠고,
추운 날도 그만큼 있었으며, 나머지 날들은 기온이
다 그만그만했다고 말할 수밖에 없다. 온종일 밖에서
일하느라 엄청 춥지 않느냐고 물어오는 지인들에게 할
수 있는 대답은 이 정도다. 『1851. 12. 14. 일기』

85 사흘 연속 따뜻한 날이 이어지고 있다. 오늘은 하늘이
흐려지더니 안개비가 내리기 시작했다. 화창한 날
못지않게 기운이 샘솟는 날이다. 햇살이 비칠 것 같지는
않지만, 평소보다 대기에 더 많은 전기가 흐르는 것처럼
안개 속에 빛이 잠재해 있다. 이처럼 따뜻하고 안개가 낀
겨울날에는 들뜨기 마련이다.
봄처럼 안개가 자욱한 이런 날이면 순수하게 맑고 환하게
빛나는 겨울 하늘의 소중함을 새삼 깨닫게 된다. 겨울철의
석양이 여름철의 석양과 어떻게 다른지를 생각해보라.
여름날 밤에, 요 며칠간 봐오던, 호박색 하늘과 대조되는
푸른 천상의 하늘을 한 번이라도 본 적이 있었던가?
겨울 낮의 하늘은 별들이 밝게 빛나는 같은 위도의
밤하늘만큼이나 맑다. 『1851. 12. 31. 일기』

86 올겨울에 그들은 우리 숲—페어헤이븐 언덕, 월든,
린네풀 숲 등등—의 나무들을 그 어느 때보다 심하게
베어냈다. 그들이 구름을 벨 수 없다는 게 얼마나 다행한
일인가! 『1852. 1. 21. 일기』

87 오늘 또다시 눈이 내리면서 하얗게 땅을 뒤덮었다.
폭풍우가 어떤 것인지 제대로 알려면 오랫동안 밖에서
폭풍우를 헤치며 다녀봐야 한다. 비바람이 피부 깊숙이
스며들어 우리를 한바탕 뒤집어놓을 때까지. 우리
몸이 흠뻑 젖거나 풍상에 시달린 모습이 될 때까지.
그리하면 우린 '맑은 날씨'의 사람이 아닌 '악천후'의
사람이 된다. 어떤 이들은 비바람에 흠뻑 젖었던 일을
자기 인생에서 기념할 만한 일대 사건으로 꼽기도 한다.
그들은 비관적인 사람들의 예견에도 불구하고 그 속에서
살아남았다. 눈은 이제 폭우로 변했다. 『1852. 2. 28. 일기』

88 어치의 새된 울음소리는 진정한 겨울의 소리다. 어떤
감정도 실려 있지 않으면서 겨울과 조화를 이룬다.
언젠가 송진을 채취하는 소나무의 5~6피트 앞까지
다가간 적이 있다. 나무 뒤쪽으로 솜털이 보송보송한
딱따구리가 나무를 쪼고 있는 게 보였다. 딱따구리는
때때로 옆으로 깡충 뛰어 겁 없이 나를 관찰했다.
딱따구리는 쉽게 겁먹지 않는 매우 당당한 새지만
나뭇가지의 또 다른 쪽은 우리에게 양보할지도 모른다.
우린 벌써부터 봄을 기대하기 시작한다. 지금은 한 달
전과는 커다란 차이가 있다. 이젠 정말 봄날 같다고
말하기 시작하는 것이다.
1월이 1년 중에서 가장 지내기 힘든 달이 아닐까? 1월을
잘 견뎌냈다면 우린 겨울의 거친 바다를 지나 봄의 해변

가까이 이른 셈이다. 『1854. 2. 2. 일기』

89 이처럼 빗소리가 내 마음을 어루만져주는 것은 내가
자연의 요소들과 하나가 되었기 때문이다. 물이
땅속으로 스며들듯 빗소리가 내 마음을 촉촉이 적신다.
눈과 얼음을 더 이상 볼 수 없는 계절이 머지않았음을
일깨워주면서. 그때가 되면 땅이 녹아 비가 내리기가
무섭게 빗물을 빨아들이리라. 『1855. 2. 15. 일기』

90 온종일 비가 부슬부슬 내려 진창길이 되는 바람에 모두들
구둣방에 가야 했다. 나는 겨울 산책용 소가죽 부츠를
한 켤레 샀다. 제화공은 그 부츠가 1년 전에 만든 거라며
자찬했다. 이제 든든하게 무장한 기분이다. 부츠를
장만하니 벌써부터 겨울 숲을 걷는 듯한 느낌이 든다.
부츠는 방에서 내 곁을 지키면서 먼 숲과 숲길과 서리가
내렸거나 질퍽한 길을 꿈꾸거나, 스케이트 끈에 묶인 채
얼음 먼지를 뒤집어쓰기를 기대하고 있다. 『1856. 12. 3. 일기』

91 나는 추위로 인해 어쩔 수 없이 집에 머물러야 하는
겨울을 사랑한다. 겨울은 갇힌 사람으로 하여금 새로운
분야와 자원을 시도할 것을 강제하기 때문이다.
『1856. 12. 5. 일기』

92 늪지와 그 주위 그리고 숲속 곳곳의 벌거벗은 관목들

여기저기에 싹이 나 있는 게 보인다. 작아서 눈에 잘
띄지는 않지만, 지금은 나무에서 가장 생명력 넘치고
매력적인 부분인, 보석 같은 무성아無性芽들이다.
무성아는 초록의 풋풋함과 그 색이 대부분 그대로 남아
있어 새와 토끼를 위한 푸른색 채소와 샐러드가 된다.
나는 줄기를 따라 그중에서 가장 활기차고 두드러진 것,
겨울의 영역 속으로 들어가버린 응축된 여름을 찾느라
분주하다. 우린 모두 스노슈즈와 스케이트를 신은 채
겨우내 여름을 찾아 헤매는 사냥꾼들이다. 사실 우리의
마음속에는 하나의 계절밖에 없는 게 아닐까.
『1856. 12. 6, 일기』

93 맑은 정신을 유지하고 싶으면 비바람이 몰아치는 날씨나
눈이 깊이 쌓인 날에 들판이나 숲을 오랫동안 걸어보라.
거친 자연과 마주하라. 스스로를 춥고 배고프고 지치게
하라. 『1856. 12. 25, 일기』

94 나는 11월에도 여전히 봄날처럼 생각하곤 한다.
『1857. 11. 8, 일기』

95 낮이 점점 짧아지고 저녁이 일찍 찾아오는 요즘,
집안일을 마저 끝내려 귀가를 서두르다 보면 우리
인생이 얼마나 짧은지를 새삼 떠올리게 된다. 한 해가
저물어가면서 좀더 깊은 생각에 잠기게 되는 것이다.

그리하여 밤이 되기 전에 할 일을 끝내려고 서두르게 된다. 『1858. 11. 1. 일기』

96 11월November이라는 이름이 다소 황량하고 칙칙하게 들릴지라도, 11월이야말로 알차고 충실한 생각을 하게 되는 달이다. 어쩌면 11월에 거두어들이는 생각의 수확이 한 해 동안 거두는 또 다른 수확들을 모두 합친 것보다 더 가치 있을지도 모른다. 『1858. 11. 11. 일기』

97 하늘 위를 걸을 수 있게 되면 겨울이 왔다고 할 수 있다. 얼음은 그 위를 걸을 수 있는 단단한 하늘이다. 겨울은 전도顚倒된 한 해다. 겨울밤의 어둠 속에는 1년 내내 비치는 빛이 있다. 하늘이 영원한 푸른색인 것처럼 겨울밤의 그림자는 푸른색이다. 겨울에 우린 정화되어 하늘로 승천한다. 『1860. 2. 12. 일기』

98 이젠 아침 작업에 나설 시간이다. 먼저 도끼와 양동이를 들고 물을 찾아 나서야 한다. 내가 지금 꿈꾸는 게 아니라면 말이다. 춥고 눈까지 내린 밤 다음 날 물을 찾으려면 탐지 막대라도 있어야 할 판이다. 가벼운 바람에도 그토록 민감하게 반응하며 모든 빛과 그림자를 반사하던 호수의 투명하고 떨리는 수면은 겨울만 되면 1~1.5피트 두께로 꽁꽁 얼어버린다. 아무리 무거운 마차가 그 위를 달려도 끄떡없을 정도다. 게다가 그 위에

똑같은 두께로 눈이 내려 쌓이기라도 하면 주위의 다른 들판과 구분할 길이 없다. 주변 언덕에 사는 마멋들처럼 호수는 눈을 감은 채 석 달 남짓 동면에 들어간다.

눈 덮인 들판에 서니 마치 언덕으로 둘러싸인 초원에 서 있는 기분이 든다. 먼저 1피트쯤 쌓인 눈을 치워 길을 낸 다음 다시 1피트 두께의 얼음을 깨 발치에 창문을 낸다. 그러고는 무릎을 꿇고 물을 마시며 물고기들이 노니는 평온한 거실을 내려다본다. 젖빛 유리창을 통과한 듯 부드러운 빛이 고루 스며든 호수의 밑바닥에는 여름과 마찬가지로 눈부신 모래가 깔려 있다. 하늘에 호박색 노을이 질 때처럼 이곳에도 언제까지나 잔물결조차 일지 않는 고요함이 지배한다. 호수에 사는 주민들의 차분하고 변함없는 기질과 조화를 이루는 것이리라. 천국은 우리 머리 위뿐만 아니라 우리 발밑에도 있다. 『월든』

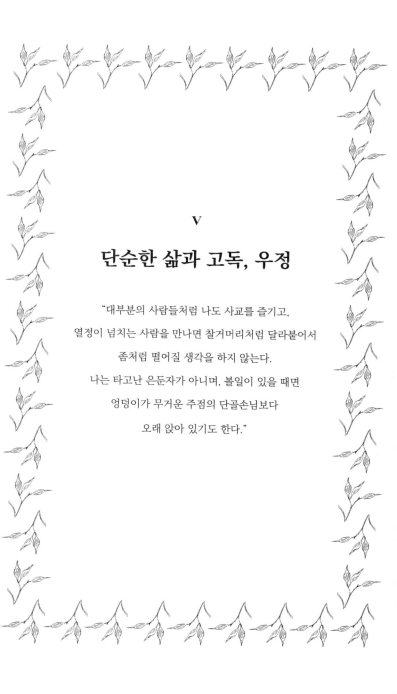

V

단순한 삶과 고독, 우정

"대부분의 사람들처럼 나도 사교를 즐기고,
열정이 넘치는 사람을 만나면 찰거머리처럼 달라붙어서
좀처럼 떨어질 생각을 하지 않는다.
나는 타고난 은둔자가 아니며, 볼일이 있을 때면
엉덩이가 무거운 주점의 단골손님보다
오래 앉아 있기도 한다."

1 인간은 타고난 본능에 따라 서로 이야기를 나눌 수 있는
거리에 오두막집을 짓고 옥수수와 감자를 심었으며,
그렇게 도시와 마을을 이루었다. 하지만 그들은 진정으로
뜻을 같이한 게 아니라 단지 한데 모인 것뿐이며, 사회란
단지 인간의 관습을 의미할 뿐이다. 『1838. 3. 14, 일기』

2 대중은 결코 가장 뛰어난 구성원의 수준으로 올라가지
않는다. 그 반대로 가장 못한 구성원의 수준으로
떨어진다. 『1838. 3. 14, 일기』

3 우리의 만남이 두 행성의 만남과 같게 하자. 상충하는
영역을 조급하게 뒤섞으려 하지 말고, 미묘한 인력의
영향으로 서로에게 이끌리듯 최대한 가까이 다가갔다가
곧 다시 각자의 궤도를 따라 제각기 길을 가는 행성들의
만남이 되게 하자. 『1838. 3. 14, 일기』

4 토머스 풀러는 이런 말을 한 바 있다. "웨일스 북부의
메리오네스셔에는 높은 산들이 많은데, 높이 솟은
정상들은 아주 가까이 붙어 있어서 여러 산들의 정상에
있는 양치기들이 서로 말을 주고받을 수 있다. 하지만 그
산들 사이의 계곡이 아주 넓어서 그들이 서로 만나려면
꼬박 하룻길을 가야 한다." 평지에서 이루어지는
인간들의 교제의 정신적인 측면에 대해서도 똑같은
말을 할 수 있을 터다. 비록 서로 이야기를 주고받는다

할지라도 사람들 사이에는 거대한 심연의 골짜기가
가로놓여 있어서, 진정한 대화에 이르는 데는 여러 날의
여정이 필요하다. 『1838. 4. 15, 일기』

5 참된 사회일수록 언제나 고독과 더 가까워지듯 가장
뛰어난 연설은 결국에는 침묵으로 마무리된다. 우리는
한밤중에 우리가 사는 요새에서 빠져나와 고독과 침묵을
찾아 이곳저곳을 헤맨다. 고독과 침묵이 마치 먼 협곡과
깊은 숲속에만 살고 있는 것처럼.
우리는 세상의 창조가 침묵을 쫓아내기라도 한 듯
침묵은 세상이 있기 전부터 있어왔다고 말하면서, 침묵을
드러내는 틀이나 금박 장식 따위는 존재하지 않는다고
생각한다. 또한 침묵이 마지못해 찾아가는 곳은 그가
좋아하는 골짜기뿐이라고 생각하며, 우리가 그것을
찾아갈 때 침묵도 그리로 옮겨 왔다는 것을 생각지
못한다. 마치 셸던의 푸주한이 자기 칼을 입에 문 채
그것을 분주하게 찾아다니는 것처럼. 사람이 있는 곳에
침묵이 있는 법이다. 『1838. 12. 15, 일기』

6 침묵이란 한 의식 있는 영혼이 자신과 나누는 대화다.
영혼이 한순간이라도 스스로의 무한성에 주의를
기울인다면, 바로 그때 침묵이 생겨난다. 우리는 언제
어디서나 침묵의 소리를 들을 수 있으며, 그 소리를 듣게
되면 언제나 그것이 전해주는 충고에 귀 기울이게 될

것이다. 『1838. 12. 15. 일기』

7 우리에게 침묵은 소음보다 훨씬 친숙한 것으로, 우리가
우리 자신을 찾아다닐수록 솔송나무나 소나무 가지
사이에 더 꼭꼭 숨는다. 우리 곁에서 곧추선 나무 몸통을
톡톡 두드리는 동고비는 장엄한 정적의 부분적인
대변인일 뿐이다. 『1838. 12. 15. 일기』

8 모든 소리는 침묵의 하인이자 공급업자로, 침묵이
소리의 주인일 뿐만 아니라 진지하게 찾아다녀야 하는
귀한 주인임을 보여준다. 더없이 명료하고 뜻깊은 말
뒤에는 언제나 더 의미심장한 침묵이 맴돌고 있다.
천둥은 우리가 어떤 친교를 맺게 될지를 알려주는
요란한 신호일 뿐이다. 우리가 찬양하고 이구동성으로
숭고함이라고 부르는 것은, 천둥의 둔탁한 소리가 아닌
그것에 뒤따르는 존재의 무한한 확장이다. 『1838. 12. 15. 일기』

9 침묵은 만인의 도피처이자 모든 따분한 이야기와
어리석은 행위들의 속편이다. 또한 우리의 온갖
괴로움을 달래주며, 우리가 어떤 것에 물리거나 실망한
뒤에도 언제나 우리를 반갑게 맞아준다. 이름난
대가든 형편없는 화가든 침묵이라는 배경을 그릴 수
있는 화가는 없다. 그 전경에 우리가 아무리 볼품없는
모습으로 비칠지라도 침묵은 여전히 우리의 신성한

은신처로 남아 있다. 『1838. 12. 15, 일기』

10 오직 침묵만이 들을 가치가 있다. 침묵은 흙처럼 다양한
깊이와 비옥함을 지니고 있다. 침묵은 어떤 때는 인간이
배고픔과 갈증으로 죽어가는 사하라사막일 수도, 또
어떤 때는 서부의 산기슭이나 초원일 수도 있다. 마을을
떠나 숲에 가까이 갈수록 때때로 침묵의 사냥개들이
달을 향해 짖는 소리가 들려온다. 사냥개들이 어떤
사냥감을 쫓고 있음을 알려주는 소리다. 디아나
여신로마신화에 나오는 달의 여신으로 처녀성과 사냥의 수호신이다이
없는 밤을 진정한 밤이라 할 수 있을까? 나는 디아나
여신의 소리에 귀 기울인다. 침묵이 소리를 내고, 더없이
음악적인 소리가 나를 전율케 한다. 침묵의 소리를
들을 수 있는 밤이다. 나는 말로는 할 수 없는 소리를
듣는다. 『1853. 1. 21, 일기』

11 어떤 사람들의 말은 강력한 힘으로 나에게 날아와
밤송이처럼 달라붙는다. 『1839. 6. 4, 일기』

12 이처럼 우리가 나누는 일상적인 대화는 대부분
공허하고 무익하다. 표면이 표면을 만나는 격이다.
내적이고 사적인 삶을 추구하기를 멈추는 순간 대화는
단순한 가십으로 전락하고 만다. 신문에서 읽거나
이웃사람에게 들은 소식이 아닌 이야기를 할 수 있는

사람을 만나기란 쉽지 않다. 대부분의 경우 나와 다른
사람의 유일한 차이점을 꼽자면, 사람들이 신문을 읽고
차를 마시러 외출하는 반면, 나는 그렇게 하지 않는다는
것이다. 내적인 삶을 잘 살아내지 못할수록 우린 자꾸만
절망적으로 우체국에 드나들게 된다. 장담하건대 두터운
인맥을 자랑스러워하며 우체국에서 편지를 한 아름 안고
나오는 가없은 친구는 그만큼 오랫동안 자기 내면의
소리를 듣지 못했을 게 분명하다.

잘은 모르겠지만 일주일에 한 번 신문을 읽는 것도
버거운 일인 것 같다. 얼마 전부터 신문을 읽고 있는데
마치 오랫동안 고향을 떠나 있는 기분이 든다. 태양과
구름과 눈과 나무가 나에게 예전처럼 말을 많이 건네지
않는다. 두 주인을 섬길 수는 없는 법이다. 하루의
풍요로움을 깨닫고 누리기 위해서는 하루를 온전히
바치는 것 이상이 요구된다. 『원칙 없는 삶』

13 내가 숲으로 간 것은 의도적으로 살아보고 싶어서였다.
인생의 본질적인 사실들만을 직면하고, 인생이 가르치는
것을 배울 수는 없는지를 알기 위해서였다. 그리하여
죽음이 닥쳤을 때 내가 헛된 삶을 살았음을 깨닫는 일이
없기를 바랐다. 나는 삶이 아닌 것은 살고 싶지 않았다.
삶이란 그토록 소중한 것이기 때문이다. 나는 또한
불가피한 경우가 아니라면 체념을 배우는 일이 없기를
바랐다. 『월든』

14 나는 겨울이 오기 전에 굴뚝을 완성했다. 그리고 비가
샐 염려는 없었지만 집의 외벽에 널빤지를 덧대었다.
널빤지는 통나무에서 처음 베어낸 거친 생나무여서
대패로 가장자리를 매끈하게 다듬어야 했다. 이렇게
해서 나는 빈틈없이 널빤지를 두르고 회반죽을 바른
집을 갖게 되었다. 폭이 10피트에 길이가 15피트, 기둥
높이가 8피트인 집은 다락방과 벽장을 갖추었고, 집의
양쪽에는 커다란 창문이 하나씩 나 있었다. 또한 두 개의
뚜껑 문과, 한쪽 끝에는 출입문이, 그 맞은편에는 벽돌로
된 벽난로가 있었다. 소로가 살던 오두막집은 그가 월든을 떠난 직후
철거되어 현재는 집터만 남아 있다. 방문객들은 월든 호수 근처에 있는 소로의
동상과 오두막집의 복제품을 볼 수 있을 뿐이다 『월든』

15 나는 인생을 깊게 살면서 그 골수를 모두 빼먹고
싶었다. 강인하고 엄격하게 살면서 삶이 아닌 것은
모두 몰아내고 싶었다. 잡초들을 폭넓게 베어내며
풀을 바짝 깎고, 인생을 구석으로 몰아 가장 기본적인
요소로 압축하고자 했다. 그리하여 인생이 비천한
것으로 드러나면, 그 적나라한 비천함 전부를 움켜쥐고
그것을 세상에 알리고 싶었다. 그 반대로 인생이 숭고한
것이라면, 그 숭고함을 체험으로 알아감으로써 다음번
여행 때 그것을 제대로 설명할 수 있기를 바랐다. 『월든』

16 내가 아는 한 젊은이가 몇 에이커의 땅을 물려받았는데,

할 수만 있다면 자기도 나처럼 살고 싶다는 말을 한 적이 있다. 하지만 난 어떤 이유에서든 다른 사람이 내 생활 방식을 따르는 것을 원치 않는다. 그가 내 생활 방식을 충분히 터득하기도 전에 난 또 다른 생활 방식을 찾아냈을지도 모를 뿐 아니라, 이 세상에 되도록 많은 다양한 사람들이 존재했으면 하기 때문이다. 내가 권하고 싶은 것은, 각자가 매우 신중하게 자신만의 방식을 찾아내어 그 길을 따라가는 것이지, 그의 아버지나 어머니 또는 이웃이 갔던 길을 따라가는 게 아니다. 『월든』

17 나는 숲으로 갔을 때와 마찬가지로 어떤 중요한 이유 때문에 숲을 떠났다. 내게는 아직 살아야 할 또 다른 삶들이 남아 있다는 생각이 들었다. 그래서 숲에서의 삶에 더 이상의 시간을 할애할 수 없었다. 『월든』

18 벗의 죽음을 접하고 우리는 생각한다. 운명이 은밀히 우리에게 맡긴 이중의 삶의 과업을. 우린 이제 세상과 한 스스로의 약속을 지키면서 친구가 생전에 세상과 했던 약속도 더불어 이행해야 한다. 『1840. 2. 28. 일기』

19 한 친구는 자신의 행위 전체로 충고할 뿐 결코 세세한 것을 따지지 않는다. 또 다른 친구가 잘못을 꾸짖으며 내쫓고자 할 때, 그는 사랑으로 그것을 몰아낸다. 그는

자기 친구의 허물을 보면서도 말없이 마음에 담아둘
뿐이다. 그리고 스스로 진실을 더욱 사랑함으로써
자신의 친구가 진실을 사랑하도록 돕는다. 친구의
잘못이 내쫓겨 서서히 사라질 때까지. 『1840. 2. 29, 일기』

20 숲에서 사람을 만나는 게 즐거웠으면 좋겠다. 사람을
만나는 일이 야생의 순록이나 무스를 마주치는 것과
같았으면 좋겠다. 『1840. 6. 18, 일기』

21 며칠 전 자유분방하고 사랑스럽기까지 한 젊은 숙녀를
내 배에 태운 적이 있다. 내가 부지런히 노를 젓는 동안
그녀는 배 끄트머리에 앉아 있었다. 나와 하늘 사이에는
오직 그녀만이 존재했다. 『1840. 6. 19, 일기』

22 우리는 서로의 불로 서로를 덥힌다. 우정은 이중의 체로
치는 것 같은 차가운 정제 과정이 아니라 모든 불순물을
태워버리는 불타는 화덕이다. 사람들은 면밀히 살피기
전에 만지는 법부터 배우므로, 만나면 상대를 가만히
응시하는 대신 손부터 마주 잡는다. 『1840. 6. 25, 일기』

23 그렇다면 우리 몸에 절대적으로 필요한 것은 몸을
따뜻하게 해 몸속에 있는 생명의 열을 유지하는
일일 것이다. 이를 위해 우린 음식과 의복과 집뿐만
아니라 우리의 야간 의복이라고 할 수 있는 침대까지

마련하느라 무진 애를 쓴다. 집 안의 집인 침대를
마련하기 위해 새들의 둥지와 가슴 털까지 훔치는
것이다. 두더지가 굴속 깊은 곳에 풀과 나뭇잎으로
잠자리를 꾸미는 것처럼! 가난한 사람들은 세상이
차갑다고 한탄한다. 사실 우리가 느끼는 고통의
대부분은 신체적 냉기 못지않은 사회적 냉기에 기인하는
것이다. 『월든』

24 내 경험으로 미루어볼 때 지금 이 나라에서 생필품
다음으로 필요한 것은 몇 가지 도구와 칼, 도끼, 삽,
손수레 등이고, 학구적인 사람들에게는 램프, 문구류,
얼마간의 책 등이 필요한데, 이런 것들은 아주 적은
비용으로도 마련할 수 있다. 그런데도 현명하지 못한
사람들은 지구 반대편의 미개하고 불결한 지역으로
건너가 10년 또는 20년간 교역에 몸 바치곤 한다.
이 모두가 종국에는 이곳 뉴잉글랜드로 돌아와
안락한 따뜻함을 누리며 살다가 죽기 위한 것이라니.
사치스럽게 부유한 사람들은 안락한 따뜻함이 아닌
부자연스러운 뜨거움 속에서 살아가고 있다. 앞서도
말했듯이 그들은 최신 유행에 따라 익어가고 있는
것이다. 『월든』

25 대부분의 사치품과 이른바 생활 편의품 중 많은 것들은
필수적인 것이 아닐뿐더러 인류의 향상에 실질적인

장애물로 작용한다. 사치품과 편의품으로 말하자면,
세상의 현자들은 가난한 이들보다 훨씬 간소하고 결핍된
삶을 살아왔다. 중국, 인도, 페르시아 그리고 그리스의
고대 철학자들은 외적으로는 더없이 가난했으나
내적으로는 누구보다 부유한 사람들이었다. 『월든』

26 '자발적 빈곤'이라는 이름의 유리한 고지에 오르지
않고서는 인간의 삶을 공정하고도 현명하게 관찰할 수
없다. 농업, 상업, 문학, 예술을 막론하고 사치스러운
삶의 열매는 사치일 뿐이다. 『월든』

27 화가들도 잘 알다시피 이 나라의 주택들 가운데서 가장
흥미로운 것은 일반적으로 가난한 이들의 수수하고
소박한 통나무집과 오두막집이다. 이런 집들이 한
폭의 그림이 되게 하는 것은 이 집들을 껍질 삼아 사는
거주자들의 삶이지 외견상의 어떤 특이점이 아니다.
교외의 상자 같은 시민들의 집도 그들의 삶이 소박하고
기분 좋게 상상력을 자극하면서 주거 방식에서 어떤
인위적인 효과를 추구하지 않을 때 비로소 우리의
관심을 끌 수 있을 것이다. 『월든』

28 내가 예전에 가졌던 집은, 배를 제외하면, 여름에
이따금씩 여행을 할 때 사용하던 텐트가 유일했다.
그리고 그것은 둥글게 말린 채 여전히 내 다락방에

자리하고 있다. 그러나 배는 이 사람 저 사람을 거치면서
시간의 흐름을 따라 흘러가버렸다. 이제 훨씬 견고한
보금자리가 생겼으니 나는 세상에 정착하는 일에서 한
걸음 더 나아갔다고 할 수 있겠다. 『월든』

29 모든 사람들이 그 당시 내가 그랬던 것처럼 소박하게
산다면 절도와 강도 같은 것은 존재하지 않으리라고
확신한다. 이런 일들은 어떤 사람들은 넘칠 만큼 가진
반면 또 다른 어떤 이들은 충분히 갖지 못한 사회에서만
일어나기 때문이다. 『월든』

30 그런데 가난한 소수는 어떻게 살아가고 있는가? 아마도
일부 사람들은 외적인 상황에서 미개인소로의 저작에서
'미개인savage'은 대부분 아메리카 인디언 즉 북미 원주민을 가리킨다. 이는
비하적인 의미가 아닌 '문명인'과 대조된 의미임을 밝혀둔다보다 나아진
반면, 그와 같은 비율의 또 다른 사람들은 미개인보다
못한 처지로 떨어졌음이 드러날 것이다.
한 계층의 호화로운 생활은 또 다른 계층의 궁핍한
생활로 균형이 맞춰지는 법이다. 한쪽에 궁전이
있으면 또 다른 쪽에는 빈민 구호소와 '말 없는 가난한
사람들'이 있다. 이집트 왕들의 무덤인 피라미드를
쌓아올린 수많은 사람들은 마늘로 연명했으며, 아마
죽은 뒤에도 격식을 갖춰 묻히지 못했을 것이다. 궁전의
처마 돌림띠를 마무리하던 석공은 밤이면 인디언의

천막집북미 원주민이 모피나 천으로 지은 원뿔형 천막집보다 못한
오두막집으로 돌아갔을 터다.

문명의 일상적 증거들이 존재하는 나라라고 해서 국민
대부분을 차지하는 사람들의 삶의 여건이 미개인의
그것보다 나을 거라고 생각한다면 오산이다. 나는 지금
영락零落한 부유층이 아닌 영락한 빈민층에 대해 말하고
있는 것이다. 『월든』

31 내가 원하는 것은 사랑도 돈도 명성도 아닌 진실함이다.
나는 산해진미와 포도주가 넘치고 아첨하는 사람들이
있는 식탁에 앉아 있었지만 어디에서도 진심과 진실함을
찾을 수 없었다. 나는 허기를 참으며 냉랭한 자리를
박차고 나왔다. 그들의 접대는 얼음장처럼 차가웠다.
그들을 얼리는 데 얼음도 필요 없을 것 같았다. 그들은
내게 포도주가 얼마나 오래되었는지, 그것의 빈티지가
얼마나 유명한지를 설명했다. 그러나 나는 더 오래되고
더 새로우며 더 순수한 포도주, 더욱더 명예로운
빈티지의 포도주를 떠올렸다. 그들은 가질 수도 살
수도 없는 술이었다. 그들의 삶의 방식, 대저택과 정원,
'성대한 파티' 같은 것은 내겐 조금도 중요하지 않다.
언젠가 무슨 왕이라는 사람을 방문한 적이 있는데,
그는 나를 홀에서 기다리게 했고 접대의 의미를 모르는
사람처럼 행동했다. 내 집 근처에는 속이 빈 나무에서
사는 사람이 있었다. 그의 태도에는 진정한 왕과 같은

기품이 서려 있었다. 차라리 그를 찾아가는 편이 훨씬
나았을 거라는 생각이 들었다. 『월든』

32 나는 누가 기운 옷을 입었다고 해서 그를 업신여긴 적이
단 한 번도 없다. 그러나 사람들은 대체로 건전한 양심을
지니기보다는 유행을 따르거나 적어도 깨끗하고 기우지
않은 옷을 갖춰입는 데 더 많은 신경을 쓴다. 하지만
설사 해진 데를 기우지 않았더라도 겉으로 드러나는
최악의 결함은 그가 부주의하다는 사실 정도일 터다.
나는 가끔씩 다음과 같은 테스트로 지인들을 시험해보곤
한다. 그들 중 누가 무릎을 기우거나 두어 번 더
박음질을 한 옷을 입을 수 있는지 물어보는 것이다.
대부분의 사람들은 그런 옷을 입으면 자기 앞날이
망가질 거라고 믿는 듯 행동한다. 그들에게는 찢어진
바지를 입기보다는 부러진 다리로 절뚝거리며 마을에
가는 게 더 쉬울지도 모른다. 한 신사가 어쩌다 다리에
사고를 당하면 치료할 수 있지만, 그의 바짓가랑이에
문제가 생기면 어찌할 방법이 없다고 생각하는 식이다.
그는 진정으로 존중받을 만한 것이 무엇인지보다는 세상
사람들이 높이 치는 게 무엇인지를 더 염두에 둔다. 『월든』

33 가난한 마을 사람들이 가장 독립적인 삶을 사는 것처럼
보일 때가 종종 있다. 어쩌면 아무런 의심 없이 남의
도움을 받아들일 만큼 마음이 넓어서인지도 모른다.

그들 대부분은 다른 마을 사람들에게 금전적 도움을
받는 일 따위는 생각지 않고 살아간다. 그러나 그중에는
부정직한 방법으로 생계를 이어가는 사람들도 적지
않은바, 그것은 가난한 것보다 훨씬 부끄러운 일이다.
샐비어 같은 약초를 가꾸듯 가난을 가꾸라. 옷이든
친구든 새것을 가지려고 너무 애쓰지 마라. 헌옷은
뒤집어 다시 짓고, 옛 친구들에게로 돌아가라. 세상은
변하지 않는다. 변하는 것은 우리들이다. 옷을 팔더라도
자신의 생각만은 지키도록 하자. 『월든』

34 내 집에는 세 개의 의자가 있다. 하나는 고독을 위한
    것이고, 둘은 우정을 위한 것이며, 셋은 사교를 위한
    것이다. 『월든』

35 이렇게 작은 집이 꽤 많은 훌륭한 남녀를 받아들일 수
    있다는 것은 놀라운 일이다. 소로는 1846년 8월 1일, 그의 월든
    오두막집에서 '콩코드 반反노예제 여성 협회The Concord Female Anti-Slavery
    Society'의 모임을 주관한 바 있다. 『월든』

36 나의 하루하루는 이교도 신들의 이름을 딴 한 주의
    요일들이거나, 시간들로 쪼개져 시계의 째깍째깍 소리에
    조바심치게 하는 그런 날들이 아니었다. 나는 퓨리족
    인디언처럼 살았다. 그들에 관해서는 이런 이야기가
    전해진다.

"그들에겐 어제, 오늘 그리고 내일을 나타내는 말이
하나밖에 없다. 그래서 '어제'는 등 뒤를, '내일'은
자기 앞을, 그리고 '지나가는 날(오늘)'은 머리 위를
가리킴으로써 그 의미를 구분한다." 내가 사는 방식은
마을 사람들에게는 순전한 게으름으로 비쳤을 것이다.
그러나 새와 꽃 들이 자신들의 기준으로 판단했다면
나는 분명 합격 판정을 받았을 터다. 인간은 자기 행동의
근거를 스스로에게서 찾아야 한다. 자연의 하루는 매우
평온하며 인간의 게으름을 꾸짖는 법이 없다. 『월든』

37 대부분의 사람들처럼 나도 사교를 즐기고, 열정이
넘치는 사람을 만나면 찰거머리처럼 달라붙어서 좀처럼
떨어질 생각을 하지 않는다. 나는 타고난 은둔자가
아니며, 볼일이 있을 때면 엉덩이가 무거운 주점의
단골손님보다 오래 앉아 있기도 한다. 『월든』

38 적어도 나의 생활 방식은 사교계나 극장 같은 집
밖에서 재미를 찾아야 하는 사람들에 비해 한 가지
이점이 있었다. 나의 삶은 그 자체로 즐거움이며
언제나 새롭다는 사실이 그것이었다. 내 인생은 수많은
장場으로 이루어진 끝없는 한 편의 드라마였다. 사실
언제나 최근에 배운 최선의 방식으로 생계를 유지하고
삶을 조절해 나간다면 권태로 인해 힘들 일은 결코
없을 것이다. 당신만의 특별한 재능을 바짝 쫓아가라.

그러면 그것은 매 순간 당신에게 새로운 전망을 보여줄
것이다. 『월든』

39 이처럼 작은 집에서 살면서 때때로 느끼는 한 가지
불편은, 큼직한 말들로 큼직한 생각들을 이야기할 때면
나와 손님 사이에 충분한 거리를 두기가 어렵다는
점이었다. 우리에게 필요한 것은, 우리의 생각이 예정된
항구에 무사히 닿을 수 있도록 돛을 조절해 한두
항로라도 무사히 항해할 수 있는 공간이다. 우리 생각의
탄환은 옆으로 스치거나 튀지 않고 듣는 이의 귀에
안착할 수 있도록 마지막까지 흔들림 없이 날아가야
한다. 그렇지 않으면 그의 머리 옆을 스쳐 지나가
터져버릴지도 모른다.
마찬가지로 우리 문장들도 너르게 펼쳐져 대열을 이룰
공간이 필요했다. 개인들도 나라와 마찬가지로 그들
사이에 넓고 자연스러운 경계는 물론 상당한 크기의
중립지대를 확보할 필요가 있다. 언젠가 한 친구와
호수를 사이에 두고 이야기를 주고받은 적이 있는데
그것이 내게는 아주 특별한 호사처럼 여겨졌다. 『월든』

40 나는 대부분의 시간을 혼자 보내는 게 심신에 좋다고
생각한다. 아무리 좋은 사람이라도 누군가와 같이
있다보면 이내 피곤해지고 시간 낭비라는 생각이
들기 마련이다. 나는 혼자 있는 게 좋다. 지금껏 나는

고독만큼 함께 있기에 좋은 친구를 만난 적이 없다.
우린 대부분 방 안에 혼자 있을 때보다 밖에서 사람들
사이를 돌아다닐 때 더 외롭다고 느낀다. 사색하거나
일하는 사람은 어디에 있든지 언제나 혼자다. 고독은
한 사람과 그의 동료들 사이의 거리로 잴 수 있는 게
아니다. 하버드대학의 혼잡한 교실에서도 진정으로
학업에 몰두하는 학생은 사막의 수도승만큼이나 고독한
법이다. 『월든』

41 무슨 이유로 나는 사람들에게 버려진 이 광활한
영역을, 몇 제곱마일이나 되는 인적 드문 이 숲을
혼자서 차지하고 있는 걸까? 가장 가까운 이웃도
1마일이나 떨어져 있고, 언덕 꼭대기에 올라가지 않는
한 어디에서도 내 집에서 반 마일 이내에는 인가가 전혀
보이지 않는다. 나는 숲으로 경계가 지어진, 오직 나만의
지평선을 가지고 있다. 한쪽으로는 호수와 경계가 닿아
있는 철로가 멀리 보이고, 다른 한쪽으로는 숲길을 따라
처진 울타리가 또한 멀리 보인다.
그러나 내가 사는 곳은 대체로 대초원만큼이나
적막하다. 뉴잉글랜드이면서 마치 아시아나 아프리카
같은 느낌이 든다. 말하자면 나는 혼자만의 해와 달과
별, 그리고 나만의 작은 세상을 가지고 있는 셈이다.
밤에는 내 집 옆을 지나거나 문을 두드리는 길손 하나
없다. 내가 이 세상 최초의 인간 혹은 마지막 인간이라고

해도 이보다 더하지는 않을 것 같다. 『월든』

42 부는 지식만큼이나 강력한 힘이 될 수 있다. 베두인들
사이에서는 가장 부유한 사람이 족장이 된다.
야만인들은 철과 조가비 구슬을 가장 많이 가진 사람을
추장으로 삼는다. 영국과 아메리카에서는 대상大商이
그런 사람이다. 『1841. 1. 25. 일기』

43 우리의 공감은 스스로는 결코 그 가치를 깨닫지 못하는
하나의 선물이다. 『1841. 2. 2. 일기』

44 지난 23년간 침묵을 깨려고 했지만 그 틈을 뚫고
들어가지 못했다. 침묵은 끝이 없다. 말은 침묵의 시작에
불과하다. 친구는 내가 침묵을 지킨다고 생각한다. 사실은
침묵을 너무 빨리 뱉어내다보면 질식할 것 같아서
그러는 것뿐인데. 그는 내 안에 새로운 비밀의 광산이
계속 생겨나고 있음을 모르는 걸까? 『1841. 2. 9. 일기』

45 낮 시간이 모두 낮이거나 밤 시간이 모두 밤일 필요는
없다. 그 시간 중에서 얼마간은 따로 떼어내어 그 속의
시간을 잘 살피도록 하자. 나의 모든 시간을 그냥
흘려보내거나 그저 지나가버리게 해서도 안 될 터다.
오래된 계보와 구래의 고귀한 풍습에 따라, 적어도
하루에 한 시간쯤은 무심하게 보내지 말고, 높은 단과

같은 시간에서 나머지 시간을 차분히 굽어보며 보내도록 하자. 로빈슨 크루소가 작대기에 금을 그은 것처럼 날마다 나의 인격에 눈금을 표시해보자. 적어도 하루에 한 번쯤은 키를 잡고 손으로 조타륜의 로프를 느끼면서, 내가 제대로 항해하는지, 어디로 나아가고 있는지를 잘 살피도록 하자. 『1841. 2. 22, 일기』

46 진정 어린 오해는 종종 훗날의 교제를 위한 바탕이 되기도 한다. 『1841. 3. 6, 일기』

47 인생이란 결국 홀로 살아가는 게 아닐까! 나는 해안에 머물고 있고, 나와 바다 사이에는 아무것도 없다. 사람들은 내가 가는 길을 지루하지 않게 해주는 즐거운 동반자들이자 순례길을 함께 걷는 동료들이다. 그러나 그들은 첫 번째 갈림길이 나오기가 무섭게 나를 떠날 것이며, 나만큼 한 길을 오래도록 걸어갈 사람은 아무도 없다.

우리 각자는 선두에 서서 걸어간다. 그때부터는 연약하기 그지없는 어린아이조차도 그의 부모처럼 고스란히 운명에 노출된다. 부모와 지인들은 아이를 위로해줄 수 있을 뿐 운명으로부터 그를 지켜줄 수 없다. 이는 모든 인간이 직면하는 인생의 가혹함이다. 어디에도 울타리는 없으며, 그의 앞에는 우주의 경계까지 가닿는 광활한 영역이 펼쳐져 있다. 『1841. 3. 13, 일기』

48 위대하고 고독한 영혼은 그 대상을 모르더라도 홀로
사랑할 수 있다. 그의 사랑에는 사교社交가 끼어들
여지가 없다. 그는 들판 위를 떠다니는 구름이 비를
뿌리듯 자신의 사랑을 소진한다.
진실을 이야기하는 유일한 길은 사랑을 담아 말하는
것이다. 오직 사랑을 아는 이의 말만이 귀에 들린다.
식자들은 결코 말해서는 안 된다. 그들의 말은
자연스러운 소리가 아니다. 가장 고귀한 행동이란
사실은 얼마나 사소한 것인가! 나는 아침부터 저녁까지
하잘것없는 일상에 매여 살지만 아직까지는 더 나은
길을 찾지 못했다. 나는 지구의 한 부분이 되어야 하며,
자연의 법칙에 순종해야 한다. 『1842. 3. 15. 일기』

49 솔직히 말하면, 사회를 위해 무엇을 할 것이며 인류에게
어떤 사명감을 가지고 있느냐는 질문을 받을 때마다
난처함을 느끼곤 했다. 물론 내가 난처했던 데는
나름대로의 이유가 있었다. 또한 빈둥거리는 내 처지에
대해 할 말이 없는 것도 아니다. 나는 내 삶의 보화를
사람들에게 기꺼이 나눠주고 싶다. 진정으로 나의 재능
중에서 가장 귀한 것을 주고 싶다. 나는 그들을 위해
조개와 더불어 진주를 품고 벌과 더불어 꿀을 모을
것이다. 그리고 햇살을 체로 걸러 공공의 이익이 되게
할 것이다. 나는 숨겨둘 가치가 있는 부는 알지 못한다.
세상사에 지친 사람들에게 도움이 될 특별한 능력을

제외하고는 내겐 사유 재산이란 없다. 오직 이것만이
내가 가진 개인 재산이다. 이처럼 우린 죄를 짓지
않고서도 부자가 될 수 있다. 나는 진주를 품고 키워
자라게 할 것이다. 그리하여 나 자신이 기꺼이 다시
살고자 하는 내 삶의 부분들을 사람들에게 나눠주고
싶다. 『1842. 3. 26. 일기』

50 미개인들도 저마다 최상의 주택 못지않은 집을 한 채씩
가지고 있고, 그 집은 그들의 소박하고 단순한 욕망을
채워주기에 충분하다. 하늘을 나는 새에게는 둥지가,
여우들에게는 굴이 있으며, 미개인들도 천막집을 가지고
있는데, 현대 문명사회에서는 가정의 반수 이상이 자기
집이 없다고 해도 결코 과언이 아닐 것이다. 특히 문명이
위세를 떨치는 대도시와 큰 마을에서는 주택을 소유한
사람이 전체 인구의 극히 일부에 지나지 않는다. 나머지
사람들은 사시사철 필수 불가결한 것이 되어버린,
모두의 겉옷인 주택에 대한 세금을 매년 내고 있다.
그 세금은 인디언의 천막집 마을 전체를 살 수 있는
금액이지만 현재는 죽는 날까지 그들을 가난에 허덕이게
하는 데 일조하고 있다. 여기서 나는 집을 소유하는 것과
비교해 세 들어 사는 것의 단점을 역설할 생각은 없다.
그러나 미개인들은 비용이 아주 적게 들기 때문에 자기
집을 소유할 수 있는 반면, 문명인들은 집을 소유할
여력이 없기 때문에 대부분 세 들어 사는 것은 분명하다.

게다가 시간이 지난다고 해서 세 들어 사는 형편마저
나아지는 것도 아니다. 『월든』

51 내가 보기에 이 고장 젊은이들의 불행은 농장과 집,
곳간, 가축 그리고 농기구 등의 유산을 물려받은 데
기인한다. 이런 것들은 얻는 것보다 버리는 게 훨씬 더
어렵기 때문이다. 그들이 차라리 너른 초원에서 태어나
늑대의 젖을 먹고 자랐더라면 자신들이 힘들게 일해야
할 들판을 좀더 맑은 눈으로 바라볼 수 있었을 터다.
대체 누가 그들을 흙의 노예로 만들었는가? 그들은 왜
한 펙의 먼지한 펙은 약 9리터에 해당한다. 서양 속담에 "사람은 죽기
전까지 한 펙의 먼지를 먹게 돼 있다"라는 말이 있다. 죽기 전까지 누구도 어느
정도의 먼지를 먹는 것을 피할 수 없다는 뜻이지만, 사는 동안 인간은 수많은
불쾌한 일들을 겪게 돼 있다는 의미이기도 하다만 먹어도 될 것을
60에이커나 되는 흙을 먹어야 하는가? 어째서 그들은
태어나자마자 자신들의 무덤을 파기 시작해야 하는가?
그들은 이 모든 것들을 힘겹게 앞으로 밀면서 있는 힘껏
한평생을 살아가야 하는 것이다.(…)
그러나 사람들은 잘못된 생각 때문에 힘들어하고 있다.
인간의 대부분은 머지않아 땅에 묻혀 퇴비로 변하고
말 것이다. 어떤 오래된 책에 쓰인 대로, 사람들은 흔히
필요성이라 불리는 허울 좋은 운명을 믿으며 좀과 녹이
슬고 도둑이 훔쳐갈 재물을 모으느라 애를 쓴다. 죽기
직전에야 깨닫게 되겠지만, 이런 삶은 어리석은 자의

인생이다. 『월든』

52 문명이 '삶의 여건의 진정한 발전'을 의미하는 것이라고
주장하려면—나 역시 그렇게 믿고 있다. 현명한
사람들만이 그 이점을 활용할 수 있긴 하지만—, 그
문명이 더 많은 비용을 들이지 않고서도 더 나은
주거지를 마련할 수 있게 해준다는 사실이 입증되어야
할 것이다.
어떤 것의 비용이란 당장에 혹은 궁극적으로 그것을
얻기 위해 요구되는 '생명의 양'을 말하는 것이다.
이 부근의 평균적인 집값이 800달러 정도 하는바,
이만한 돈을 모으려면 부양가족이 없는 노동자라
할지라도 보통 10년에서 15년—사람마다 조금씩
차이는 있겠지만 노동자의 수입을 하루 평균 1달러로
쳤을 때—이 걸린다고 봐야 한다. 따라서 그는 자신의
오두막집을 마련하기 위해 일생의 반 이상을 바쳐야
하는 것이다. 그가 집을 사는 대신 세를 들어 산다고
해도 더 나을 것은 없다. 미개인이 이런 조건으로 자신의
천막집을 궁전과 바꾸려 했다면 그것이 과연 현명한
짓이었겠는가? 『월든』

53 내 이웃인 콩코드의 농부들을 보면 그들은 적어도
다른 부류의 사람들만큼은 경제적 여유가 있다. 그들
대부분은 20년, 30년 혹은 40년간 힘들게 일해왔다.

대개는 저당이 잡힌 채로 물려받거나 빚을 얻어
사들인—대략 오랜 노고의 3분의 1이 집값으로
들어간다고 할 수 있다—농장의 실질적인 주인이 되기
위해서였다. 하지만 대체로 그들은 아직 빚을 모두 갚지
못하고 있다. 채무가 농장의 가치를 넘어서는 경우가
종종 있다보니 농장 자체가 커다란 골칫덩이가 되어버린
게 사실이다. 그런데도 여전히 농장을 물려받는 사람이
있는데, 농장을 누구보다 잘 알기 때문이라는 게 그
이유라고 한다. 『월든』

54 자기 집을 마련한 농부는 그 때문에 더 부자가 된 게
아니라 더 가난해졌는지도 모르며, 그가 집을 소유하는
게 아니라 집이 그를 소유하게 된 것인지도 모른다.
내가 보기에 모모스 신그리스신화에 나오는 불평과 비난의 신이
미네르바 여신이 만든 집을 가리켜 "나쁜 이웃을 피할
수 있도록 이동식으로 만들어지지 않았다"고 한 것은
타당한 비난이었다. 그리고 그 비난은 지금도 여전히
타당하다. 집은 다루기 힘든 재산이어서 우리가 집에서
산다기보다는 집에 갇혀 있는 경우가 더 많고, 피해야
할 나쁜 이웃은 바로 우리 자신의 졸렬한 자아이기
때문이다. 나는 30여 년간 교외의 집을 팔고 마을로
들어오려고 했으나 아직도 뜻을 이루지 못하고 있는
한두 가정을 알고 있다. 어쩌면 죽음만이 그들을
자유롭게 해줄지도 모르겠다. 『월든』

55 나는 단순함을 믿습니다. 더없이 현명한 이들조차도 하루에 얼마나 많은 하찮은 일들을 신경 써야 한다고 생각하는지, 정말 놀랍고도 슬픈 일입니다. 반면에 생략해야 한다고 생각하는 일은 얼마나 드문지요. 수학자가 어려운 문제를 풀 때는 맨 먼저 등식에서 거추장스러운 것들을 없앱니다. 등식에서 가장 단순한 항들만을 남겨두는 것이지요. 인생의 문제도 그렇게 단순해지도록 꼭 필요한 것과 현실을 구분할 줄 알아야 합니다. 그러기 위해서는 땅을 파헤쳐 자신의 가장 중요한 뿌리가 어디로 향하는지를 살펴봐야 합니다.

『1848. 3. 27. 해리슨 블레이크에게 보낸 편지』

56 위의 계산에서 보는 바와 같이 식대로 나간 돈은 일주일에 27센트 정도였다. 이때부터 거의 2년간 나의 식단은 효모를 넣지 않은 호밀 빵과 옥수수가루 빵, 감자, 쌀, 아주 적은 양의 염장 돼지고기, 당밀, 소금 그리고 나의 음료인 물로 이루어져 있었다. 인도 철학을 이토록 사랑하는 내가 쌀을 주식으로 삼은 것은 아주 적절한 일이었다.

매사에 트집 잡기를 좋아하는 몇몇 사람들의 반론에 대비해 이 말은 미리 해두는 게 좋을 것 같다. 숲에서 사는 동안 가끔씩 외식을 할 때면—나는 지금까지 늘 외식을 해왔고 앞으로도 다시 그럴 기회가 있을 거라고 생각한다—내 가계에는 종종 적자가 나곤 했다. 하지만

앞서 말한 것처럼 외식은 내 삶을 이루는 하나의 항구적
요소인 터라 이처럼 비교를 위한 이야기에는 아무런
영향을 미치지 못한다. 『월튼』

57 내가 2년간의 경험을 통해 배운 것은, 이처럼 높은
위도에서도 사람에게 필요한 식량을 얻는 데 믿을 수
없을 만큼 적은 노력밖에 들지 않는다는 것과, 인간은
동물처럼 단순한 식사를 하고도 건강과 체력을 유지할
수 있다는 사실이다. 나는 옥수수밭에서 캐낸 쇠비름 한
접시만으로도 만족스러운, 여러 면에서 정말 만족스러운
식사를 했다. 여기에 쇠비름의 라틴어 이름 'Portulaca
oleracea'를 적는 것은 그것의 종명種名이 풍기는 풍미
때문이다. 사실 분별 있는 사람이라면 평화로운 보통날
점심에 푹 삶은 달큼한 풋옥수수에 소금을 뿌려 먹는
것 말고 무엇을 더 바라겠는가? 내가 식단에 약간의
다양성을 꾀한 것도 건강상의 이유가 아닌 식욕의
요구에 굴복했기 때문이다. 그런데도 인간은 필요한
양식이 아닌 사치성 식품이 없어서 종종 굶주리는
지경에 이르렀다. 내가 아는 어떤 부인은 자기 아들이
물만 마셔서 생명을 잃었다고 믿고 있다.
이 글을 읽는 독자는 내가 이 문제를 영양학적
관점보다는 경제학적 관점에서 다루고 있음을 알
것이다. 그리고 그는 식품 저장실에 식량을 가득
쟁여두지 않는 한 나처럼 절제하는 삶을 시험해볼

엄두를 내지 못할 것이다. 『월든』

58 세상에는 남의 말을 잘 믿지 못하는 사람들이 있는데,
그중 어떤 이들은 가끔씩 내게 채식만으로 살 수
있는지를 묻는다. 그러면 난 그 즉시 문제의 핵심을
찌르기 위해—핵심은 신념이기 때문이다—나는 못만
먹고도 살 수 있다고 대답하곤 한다. 이 말을 알아듣지
못한다면 그들은 앞으로 내가 하려는 말을 대부분
이해하지 못할 터다. 『월든』

59 우리 인생은 사소한 것들로 헛되이 낭비되고 있다.
정직한 사람은 셈하는 데 열 손가락 이상을 쓸 필요가
거의 없다. 극단적인 경우에는 열 발가락을 더하고
나머지는 한데 묶으면 그만이다. 간소하게, 간소하게,
간소하게 살라! 바라건대 여러분의 일을 100가지나
1000가지가 아닌 두세 가지가 되게 하라. 100만이 아닌
여섯까지만 셀 것이며, 계산은 여러분의 엄지손톱에 할
수 있게 하라. (…) 간소화하라, 간소화하라. 하루에 세
끼를 먹는 대신 필요할 때 한 끼만 먹도록 하라. 100가지
요리를 다섯 가지로 줄이라. 또 다른 것들도 그런 비율로
줄이도록 하라. 『월든』

60 주부들은 대부분 믿으려 하지 않겠지만 낡은 관습 대신
새롭고 더 나은 관습을 확립하는 것은 어려운 일이

아니다. 손님 접대를 위한 식사 준비에 당신의 명예를 걸
필요는 없다.

나로 말하자면, 케르베로스그리스신화에서 하데스의 지하세계, 즉
저승 입구를 지키는 개를 가리킨다만큼이나 누군가의 집에 자주
가는 것을 적극 가로막는 게 있다면, 그건 나에게 음식을
대접하는 일에 대한 집주인의 과시적 태도다. 나는
그것을 다시는 그렇게 자신을 귀찮게 하지 말아달라는
지극히 점잖고도 은근한 암시로 받아들였다. 따라서
앞으로 그런 곳에는 다신 가지 않을 생각이다. 『월든』

61 인류에게 보다 순수하고 건강한 음식만을 먹도록
가르치는 사람은 인류의 은인으로 숭앙받을 것이다.
내 식사 습관이 어떠하든, 인류가 점차 발전함에 따라
육식의 습관을 버리는 것이 인류가 나아갈 길임을 믿어
의심치 않는다. 이는 야만족들이 좀더 개화된 민족들과
접촉하게 되면서 서로를 잡아 먹는 식인 습관을 버린
것만큼이나 확실하다. 『월든』

62 많은 동시대인들처럼 나 역시 수년간 육류나 차, 커피
등에 거의 손을 대지 않았다. 그런 음식들이 건강에 나쁜
영향을 미친다는 것을 알게 되어서라기보다는 어쩐지
꺼림칙했기 때문이다. 육식에 대한 거부감은 경험의
결과가 아닌 본능에 따른 것이다. 내게는 소박하게 먹고
검소하게 사는 것이 여러모로 더 아름다워 보였다.

비록 그 일을 완벽하게 해내진 못했지만 내 상상력을
만족시킬 만큼은 노력했다. 자신의 고귀한 능력이나
시적 재능을 최상으로 유지하고자 하는 사람은 모두가
특별히 육식과 과식을 피하려는 경향이 있는 듯 보인다.
곤충학자들이 언급한 다음 사실은 매우 의미심장하다고
하겠다. 커비와 스펜스『곤충학 입문』을 공저한 영국의 곤충학자
윌리엄 커비(1759~1850)와 윌리엄 스펜스(1783~1860)를 가리킨다는

그들의 공저에서 "성충이 된 어떤 곤충들은 소화기관이
있음에도 불구하고 그것을 쓰지 않는다"고 밝혔다.
그리고 "거의 모든 성충은 유충 상태에 있을 때보다
훨씬 적게 먹는다"고 단언했다. "식욕이 왕성한
애벌레가 나비가 되고, 게걸스러운 구더기가 파리가
되면" 한두 방울의 꿀이나 그 밖의 단물로 만족한다는
것이다. 나비의 날개 아래쪽에 있는 배는 유충 시절의
흔적이다. 바로 이 맛있는 부분 때문에 포식자에게 잡아
먹힐 운명을 타고난 것이다. 대식가는 유충 상태에
있는 사람이다. 온 국민이 그런 상태에 있는 나라도
있는데, 그런 국민에게는 공상이나 상상력이 결핍돼
있기 마련이다. 그들의 거대한 배가 그들이 어떤
사람들인지를 분명히 알게 해준다. 『월든』

63 나의 가장 뛰어난 기술은 적게 원하는 것이었다.

『1851. 7. 19, 일기』

64 언제나 목마르고 배고픈 탐욕스러운 사람의 목에는
파충류가 한 마리 살고 있다. 그가 충족시키는 것은 그
자신의 자연스러운 허기와 갈증이 아니다. 『1851. 9. 2. 일기』

65 인간의 지배 아래 놓이지 않은 것은 그게 무엇이든
야생적인 것이다. 이런 의미에서 독창적이고 독립적인
사람은 사회에 길들여지거나 꺾이지 않은 야생적인
존재라고 할 수 있다.

『1851. 9. 3. 일기』

66 일주일 내내 마을 주변을 돌아다니면서 세속에 찌든
평범한 사람들과 어울리고 하찮기 그지없는 것들에
시달렸다. 그런 뒤 들판을 가로지르는 동안 어떤 면에서
내가 마치 나 자신을 죽인 것 같은 생각이 들었다. 나는
다시 평소의 마음 상태와 정신으로 돌아와 또다시
사물을 진실하고 단순하게 보고자 애썼다.
인간들의 하찮은 일에 휘말려 얻게 되는 것은 치명적인
조악함뿐이다. 이 마을과 주변 마을에서 선택된
사람들하고만 어울린다고 생각하는 나도 때가 묻을
대로 묻고 말았다. 나의 페가수스는 날개를 잃어버리고
파충류로 변해 배로 기어 다니는 지경에 이르렀다. 그런
모습들은 오직 천박하고 피상적인 삶하고만 어울릴
뿐이다. 『1851. 9. 20. 일기』

67 일반적으로 사람들 사이에서는 지극히 부분적이고
피상적인 협력만이 가능하다. 진정한 협력이란 것은
사람들의 귀에 들리지 않는 화음처럼 사실상 없는
것과도 같다. 신념이 있는 사람은 어디서나 똑같은
신념으로 협력할 것이고, 신념이 없는 사람은 누구와
함께하든 즉 세상의 다른 사람들처럼 살아갈 것이다.
가장 높은 의미에서든 가장 낮은 의미에서든 협력한다는
것은 함께 삶을 살아가는 것을 뜻한다. 『월든』

68 마음이 만나는 장애물이 혼자서는 옮길 수 없는 화강암
덩어리처럼 느껴진다. 아침 햇살 같았던 그녀가 이젠
새벽별도 저녁별도 아니다. 우린 만날수록 더 멀어지고,
만나면 만날수록 헤어짐이 더 빨라진다. 하늘에서
일등성의 빛이 바래는 것은 관찰자의 눈이나 별 자체에
어떤 흠이 있어서가 아니다. 천체 가운데서의 별의
움직임이 우리를 별에서 멀어지게 하기 때문이다.
『1851. 10. 27. 일기』

69 저녁에는 한 파티에 갔다. 가지 않는 편이 나았을 그런
모임이었다. 덥고 시끄러운 조그만 방에 30~40명의
사람들이 모여 있었는데 대부분이 젊은 여성들이었다.
그중 두 여성을 소개받았다. 한 여성은 박새처럼
명랑하고 수다스러웠는데, 해변 피서지 같은 곳의
사교에 익숙할 법했다. 그러니 나처럼 무미건조한

사람에게 흥미를 느낄 리 만무했다. 다른 한 사람은
예쁘장하다는 말을 듣는 여성이었다. 하지만 나는
사람들의 얼굴을 잘 보지 않는다. 게다가 주변이 어찌나
시끄럽던지 그녀가 하는 말을 알아듣기 어려웠다.
그녀의 입술이 움직이는 모양으로 짐작할 수 있을
뿐이었다. 나는 이보다 나은 대화 장소를 생각해보았다.
40명이 한꺼번에 떠드는 곳이 아니라 주변에 어느 정도
침묵이 존재하는 그런 곳을. 심지어 오늘 오후만 해도
이보다 나은 곳에 있지 않았던가. 조셉 호스머 노인과
나는 숲에서 크래커와 치즈로 함께 점심을 먹었다. 우린
많은 이야기를 나누지는 않았지만 난 그의 말을 모두
알아들었고, 그 역시 내 말을 알아들었다. 그는 아주
편안하게 휴식을 취하면서 말하는 사이사이 여유롭게
크래커와 치즈를 베어 물었다. 그렇게 해서 그의 일부가
내게로 전해졌고, 나의 일부 역시 그에게로 전해졌다고
믿는다.

이런 파티는 젊은이들을 결혼으로 맺어지게 하기 위해
현대사회가 강구한 수단 중 하나일 것이다. 하지만
내가 한 번도 본 적이 없고 나를 한 번도 본 적이 없는
사람들을 만나러 가는 게 무슨 의미가 있을까? 우리가
굳이 만나야 할 필요가 있는지 의문이 들었다.

내 친구 몇몇은 가끔 엉뚱한 짓을 하곤 한다. 어떤
때는 그 도가 지나쳐, 자신들이 예쁘다고 생각하거나
예쁘다는 말을 듣는 여성들과 이야기를 해본 다음

내게 소개해주려고 애를 쓴다. 친구들이 그런 여성들을
쳐다보는 데는 어떤 이유가 있을 수 있겠지만, 그렇다고
반드시 그들과 이야기해야 하는 것은 아니다. 이런
점에서 내가 사교성이 부족한 것은 사실인 듯하다.
외모가 괜찮다는 이유만으로 젊은 여성과 30분쯤
이야기를 나눠봐도 조금도 즐겁지가 않다. 지금까지의
경험상 젊은 여성들과의 만남은 내겐 백해무익하다.
그들은 대체로 가볍고 변덕이 심해서 어떤 장소에
나올지 안 나올지도 종잡을 수 없다. 나는 모든 의미에서
안정적이고 변함없는 사람들, 평생 변하지 않을 사람들과
이야기하는 걸 더 좋아한다. 『1851. 11. 14. 일기』

70 사람들은 심성이 따뜻한 친구에 비해 내가 상당히
차가워 보인다고들 한다. 나의 온기가 꽃을 싹틔워
만개하게 하는 봄날 대지의 온기처럼 더 오래가는
빛이자, 더 고르게 지속되는 열기라는 것을 누가
알겠는가? 나는 단지 말을 듣고 싶고 말을 하고 싶은
것이 아니다. 내가 갈구하는 것은 말이 아닌 당신과 나의
관계다. 내가 가버리는 것은 당신이 내 말에 실망했기
때문이 아니다. 내가 바라는 관계가 충족되지 못하고
인정받거나 환영받지 못해서 그럴 때가 더 많다. 우리
관계가 내가 상상하던 것만큼 진실하고 명예로울 수
있다면 난 더 이상 아무것도 요구하지 않을 것이다. 이
사실을 내게 확신시키는 데 말은 필요 없다. 당신은

내 말에 실망하지만, 나를 실망시키는 것은 우리의 관계이기 때문이다. 『1851. 12. 22, 일기』

71 다른 사람들을 위해 말하지 말고 당신 자신을 위해 말하라. 『1851. 12. 25, 일기』

72 당신이 말하는 곤궁한 시절이 빵이 없는 때가 아니라 케이크가 없는 때를 가리키는 것이라면 난 당신 생각에 공감할 수 없다. 『1852. 1. 28, 일기』

73 내가 친구를 찾아가는 이유가 단지 누군가와 어울리고 싶기 때문이어서는 안 될 터다. 나는 그의 빈곤함과 나약함 그리고 나의 부와 강인함 때문이 아니라 나의 빈곤함과 나약함 때문에 친구를 찾아가는 것을 원치 않는다. 그의 우정은 그가 없이도 잘 지낼 수 있을 만큼 나를 강하게 만들 수 있어야 한다.

『1852. 2. 14, 일기』

74 소박함은 꽃뿐만 아니라 인간에게도 통용되는 자연의 법칙이다. 『1852. 2. 29, 일기』

75 자연과 친밀하게 지내다보니 사람들하고는 자연스레 멀어지게 된다. 태양과 달, 아침과 저녁에 대한 흥미가 나를 고독으로 내몬 것이다.

세상에서 가장 멋진 그림은 석양의 하늘이다. 한껏
고조된 분위기에서 만날 수 있는 누군가가 있을까? 나는
필요에 의해 고립된 것이다. 어떤 자연적 아름다움을
분명하게 지각하는 마음은 인간 사회에서 멀어지는
바로 그 순간에 생겨난다. 교제를 향한 내 바람은 무한히
커지는 반면, 실제 사회에 대한 나의 적합성은 자꾸만
줄어들고 있다. 『1852. 7. 25, 일기』

76 누군가와 오랫동안 헛된 우정을 이어가고 난 뒤 내가
했던 지혜롭고 다정한 말들보다는 어떤 차가운 몸짓이나
무심코 했던 행동이 더 생각나면서 거듭 되새기게 될
때가 있다. 때때로 오래전의 친절이 떠오르면서, 나를
보는 벗들의 생각이 너무도 순수하고 고결해서 하늘의
바람처럼 눈에 띄지 않은 채 나를 지나쳐버렸으며,
그들이 '있는 그대로'의 내가 아닌 '내가 되고자 했던
모습'으로 나를 대했던 때가 있었음을 깨닫게 된다.
잊힌 것도 아니고 기억에 남은 것도 아닌, 그런 말 없는
행동의 고귀함이 뒤늦게 와닿을 때면, 어떻게 그런 것이
차가운 내게로 오게 되었는지를 생각하며 몸을 떨곤
한다. 한참 늦어버린 뒤에야 진심으로 이 빚들을 갚고
싶어 애태우면서. 『콩코드 강과 메리맥 강에서의 일주일』

77 내가 원하는 것은 사람의 꽃과 열매다. 사람에게서
어떤 향기가 내게로 풍겨 오고, 우리의 교제에서

무르익은 풍미가 느껴지기를 바란다. 누군가의 선함은
부분적이거나 일시적인 행위여서는 안 된다. 지속적으로
흘러넘치면서도 그에게는 어떤 비용도 들지 않고, 그가
의식하지 못하는 것이어야 한다. 수많은 죄를 덮어주는
자비로움 같은 것이어야 한다. 『월든』

78 우정은 모든 사람의 경험 속에서 덧없게 느껴지며,
지나간 여름철의 마른번개처럼 기억된다. 우정은
여름날의 구름처럼 아름답고 빠르게 지나간다. 가뭄이
아무리 길게 지속돼도 대기 중에는 언제나 수증기가
남아 있으며, 4월에 내리는 소나기도 있다. 우정의
흔적은 결코 사라지지 않기에 때때로 우리 주위를
맴돌곤 한다. 수많은 물질 가운데서 자라나는 식물처럼
우정은 언제 어디서나 생겨난다. 그것이 그 법칙이기
때문이다. 우정은 해와 달처럼 오래되고 친숙한 것이긴
하지만, 그 모습이 언제나 똑같진 않으며 반드시 다시
찾아온다. 『콩코드 강과 메리맥 강에서의 일주일』

79 어떤 사람이 당신의 친구라고 말하는 것은 보통 그가
당신의 적이 아니라는 것을 의미할 뿐이다. 대부분의
사람들은 우정이 제공하는 우연적이고 사소한 혜택, 즉
어려울 때에 친구가 물질이나 영향력 또는 조언으로
자신을 돕는 식의 이득만을 생각한다. 그러나 벗과의
관계에서 이런 이득만을 내다보는 사람은 우정이

선사하는 진짜 혜택은 보지 못하거나, 이런 관계 자체에
전혀 경험이 없음을 스스로 증명해 보이는 것이다.
우정의 그러한 기여는 오래가면서 모든 것을 아우르는
우정의 혜택에 비하면 개별적이고 하찮은 것일 뿐이다.
심지어 더없는 선의와 화합과 실질적인 친절조차도
우정을 이어나가기에는 충분하지 않다. 언젠가 누가
말했듯이 우정이 오래도록 이어지기 위해서는 화음뿐만
아니라 각자가 만들어내는 선율 또한 중요하기
때문이다. 우리는 벗이 우리의 육체를 먹이고 입히기를
바라는 게 아니라—이 점에서는 이웃들도 얼마든지
친절할 수 있다—우리의 정신에 그와 같은 일을
해주기를 바라는 것이다. 『콩코드 강과 메리맥 강에서의 일주일』

80 적어도 우정은 완전히 대등한 관계여야 한다. 친구
사이에서는 의무나 이득 면에서 대등하다는 어떤 외적인
표시가 얼마간 필요하다. 귀족은 자신의 하인을 친구로
삼을 수 없고, 왕은 자신의 신하와 친구가 될 수 없다.
양 당사자가 모든 점에서 대등해야 한다는 게 아니라,
두 사람의 우정과 관련되고 우정에 영향을 미치는 모든
것에서 대등해야 한다는 뜻이다. 한쪽의 사랑은 다른
한쪽의 사랑으로 빈틈없이 균형을 이루면서 그 사랑으로
스스로를 가늠한다. 『콩코드 강과 메리맥 강에서의 일주일』

81 공자는 "자신보다 못한 사람을 벗으로 두지 말라"고

말한 바 있다. 우정이 우리를 이롭게 하고 오래
지속되는 까닭은 양 당사자의 실제 성격으로 미루어
가능해 보이는 것보다 높은 차원에서 우정이 생겨나기
때문이다. 우정의 빛줄기는 우리가 만나는 사람들을
실제보다 커 보이게 하는 곡선을 그리며 우리에게
다가온다. 그 바탕은 정중함이다. 나의 벗은 나의 가장
고귀한 생각과 어울리는 사람이다. 그는 나와 함께
있으면서 무언가를 할 때보다 내가 없을 때 더욱 고귀한
일을 할 거라고 믿는다. 그는 보다 고귀한 만남에 썼어야
할 시간을 나에게 할애하는 것이며, 나는 그런 그의
시간을 빼앗는 셈이다. 내가 친구에게서 가장 쓰라린
모욕감을 느낀 경우는, 얄팍하게 오랜 친분을 쌓았을
경우에나 용납될 예의 없는 행동을 내 앞에서 해놓고도
아무런 수치심도 느끼지 않은 채 여전히 다정한 어조로
내게 말을 걸어왔을 때다. 그대의 벗이 마침내 그대의
나약함을 너그러이 봐주는 법을 배워, 그 너그러움이
그대의 사랑의 진전을 가로막는 장애물이 되지 않게
하라. 『콩코드 강과 메리맥 강에서의 일주일』

82 우정의 언어는 말이 아니라 뜻에 있다. 우정은 언어 위에
있는 지성이다. 사람들은 친구하고는 혀가 풀릴 때까지
쉼 없이 이야기할 수 있고, 머뭇거림이나 어떤 목적 없이
자기 생각을 털어놓을 수 있을 거라고 생각하는 듯하다.
그러나 내가 겪은 바로는 우정은 대체로 그런 모습과는

거리가 멀다. 서로 오가는 정도의 지인들 사이에서는
모든 경우를 위해 준비된 말이 있기 마련이다. 그러나
그 숨결이 곧 생각이자 뜻인 벗이 어떤 하찮은 말을
함부로 입 밖에 낼 수 있겠는가? 당신이 여행을 떠나는
친구에게 작별 인사를 하러 간다고 가정해보자. 그와
악수를 하는 것 말고 어떤 외적인 표현을 할 수 있을까?
그럴 때 그를 위해 준비해둔 어떤 이야깃거리가 있는가?
그의 주머니에 찔러 넣어줄 연고라도 준비해두었는가?
그를 통해 누군가에게 전할 메시지라도 있는가? 당신도
뭐든 잊어버릴 수 있다는 듯 그에게 예전에 미처 하지
못했던 말이라도 할 생각인가? 아니, 그저 그의 손을
잡고 "안녕"이라고 말하는 것—당신이 자주 생략하는
인사인—으로 충분할 터다. 지금까지는 관습이 우위에
있다. 『콩코드 강과 메리맥 강에서의 일주일』

83 살다보면 서로 다른 사람들이 서로에게 이끌리는
경우가 종종 생기기 마련이다! 누군가 나를 철저하게
오해하고 나 역시 그를 오해할지도 모르지만 그럼에도
난 분명 그에게 이끌리고 있다. 나는 그에게 인간적으로
깊은 호감을 느끼지만 어떤 불신이 우리를 갈라놓는지는
알지 못한다. 나는 무엇보다 오로지 내 친구가 지닌
덕성의 친구일 뿐이라서 함께 있을 때면 대부분 침묵할
수밖에 없다. 그에게는 결함 또한 엄연히 존재하기
때문이다. 나는 이 제삼자로 인해 할 말을 잃게 된다.

나는 오직 가장 진실한 사람들하고만 참된 관계를 맺길
원하고, 그들이 1년에 한 번쯤은 내게 솔직히 이야기할
기회를 주길 바란다. 하지만 그들은 자기들을 보러
오라며 나를 초대해놓고는 스스로를 솔직히 드러내
보이지 않는다. 나는 그들과 일찍 헤어져 돌아오면서
우정이라는 내 이상을 소중히 간직하겠노라고 마음먹곤
한다. 『1852. 8. 24, 일기』

84 사람들이 사회적 미덕이라고 부르는 동료애란 대개는 꼭
붙어 누운 채 서로의 몸을 덥혀주는 한배의 새끼 돼지들의
미덕에 불과하다. 그것은 술집과 또 다른 곳에 사람들을
모이게 해 무리와 패거리를 이루게 한다. 하지만 그런
것은 미덕이라고 불릴 가치가 없다. 『1852. 10. 23, 일기』

85 사실 나는 신비주의자에 초월주의자이고 더불어
자연철학자다. 이제 와 생각하니 그 즉시 그들에게
내가 초월주의자라는 걸 말했어야 했다는 생각이 든다.
그랬다면 그들이 내 이야기를 이해하지 못하리라는 것을
좀더 빨리 깨닫지 않았을까. 『1853. 3. 5, 일기』

86 나는 인간만큼 척박한 들판을 본 적이 없다. 인간에게서
온갖 것을 기대하지만 아무것도 얻지 못한다. 사람들과
가까이 지내면서도 나는 진정한 교제를 고통스럽게
갈망한다. 하지만 이는 결코 충족될 수 없는 소망이다.

사랑보다 증오가 훨씬 크기 때문이다. 『1853. 4. 3, 일기』

87 세상에는 두 부류의 단순함이 있다. 하나는 어리석음에
가까운 단순함이고, 다른 하나는 지혜를 닮은
단순함이다. 철학자의 삶의 스타일은 외견상으로만
단순할 뿐 내적으로는 복잡하다. 하지만 야성적인
사람의 삶의 스타일은 외적으로나 내적으로나 모두
단순하다. 『1853. 9. 1, 일기』

88 사람들과 어떤 일을 함께하고 난 뒤 때때로 상심하면서
마치 내가 뭔가 잘못한 것처럼 느껴질 때가 있다. 그리고
그 추한 상황을 잊어버리기가 힘들다. 나는 그렇게
오래 지속된 교제가 사람을 아주 삭막하고 딱딱하며
거칠게 만든다는 것을 알게 되었다. 흔히 바위에
비유되는 딱딱하고 무감각한 사람은 사실 바위보다
훨씬 더 딱딱하다. 그래서 난 아무런 공감도 느낄 수
없는 딱딱하고 거칠고 무감각한 사람들하고 상대하느니
그들보다 마음이 따뜻한 바위와 교감하러 가곤 한다.

『1853. 11. 15, 일기』

89 나는 한 번도 외롭다고 느끼거나 적어도 고독감에
짓눌린 적이 없었다. 하지만 딱 한 번, 숲에 온 지 몇 주
정도 지났을 때 한 시간 정도, 평온하고 건강한 생활을
위해 가까운 이웃의 존재가 꼭 필요한 게 아닐까 하는

생각이 든 적이 있다. 그때는 혼자 있는 것이 불편한
어떤 것처럼 느껴졌다. 하지만 이내 내 기분이 약간
비정상적이라는 걸 깨닫고는 곧 다시 평소의 나로
돌아가리라는 것을 예감했다. 『월든』

90 사람들은 종종 내게 이렇게 말하곤 한다. "거기서 살면
무척 외롭겠군요. 사람들과 더 가까이 있고 싶다는
생각이 들지 않나요? 특히 비나 눈이 오는 날이나
밤에는 더더욱 말이죠." 그러면 나는 이렇게 반박하고
싶어진다. "우리가 사는 이 지구는 우주의 점 하나에
불과합니다. 우리가 가진 계기로는 저기 보이는 별의
표면의 넓이를 측정하지도 못하는데, 저곳에서 가장
멀리 떨어져 사는 두 사람 사이의 거리가 얼마쯤 된다고
생각하십니까? 그런데 왜 내가 외롭다고 느껴야 하죠?
우리 지구가 은하수에 속해 있다는 걸 알지 않나요?
게다가 당신이 내게 한 질문은 가장 중요한 질문이
아닌 듯합니다. 누군가를 그의 동료들에게서 갈라놓아
외롭게 만드는 공간은 어떤 종류의 공간일까요? 다리를
부지런히 놀린다고 해서 두 마음이 더 가까워지지는
않는다는 것을 이제 난 압니다." 『월든』

91 몇 주 전에 작은 망원경을 하나 샀다. 나는 돈을 주고
무언가를 사본 적이 거의 없다. 그마저도 갖고 싶다는
생각이 든 지 한참이 지나서야 사곤 한다. 그래야 그

물건을 완벽하게 사용할 수 있고, 그것의 좋은 점을
최대한 뽑아낼 수 있기 때문이다. 『1854. 4. 10. 일기』

92 내 다락방이 비좁은 관계로 한 달간 저녁마다 가족과
함께 아래층에서 지내야 했다. 나는 내 삶의 흐름을 더
깊어지게 할 필요성을 느낀다. 그러기 위해서는 무엇보다
사생활을 함양해야 할 터다. 사람들과 너무 많은 시간을
보내는 것은 인생의 낭비. C가 말한 것처럼, 사람들하고
너무 자주 어울리다보면 생각이 무뎌질 수밖에 없다. 행여
인간의 가장 좋은 부분과 맞바꿀 수 있다 해도 나는 내
달빛과 산들을 절대 포기하지 않을 것이다. 『1854. 8. 2. 일기』

93 아! 나에게 가장 필요한 것은 고독이다. 내가 석양에
이 언덕에 온 것은 지평선에 있는 산들의 모습을 보기
위해서이며, 인간보다 위대한 무언가를 바라보며
교감하기 위해서다. 산들이 멀리 떨어져 있고 세상의
때가 묻지 않았다는 사실만으로도 무한한 용기가 샘솟는
것 같다. 나는 무한한 갈망과 열망으로 더욱더 단호하고
강력하게 고독을 추구한다. 하지만 다른 한편으로는 내
일말의 나약함 때문에 사람들과의 교제 또한 끊임없이
바라게 된다. 『1854. 8. 14. 일기』

94 오늘 오후, 올겨울에 타지에서 강연을 하기 위한
강연록을 쓸 생각을 하면서, 그동안 내가 이루 말할 수

없을 만큼 커다란, 무명無名과 가난—내가 오랫동안
즐겨왔고, 아마도 지금도 여전히 즐기고 있는—의
혜택을 입어왔음을 깨달았다. 지금까지의 날들을 어떤
걱정이나 어딘가에 얽매이는 일 없이 자유롭게, 왕보다
더 당당하게 시적 여유를 부리며 살아왔던 것이다. 나는
자연에 나의 모든 것을 바쳤다. 마치 사계절을 살아내는
것 말고는, 자연이 나를 위해 간직한 자양분을 모두
빨아들이는 것 말고는 아무것도 할 게 없는 사람처럼
수많은 봄과 여름과 가을과 겨울을 살아왔다. 더욱이
최근 몇 년간은 주로 꽃들하고만 지내왔다. 꽃이 피었을
때 자세히 살피는 것 외에는 다른 어떤 부담스러운 일도
만들지 않았다.

나는 가을 내내 나뭇잎 색깔이 변하는 모습을 지켜볼
수도 있었을 터였다. 아, 그동안 난 고독과 가난을
벗 삼아 얼마나 잘 지내왔던가! 이런 혜택은 아무리
강조해도 지나치지 않다. 지금 대중이 내게 기대할지도
모를 만큼 내게 많은 것을 기대했더라면 내가 어떻게
그런 삶을 즐길 수 있었겠는가. 그런데 타지로 강연을
하러 떠난다면 잃어버린 그 겨울을 어떻게 만회할 수
있을까?

그런 삶은 내겐 휴가이자 성장과 확장의 계절이었고,
연장된 젊음이었다. 『1854. 9. 19. 일기』

95 아무도 가슴으로 호응하지 않는 열망을 느낀다면

어찌할 것인가? 나는 홀로 걷는다. 가슴이 벅차오른다.
느낌들이 내 생각의 흐름을 방해한다. 혹시나 친구를
만날까 싶어 땅을 두드려보고, 모퉁이를 돌아설 때마다
누군가를 만나기를 기대한다. 하지만 아무도 나타나지
않고, 어쩌면 아무도 내 생각을 하고 있지 않는지도
모른다. 경박한 사회에 진저리가 난다. 이런 사회에서는
침묵이 언제나 가장 자연스러운 최선의 매너다. 나는
기꺼이 깊은 물 위를 걷고자 하지만 내 친구들은 얕은
물과 물웅덩이 위를 걸으려고 할 뿐이다. 날이 가고
해가 갈수록 나는 많은 사람들 가운데서도 자연스레
침묵을 지키게 된다. 심지어 사람들이 있다는 것조차
잘 생각나지 않는다. 서로 예의바른 말을 2야드씩
늘어놓는다고 해서 함께 어울릴 수 있는 것은 아니다.
어떤 이는 내가 자기 농담을 이해하지 못한다고
불평했다. 나는 그가 이야기를 미처 끝내기도 전에
농담에 대꾸하고는 내 길을 갔다. 또 어떤 사람은 내게
자신이 키우는 사과와 배에 관해 이야기했고, 나는
말하지 않은 내 비밀을 간직한 채 그와 헤어졌다.

『1855. 6. 11. 일기』

96 그런데 나는 무엇 때문에 단순한 삶을 살고자 하는
것일까요? 다른 이들에게 삶을 단순하게 사는 법을
가르치기 위해서? 그래서 우리의 모든 삶이 대수적
공식처럼 단순해지게 하려고? 아니면 내가 미리

깨끗하게 치워놓은 땅을 활용해 좀더 가치 있고
유익하게 살기 위해 그러는 걸까요? 『1855. 9. 26, 해리슨
블레이크에게 보낸 편지』

97 나는 돈이 많은 부자는 아니지만 결코 비굴하게
가난하지는 않다. 『콩코드 강과 메리맥 강에서의 일주일』

98 올해는 세액 평가인들이 나를 자기들 사무실로 불러 내
재산 목록을 작성할 뜻을 밝혔다. 그들은 내가 부동산을
소유하고 있는지 물었다. 아니오. 단기사채나 철도
주식을 보유하고 있지는 않은지? 아니오. 과세 대상인
재산은 없는지? 내가 아는 한, 없습니다. "작은 배가 하나
있긴 합니다." 그러자 그들 중 하나가 내 배를 과세가
가능한 유람선 항목으로 분류하면 되겠다고 말했다.

『1855. 11. 30, 일기』

99 우리가 크로이소스 왕의 재물을 물려받는다고
해도 우리의 목적은 변함이 없으며, 우리의 수단도
근본적으로 똑같다는 사실을 종종 떠올리게 된다.
게다가 가난 때문에 삶의 영역에서 제약을 받는다고
하더라도, 예를 들어 책이나 신문을 살 수 없게 되더라도
우린 가장 중요하고 필수적인 경험들로 국한되는
것뿐이다. 가장 많은 당분과 탄수화물을 공급해주는
재료만을 다루도록 제한되는 것이다. 본래 뼈 가까이에

있는 살코기가 가장 맛있는 법이다. 말하자면 우린 빈둥거리며 살아갈 위험으로부터 보호를 받게 되는 셈이다. 누구라도 더 높은 차원에서 여유로운 마음으로 살아간다고 해서 더 낮은 차원에서 무언가를 잃는 법은 없다. 남아도는 부로는 불필요한 것들만을 살 수 있을 뿐이다. 우리의 영혼에 꼭 필요한 무언가를 사는 데는 돈이 필요 없다. 『월든』

100 당신의 삶이 아무리 비천하다고 할지라도 그것을 마주하며 살아나가라. 그 삶을 피하거나 원망하지 마라. 그것은 당신 자신만큼 나쁘지는 않다. 당신이 아주 부유할 때도 당신의 삶은 더없이 빈곤해 보일 수 있다. 흠을 잡고자 하는 사람은 천국에서조차도 흠을 잡을 것이다. 아무리 초라해 보일지라도 당신의 삶을 사랑하라. 구빈원에서조차도 당신은 즐겁고 신나고 멋진 시간을 보낼 수 있다. 지는 해는 부자의 저택과 마찬가지로 빈민 구호소의 창문에도 밝게 비친다. 이른 봄이면 빈민 구호소 문 앞의 눈도 똑같이 녹는다. 마음이 평온한 사람은 그런 곳에서도 얼마든지 만족스럽게, 궁전에 사는 것처럼 유쾌한 마음으로 살아갈 수 있을 터다. 『월든』

101 세상에서 부富라고 불리는 것, 즉 이전에 소유했던 더 많은 재물─상대적으로 여전히 적은 재물임에도

불구하고—에 대한 집착만큼 사람을 진정으로 가난하게
만드는 게 없다는 것을 난 경험으로 알게 되었다. 더
많은 재물을 소유할수록 필연적으로 더 비싼 생활
습관에 물들게 될 뿐만 아니라, 똑같은 생필품과
편의용품에도 예전보다 더 비싼 대가를 치르게 되기
때문이다. 그로 인해 우린 재물에 대한 독립성을
잃게 되며, 수입이 갑작스레 줄기라도 하면 자신이
가난해졌다고 생각하게 된다. 한때 우리를 부자로
만들어주었던 똑같은 재력을 소유하고 있음에도
불구하고.

지난 5년간 나는 그 이전의 5년간보다 좀더 많은
돈을 수중에 넣을 수 있었다. 얼마간의 책 판매와 몇
차례의 강연 수입이 있었기 때문이다. 하지만 그렇다고
해서 예전보다 잘 먹거나 더 나은 옷을 입지도, 더
따뜻하고 좋은 곳에서 살지도, 더 부자가 되지도
않았다. 예전보다는 생계 걱정을 덜 하게 되었다는 점을
제외하고는 말이다. 하지만 어쩌면 그 때문에 난 삶을 덜
진지하게 생각하게 되었는지도 모른다. 그리고 하나를
얻으면 하나를 잃는 것처럼 이제 내겐 실패의 가능성이
생겼음을 알고 있다. 혹시라도 대중이 더 이상 내 책이나
강연을 원치 않게 되면(강연은 이미 그렇게 되었다) 앞으로
내가 마을 사람들과 마주칠 일이 있을까? 예전에는 내가
마을을 책임지는 것 같은 기분이었다. 그러다보니 마을
사람들에 대한 독립성을 어느 정도 잃고 말았다. 그들은

내가 자유로운 삶을 산다고 이야기할 테지만. 누군가에게
가난이 뭔지 알게 하고 싶다면 그에게 1000달러를
줘보라. 그러면 그가 그다음에 얻게 될 100달러는 그가
예전에 가졌던 10달러보다 더 가치 있게 여겨지지 않을
것이다. 『1856. 1. 20, 일기』

102 사랑은 아무리 해도 해소되지 않는 갈증이다. 가장 거친
껍질 아래에는 가장 달콤한 알맹이가 숨어 있다. 친구의
마음을 제대로 읽을 수 있다면 뿔보다 두껍고 불투명한
것도 꿰뚫어볼 수 있을 터다. 친구를 이해할 수 있다면
세상의 모든 언어가 쉽게 느껴질 것이다. 적들은 스스로의
존재를 드러내며 전쟁을 선포한다. 하지만 친구는 자신의
사랑을 세상에 드러내는 법이 없다. 『1856. 3. 28, 일기』

103 사랑은 바람이며 조수潮水, 물결 그리고 햇빛이다.
사랑은 강력한 마력馬力처럼 측정할 수 없는 힘을 지니고
있다. 사랑은 결코 멈추지도 느려지지도 않는다. 사랑은
쉼 없이 세상을 움직이게 하고, 불 없이 덥혀주며,
고기가 없이도 영양분을 공급해준다. 또한 옷이 없이도
입혀주며, 지붕이 없이도 비바람을 피하게 해준다.
사랑은 이 세상을 천국이 되게 한다. 그런 세상에서는
사랑이 없는 천국은 필요 없다. 『되찾아야 할 낙원』

104 우정에 포함된 유일한 위험은 우정은 언젠가는 끝난다는

것이다. 우정은 자생종임에도 불구하고 매우 민감한
식물이라서 스스로도 잘 인식하지 못하는 아주 하찮은
것에도 쉽게 상처를 입곤 한다. 우리가 친구에게
끌리는 것은 그에게서 우리 자신이 지닌 결함과 똑같은
결함을 알아보기 때문이다. 무언가를 의심하게 되면
반드시 그것을 발견하게 된다는 것만큼 변하지 않는
법칙도 없다. 우리는 스스로의 편협함과 편견으로
이렇게 말하곤 한다. "친구여, 난 너에 대해 이런 것들을
이렇게 많이 알고 있다. 그러니 더 이상은 아무것도
바라지 않는다." 아마도 오래도록 변치 않는 진실한
우정을 위해서는 이보다 자애롭고 사심 없으며, 이보다
지혜롭고 고귀하며 고결한 태도는 없을지도 모른다.
때때로 친구들에게서 내가 그들의 좋은 점을 인정해주지
않는다는 은근한 불평을 듣곤 한다. 실제로 내가
그런지 아닌지는 그들에게 말하지 않으련다. 그들은
마치 자신들이 좋은 말이나 행동을 할 때마다 내가
감사 표시를 하길 바라는 것 같다. 하지만 그런 것들은
눈에 띄지 않게 이미 그 값어치가 매겨져 있다. 어쩌면
침묵이 말보다 더 고귀한 것일지도 모른다. 세상에는
사람이 결코 말해서는 안 되는 것들이 있고, 그런 것들에
대해서는 침묵을 지키는 편이 훨씬 고귀한 일이기
때문이다. 그처럼 더없이 귀한 전언傳言들에는 오직
가만히 귀를 기울이는 것으로 답할 수 있을 뿐이다. 가장
바람직한 관계는 단지 침묵을 지키는 사이가 아니라

결코 겉으로 드러나지 않는 긍정적인 깊은 침묵 속에
묻혀 있는 사이다. 심지어 우린 서로를 전혀 알지 못할
수도 있다. 사람들과의 교류에서 비극은 서로의 말을
오해할 때가 아니라 서로의 침묵을 이해하지 못할 때
시작된다. 거기에는 어떤 설명도 있을 수 없다. 나를
이해하지 못하는 사람이 나를 사랑하는 게 무슨 의미가
있겠는가? 그런 사랑은 저주나 다름없다. 『콩코드 강과 메리맥
강에서의 일주일』

105 나는 내 벗이 내게 나의 천성과 어울리는 동등한 요구를
할 수 있는 사람이길 바란다. 그런 친구는 언제나
올바르게 너그러울 터다. 이보다 못한 누구하고라도
어울리는 것은 자살행위나 다름없으며 좋은 태도들을
망치게 된다. 나는 나의 성취보다 나의 열망을 더
사랑하고 칭찬해주는 사람들을 더 소중히 생각하고
믿는다. 멈춰 서서 나를 바라보는 대신 내가 어디를
바라보는지를 보고, 그보다 멀리까지 볼 수 있다면,
그 벗은 나의 배움에 없어서는 안 될 존재가 될
것이다. 『콩코드 강과 메리맥 강에서의 일주일』

106 나는 혼자 있을 때 가장 충만한 삶을 산다. 일주일에 단
하루라도 누군가—내가 이름을 댈 수 있는 한두 사람을
제외하고는—와 함께 시간을 보내게 되면, 그 일주일의
가치에 심각한 타격을 입게 된다. 그 때문에 나의 날들이

허비될 뿐만 아니라, 종종 그 손실을 만회하는 데 또
다른 한 주가 걸리기도 하는 것이다. 『1856. 12. 28. 일기』

107 찾아오는 사람들로 말하자면, 사람이 어디에서 살든
방문객이 없는 적은 거의 없을 것이다. 나는 내 인생의
그 어떤 시기보다 숲에서 살 때 방문객이 더 많았다.
그러니까 방문객이 조금 있었다는 말이다. 이곳에서
나는 다른 어느 곳에서 살 때보다 유리한 환경에서
사람들을 만났다. 그러나 사소한 일로 나를 보러 오는
사람은 훨씬 줄어들었다. 이 점에 있어서는, 단지 내
집이 마을에서 떨어져 있다는 이유만으로 나를 찾아오는
사람이 걸러졌다고 할 수 있겠다. 나는 고독이라는
대양 속으로 멀찌감치 물러나 있었고, 그 바닷속으로
무의미한 사교라는 강들이 흘러들었다. 그리고 나의
필요와 관련해서 대개는 가장 좋은 침전물이 내
주위에 쌓였다. 게다가 바다 저편에는 아직 탐사되거나
개척되지 않은 대륙들이 존재한다는 증거들이 내게로
떠내려오곤 했다. 『월든』

108 나는 내 인생의 어떤 것도 돈하고 바꿀 생각이
없습니다. 『1856. 12. 31. 해리슨 블레이크에게 보낸 편지』

109 내가 만나는 사람은 종종 그가 깨뜨리는 침묵만큼
유익하지 않다. 『1857. 1. 7. 일기』

110 나는 이른바 나의 가난을 거듭 자축했다. 어제는 내 책상에서 그동안 있는지도 몰랐던 30달러를 발견하고는 하마터면 실망할 뻔했다. 이젠 그 돈을 잃어버리면 유감스럽게 생각하겠지만. 『1857. 2. 8. 일기』

111 한 명의 친구를 기쁘게 해주지 못하는 사람은 인생에서 성공했다고 할 수 없다. 『1857. 2. 19. 일기』

112 내게 고독은 꽃만큼이나 달콤했다. 나는 끝없는 평원에 앉아 고독을 즐겼고, 그것을 깊이 들이마셨다. 내게 고독은 케이프코드에 흔하디흔한 월귤 나무보다 훨씬 가치 있는 약이었고, 난 그것을 오랫동안 그리워했다. 『1857. 6. 21. 일기』

113 조용히 비가 내리는 가운데 이런저런 생각들에 잠겨 있던 중에 갑자기 대자연 속에서, 후드득 떨어지는 빗방울 속에서 그리고 내 집 주위의 모든 소리와 경치 가운데서, 더없이 감미롭고 유익한 교류와 더불어 나를 지탱해주는 공기와도 같은 무한하고 형언할 수 없는 친근함을 느꼈다. 나는 사람들과 가까이 있음으로써 얻을 수 있는 가상의 이점들이 대단치 않은 것임을 깨달았고, 그 후로는 두 번 다시 그런 것들을 생각지 않았다. 작은 솔잎 하나하나가 공감으로 늘어나고 부풀어 올라 나의 친구가 되어주었다. 우리가 거칠고

황량하다고 하는 풍경 속에조차도 나와 마음이 통하는
어떤 것이 존재하며, 나에게 혈연적으로 가장 가깝거나
가장 인간적인 것이 반드시 인간이거나 마을 사람이
아닐 수도 있음을 분명히 깨달았다. 그와 더불어
앞으로는 어떤 장소도 내게 낯설게 느껴지는 일은 결코
없을 거라는 생각이 들었다. 『월든』

114 내 집 벽은 한쪽 구석이 납으로 되어 있는데, 그
성분에는 종을 만드는 합금이 조금 섞여 있다. 낮에
휴식을 취할 때면 종종 그 벽을 통해 바깥세상에서 작은
종소리 같은 시끄러운 소리가 내 귀에 들려온다. 나와
같은 시대를 사는 사람들이 내는 소음이다. 내 이웃들은
이름난 신사숙녀들과 어떤 일이 있었는지, 저녁
만찬에서 어떤 명사名士들을 만났는지를 내게 들려준다.
하지만 난 〈데일리 타임스〉의 내용만큼이나 그런 데
아무 관심도 없다. 그들이 흥미롭게 대화하는 내용은
주로 옷차림과 매너에 관한 것이다. 그러나 아무리 잘
꾸민다고 해도 거위는 여전히 거위일 뿐이다. 『월든』

115 가구로 말하자면, 일부는 내가 만들었고 나머지는
한 푼도 들지 않아 계산에 넣지 않았다. 내가 가진
가구라고는 침대 하나, 탁자 하나, 책상 하나, 의자 세
개, 직경 3인치짜리 거울 하나, 부젓가락과 장작 받침쇠
각각 한 벌씩, 솥 하나, 냄비 하나, 프라이팬 하나, 국자

하나, 대야 하나, 나이프와 포크 두 벌, 접시 세 개, 컵
하나, 스푼 하나, 기름 단지와 당밀 단지 하나씩, 그리고
옻칠한 램프 하나가 다였다. 호박을 의자로 써야 할
만큼 가난한 사람은 없다. 만약 있다면 그건 주변머리가
없어서다. 마을의 다락방들에는 가서 가져오기만 하면
되는 쓸 만한 의자들이 얼마든지 있다. 가구라고!
다행히도 난 가구점의 도움 없이도 앉거나 설 수
있다. 『월든』

116 생각건대 우리가 이사를 가는 이유는 이런 가구, 이런
허물을 벗어버리기 위해서가 아닐까? 그러다 마침내
이 세상에서 새롭게 가구가 갖춰진 또 다른 세상으로
옮겨갈 때, 이 세상의 것은 모두 불타 없어지는 게
아닐까? 그렇지 않으면 이 모든 덫을 허리춤에 매달고
질질 끌면서 우리가 가야만 하는 거친 황야를 걸어가야
할 것이다.
덫에 자신의 꼬리를 남겨놓고 달아난 여우는 운이
좋은 놈이다. 사향쥐는 자유의 몸이 되기 위해 자신의
세 번째 다리를 물어 끊는다고 한다. 인간이 탄력성을
잃어버린 것은 놀라운 일이 아니다. 우린 얼마나 자주
궁지에 빠지곤 하는가! "선생, 외람된 말이지만 궁지에
빠진다는 게 대체 무슨 의미요?" 당신이 제대로 볼 줄
아는 사람이라면, 누군가를 만날 때마다 그의 이면에서,
그가 가진 모든 것과 자기 것이 아닌 척하는 많은 것들,

그리고 심지어 그의 부엌 가구와 차곡차곡 쌓아두고
태워버리지 못하는 온갖 잡동사니까지도 알아볼 수
있을 터다. 그는 이런 것들에 얽매인 채 힘겹게 앞으로
나아가고 있는 건지도 모른다. 그는 옹이구멍이나
출입문을 빠져나갔지만 그의 가구를 실은 썰매는
뒤따라 빠져나오지 못할 때, 난 그가 '궁지에 빠졌다'고
생각한다. 『월든』

117 참, 커튼 값으로는 한 푼도 들지 않았다는 걸
말해야겠다. 해와 달 말고는 집 안을 들여다볼 사람도
없을뿐더러 해와 달이 그러는 건 반길 일이기 때문이다.
달빛이 우유나 고기를 쉬거나 상하게 할 일도 없고,
햇빛이 가구를 뒤틀리게 하거나 카펫의 색을 바래게
할 일도 없다. 때때로 지나치게 뜨거운 햇빛이 친구를
비출 때면, 자연이 제공해준 나무 그늘로 피하는 게 훨씬
경제적이다. 그 편이 가계부에 지출 항목을 하나 더
늘리는 것보다 낫다. 『월든』

118 어떤 부인이 내게 신발 닦는 깔개를 주겠다고 했지만
나는 거절하고 받지 않았다. 집 안에 그것을 둘 자리도
없고 집 안이나 집 밖에서 그것을 털 시간도 없을뿐더러,
문 앞의 잔디에 신발을 문지르는 편이 낫기 때문이다.
화근은 애초부터 피하는 게 상책이다. 『월든』

119 내 책상 위에는 석회석 세 조각이 놓여 있었다. 그런데 매일 쌓인 먼지를 털어주어야 한다는 것을 알고는 기겁을 했다. 아직 내 마음속 가구의 먼지도 다 털어내지 못했다는 생각이 들자 갑자기 그것들이 싫어져 창밖으로 던져버렸다. 『월든』

120 내가 지금보다 젊었을 때는, 여름날 아침이면 호수 한가운데로 배를 저어가 배 안에 길게 누운 채 산들바람이 부는 대로 물 위를 떠다니곤 했다. 그렇게 몇 시간이고 깨어 있는 채로 꿈을 꾸다가는 배가 호수 기슭에 닿은 뒤에야 몽상에서 깨어났다. 그리고 내 운명의 여신들이 나를 어느 기슭으로 밀어 보냈는지 보기 위해 몸을 일으켰다. 빈둥거리는 것이 가장 매력적이고 생산적인 일이었던 시절이었다. 하루 중 가장 귀한 시간을 그런 식으로 보내기 위해 오전 나절에 몰래 빠져나오곤 했던 날들이 얼마나 많았던가. 그 당시 나는 부자였다. 돈은 없었지만 햇살이 눈부신 시간과 여름날들이 풍족했고, 난 그것들을 아낌없이 누렸다. 그 시간의 대부분을 작업장이나 교단에서 보내지 않은 것을 난 결코 후회하지 않는다. 『월든』

121 사람들과의 사교는 대체로 하찮다. 우린 너무 자주 만나다보니 서로를 위한 새로운 가치를 획득할 시간이 없다. 우린 하루에 세 번씩 식사 때마다 만나고, 우리

자신이라는 곰팡내 나는 오래된 치즈의 새로운 맛을
상대에게 제공한다. 그리고 마침내 이 잦은 만남을
견딜 수 없어 공공연한 싸움을 벌이는 일이 없도록
예의범절이라는 일련의 규칙을 만드는 데 합의해야
했다. 『월든』

122 우리는 우체국에서 만나고, 친목회에서도 만나며,
매일 밤 난롯가에서도 만난다. 우린 너무 얽혀 살고
있다보니 서로의 길을 가로막기도 하고 서로에게 걸려
넘어지기도 한다. 그리하여 서로 간에 존중심을 잃게
된다. 분명 좀더 뜸하게 만나더라도 충분히 중요하고도
진심 어린 의사소통을 할 수 있을 텐데 말이다. 여공들을
생각해보라. 그들은 꿈속에서조차 절대 혼자 있는 법이
없다. 내가 사는 곳처럼 1제곱마일당 한 사람만 살 수
있다면 얼마나 좋을까. 사람의 가치는 피부에 있는 것이
아니므로 반드시 누군가와 접촉할 필요는 없다. 『월든』

123 사람들은 내가 은둔 생활을 함으로써 삶을 삭막해지게
한다고 생각한다. 그러나 나는 내가 누리는 고독 속에서
스스로를 위한 비단 거미줄을 짜거나 번데기를 키우고
있다. 그리하여 머지않아 마치 애벌레처럼 보다 높은
사회에 적합한 더 완벽한 존재로 활짝 피어나게 될
것이다. 『1857. 2. 8, 일기』

124 사람들은 내게 사교에 대해 말할 때마다, 나는 아무 사교 생활도 하지 않고 자신들은 사교적인 삶을 사는 것처럼 이야기한다. 마치 친목회에 나가거나 보스턴에 가야지만 그런 삶을 살 수 있다는 듯이. 『1857. 3. 27. 일기』

125 나는 잠을 필요로 하는 갓난아기처럼 고독에 대한 엄청난 욕구를 느낍니다. 만약 올해에 충분한 고독을 확보할 수 없다면 내년에도 내내 큰 소리로 고독을 요구할 것입니다. 『1857. 9. 9. 대니얼 리케슨에게 보낸 편지』

126 최근에 난 '고독'이라고 불리는 영예로운 사회로 다시 돌아왔습니다. 『1859. 1. 1. 해리슨 블레이크에게 보낸 편지』

127 의사들은 하나같이 내가 교제의 부족으로 고통받고 있다고 말합니다. 하지만 그건 사실이 아닙니다. 무엇보다 나는 고통스럽다는 생각을 해본 적이 없습니다. 그리고 어떤 아일랜드인의 말처럼, 내 문제는 교제가 부족해서가 아니라 교제라는 것을 소화하지 못하는 데서 비롯된 것이라고 생각합니다. 『1859. 1. 1. 해리슨 블레이크에게 보낸 편지』

128 우리에게 그럴 의향이 아무리 다분하다고 해도 다른 사람에게 공감하는 것은 결코 쉬운 일이 아닙니다. 『1859. 1. 1. 해리슨 블레이크에게 보낸 편지』

129 필요하다면 내게 얼마간의 돈을 달라고 하시오. 하지만 내 오후 시간을 내달라고 요구하지는 마시오. 『1859. 9. 16, 일기』

130 언젠가 올컷에이모스 브론슨 올컷(1799~1888). 『작은 아씨들』을 쓴 루이자 메이 올컷의 아버지로 에머슨, 소로 등과 함께 초월주의자로 활동했으며, 매사추세츠주 하버드에 프루틀랜즈라는 이상주의적 공동체를 건설하고 협동생활을 제창한 바 있다이 천국에 대한 자신의 정의를 들려준 적이 있다. "소박한 대화를 나눌 수 있는 곳이 곧 천국이 아니겠소." 『1860. 1. 17, 일기』

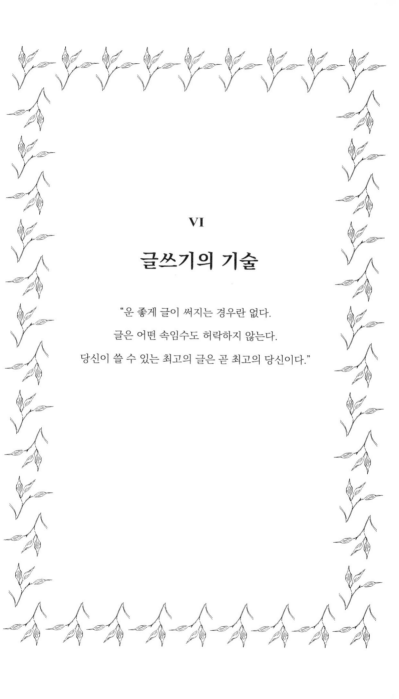

VI

글쓰기의 기술

"운 좋게 글이 써지는 경우란 없다.

글은 어떤 속임수도 허락하지 않는다.

당신이 쓸 수 있는 최고의 글은 곧 최고의 당신이다."

글쓰기의 기술

1 "요즘은 무슨 일을 하나요?" 그가 랠프 월도 에머슨을 가리킨다
물었다. "일기는 쓰고 있나요?" 그래서 난 오늘 처음으로
일기를 쓴다. 『1837. 10. 22, 일기』

2 문명의 마지막 단계에서는 시와 종교와 철학이 하나가
될 것이다. 『1837. 12. 17, 일기』

3 자신의 생각을 냉정하게 분석하려고 애쓰지 말고,
그때그때 떠오르는 생각들을 따라 펜을 놀리면서 그
생각들을 정확하게 표현하도록 해야 한다. 충동이란
결국 가장 훌륭한 언어학자인 셈이며, 그 논리에
있어서도 비록 아리스토텔레스의 그것과는 다를지라도
가장 설득력이 있을 수밖에 없다. 자신의 생각을
완전하고도 단순하게 표현할수록 더 좋은 글이 나올 수
있다. 우리는 수동적인 상태에 있거나 무심결에 행동할
때에만 자신을 제대로 바라볼 수 있기 때문이다. 그
반대로 애서 노력할 때에는, 특히 어쩌다 한 번씩 애를
쓸 때는 그러기가 더 힘들다. 『1838. 3. 7, 일기』

4 우린 시적 열광에 사로잡히면 달려가 펜을 마구
휘갈기면서 수탉처럼 자신이 일으킨 먼지에 기뻐하지만,
정작 보석이 어디 묻혀 있는지는 알지 못한다. 어쩌면
그러는 새에 멀리 던져버렸거나 다시 파묻어버렸을지도
모를 일이다. 『1839. 2. 8, 일기』

5 시인은 자연적인 것을 넘어서는 어떤 것이어야 한다.
심지어 초자연적이기까지 해야 한다. 자연은 그를
통해서가 아니라 그와 더불어 이야기한다. 시인의
목소리는 자연에서 비롯되는 게 아니라 자연으로 인해
숨 쉬면서 자연을 자기 생각의 표현 수단으로 삼는다.
자연에서 하나의 사실을 취해 정신으로 변화시킬 때
시인은 자연을 시화詩化하는 것이다. 시인은 시간이나
장소에 구애받지 않고 이야기한다. 그의 생각은 하나의
세계이며, 자연의 생각은 또 다른 세계다. 시인은 또
다른 자연이며 자연의 형제다. 그들은 서로를 위해
친절을 베푼다. 그리고 각자 서로의 진실을 세상에
알린다. 『1839. 3. 3, 일기』

6 나는 내 일기에 적는 일들에 그 당시에는 별로 관심을
가지지 않았던 사실을 떠올리면서 깜짝 놀라곤
한다. 『1840. 6. 18, 일기』

7 진정한 예술가는 자신의 삶을 재료로 삼는다. 그가 끌로
깎고 다듬는 것은 대리석이 아닌 자신의 살과 뼈다.
『1840. 6. 23, 일기』

8 파도가 해변에 모래와 조개껍데기를 남기듯 일상의
조수潮水가 이 페이지들에 침전물을 쌓게 하라. 그리하여
나의 단단한 땅이 늘어나기를. 이 일기장은 영혼의 물살이

넘나드는 달력이다. 해변에서처럼 파도가 이 종이들
위에 진주와 해초를 토해낼 수 있기를. 『1840. 7. 6. 일기』

9 언어는 세상에서 가장 완벽한 예술품이다. 끝이 1000년
넘게 그것을 다듬고 있기 때문이다. 『1840. 7. 27. 일기』

10 인쇄되고 제본된 것이라고 해서 모두가 책은 아니다.
책이라고 해서 반드시 문학작품도 아니며, 문화생활의
또 다른 사치품 및 부속물과 똑같이 취급되는 경우가 더
많다. 『콩코드 강과 메리맥 강에서의 일주일』

11 책을 잘 읽는다는 것, 즉 참된 정신으로 참된 책을
읽는다는 것은 하나의 고귀한 '운동'이며, 오늘날의
풍조가 높이 치는 어떤 운동보다 독자에게 더 많은
노력을 요한다. 독서에는 운동선수들이 받는 것 같은
훈련과 더불어 거의 평생에 걸친 꾸준한 마음가짐이
요구된다. 책은 그것이 쓰였을 때처럼 의도적이고
신중하게 읽혀야 한다. 『월든』

12 대부분의 책에서 일인칭 대명사인 '나'는 생략되지만
이 책에서는 그대로 유지될 것이다. 자기중심주의라는
측면에서 이 책은 다른 책들과는 현저히 다르다. 우린
말하는 사람이 결국엔 언제나 일인칭이라는 사실을 쉽게
잊어버린다. 나로 말하자면, 다른 누군가를 나 자신만큼

잘 알았다면 내 이야기를 이렇게 많이 하지는 않았을
것이다. 유감스럽게도 나는 경험이 부족한 탓에 나
자신이라는 주제로 한정되게 되었다.
한마디 덧붙이자면, 뛰어나거나 미숙한 모든 작가에게
다른 사람들의 삶에서 주워들은 것을 이야기하는 데
그치지 말고 자신의 삶을 단순하고도 진실하게 들려줄
것을 부탁하고 싶다. 먼 타지에서 자신의 친지에게
보냄직한 편지에서처럼. 그가 진실하게 살았다면 그것은
먼 타지에서나 가능했을 테니 말이다. 『월든』

13 선한 행동 못지않게 좋은 글도 양심을 따라야 한다.
글에는 어떤 의도나 일시적 기분이 섞여 있어서는 안
된다. 귀를 기울이면 우린 양심의 소리를 들을 수 있다.
경건하게 내면의 목소리에 귀 기울인다면 우린 인류가
정점에 도달하는 순간에 우리 자신을 다시 복구할 수
있을지도 모른다. 『1841. 1. 26. 일기』

14 기이하면서 설명할 수 없는 모든 일들 중에서 가장
이상한 것은 이처럼 일기를 쓰는 일이다. 일기를 쓰는
일에 관해서는 아무것도 단정 지을 수가 없다. 그것의
좋은 점이 좋은 것이 아닐 수도, 나쁜 점이 나쁜 것이
아닐 수도 있기 때문이다. 내가 아무리 나의 가장
내밀하고도 풍요로운 물품들을 빛으로 밝히고자 엄청난
노력을 한다고 해도 막상 나의 계산대는 더없이 하찮고

수수한 것들로 어지러워 보일지도 모른다. 그러나
몇 달 혹은 몇 년이 지나 난 그 혼란스러운 무더기
속에서 인도의 보물이나 중국에서 육로로 전해져 온
진귀한 유물을 발견하게 될 수도 있다. 그리고 마른
사과나 호박을 꿰어놓은 듯 보였던 것이 훗날 브라질의
다이아몬드나 코로만델 해안의 진주를 엮어놓은 것으로
밝혀질지도 모른다. 『1841. 1. 29. 일기』

15 나의 일기는 내가 들판에서 수확하는 이삭들이다. 내가
거두어들이지 않았더라면 여기저기 흩어져 낭비되고
말았을 것이다. 그러나 일기를 쓰는 것이 내 삶의
이유가 되어서는 안 될 터다. 내가 일기를 쓰는 것은
신들에게 보여주기 위해서다. 나는 우편요금을 선불로
지급한 이 편지를 매일 신들에게 보낸다. 나는 신들의
회계사다. 밤마다 그날그날의 계산을 영업일지에서
원장元帳으로 옮겨 적는다. 일기는 내 머리 위에 매달린
길가의 나뭇잎과도 같다. 나는 잔가지를 구부려 나뭇잎
위에 내 기도를 적은 뒤 가지를 손에서 놓아준다.
가지는 다시 제자리로 돌아가 휘갈겨 쓴 편지를 하늘에
보여준다. 마치 내 일기가 책상 속에 보관돼 있지 않고
자연의 나뭇잎들처럼 만인에게 공개돼 있음을 보여주는
것처럼. 일기는 강가에서는 파피루스고, 초원에서는
송아지 피지이며, 언덕에서는 양피지다. 나는 가을에
시골길을 따라 무리지어 있는 나뭇잎들처럼 어디서나

손쉽게 그것을 발견할 수 있다. 까마귀와 거위와
독수리가 내게 깃펜을 물어다주고, 바람은 내가 가는
곳까지 나뭇잎들을 날려 보낸다. 그러다 상상력이
솟구치지 않고 진흙과 진창 속을 더듬게 되면 난 갈대로
일기를 쓴다. 일기는 언제나 우연히 휘갈겨 쓰는 글이며,
지진이나 일식처럼 중대한 사건들을 기념하기도 한다.
일기는 저기 화병 속의 시든 나뭇잎들처럼 여기저기서
주워 모은 것이다. 고지대와 저지대, 숲속과 들판을 뒤져
찾아낸 것이다. 『1841. 2. 8. 일기』

16 진정으로 좋은 책은 어떤 편애를 야기하는 법이 없다.
그런 책은 너무나 진실해서 단순히 읽는 것 이상의
것을 내게 가르쳐준다. 난 이내 책을 내려놓고 그것의
암시에 따라 살기 시작한다. 이런 책이 앞으로 더는
쓰일 수 없을 거라는 생각이 드는 까닭은 그것이
천재성의 마지막 발로이기 때문이다. 그저 그런 책을
읽을 때는 마지막 페이지까지 읽는 것이 내가 할 수
있는 최선이겠지만, 영감을 주는 책은 좀처럼 내게
그런 여유를 허락하지 않는다. 읽는 동안 책이 내게서
벗어나버리기 때문이다. 그런 책은 숙독하기보다는 그
가르침을 실행에 옮겨야 할 것 같은 분위기를 만든다.
또한 일말의 아쉬움도 없이 책을 내려놓을 수 있게 하는
부富를 내게 선사해준다. 읽기로 시작한 것은 행동으로
끝맺어야 하는 법이다. 나는 훌륭한 설교가 끝난 뒤

박수를 치기 위해 마지막까지 기다릴 여유가 없다. 그 전에 이미 테르모필레^{기원전 480년 그리스 중부의 테르모필레 지역에서 벌어졌던 페르시아군과 그리스 연합군 사이의 전쟁. 테르모필레 전투를 빗댄} 말를 향해 가고 있을 것이기 때문이다.『1841. 2. 19. 일기』

17 우리가 때때로 터져 나오는 연설가의 웅변에 아무리 감탄을 쏟아낸다 할지라도 글로 쓰인 고귀한 말들은 순간적인 구어보다 대체로 훨씬 차원이 높다. 별들을 거느리는 창공이 구름보다 훨씬 위에 있는 것처럼. 별들이 있다면 그 별들을 읽을 수 있는 사람들도 있다. 천문학자들은 끊임없이 별들을 설명하고 관찰한다. 글로 쓰인 고귀한 말들은 우리의 일상적인 말이나 숨결처럼 순간적으로 발산된 것이 아니다. 강연장에서의 능변도 서재에서 보면 미사여구에 지나지 않는 경우가 많다. 연설가는 일시적인 기회의 감흥에 자신을 내맡긴 채 자기 앞에 있는 군중, 자신의 말을 '들을 수' 있는 사람들에게 이야기한다. 그러나 좀더 차분한 생활이 글쓰기의 원동력이 되는 작가는 연설가에게 영감을 주는 사건과 군중 앞에서 정신이 산만해질 수 있다. 작가는 인류의 지성과 건전한 정신을 향해, 모든 세대에 걸쳐 자신을 '이해할 수' 있는 사람들에게 이야기한다.『월든』

18 알렉산드로스 대왕이 원정을 떠날 때 귀중품 보관 상자에 『일리아드』를 넣어 갖고 다닌 것은 조금도

놀라운 일이 아니다. 글로 쓰인 말은 역사적 유물
중에서도 가장 귀한 것이다. 기록된 말은 다른 어떤
예술품보다 우리에게 친밀하게 느껴지는 동시에 더욱더
강력한 보편성을 지니고 있다. 삶의 본질에 가장 가까운
예술품이기 때문이다. 글로 쓰인 말은 모든 언어로
옮겨질 수 있으며, 단지 읽히는 데 그치지 않고 실제로
모든 인간의 입술에서 살아 숨 쉬고 있다. 또한 캔버스
위에서나 대리석으로 표현될 수 있을 뿐만 아니라 삶
자체의 숨결로도 조각될 수 있다. 『월든』

19 책은 이 세상의 귀중한 재산이자 모든 세대와 모든
민족의 건전한 유산이다. 모든 오두막집의 선반에는
아주 오래되고 훌륭한 책들이 자연스럽고 당당하게
자리를 차지하고 있다. 책은 스스로의 대의를 내세우는
법이 없다. 그러나 책이 독자를 일깨우고 정신의
자양분을 공급하는 한, 양식이 있는 독자가 책을
거부하는 일은 없을 것이다. 그런 책들의 저자들은
어느 사회에서나 매력적인 타고난 엘리트층을
형성하며, 왕이나 황제보다 인류에게 훨씬 큰 영향력을
미친다. 『월든』

20 글을 쓰다보면 내 생각의 색조를 놓칠 때가 있다. 마치
그 빛깔에 상관없이 아침 이슬과 밤이슬을 즐기거나
하늘색이 없이도 하늘을 좋아할 수 있을 것처럼. 『1841. 2. 26.

21 운 좋게 글이 써지는 경우란 없다. 글은 어떤 속임수도 허락하지 않는다. 당신이 쓸 수 있는 최고의 글은 곧 최고의 당신이다. 모든 문장은 오랜 수습 기간의 결과다. 책의 속표지부터 마지막 장까지 작가의 개성이 읽힌다. 이에 관해서는 작가도 교정쇄를 수정할 수 없다. 우리가 읽는 책은 그 수식들에 상관없이 작가의 근본적 특징이 담긴 필적인 셈이다. 이 점에 있어서는 우리의 다른 행위들도 마찬가지다. 우리 인생은 각각의 행위들로 이루어진 하나의 괘선처럼 곧게 뻗어 있다. 인생에서 얼마나 많은 도약을 했는지는 중요하지 않다. 우리의 모든 삶은 지극히 사소한 일들을 얼마나 잘해냈느냐에 따라 평가된다. 인생은 그런 일들의 최종 결산인 셈이다. 이제 우리를 지켜보는 눈도, 우리를 흥분시킬 일도 없는 그저 그런 날들 속에서 어떻게 먹고 마시고 잠자면서, 두서없는 시간들을 어떻게 사용하는가에 따라 앞으로 우리에게 어떤 권위와 능력이 주어질지가 결정될 것이다. 『1841. 2. 28. 일기』

22 무척 보기 드물면서 별로 값어치는 없어 보이는 수수한 진리와 자연스러움이 깃든 책들이 있다. 그 속에는 고결한 감정이나 세련된 표현 대신 꾸밈없는 시골풍의 이야기가 담겨 있다. 농부가 말하듯 글을

쓰는 학자는 드물다. 수수함은 책에서도 커다란 장점으로, 아름다움과 높은 경지의 예술에 버금가는 것이다. 단지 이런 장점만을 지닌 책도 있으며, 책 속의 수수한 표현들이 책의 부족함을 보완해준다. 소박함은 전원적이지만, 가식적인 것은 도시적이다. 학자 자신에게 아무리 친숙한 경험이라 할지라도 그것을 품격 있게 표현해내기란 쉽지 않다. 따라서 그가 설사 시골에 산다 할지라도, 그의 책에서는 시골과 그곳에서의 단순한 삶에 대한 그럴듯한 묘사를 찾아보기 힘들다. 얼마간이라도 자연을 진실하게 이야기할 수 있는 사람도 얼마 없다. 사람들은 자연에 대해 어떤 선호도 드러내지 않고, 호의적으로 이야기하지도 않는다. 대부분은 말하기보다는 소리치는 것에 더 능하다. 그들은 누군가가 말을 걸 때보다 꼬집을 때 더 자연스러운 소리를 낸다. 우리의 흥미를 끄는 것은 '자연다움'이지 그저 좋기만 한 자연이 아니다. 나는 언변이 뛰어난 자연 애호가의 열정보다는, 도끼를 다룰 때처럼 무심하게 자신의 숲에 대해 이야기하는 나무꾼의 무뚝뚝함을 더 좋아한다. 강가의 프림로즈는 꽃다발이나 식물표본과 같은 자연 애호가의 희생물이 되어 황금 별빛이 아닌 그의 상상력의 빛으로 희미하게 깜빡이기보다는 노란 프림로즈 그 자체로 있는 편이 훨씬 낫다. 『1841. 3. 13, 일기』

23 작가는 대개 어떤 주제에 관해 앞서 썼던 사람들만을

참고한다. 따라서 그의 책은 수많은 이들의 조언에
불과하다. 그러나 진정한 책이란 결코 선수를
빼앗겨서는 안 되며, 주제 자체가 새로워야 한다. 우리는
자연의 충고에 귀 기울임으로써 앞서간 이들뿐만 아니라
앞으로 올 이들의 조언도 들을 수 있다. 아무리 화창한
날이라도 언제나 더 많은 빛을 위한 자리가 있고 더 많은
햇살이 이전의 빛과 충돌하지 않는 것처럼, 어떤 주제에
관해서든 진정한 책이 쓰일 여지와 기회는 언제나 있는
법이다. 『1841. 3. 13, 일기』

24 세상에는 두 부류의 저술가들이 있다. 하나는 자기
시대의 역사를 쓰고, 다른 하나는 자신의 전기를
쓴다. 『1841. 4. 22, 일기』

25 나의 펜은 지렛대다. 지렛대의 가까운 끝이 내 안을 더
세게 휘저을수록 지렛대의 더 먼 끝은 독자의 마음속 더
깊은 곳에 가닿는다. 『1841. 8. 4, 일기』

26 무릎이 튼튼하지 않으면 글을 쓰려고 애써봤자
헛수고다. 『1841. 8. 9, 일기』

27 언젠가는 '콩코드'라는 제목으로 시 한 편을 쓸 수 있지
않을까. 강, 숲, 호수, 언덕, 들판, 늪과 초원, 거리와
건물, 마을 사람 등을 시의 주제로 삼을 수 있을 것이다.

또한 아침, 정오, 저녁, 봄, 여름, 가을, 겨울, 밤, 인디언 서머 그리고 지평선의 산들도 시의 주제가 될 수 있을 터다. 『1841. 9. 4, 일기』

28 음유시인부터 호반시인19세기 초 영국의 낭만파 시인인 윌리엄 워즈워스와 콜리지 등을 가리키는 말. 잉글랜드 북서부의 아름다운 호수 지방에 살면서 시작 활동을 했기 때문에 이런 명칭이 붙었다에 이르기까지, 초서, 스펜서, 밀턴 그리고 심지어 셰익스피어를 포함한 영국 문학에서는 어떤 신선함이나, 이런 의미에서의 야성적 선율이 느껴지지 않는다. 영국 문학은 그리스와 로마를 반영하는, 근본적으로 길들여지고 문명화된 문학이다. 영국 문학에서 야성은 초록 숲이고, 야성적 인물은 로빈 후드다. 자연에 대한 온화한 사랑은 넘쳐나지만, 자연 그 자체에 대해서는 별로 이야기하지 않는다. 자연의 연대기는 우리에게 야생동물이 언제 멸종되었는지는 알려주지만, 야성적 인간이 언제 자취를 감추었는지는 알려주지 않는다. 『걷기』

29 책이란 더없이 진실하면서, 모든 사람의 얼굴을 비추는 햇빛처럼 누구에게나 친밀하고 익숙한 것이 되어야 한다. 마치 여름날 숲속에서 동료에게 가끔씩 건네는 한마디 말처럼. 책과 햇빛은 똑같이 무언으로 말을 건넨다. 『1841. 9. 4, 일기』

30 좋은 시는 지극히 단순하고 자연스러워서, 그런 시를
만날 때마다 어째서 모든 사람이 언제나 시인이 될 수
없는지 의아한 생각이 든다. 시는 사실 건강한 말과 다를
바 없다. 시인의 말이 사물들의 마음으로 향하긴 하지만,
시인은 무엇보다 제2의 인물이자 어떤 의미에서는
세상의 주인인 자연을 향해 정중하게 이야기하는
사람이다. 또한 시인은 그 누구보다 자연 한가운데에 서
있으면서도 그 누구보다 자연과 멀리 떨어져 있을 수
있는 사람이다. 아름다운 시구들은 어쩌면 내게, 이런
시인은 단지 내가 겪은 지극히 평범한 사실을 보고 듣고
느낀 것뿐임을 말하고 있는 게 아닐까. 『1841. 11. 30. 일기』

31 나는 어느 자연사 책을 일종의 영약 삼아 항상 내 곁에
두고 싶다. 그런 책을 읽으면 내 몸의 시스템이 다시
정상으로 돌아와 삶을 진실하고 유쾌하게 바라볼 수
있게 되지 않을까. 『1841. 12. 31. 일기』

32 학자는 글을 쓰기 위한 자극제로 고된 노동을 필요로
한다. 도끼나 칼을 다루듯 펜을 단단히 움켜쥔 채
우아하면서도 효과적으로 휘두르는 법을 배우기
위해서다. 『1842. 1. 5. 일기』

33 두 번 읽어도 여전히 좋은 책이나 문장은 두 번 생각해서
쓴 것이 분명하다. 『1842. 3. 18. 일기』

34 나는 결국엔 책들의 차이를 만드는 것은 표현의
스타일이 아니라 전적으로 생각의 스타일이라고
믿는다. 『1842. 3. 23. 일기』

35 우리에게 조심스러운 즐거움을 주는 대신 그 속의 생각
하나하나가 보기 드물게 대담한 책, 게으른 사람은 읽을
수 없는 책, 소심한 사람은 즐기기 어려운 책, 심지어
읽는 이를 현존하는 제도에 위험한 존재로 여겨지게
할 수도 있는 책, 그런 책을 나는 '좋은 책'이라고
부른다. 『콩코드 강과 메리맥 강에서의 일주일』

36 우리 인생에는 행동하는 시기와 숙고하는 시기가 있다.
한 시기는 다른 시기에 자양분을 공급해준다. 지금 나는
알렉산드로스 대왕이지만 다음번에는 호메로스가 된다.
어떤 때는 어서 도끼나 괭이를 휘두르고 싶어하지만, 또
어떤 때는 얼른 펜을 잡고 싶어한다. 내 손바닥에 박인
이 굳은살 덕분에 나는 더욱더 강력한 진실을 쓸 수 있을
것이다. 굳은살이 내 문장을 단단하게 해주기 때문이다.
노동하는 이가 쓴 문장들은 튼튼한 가죽끈이나 사슴의
힘줄 혹은 소나무 뿌리를 닮았다. 『1842. 3. 23. 일기』

37 예술가는 무심하게 작업에 임해야 한다. 지나친 흥미는
작품을 망칠 수 있다. 『1842. 3. 25. 일기』

38 당시의 뛰어난 작가들은 현대 작가들보다—우리 시대를 깎아내리는 것이 허락된다면—활력과 자연스러움이 넘쳤다. 현대 작가의 글 가운데서 그들의 글에서 인용된 구절을 읽게 되면 느닷없이 더 깊고 질 좋은 토양의 푸르른 땅을 만난 것 같은 느낌이 든다. 마치 초록 나뭇가지 하나가 페이지에 가로놓인 듯하고, 한겨울이나 이른 봄에 싱그러운 풀을 볼 때처럼 기분이 상쾌해진다. 우리는 자신이 읽는 것 속에서 지속적으로 인생과 경험의 보증서를 만나게 된다. 짧은 글이라 할지라도 그 속에는 수많은 지난 일들이 함축돼 있어서 얼마든지 확대되어 읽힐 수 있다. 문장들이 상록수와 꽃처럼 싱그럽게 활짝 피어나는 것은 사실과 경험에 기반을 두고 있기 때문이다. 그러나 오늘날의 거짓되고 화려한 문장은 수액이나 뿌리가 없이 꽃의 색조만을 띠고 있을 뿐이다. 사람들은 대부분 꾸밈없는 말의 아름다움에 이끌리기 마련인데, 오늘날의 작가들은 그런 말을 흉내 낼 때조차도 현란한 문체로 글을 쓴다. 그들은 화려한 글을 포기하느니 차라리 이해되지 않는 편을 택하는 것이다. 『콩코드 강과 메리맥 강에서의 일주일』

39 신화는 어느 정도는 가장 오래된 역사이자 전기에 불과하다. 상식에 비추어 거짓되거나 터무니없는 이야기와는 전혀 다른 신화에는 나와 너, 여기와 저기,

지금과 그때가 생략된 채 오래가는 본질적인 진리만이
담겨 있다. 오랜 세월이나 보기 드문 지혜만이 신화를
만들어낸다. 인쇄술이 발명되기 전에는 한 세기가
1000년의 세월과도 같았다. 시인은 후세의 도움 없이도
오늘, 순수한 신화를 쓸 수 있는 사람이다.
일례로 고대 그리스인들이라면 아마도 아벨라르와
엘로이즈의 이야기를 단 몇 마디로 요약해, 우리의
고전 사전에 단 한 문장으로 남게 했을 터다. 그리하여
더욱더 드높아진 그들의 이름이 하늘의 한 귀퉁이에서
별처럼 빛났을지도 모른다. 반면 우리 현대인들은
전기와 역사의 소재 및 "역사를 쓰는 데 도움이 될 만한
회고록"을 수집하는 데 열을 올린다. 그러나 역사는
신화를 쓰는 데 필요한 재료일 뿐이다. 오늘날처럼
값싼 인쇄술의 시대에 당시와 같은 일이 벌어졌더라면,
프로메테우스의 삶과 고역이 얼마나 많은 커다란 책들을
빼곡히 채웠겠는가! 콜럼버스의 전설이 시간이 흘러
어떤 모습을 띠게 될지, 그리하여 아르고호 원정대를
이끈 이아손의 이야기와 혼동을 일으키지나 않을지 누가
알겠는가! 『콩코드 강과 메리맥 강에서의 일주일』

40 자신이 부적절한 무언가를 저지른 적이 있음을 세상이
알게 될까봐 두려워하는 사람은 위대한 작가라고 할 수
없다. 『1845년 날짜 미상, 일기』

41 아주 오래전에 한 얘기라 내가 한 말이라고 주장하긴
어렵지만, 그 말이 당신에게 가닿았다니 정말
기분이 좋군요. 내가 더욱더 기쁜 이유는, 그 사실에
비추어 내가 인간과 관련된 말을 했으며, 인간이
인간에게 말하는 것이 헛된 일이 아님을 추측할
수 있기 때문입니다. 이런 게 바로 문학의 가치가
아닐는지요. 『1848. 3. 27, 해리슨 블레이크에게 보낸 편지』

42 문학에서 우리를 매료시키는 것은 오직 야생적인
것뿐이다. 따분함은 길들여짐의 또 다른 이름이다.
우리에게 기쁨을 선사하는 것은 『햄릿』과 『일리아드』를
비롯하여 모든 경전과 신화에 담긴 생각, 문명화되지
않고 자유롭고 야생적이며 학교에서 배우지 않는
생각이다. 야생 오리가 집오리보다 빠르고 아름다운
것처럼, 아침이슬을 맞으며 늪지 위를 날아가는
청둥오리 같은 야생적 사고가 더 아름다운 법이다.
진정 좋은 책은 서부의 초원이나 동쪽의 정글에 사는
야생화처럼 자연스러우면서 뜻하지 않게 만나는,
놀랄 만큼 아름답고 완벽한 어떤 것이다. 천재는
번개의 섬광처럼 어둠을 밝히는 빛이다. 지식의 전당
자체를 박살내버리는 빛이며, 인류의 화롯가에 밝혀진
촛불처럼 일상의 빛 앞에서 흐려지고 마는 미약한 빛이
아니다. 『걷기』

43 내 일기는 내 사랑의 기록이어야 한다. 나는 오직 내가
사랑하는 것들, 세상의 어떤 모습을 향한 나의 애정,
내가 생각하기 좋아하는 것만을 일기에 쓸 것이다. 나의
열망에는 자라나는 새싹만큼이나 아직 뚜렷하거나 예리한
무언가가 부족하다. 나의 열망은 마치 꽃과 열매를 맺기
위해 여름과 가을을 향해 가지만 아직은 따뜻한 태양과
봄기운밖에 느끼지 못하는 새싹을 닮았다. 나는 무언가를
위해 익어가고 있음을 느끼지만, 아직 아무것도 하는
게 없고, 그 무언가가 어떤 것인지도 알지 못한다. 다만
나 자신이 기름지다는 것을 느낄 뿐이다. 이제 '나'라는
땅에 씨를 뿌릴 때가 되었다. 이만하면 땅은 충분히 오래
묵혀둔 셈이다. 『1850. 11. 16. 일기』

44 우리는 자신이 표현하고 싶은 생각만을 적절하게 표현할
수 있다. 지금 사용하는 능력에 모든 에너지를 집중하고,
그것을 제외한 모든 능력을 쉬게 하라. 정신을 흩뜨리지
말고, 복잡한 생각을 하지 말 것이며, 약속을 되도록
적게 하고, 사소한 일에 신경 쓰지 말며, 자신의 존재가
범우주적인 것이 되게 하라. 그러면 귀뚜라미의 계절에
언제 어디서든 귀뚜라미 소리를 들을 수 있을 것이다.
들판뿐만 아니라 도시의 거리에서도 귀뚜라미 소리가
잘 들린다는 것은 그 사람의 마음이 얼마나 평온하고
건강한지를 입증하는 것이다. 『1851. 7. 7. 일기』

45 한가로이 공부만 하는 것보다 수치스러운 일이 또 있을까? 적어도 장작 패는 법이라도 익히도록 하자. 학자도 땀 흘려 일하고 많은 사람과 사물하고 대화할 필요가 있음을 잊지 말자. 손으로 하는 꾸준한 노동은 집중력을 길러줄 뿐만 아니라, 말과 글에서 쓸데없는 말과 감상을 없애는 가장 좋은 방법임은 의심의 여지가 없다. 아침부터 밤까지 열심히 일한 사람은 그 시간 동안 생각의 흐름을 살피지 못했음을 안타까워할지도 모른다. 하지만 밤에 간략하게라도 그날의 경험을 기록한다면 자유롭고 한가로운 공상에 빠져 쓴 글보다 음악적이고 진실한 글이 나올 수 있다. 작가란 모름지기 노동자들의 세계도 다뤄야 하는 법이니 스스로를 단련하는 일도 게을리해서는 안 될 터다. 『콩코드 강과 메리맥 강에서의 일주일』

46 천문학자가 하늘의 다양한 모습을 관찰하듯 시인은 끊임없이 자신의 마음 상태를 지켜봐야 한다. 이런 식으로 충실하게 긴 생애를 보내다보면 무언가를 건질 수 있지 않을까? 변변찮은 관찰자라도 별똥이 몇 개쯤 떨어지는 광경 정도는 목격할 수 있을 터. 특정 장소를 지나가는 마차의 수와 특징을 기록하듯 일생 동안 마음속에 떠오른 생각들을 사심 없이 충실하게 서술해보자. 세상 곳곳을 돌아다니는 여행자가 자연물과 자연현상을 기록하듯, 집에 머물면서 자기 삶의 현상들을 충실하게 기록해보자. 혜성처럼 그 궤도를

예측하기 힘든 별과 생각의 목록을 만들어보자. 운석이
누구의 집 뜰에 떨어지느냐가 중요하지 않은 것처럼,
그런 생각이 누구의 마음에 떠오르는가는 중요하지
않다. 그것이 하늘로부터 온다는 사실이 중요할 뿐이다.
날마다 마음의 기상 일지를 적어보자. 당신은 당신의
위도에서 일어나는 일을, 나는 나의 위도에서 일어나는
일을 관찰해보자. 『1851. 8. 19, 일기』

47 일어서서 살지 않으면서 앉아서 글을 쓴다는 것은
얼마나 헛된 일인가! 내 다리가 움직이기 시작하는
순간 내 생각이 흐르기 시작하는 느낌이 든다. 마치
개울의 아래쪽에 물꼬를 틔워주니 위쪽으로 새 물이
흘러들어오는 것 같다고 할까. 생각의 원천에서 샘솟는
수많은 실개천들이 한꺼번에 흘러들면서 내 머리를
촉촉하게 적셔준다. 오직 우리가 움직일 때에만 완벽한
순환이 이루어지는 법이다. 습관적으로 앉아서만 쓰는
글은 기계적이고 딱딱하며 읽기에 지루하다. 『1851. 8. 19, 일기』

48 더없이 황량한 풍경과 보잘것없는 삶을 눈부시게
아름다운 색채로 그려낼 수 있는 능력이란 얼마나
대단한가! 건강하고 강력한 상상력에 반응하는 것은
순수하고 활기 띤 감각들이다. 시인의 경우가 이런 것이
아닐까? 대부분의 사람들은 지성이 메말라 있다. 그들은
비옥하게 하지도 비옥해지지도 않는다. 영혼과 자연의

결합만이 지성으로 하여금 열매를 맺게 하고 상상력을
생겨나게 한다. 우리가 죽 뻗은 대로처럼 생기 없이
메말라 있을 때도, 건강하게 키워진 감각들은 우리로
하여금 자연과의 관계를 회복하여 다시 자연과 공감하게
만들 것이다. 비옥하게 하는 꽃가루들이 공중에
떠다니다가 우리 머리 위로 떨어지면 하늘은 갑자기
온통 무지갯빛이 되면서 음악과 향기와 운치로 가득
찬다. 지성만을 갖춘 사람은 무미건조하고 척박하며
수술만 있는 꽃과 같다. 반면에 시인은 풍요롭고 완전한
한 송이 꽃이다. 인간은 고질적인 산술가算術家이자 일의
노예와도 같아서, 달러와 센트 표기용의 붉은 줄이나
푸른 줄이 그어져 있지 않거나 그 비슷한 용도가 아닌
백지 노트를 찾아보기가 힘들 정도다. 『1851. 8. 21. 일기』

49 뛰어난 작가들 중에 지나치게 충실하게 세세히 자신의
생각을 이야기하는 단점이 발견되는 경우가 있다. 드
퀸시의 첫 번째 런던 인상기를 보며 이런 생각이 들었다.
그들은 자신의 정신적이고 육체적인 감각을 더없이
충실하고 자연스럽고 생생하게 묘사한다. 반면 그들의
문장에는 절제와 간결함이 부족하다. 마치 말을 더듬는
듯한 그들의 비효과적인 성실성과 의미의 비축으로는
우리를 감동시키지 못한다. 그들은 자신이 하고 싶은
말을 다 하려고 한다. 그러다보니 그들의 문장에서는
압축과 핵심을 찾아보기 힘들다. 지금 말하는 것보다 훨씬

많은 것을 제시하는 문장, 고유의 분위기가 느껴지는
문장, 단지 과거의 인상을 전하는 데 그치지 않고 새로운
인상을 창조하는 문장, 로마의 송수로처럼 많은 것을
연상시키면서 오래가는 문장. 글쓰기의 기술이란 바로
이런 문장들을 담아내는 데 있다. 『1851. 8. 22, 일기』

50 시인이란 결국 자기 마음을 살피면서 살아가는
사람이다. 어느 노시인은 마침내 고양이가 쥐를
유심히 지켜보듯 자신의 마음을 면밀히 들여다보기에
이르렀다. 『1851. 8. 28, 일기』

51 나는 허리케인과 지진 같은 예외적인 일들은 생략하고
평범한 것만을 이야기한다. 평범한 것은 굉장한 매력을
지니고 있으면서 시의 진정한 주제가 된다. 평범한 것을
다룰 수만 있다면 난 누가 특별한 것을 전문 분야로
삼든 개의치 않을 것이다. 미천한 인생, 가난하고 초라한
이들의 오두막집, 반복되는 일상, 척박한 들판. 이 모든
것들의 아주 작은 몫만 주어도 좋으니 시적 통찰력만은
내 것이 되게 해달라. 다른 이들이 가진 것들을 볼 수
있는 눈만은 내 것이 되게 해달라. 『1851. 8. 28, 일기』

52 즐거운 마음으로 쓰지 않으면 훌륭하거나 진실한 글이
나올 수 없다. 우리의 몸과 감각은 정신과 공모해야
한다. 표현은 전인全人으로 하는 행위인 반면, 우리의

말은 단지 하나의 도관導管을 통해 이루어질 뿐이다.
우리의 지성은 심장과 간과 팔다리의 도움이 없이는
생각을 표현할 수 없다. 나는 내 머리가 너무 메말라서
물속에 담가야겠다고 느낄 때가 종종 있다. 글을 쓰는
사람인 작가는 모든 자연을 표현하는 사람이다. 작가는
글을 쓰는 옥수수와 풀 그리고 대기다. 자신이 하고 있는
일을 하는 것을 사랑하고, 마음을 다해 그 일을 하는
것이 언제나 가장 중요하다. 『1851. 9. 2. 일기』

53 자신에게 잘 맞으면서 영감을 주는 주제를 찾아내기
위해서는 다양한 화제에 관해 글을 써보고 많은 주제를
시도해보는 것이 중요하다. 자신의 생각을 표현할
기회를 절대 놓치지 말라. 사물들 사이의 유사점을
이끌어낼 기회를 늘리라. 진리를 인식하는 길은 무수히
많다. 각각의 대상이 주는 자극이 아무리 보잘것없고
미미하고 일시적인 것이라 할지라도 그것이 암시하는
것에 더욱더 주의를 기울이라. 그 밖에 더 개선할 점은
없는지, 자신이 어떤 기회를 놓치고 있는 건 아닌지 잘
살피도록 하라.
마음이 이리저리 흔들리는 건 공연히 그러는 것이
아니다. 그러니 마음이 이끄는 대로 따라가보자.
마음이 가고 싶어하는 곳이 어디든 그곳에서 마음에
열중해보자. 수많은 지점에서 우주를 탐색해보자.
이러한 충동들에 흠뻑 빠져보자. 자연이 한 그루의

떡갈나무를 얻기 위해 수많은 도토리를 만들어내는
것처럼, 자신에게 맞는 한 가지 주제를 찾아내기
위해서는 수많은 주제를 시도해봐야 한다. 현명하고
노련한 사람이란 다양한 관점을 지닌 사람을 일컫는다.
그러다보면 돌, 식물, 동물 그리고 수많은 대상이 그에게
각기 무언가를 제시해주고, 어떤 면에서든 그가 하는
것에 기여하게 된다. 『1851. 9. 4, 일기』

54 존중심을 키워라. 그것이 스스로 더욱 존중받는 존재가
되는 길이다. 한 사람의 글의 질과 그 어조의 고양은 그가
자신을 얼마나 존중하는지를 가늠하게 한다. 『1851. 9. 5, 일기』

55 살다보면 때때로 삶이 가득 차오르는 것을 느끼면서도
발산할 출구를 찾지 못할 때가 있다. 뚜렷한 목적 없이
고무되기도 한다. 드물게 어떤 문학작품을 쓸 준비가
되어 있음을 느낄 때도 있지만 어떤 작품을 써야 할지
결정할 수가 없다. 나는 사색할 준비가 되어 있을 뿐만
아니라 생각을 효과적으로 표현할 준비도 되어 있다.
신체적으로나 지적으로 나 자신을 다잡는다. 음악
소리와 더불어 그 소리에 맞춰 나아가는 나 자신을
느낀다. 내가 먹은 멜론과 사과의 즙이 머리로 올라와 내
두뇌를 자극하면서 현기증을 일으킨다. 난 이제 힘차게
글을 쓸 수 있다. 『1851. 9. 7, 일기』

56 이 세상은 우리의 상상력을 위한 캔버스에 지나지
않는다. 『콩코드 강과 메리맥 강에서의 일주일』

57 시인은 때가 묻지 않도록 멀찌감치 떨어져 있어야 한다.
그로 하여금 하찮은 마을의 경계가 아닌 상상의 나라,
요정의 왕국을 거닐게 하라. 상상의 여행은 무한대로
펼쳐지지만 마을의 경계는 지극히 작다. 『1851. 9. 20. 일기』

58 "나 자신에게 나를 이야기하다"가 내 일기의 모토가
되어야 한다.
지나치게 자신의 생각에 사로잡히는 것은 작가에게는
치명적이다. 사물을 묘사하기 위해서는 어느 정도
거리를 두는 게 필요하다. 『1851. 11. 11. 일기』

59 한 번에 길게 쓰기보다는 자주, 다양한 주제에 관해
글을 쓰도록 하라. 너무 자주 미약한 공중제비를
시도하다가 끝내는 머리로 떨어지는 일이 없게 하라.
안타이오스그리스신화에 나오는 거인으로 바다의 신 포세이돈과 땅의
여신 가이아 사이에서 태어난 아들이다. 몸이 땅에 붙어 있는 한 당할 자가
없었으나 헤라클레스가 번쩍 들어 기운을 뺀 뒤 목을 졸라 죽였다고 한다 처럼
땅에서 오랫동안 떨어져 있는 일이 없게 하라. 우리 삶의
용수철 바닥에서 조금씩 수없이 튀어 오르듯 쓴 문장,
단단한 땅에서 솟아난 알찬 열매와 알맹이 같은 문장이
좋은 문장이다. 땅과 빛이 양분을 공급할 수 있는 한

다양한 많은 식물들이 자라게 하라. 하루에 할 수 있는
만큼 자주 튀어 오르도록 하라. 『1851. 11. 12. 일기』

60 어리석게도 미숙한 글과 함께 세상에 나서기를 서두르는
사상가와 작가 들이 있다. 어떤 젊은이들은 지인들이나
지칠 줄 모르는 스스로의 야심에 설득당하기도 한다.
그들은 다음 겨울에 대비해 여름에 강의록을 써
내려간다. 그리고 강연자가 여름 내내 쓴 글을 그의
청중은 한 시간 만에 잊어버린다. 『1851. 11. 16. 일기』

61 손을 움직여 꾸준하게 열심히 해야 하는 힘든 노동,
특히 야외에서 하는 노동은 문인에게 매우 귀한 가치를
지니면서 직접적인 도움을 준다. 나는 엿새 동안 숲에서
측량을 했다. 그리고 마침내 다소 지친 상태로 저녁에
집에 돌아왔을 때 나의 감각이 깨어 있음을 느끼기
시작했다. 음악과 시처럼 섬세한 영향을 미치는 것들에
평소보다 훨씬 민감하게 반응한 것이다. 심지어 공기나
사소한 것들의 모습이나 소리에도 황홀감이 느껴졌다.
마치 나의 예민한 감각이 단식 덕분에 식욕을 되찾은 것
같았다. 『1851. 11. 20. 일기』

62 글로써 자신을 표현할 수 있는 모든 기회를 잘
이용하도록 하라. 하나하나가 당신에게 주어진 마지막
기회인 것처럼. 『1851. 12. 17. 일기』

63 자신이 노력을 기울이는 것을 말하도록 하라. 작가가
단지 자신의 재주만을 사용하는 것은 시간 낭비다.
자신의 특별한 재능을 충실히 좇아가라. 자신이 가장
흥미를 느끼는 문체로 글을 써라. 대중의 취향은 염두에
둘 필요가 없다. 『1851. 12. 20, 일기』

64 표현을 찾으려 하지 말고 먼저 표현할 생각을
찾으라. 『1851. 12. 25, 일기』

65 최고의 책들을 먼저 읽어라. 그렇지 않으면 그 책들을
평생 읽지 못할지도 모른다. 『콩코드 강과 메리맥 강에서의 일주일』

66 대부분의 사람들은 하찮은 편의를 위해 읽는 법을
배워왔다. 장부를 기입하고 장사에서 속지 않기 위해
셈법을 배워온 것처럼. 그러나 그들은 고귀한 지적
운동으로서의 읽기에 대해서는 거의 또는 전혀 알지
못한다. 하나의 사치처럼 우리를 어르면서 읽는 동안
인간의 더욱 고귀한 능력들을 잠재우는 독서가 아니라,
발돋움하고 선 채 하는 독서, 초롱초롱 깨어 있는
시간을 바치는 독서만이 진정한 의미의 독서라고 할 수
있다. 『월든』

67 학자와 농부가 하는 일은 서로 꼭 닮았다. 이제 농부는
여러 해의 여름 동안 자라난 연료와 목재를 눈 덮인

땅 위로 숲에서 마을까지 힘들이지 않고 운반한다.
그는 건초와 소들과 씨름하고, 여름 목초지와 들판에서
거두어들인 결실을 곳간에 쌓아둔다. 그리고 매일
조금씩 그것들로 사람들이 마실 우유를 만들어낸다.
가축의 배설물을 싣고 곳간 앞마당으로 들어가는 농부를
볼 때마다 앞서 말한 생각이 들곤 하는 것이다. 그의
시커먼 얼굴은 새하얀 눈과 묘하게 대조가 된다. 농부가
하는 일이 곧 내가 하는 일이다. 내 일기는 나의 곳간
앞마당이다. 『1852. 1. 20. 일기』

68 지성이 선사하는 기쁨은 영구하고, 마음이 주는 기쁨은
일시적이다.
되도록 자주 경건하게 자신의 고귀한 생각들과 하나가
돼라. 환대받고 기록되는 각각의 생각은 새 둥지 속의
알과 같아서 그 옆에 더 많은 알들이 놓일 것이다. 우연히
한데 모인 생각들은 하나의 틀을 이루고, 그 속에서 더
많은 생각들이 생겨나고 모습을 드러낸다. 어쩌면 이런
것이 글 쓰는 습관과 일기 쓰기의 가장 중요한 가치인지도
모른다. 우리로 하여금 가장 좋았던 시간들을 기억하게
하고 스스로에게 자극을 주게 하기 위한 것. 내 생각은
나의 동반자다. 생각은 고유한 개성을 지닌 개별적인
존재이며, 그렇다, 하나의 인격체인 것이다. 서로 동떨어진
몇몇 생각들을 우연히 한데 나란히 기록하자 그것들은
내게 완전히 새로운 영역을 제시해주었다. 그리하여 난

그 속에서 무언가를 궁리하고 생각할 수 있었다. 생각은
생각을 낳는다. 『1852. 1. 22. 일기』

69 무릇 작가는 명사수가 자신의 라이플총을 다루듯
세심하고도 여유롭게 문장을 다스릴 줄 알아야 한다.
명사수는 총대와 특허 받은 조준기 그리고 원뿔형
총알들을 모두 준비한 뒤 단번에 방아쇠를 당긴다.
작가는 그저 진실을 말하는 것처럼 보여서는 안 되며,
실제로 진실을 말해야 한다. 자신이 쓴 글의 일부가 어느
정도 시간이 지난 뒤 무너져 내릴 것 같은 생각이 든다면
지금 당장 스스로 내던지는 편이 낫다. 『1852. 1. 26. 일기』

70 자연은 결코 감탄사를 남발하지 않으며, '아!'
'아아!'라는 말을 쓰는 법이 없다. 자연은 프랑스인의
후손이 아니다. 꾸밈이 없는 작가인 자연은 불필요한
몸짓을 거의 하지 않으며, 동사들을 더하지도 않고,
부사를 거의 쓰지 않으며, 결코 비속어를 사용하는 법이
없다. 나는 내 문장을 힘 있게 만들어주지도 못하는
많은 말들을 단지 강조의 목적만으로 사용하고 있음을
알게 되었다. 그리하여 그 말들, 즉 단순한 진실보다는
내 기분, 나의 확신 등을 나타내는 말들을 삭제하자
문장들이 한결 가벼워 보였다. 『1852. 1. 26. 일기』

71 이렇게 일기에 써내려간 생각들을 일기 형태로 출판하는

게 서로 관련 있는 생각들을 한데 모아 개별적인
에세이로 펴내는 것보다 큰 이점이 있는지는 잘
모르겠다. 하지만 이제 내 생각들은 삶과 하나가 되었고,
독자들은 내 생각들이 엉뚱하다고 여기지 않을 것이다.
내 생각은 일기 속에 있을 때 더 단순하고 덜 인위적으로
읽힌다. 에세이는 내 단상들을 위한 고유한 틀이 될
수 없다. 우리는 단순한 사실과 이름과 날짜만으로도
짐작하는 것보다 많은 것들을 전할 수 있다. 꽃다발 속의
꽃이 그것이 자라난 초원에서보다 아름다워 보인다면,
그 꽃을 꺾기 위해 우린 발을 적셔야만 하는 것이다!
그런데 학구적인 분위기가 내 생각들을 돋보이게 할 수
있을까? 『1852. 1. 27. 일기』

72 그런 식으로 내 생각들을 일기에서 뽑아낸다면 더 이상
이보다 좋은 생각의 배경을 찾지 못할지도 모른다.
수정은 동굴 속에 있을 때 가장 찬란하게 빛나는
법이다. 세상은 도덕을 곁들인 이야기를 언제나 가장
사랑해왔다. 아이들은 이야기만 읽을 수 있었고,
어른들은 둘 다를 읽었다. 이런 식으로 이야기된 진실은
보편적으로 적용될 수 있는 추상적 표현이 지니는
최고의 이점을 누리게 된다. 이런 방식이 아닌 다른
어디에서 내 생각들을 이을 효과적인 접착제를 찾을
수 있을까? 퇴고의 흔적을 남기지 않으면서 어떻게 내
생각들을 하나로 이을 수 있을까? 플루타르코스조차도

그렇게 하지 않았다. 몽테뉴도 그렇게 하지 않았다.
지금까지 많은 사람들이 이야기와 도덕을 결합한 형태로
여행기를 써왔다. 그것은 어쩌면 그 누구의 일상도
일기의 형태로 이야기될 만큼 다채롭지 못했기 때문이
아닐까. 『1852. 1. 28. 일기』

73 정해진 주제들에 관해 글을 쓰는 것은 헛수고다.
그것들이 우리 마음속에 불을 지필 때까지 기다려야만
한다. 『1852. 1. 30. 일기』

74 설득력 있는 작가는 자신의 경험과 함께 자기 말 뒤에
버티고 서 있다. 그는 다른 책들로 책을 만들지 않는다.
그는 책 속에서 몸소 살고 있다. 『1852. 2. 3. 일기』

75 우리 마음속에 열기가 느껴지는 동안 글을 쓰도록 하자.
멍에를 태워 구멍을 내고자 하는 농부는 뜨거운 쇠를
재빨리 불에서 숲으로 가져가야 한다. 숲속을 통과하는
시간이 길어질수록 그 효과가 감소되기 때문이다. 뜨거운
쇠는 즉시 사용하지 않으면 무용지물이 되고 만다. 자신의
생각을 기록하기를 미루는 작가는 더 이상 구멍을 내지
못하는 식어버린 쇠를 사용하는 것과 같다. 그런 작가는
독자의 마음을 타오르게 할 수 없다. 『1852. 2. 10. 일기』

76 나는 사실들을 기록하기 위한 비망록과 시를 적기 위한

또 다른 노트를 갖고 있다. 하지만 마음속에서 언제나
'사실'과 '시'를 구분하기란 더없이 모호하고도 어렵다.
대단히 흥미롭고 아름다운 사실들은 시보다 더 시적이며,
그래서 더 돋보이기 때문이다. 나는 그것들을 지상의
언어에서 천국의 언어로 옮겨 적는다. 만약 사실들이
충분히 중요하고 의미가 있으면서 인간의 마음의 본질에
좀더 다가가게 된다면, 내겐 그 모두를 포함하는 한 권의
시집만으로도 충분할 것이다. 『1852. 2. 18. 일기』

77 도서관은 책들로 이루어진 황무지다. 최근 300년간
캐나다에 관해 쓰인 책들을 살펴보면서, 한 권의 책이
어떻게 또 다른 책을 기반으로 쓰였고, 각각의 저자가
그보다 앞선 저자들을 어떻게 참고하고 찾아봤는지를
알 수 있었다. 그 책들을 다 읽기 위해 계단을 오르내릴
필요도 없었다. 중요한 것은, 특정 주제에 관해 알기
위해서는 어떤 책들을 읽어야 하는지를 정확히 아는
것이다. 어떤 주제에 관해 쓰인 책이 무수히 많다고 해도
그중에서 꼭 읽어야 하는 책은 서너 권에 불과하다. 그
책들 속에 가장 중요한 모든 것이 들어 있으며, 그중 몇
페이지가 그것들이 어떤 책인지를 알게 해줄 것이다.
우리에게 필요한 것은 진정으로 책다운 책들이며,
수천 권의 책들 중에서 그런 책은 대여섯 권밖에 되지
않는다. 나는 우리가 서부로 전진하면서 숲을 베어내는
동안 우리 뒤쪽에 자연의 원초적인 황무지처럼 거칠고

아직 개간되지 않은 책들의 숲을 쌓아왔음을 알게 되었다. 『1852. 3. 16. 일기』

78 우리 각자의 세계관은 얼마나 새롭고 독창적인가! 이 세상이 아무리 오래되고 지금까지 아무리 많은 책이 쓰였어도 각각의 대상은 우리가 전혀 경험하지 못한 것이며, 각각의 생각은 온전히 미개척 영역으로 남아 있다. 온 세상이 또 다른 아메리카이며 신세계인 것이다. 『1852. 4. 2. 일기』

79 밤새 휘몰아치던 눈보라가 여전히 맹위를 떨치고 있다. 아침 7시에 눈이 벌써 5~6인치 높이까지 쌓였다. 모든 새들은 흰멧새로 변모했다. 나무와 집 들은 겨울의 모습을 띠고 있었다. 여행자의 마차 바퀴와 농부의 짐마차 바퀴는 새하얀 눈 원반으로 변해 바퀴살이 거의 보이지 않았다. 나는 지금처럼 집에 머물면서 글을 읽고 쓰는 게 참 좋다. 집 밖으로 돌아다니면서 시간을 낭비할 일도 없고, 우리를 집 안에 가두는 눈보라는 생각들을 한군데로 모이게 한다. 맑은 날씨에는 들리지 않는 재깍거리는 시계 소리도 들을 수 있다. 내 삶이 풍요로워진 것이다. 윙윙거리는 바람 소리를 듣는 것도 너무나 좋다. 나는 겉보기엔 적합하지 않은 초라한 곳에서 내 책이나 종이와 함께 앉아 있기를 좋아한다. 이를테면 안락하기보다는 다소 추운, 음식을 만들고

있는 부엌 같은 데서 말이다. 내 생각은 잘 꾸며져 있고
따뜻한 작업실보다는 그런 데서 더 빛을 발하는 것
같다. 『1852. 4. 13. 일기』

80 삶의 기술, 즉 시인의 삶의 기술은 아무것도 할 게
없으면서도 무언가를 하는 데 있다. 『1852. 4. 29. 일기』

81 너무 늦지 않게, 하루 이틀 내로 이전의 경험으로
되돌아가 생각할 수 있을 때 글이 가장 잘 써진다. 약간의
거리가 있으면서도 아직 신선함이 충분히 남아 있을 때
말이다. 『1852. 5. 5. 일기』

82 사랑의 계절에는 누구라도 시를 쓸 수 있다. 『1852. 7. 5. 일기』

83 일기는 자신의 모든 기쁨과 환희의 기록을 포함하는
책이다. 『1852. 7. 13. 일기』

84 책이 담아야 하는 것은, 땅이 보이지 않는 데까지
나가본 적이 없는 사람들이 말하는 항해 기술이
아니라, 난파당한 선원들이 언뜻 본 육지 같은 순수한
발견들이다. 『콩코드 강과 메리맥 강에서의 일주일』

85 지난 1~2년간 출판업자라는 잘못된 이름으로 불리던
사람이 때때로 내게 편지를 보내서는 『콩코드 강과

메리맥 강에서의 일주일』의 남은 부수를 어떻게
처리할지를 묻곤 했다. 그러다가 마침내는 그 책들을
보관해둔 지하 저장고의 공간을 쓸 일이 생겼다고
넌지시 이야기했다. 그래서 난 책을 모두 내게로 보내게
했다. 책들은 운송업자의 마차를 가득 채운 채 오늘
도착했다. 4년 전 나는 먼로에게 1000부에 대한 대금을
미리 지불했다. 그중에서 일부는 팔렸고, 706권이 아직
팔리지 않은 채 남아 있었던 것이다. 그리고 마침내 그
책들이 내게로 보내졌고, 난 내가 산 것들을 자세히
살펴볼 기회가 생겼다. 책들은 내 등이 입증하는 것처럼
명성보다 훨씬 더 실체적인 어떤 것이었다. 난 책
꾸러미를 등에 짊어진 채 그것들이 왔던 곳과 유사한
곳으로 옮겨놓기 위해 두 번의 층계참을 포함한 계단을
올라가야 했다. 이 책들을 뺀 대략 290권 중에서 75권은
선물로 주었고 나머지는 팔렸다. 이제 난 거의 900권에
이르는 장서를 갖게 되었는데, 그중에서 내가 쓴 책이
700권이 넘는 셈이었다. 저자가 이렇게 자기 노고의
결실을 볼 수 있다는 것은 좋은 일이 아닌가? 내 책들,
즉 나의 전집은 내 방 한 구석에 내 키의 반만 한 높이로
쌓여 있다. 이런 게 바로 저자로서의 권리가 아니겠는가.
이 책들은 내 머리로 만들어낸 작품들인 것이다. 그래도
이 사건에서도 한 가지 좋은 점이 있긴 했다. 4년 전
인쇄업자는 제본이 안 된 책들을 튼튼한 포장지로
싸서는 그 위에 이렇게 써놓았다.

H. D. 소로의
콩코드 강
50부

따라서 먼로는 '강' 위에 줄을 긋고 '매사추세츠'라고
쓴 다음 그것을 곧장 운송업자에게 건네주기만 하면
되었다. 여기서 '콩코드 강'은 본래 소로의 책『콩코드 강과 메리맥 강에서의
일주일』을 가리키는 것이었으나 소로는 유머러스하게 '매사추세츠주의
콩코드'로 바꿔 말하고 있다 난 이제 내가 무엇을 위해 글을
썼는지, 내 노고의 결과가 어떤 것인지를 알 수 있었다.
하지만 이런 결과에도 불구하고 오늘 밤 난 무기력한
내 책 꾸러미 옆에 앉아 펜을 집어 들었다. 내가
어떤 생각을 하고 어떤 경험을 했는지를 기록해두기
위해서였다. 또한 이 일에서 나는 그 어느 때보다 커다란
만족감을 얻을 수 있었다. 그랬다. 이러한 결과는 수천
명의 사람들이 내 책을 산 것보다 더 많은 영감을
주었고, 내게는 더 잘된 일이라는 생각이 들었다. 나의
사생활을 덜 침해하면서 나를 더 자유롭게 놔두기
때문이다. 『1853. 10. 28. 일기』

86 가게에서 지우개 고무 같은 것을 사서 내가 쓴 글의 어떤
부분들을 즉시 지울 수 있었으면 좋겠다는 생각이 들 때가
있다. 지금은 그것들을 삭제하는 게 아주 오랫동안,
몇 년까지는 아니더라도 적어도 몇 달간은 고민해야 하고

몹시 꺼려지는 일이 되었기 때문이다. 『1853. 12. 27, 일기』

87 현대의 값싼 대량 출판과 그에 따른 수많은 번역서들도
우리로 하여금 영웅을 다룬 고대의 작가들과 더
가까워지게 하지는 못했다. 그들은 여전히 고독해
보이며, 그들의 책에 쓰인 문자도 여전히 진귀하고
신기해 보인다. 고대 언어의 몇 마디라도 익히는 것은
젊은 날과 귀한 시간을 바칠 가치가 충분히 있는 일이다.
그 말들은 거리의 하찮은 것들 가운데서도 우뚝 솟아나
언제까지나 우리에게 다양한 암시와 자극을 줄 것이기
때문이다. 어디선가 몇몇 라틴어 단어들을 주워들은
농부가 그 말들을 기억했다가 되뇌곤 하는 것은 결코
쓸데없는 짓이 아니다. 『월든』

88 사람들은 때때로 고전 연구가 결국에는 좀더 현대적이고
실용적인 연구에 자리를 내주고 말 거라고 이야기한다.
그러나 탐구심이 강한 학생은 그것이 어떤 언어로
쓰였건 얼마나 오래되었건 상관없이 언제나 고전을
연구할 것이다. 고전이란 한마디로 인류의 가장 고귀한
생각들을 기록한 것이 아니겠는가? 고전은 오래도록
남아 있는 유일한 신탁이며, 델포이 신전과 도도나
신탁소가 결코 답을 내리지 못한 가장 현대적인
질문들에 대한 답이 들어 있는 책이다. 그러니 고전
연구를 그만두는 것은 자연이 오래되었다는 이유로

자연에 대한 연구를 그만두는 것과 다를 바 없다. 『월든』

89 자신이 쓴 글을 평가할 때는 스스로의 섬세한 본능을
믿어야 한다. 그 글들 중에는 문제를 삼을 뻔했지만
그러지 않았던 것들도 많이 있을 터다. 그러다 그
원고를 인쇄업자에게 보내려고 하면 문제가 될 만한
문장이나 표현이 내 앞에 불쑥 자신을 들이미는 경우가
있다. 이전에는 의식적으로 그 부분을 의심해본 적이
없었는데도. 그러면 그 즉시 나의 비판적 본능이 얼음을
깨고 수면 위로 올라오곤 한다. 『1854. 3. 31. 일기』

90 내가 쓴 글과 약간의 거리를 둘 때에야 그것을 가장
잘 평가할 수 있음을 알게 되었다. 이를테면 그것이
눈에 보지 않는 경우에 말이다. 가령 한 장章 정도 되는
짧은 글을 썼을 때, 원고가 눈앞에 없으면 그 글이 더
자세히 떠오르면서 좀더 공정한 평가를 내릴 수 있게
되는 것이다. 내 경우에는 측량을 하면서 정신을 다른
데로 쏟다보면 금세 새로운 시각이 생기곤 한다. 나에게
하루 이틀간의 측량은 어딘가로 여행을 떠나는 것과
같다. 『1854. 4. 8. 일기』

91 어떤 시인들은 일찍 성숙하고 젊어서 죽는다. 그들의
열매는 딸기처럼 감미로운 풍미를 지니고 있지만
가을이나 겨울까지 남아 있지 못한다. 또 다른 시인들은

성장하는 데 오랜 시간이 걸린다. 그들의 열매는 덜 감미로울 수는 있지만 앞선 것보다 오래가며, 여름의 햇볕과 가을의 서늘함으로 단단해져 겨울이 지나도록 온전히 남아 있다. 첫 번째 열매는 6월에 일찌감치 먹을 수 있지만 이내 시들고 만다. 두 번째 열매는 적갈색으로 익어 그다음 해 6월이 될 때까지 남아 있다. 『1854. 4. 8. 일기』

92 골똘히 고심하면서 글을 쓰다가 맥이 빠지거나 중단하고 쉬는 동안 뮤즈가 나를 찾아온다는 것을 알게 되었다. 그제야 난 아름다움을 보거나 들을 수 있었다. 내 노역의 그늘에서 비로소 빛을 자세히 살필 수 있게 된 것이다. 『1854. 4. 12. 일기』

93 나는 하루의 경험을 그다음 날 글로 남기는 데에 어떤 장점이 있음을 알게 되었다. 그만큼의 시간 차이를 둘 때 더 이상적인 글쓰기가 될 수 있는 것이다. 마치 머리를 아래로 한 채 바라본 풍경이나 물 위에 비친 그림자처럼. 『1854. 4. 20. 일기』

94 시인이 사막처럼 보이는 곳에서 태어났다는 사실은 중요하지 않다. 그의 모든 이웃들이 그곳을 사하라라고 불러도 그에게는 그곳이 천국일 수 있다. 우리가 보고 있는 사막은 우리의 빈약한 경험에서 생겨난 것이기 때문이다. 『1854. 5. 6. 일기』

95 올겨울에 두 번의 강의를 한 뒤 나는 잘나가는 강연자가
되려다가, 다시 말하면 청중의 흥미를 끌려고 하다가 나
자신의 가치를 떨어뜨릴 위험에 처해 있음을 느꼈다.
청중에게 신경을 쓰다보니 가장 나다운 나와, 내가 가장
가치 있게 여기는 나를 잃어버렸다는, 아니 그보다 더한
상태가 되었다는 걸 깨닫고는 실망한 것이다. 심지어 난
대중의 관심을 끄는 데에도 실패했다. 내가 나 자신을
좀더 버릴 수 있었다면 그들에게 더 어울리는 사람이
되었을 것이다. 대중이 원하는 것은 독창적인 사람이
아닌 평균적인 사람, 즉 평균적 생각과 태도이며, 절대적
탁월함은 더더욱 아니다. 내가 그들과 똑같아지거나
그들에게 공감하지 않고는 그들의 흥미를 끌 수 없다.
나는 내가 그들에게로 가기보다는 청중이 내게로 오게
하고 싶었다. 그리하면 청중이 자연히 걸러질 수 있을
테니까. 한마디로 난 강연을 하기보다는 책을 쓰고
싶었다. 저술은 섬세한 작업이고, 강연은 거친 일이다.
나만을 바라보고 있는 다양한 청중에게 내게 위안을 주던
고귀한 생각들을 들려주는 것은 강제로 거위를 살찌우는
것만큼이나 폭력적인 행위다. 게다가 이 경우에는 청중이
더 살이 찌지도 않는다. 『1854. 12. 6, 일기』

96 일기를 쓸 때는 간단하게라도 그날의 날씨를 묘사하거나,
그날이 자신의 감정에 어떤 영향을 미쳤는가 하는 식으로
매일매일의 특징을 기록하는 게 중요하다. 그 당시에

그토록 중요했던 것이 훗날 다시 떠오르지 않을 만큼
하찮을 리는 없기 때문이다. 『1855. 2. 5, 일기』

97 많은 사람들이 내 강연이 초월적이라고 불평할지도
모른다. "도무지 무슨 말인지 모르겠어요" "우리가 야생의
상태로 되돌아가기 바라는 건가요?"라고 하면서. 물론
그들의 관점에서는 더없이 솔직한 비판일 수 있다. 그러나
사실은, 진지한 강연자는 자신과 비슷한 사람들에게만
말할 수 있는 법이다. 자신을 청중에게 맞추는 것은 그가
그들에게 바치는 찬사에 지나지 않는다. 청중이 내 생각을
알고 싶다면 내 입장에서 생각하려는 노력이 필요하다.
하지만 내가 마치 그들인 것처럼 말하기를 바란다면 그건
또 다른 문제다. 『1855. 2. 19, 일기』

98 출판하는 데 그렇게 돈이 많이 든다면 차라리 원고를
금고에 넣어두는 게 작가에겐 더 낫지 않을까?
『1855. 9. 14, 일기』

99 나의 가장 좋은 점은 내 책들 속에 들어 있다고
생각하시면 됩니다. 나는 직접 만나볼 만큼 대단한
사람이 못 됩니다. 세련된 사람과는 거리가 멀어서 말도
더듬고 실수도 많이 하거든요. 그런데 어떤 의미에서는
시에도 허풍과 과장이 엄청 많다고 할 수 있지요. 내가
쓴 모든 것을 확신하지 않는다는 말을 하려는 것은

아닙니다. 하지만 내가 미약하게 이야기하는 진실에
비하면 나란 존재가 과연 무슨 의미가 있을까요?

『1856. 2. 10. 캘빈 H. 그린에게 보낸 편지』

100 모든 책이 다 읽는 사람들만큼 따분한 것은 아니다.
책에는 우리 상황에 꼭 들어맞는 말들이 있을 수
있으며, 그 말들을 진정으로 듣고 이해할 수 있다면
아침이나 봄보다 우리 삶에 더 유익하면서 우리에게
사물의 새로운 면모를 보여줄지도 모른다. 얼마나 많은
사람들이 한 권의 책을 읽고 인생의 새로운 전기를
맞이했던가! 어쩌면 우리의 기적들을 설명하고 새로운
기적들을 드러내 보여줄 책이 우리를 위해 존재할지도
모른다. 지금 말로 표현할 수 없는 것들이 어딘가에
표현되어 있을 수도 있다. 우리를 당황하게 하고
당혹스럽게 하면서 혼란에 빠뜨리는 문제들이 우리
이전의 모든 현명한 이들에게도 하나도 빠짐없이 똑같이
제기되었다. 그리고 그들 각자는 능력에 따라 자신의
말과 삶으로 그 문제들에 답했다. 『월든』

101 나는 이미 수없이 그랬던 것처럼 또다시, 시인과
철학자 그리고 박물학자를 비롯한 누구든지 때때로
자신이 선택한 일 외에 또 다른 일을 추구하는
것―곁눈질하기―의 이점을 떠올리게 된다. 그리하면
시인은 어떤 의도적인 자유분방함도 선사해줄 수

없는 새로운 시야를 가지게 될 것이다. 철학자는 오랜 탐구로도 간파해내지 못했던 원칙들을 인정할 수밖에 없게 될 터다. 그리고 박물학자는 뜻밖의 새로운 꽃이나 동물과 마주치게 될 것이다. 『1856. 4. 28. 일기』

102 사람들은 대체로 주제를 과장하는 경향이 있다. 어떤 주제는 중요하고, 또 어떤 주제는 사소하다고 생각한다. 나는 내 삶이 매우 소박하며 내 즐거움은 아주 값싼 것임을 느낀다. 기쁨과 슬픔, 성공과 실패, 위대함과 비열함 같은 많은 영어 단어들은 내겐 내 이웃들에게 의미하는 것과 다른 것을 의미한다. 나는 내 이웃들이 연민 어린 눈길로 나를 바라보는 걸 알고 있다. 그들은 이 들판과 숲에서 오랫동안 걷고 이 강에서 홀로 배를 타는 내 삶이 비천하고 불행하다고 여긴다. 그러나 이곳에서 유일하고 진정한 천국을 발견한 이상 난 내 선택을 조금도 후회하지 않는다. 내 일은 글을 쓰는 것이며, 거기엔 조금의 머뭇거림도 없다. 세속의 기준에 비추어 너무 하찮은 주제란 내겐 없다. 왜냐하면, 어리석은 이들이여, 주제는 아무것도 아니며 삶이 전부이기 때문이다. 무엇보다 독자의 흥미를 끄는 것은 호기심을 불러일으키는 삶의 깊이와 강렬함이며, 내게 필요한 것은 단순하고 값싸고 소박한 주제들이다. 『1856. 10. 18. 일기』

103 나는 내 일기에 기꺼이 두 종류의 기록을 남기고자 한다.

먼저 오늘의 사건과 관찰을 기록한 뒤, 내일쯤 전날의
일을 되새겨보고 그중에서 누락된 것을 기록하는 식이다.
누락된 것이 종종 일기의 가장 중요하고 시적인 부분이
될 수도 있기 때문이다. 나는 처음에는 무엇이 나를
매료시키는지 잘 알지 못한다. 게다가 오늘의 사람과
사물은 내일의 기억 속에서는 더 그럴듯하고 더 진실한
것처럼 보이는 경향이 있다. 『1857. 3. 27, 일기』

104 시인이라면 언젠가는 자신의 전기를 쓰게 되어 있지
않은가? 시인에게 진실한 일기를 쓰는 것 말고 또 다른
할 일이 있을까? 우리가 알고 싶은 것은, 그의 상상 속
영웅이 아니라 현실의 영웅인 시인 자신이 그날그날
살아가는 모습이다. 『1857. 10. 21, 일기』

105 그리스와 로마에 관해 쓰거나 생각하기 위해 뉴질랜드에
가거나 뉴잉글랜드에 갈 필요는 없다. 새로운 땅과
새로운 주제들이 우리를 기다리고 있다. 에덴동산 대신
당신의 정원을 찬양하라. 『1857. 10. 22, 일기』

106 수많은 책들 중에서 대체로 가장 흥미로운 것은 다수의
가장 소중한 사적 경험을 감동적으로 그린 것이다.
그것은 지구의 표면을 아주 멀리까지 여행한 사람의
책이 아니라 대부분의 시간을 집에 머물면서 삶을 깊이
있게 살아낸 이의 책이다. 『1857. 11. 20, 일기』

107 충실한 경험을 한 사람이 여행기에 그것을 묘사하고자
할 때는 보편적 언어 대신 방랑하는 종족의 언어를
사용해야 할 터다. 『1857. 11. 20. 일기』

108 자기 안에 계절을 품고 있지 않으면서 계절에 관해 쓰는
것은 헛된 일이다. 『1858. 1. 23. 일기』

109 작가는 얼마간은 스스로에게 영감을 주어야 한다. 그가
시도한 글 속의 문장 대부분은 처음에는 죽어 있는 듯
보인다. 그러나 모든 게 정돈이 되면, 성공적인 원숙한
글들이 죽어 있는 문장들에 어떤 생명과 색을 비추게
될 터다. 예의 그 문장들은 새로운 생명으로 고동치는
듯 보이고, 작가는 잠들어 있던 의미를 일깨워 주변의
글에 걸맞은 글이 되게 할 것이다. 주어진 어떤 주제에
대한 첫 번째 시도에서 작가는 그의 감상과 시상을
위한 틀과 토대 이상의 것을 구축해내는 법이 거의
없다. 그가 도달하는 각각의 명료한 생각은 그 과정에서
수많은 개별적인 생각과 인식을 이끌어낸다. 게다가
작가에게는 스스로 글의 주제를 창조해내야 하는 과제가
부여된다. 어떤 주제에 관해 처음 쓴 글의 대부분은
단지 암중모색이자 잡석과 토대에 불과하다. 각기 다른
시기에 행해진 수많은 관찰들이 하나로 모일 때 비로소
작가는 자신의 주제를 이해하면서 하나의 타당하고
올바른 관찰을 할 수 있게 된다. 『1859. 2. 3. 일기』

110 글을 쓸 때 자신이 쓴 가장 좋은 구절들을 되도록
빨리 포착해낸 다음 그것들에 집중하기 위해 나머지를
쳐내는 것은 대단한 기술이다. 심지어 글의 가장 빈약한
부분들조차도 기둥의 박공처럼 훌륭한 구절들을
돋보이게 할 때 가장 효과적인 글쓰기가 될 수 있을
터다.
대중 앞에 그렇게 자주 모습을 드러내기까지 작가는
얼마나 많은 것을 감내하며 살아왔겠는가! 그에게 몇
년의 시간이나 몇 권의 책들은 오랜 세월의 경험과
고통을 의미한다. 그러느라 그가 무감각한 사람이 되지
않았다면 참으로 다행한 일이다. 그는 사람들의 경멸을
견디고 스스로를 경멸하는 법을 배워간다. 말하자면
그는 죽기도 전에 자신을 검시하는 것이다. 이것이 바로
작가가 갖춰야 할 기술이다. 『1859. 2. 20. 일기』

111 자신이 쓴 글에서 가장 좋은 것들을 되도록 빨리
찾아내라. 그런 다음 나머지 부분을 그것들과 어울리게
다듬으라. 글의 가장 좋은 부분은 나뭇잎의 주맥과
잎맥과도 같다. 『1859. 3. 11. 일기』

112 성서의 법칙인 "무릇 있는 자는 받아 풍족하게
되고"『마태복음』25장 29절라는 말은 글쓰기에서도 마찬가지로
통용된다. 주어진 주제에 관해 더 많이 생각하고 더
많이 쓸수록 글을 더 잘 쓸 수 있게 된다. 생각은 생각을

낳는다. 생각은 우리 손 밑에서 자라난다. 『1860. 2. 13, 일기』

113 어떤 실제 이야기—헤로도토스나 존엄한 비드'영국 역사의
아버지'라는 별칭을 지닌 영국의 수도승이자 학자의 이야기 같은—를
읽다보면 우린 이야기의 주제가 아니라 인물에 더 흥미를
느낀다는 사실을 알게 된다. 또한 작가가 주제를 다루는
방식과 그 주제에 부여하는 중요성에 우리의 흥미가
좌우된다. 천재적 재능을 타고나지 못한 별 볼일 없는
작가는 자신이 위대하다고 생각하는 주제를 선택해야
한다. 다른 사람들의 이야기를 통해 우리가 이미 흥미를
느끼고 있는 주제 같은 것을. 그러나 셰익스피어처럼
천재적인 작가는 자신의 교구 이야기만으로도 다른 이의
세계 역사보다 훨씬 더 흥미로운 이야기를 쓸 수 있다.
어디에서 살건 언제나 이야깃거리는 있는 법이다.
그 이야기가 흥미로울지 아닐지는 오로지 그것을
이야기하는 사람이나 역사가에게 달려 있다.

『1861. 3. 18, 일기』

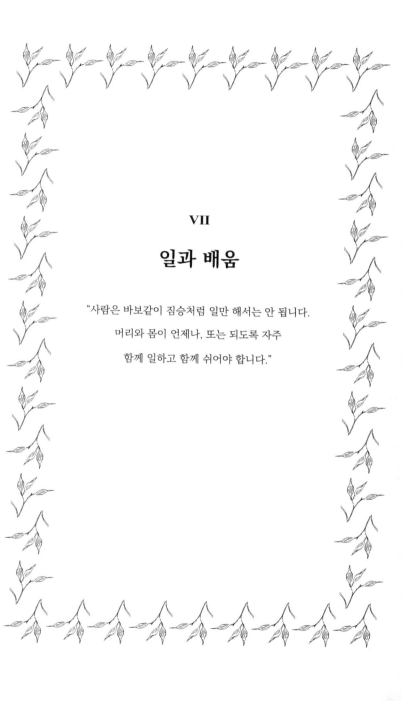

VII

일과 배움

"사람은 바보같이 짐승처럼 일만 해서는 안 됩니다.
머리와 몸이 언제나, 또는 되도록 자주
함께 일하고 함께 쉬어야 합니다."

1 세상의 모든 지혜는 한때는 몇몇 현인들의 받아들여지기 힘든 이단이었다. 『1840. 7. 6. 일기』

2 경험을 통해 배웠다고 할 만큼 나이를 많이 먹은 사람이 과연 있을까? 『1842. 3. 21. 일기』

3 선입견은 되도록 빨리 버리는 게 좋다. 아무리 오래된 사고방식이나 행동 방식이라 할지라도 증명되지 않은 것을 믿어서는 안 된다. 오늘 모든 사람이 진리로 여기며 되풀이해 말하거나 묵인한 것이 내일은 거짓으로 판명되거나, 들판에 단비를 뿌려줄 구름으로 믿었던 것이 한낱 견해라는 연기에 지나지 않는 것으로 드러날 수도 있다. 옛사람들이 할 수 없다고 한 것도 우리는 시도해 해내고 있지 않은가. 옛사람에게는 옛 행위가 있고, 새 사람에게는 새로운 행위가 있는 법이다. 일례로 옛사람들은 새로운 연료를 공급해 화력을 유지하는 법을 잘 몰랐지만, 새 사람들은 솥 밑에 마른 장작을 태워 새처럼 빠르게—흔한 말로 노인들을 죽게 할 정도로— 지구를 돌고 있지 않은가. 증기기관의 발명을 가리킨다 『월든』

4 나이 듦이 젊음보다 나은 선생이 될 수 없고 어쩌면 그보다 못하다고 할 수 있는 것은 나이를 먹으면서 얻는 것보다 잃는 게 더 많기 때문이다. 아무리 현명한 사람이라 할지라도 살아오는 동안 절대적 가치가 있는

무언가를 배웠을지 심히 의심스럽다. 실제로 나이 든 이들은 젊은이들에게 아무런 중요한 충고를 해주지 못한다. 그들의 경험은 지극히 부분적인 것에 지나지 않으며, 그 인생은 처참한 실패였기 때문이다. 그리고 그들은 자신의 실패가 개인적인 이유 탓이었다고 믿는 듯하다. 그러면서 그런 경험과 배치되는 어떤 신념을 아직 갖고 있는 듯 보인다. 그러나 그들은 이제 예전처럼 젊지 않다.

나는 이 세상에서 30여 년을 살았지만 아직까지 연장자들에게서 유익하거나 적어도 진심 어린 조언을 들어본 적이 한 번도 없다. 그들은 내게 아무 이야기도 해주지 않았고, 어쩌면 충고를 해주고 싶어도 해줄 이야기가 없는 것인지도 모른다. 삶이란 대부분 내가 아직 시도해보지 않은 하나의 실험이다. 앞서 살았던 사람들이 그것을 시도해보았다는 사실이 내게 어떤 도움이 되지는 않는다. 앞으로 내가 유익하다 싶은 어떤 경험을 하게 되더라도 나의 인생 선배들이 그것에 대해 아무 이야기도 해주지 않았다고 회상하게 될 게 분명하다. 『월든』

5 당신과 나를 위해 단숨에 말하겠습니다. 당신 땅에서 열매를 맺는 어떤 나무를 발견하게 되면 그 나무를 잘 가꾸도록 하십시오. 그리고 당신이 겪은 지난날의 실패나 성공을 돌아보지 마십시오. 모든 과거는 하나의

실패이자 성공입니다. 당신의 과거는 당신에게 지금의
기회를 선사한다는 점에서 성공인 것입니다.

『1850. 8. 9. 해리슨 블레이크에게 보낸 편지』

6   우리가 어떻게 일상을 보내는지를 살펴보자.
이 세상은 일이 판치는 곳이 되어버렸다. 얼마나
끊임없이 소란스러운지 모른다! 나는 증기기관차가
헐떡이는 소리에 거의 매일 밤잠을 설친다. 기차 소리는
내 꿈을 방해한다. 안식일 같은 것은 존재하지 않는다.
한 번이라도 제대로 쉬는 사람을 본다면 정말 기분이
좋을 것 같다. 온통 일, 일, 일뿐이다. 심지어 생각을
적기 위한 백지 노트를 사는 것조차 쉽지 않다. 노트에는
대부분 달러와 센트를 기록하기 위한 줄이 쳐져 있다.
어떤 아일랜드인은 들판에서 무언가를 적는 나를 보고는
당연히 내 품삯을 계산하는 중일 거라고 생각했다.
누군가가 어린 시절, 창밖으로 내던져져 평생 불구가
되었거나 인디언들에 놀라 정신이 나갔을 때 그 사실을
안타까워하는 이유는 무엇보다 그가 일을 제대로 할 수
없기 때문이다! 이처럼 쉴 새 없이 하는 일보다—심지어
범죄보다 더—시정詩情과 철학 그리고 아아! 삶 자체에
더 반하는 것은 없다. 『원칙 없는 삶』

7   앎은 오직 그것과 부합하는 경험을 통해서만 얻어질
수 있다. 단지 말로만 듣는 것을 어떻게 제대로 알 수

있겠는가? 우린 오직 스스로의 경험을 통해서만 다른
사람의 경험을 해석할 수 있다. 『콩코드 강과 메리맥 강에서의
일주일』

8 우리가 경험한 모든 것은 우리 안으로 깊이 들어가
그곳에 자리 잡고 있다. 그것은 우리의 동반자와도
같다. 언젠가 우리가 건강하거나 아플 때면 우린 그것을
밖으로 끄집어내 되돌아보게 될 것이다. 우리의 몸이나
영혼은 그 무엇도 잊는 법이 없다. 나뭇가지는 자신을
흔들고 간 바람을 언제나 기억하고, 돌은 자신이
받은 충격을 잊지 못한다. 오래된 나무와 모래에게
물어보라. 『1841. 2. 8. 일기』

9 위대한 생각은 노동에 신성함을 부여한다. 오늘
난 거름을 축사 밖으로 옮겨주고 75센트를 벌었다.
이만하면 괜찮은 벌이다. 만약 도랑을 파는 사람이
일하는 동안 어떻게 하면 올바로 살 수 있을까를
진지하게 생각한다면, 도랑 파는 가래와 펫장용 칼이
후손의 문장紋章에 새겨질지도 모른다. 『1841. 4. 20. 일기』

10 유능하고 효율적인 노동자는 하루를 일로 빽빽이 채우지
않는다. 그 대신 여유와 여가를 한껏 누리며 느긋하게
일을 한다. 하루를 마감하기 전까지 휴식할 시간은
얼마든지 있을 터다. 그는 오로지 시간의 알맹이를

확보하는 데만 열심이며, 껍질의 가치를 과장하는 법이
없다. 어째서 암탉이 온종일 알을 품어야 하는가? 암탉은
하루에 한 개의 알을 낳을 뿐이며, 또 다른 알을 낳기
위해 모이를 쪼아 먹지 않는다. 일을 많이 하는 사람은
열심히 일하지 않는 사람이다. 『1842. 3. 31. 일기』

11 오늘처럼 햇빛이 사방을 비추는 화창한 날보다 호숫가를
비추는 몇 줄기 햇살로 더욱 풍요로워졌던 기억이
떠오른다. 부富에는 날개가 달려 있는 것 같다. 현재의
고통의 무게는 달콤했던 과거의 경험을 끄집어내
보여준다. 슬픔이 밀려올 때면 우린 지난날의 즐거웠던
기억을 얼마나 쉽게 떠올리곤 하는가! 꿀벌은 새 꿀을
모으지 못하는 겨울에는 지난 계절에 비축해둔 꿀을
먹으며 살아간다. 경험은 손가락과 머리에 저장된다.
마음은 언제나 미숙하기 마련이다. 『1842. 4. 3. 일기』

12 원시인들의 단순하고 적나라한 삶은 적어도 인간을
언제나 자연 속에 살게 하는 이점이 있었다. 먹을 것과
잠으로 원기를 회복하고 나면 그는 새로운 여정을
생각했다. 말하자면 그는 세상을 천막 삼아 기거하면서,
골짜기를 누비거나 들판을 가로지르거나 산봉우리에
올랐다. 그러나 보라! 인간은 자신이 사용하는 도구의
도구가 되어버렸다. 배가 고프면 마음대로 과일을 따
먹던 인간은 농부가 되었다. 나무 아래서 비바람을

피하던 인간은 주택의 소유주가 되었다. 우린 더 이상
야영을 하면서 밤을 보내지 않으며, 땅 위에 정착한
뒤에는 하늘을 잊어버렸다. 그리고 기독교를 개선된
농경의 방식으로 받아들였다. 우리는 현세를 위해서는
가족의 저택을 짓고, 내세를 위해서는 가족의 묘지를
마련한다. 『월든』

13 우리에게 가장 중요한 승리를 쟁취하는 데 필요한
무기, 가보처럼 아버지가 아들에게 물려주어야 할
무기는 칼과 창이 아니다. 수많은 초원의 풀물로 녹슬고
숱한 격전지의 흙먼지로 더럽혀진 낫과 제초기와
삽 그리고 습지용 괭이가 그런 무기다. 인디언의
옥수수밭에서 초원으로 부는 바람은 그에게 가야
할 길을 알려주었지만, 그는 그 길을 따라갈 재주가
없었다. 정착할 땅을 파기 위해 그가 가진 도구라고는
조개껍데기밖에 없었다. 반면에 농부는 쟁기와 삽으로
무장하고 있다. 『걷기』

14 젊은이들이 당장 인생을 실험해보는 것보다 사는 법을
더 잘 배울 방법이 또 있을까? 이는 수학 공부만큼이나
그들의 정신을 단련시킬 터다. 예컨대 한 소년이 예술과
과학에 대해 무언가를 알길 원한다면 난 그를 단지 어떤
교수가 있는 곳으로 보내는 식의 흔한 방식을 좇지는
않을 것이다. 그곳에서는 모든 것을 가르치고 실습하게

하지만 삶의 기술은 가르치지 않는다. 또한 망원경이나
현미경으로 세상을 관찰하는 법은 가르치지만 육안으로
세상을 보는 법은 절대 가르치지 않는다. 소년은 화학은
공부하지만 자신이 먹는 빵이 어떻게 만들어지는지는
배우지 않으며, 기계학은 공부하지만 빵을 어떻게
얻을 수 있는지는 배우지 않는다. 해왕성의 새로운
위성을 발견하는 법은 공부하지만 자기 눈 속의 티끌을
찾아내는 법은 배우지 않으며, 자신이 어떤 무뢰한의
아첨꾼 노릇을 하고 있는지는 알지 못한다. 그는 한
방울의 식초 안에 사는 괴상한 균들을 연구하면서 자기
주위에서 우글거리는 괴물들에게 잡아먹히고 있다는
사실은 깨닫지 못한다. 『월든』

15 노동자의 목적은 생계를 유지하고 '좋은 직업'을 얻는
것이 아니라 어떤 일을 잘해내는 것이 되어야 한다.
물론 금전적인 면에서도 공동체는 그 노동자들에게
후하게 지불하는 것이 경제적일 터다. 그리하여 그들이
단지 밥벌이를 위한 것 같은 낮은 차원의 목적이 아닌
과학적인 목적 혹은 어떤 정신적 목적을 위해 일하는
거라고 느끼게 해야 한다. 고용주는 단지 돈벌이를
위해서가 아니라 그 일이 좋아서 하려는 사람을
고용해야 할 것이다. 『원칙 없는 삶』

16 내 일로 말하자면, 나의 고용인들은 내가 가장 잘할 수

있는 측량 일조차도 트집을 잡곤 했다. 그들은 내가 일을 너무 잘하거나 충분히 잘하기보다는 조잡하게 하는 것을 선호했다. 내가 측량에는 여러 가지 방식이 있음을 설명할 때마다 그들은 으레 가장 정확한 방식 대신 가장 많은 땅을 갖게 해주는 방식이 어떤 것인지를 알고 싶어 했다. 『원칙 없는 삶』

17 자기 마음에 꼭 들면서 제대로 보수를 받는 일을 하는 사람이 드문 데다, 몇 푼 안 되는 돈이나 명성 때문에 자신이 추구하던 목표를 포기하는 일도 흔하다니 놀라운 일이다. 마치 '적극성'이 젊은이가 가진 모든 자산이기라도 한 양 적극적인 젊은이들을 겨냥한 광고들이 눈에 띈다. 언젠가 한 청년이 자신만만한 태도로 어른인 내게 자신이 계획하는 사업에 동참할 것을 제안했을 때 나는 깜짝 놀랐다. 마치 난 아무것도 할 일이 없으며, 지금까지의 내 인생이 철저한 실패라고 여기는 듯했다. 이 얼마나 미심쩍은 찬사인가! 그는 어디로 향할지도 알지 못한 채 거센 바람을 온몸으로 맞으며 망망대해로 나아가던 중에 나를 만나 자신과 함께 가자고 제안을 한 것이다! 내가 그 청년의 제안을 받아들였더라면 해상보험업자들은 내게 뭐라고 했을까? 아마도 절대 안 된다고 했을 것이다! 나는 인생이라는 항해를 하던 중에 지금 단계에 이르렀고, 결코 무위도식하고 있는 게 아니다. 사실은 어릴 때 고향

마을 항구를 어슬렁거리다가 건장한 선원을 구한다는
광고를 본 적이 있다. 그리고 나이가 차자마자 난 그
배에 올라탔다. 『원칙 없는 삶』

18 이 사회는 지혜로운 사람의 마음을 끌 만한 미끼가 별로
없다. 산에 터널을 뚫을 돈은 충분히 모을 수 있지만
자기 일을 열심히 하는 사람을 고용할 돈은 마련하지
못한다. 유능하고 귀한 인재는 사회가 그 대가를
지불하건 말건 상관없이 자신이 할 수 있는 일을 한다.
반면 무능한 사람은 값을 가장 높게 부르는 사람에게
자신의 무능함을 제공하면서 언제까지고 사무실에
자리를 지킬 수 있을 거라고 기대한다. 그런 사람은
좀처럼 실망하는 일이 없을 터다. 『원칙 없는 삶』

19 우리가 먹는 빵을 어떻게 버느냐 하는 것은 아주 중요한
문제이면서 달콤하고 솔깃한 문제이기도 합니다. 으레
그렇듯 이 문제를 회피해서는 안 됩니다. 이는 인간에게
주어진 가장 중요하고도 실질적인 문제니까요. 그렇다고
서둘러 대답해서도 안 될 것입니다. 우리가 먹는 빵을
거칠고 경솔하고 성급한 방식으로 얻는 데 만족해서도
안 됩니다. 식량을 얻기 위해 어떤 사람들은 사냥을
하고, 어떤 이들은 낚시를 하며, 또 어떤 사람들은
전쟁을 벌이기도 합니다. 그러나 그들 중 그 누구도
성실하게 자신의 빵을 벌고자 하는 사람들만큼 즐거운

시간을 누리지는 못합니다. 자신의 마음과 목숨과 힘을
다해 정직하고 진실하게 빵을 벌고자 하는 이들이 빵을
벌고, 그들에겐 그 일이 아주 달콤하리라는 것은 정말로
사실이며, 정신적으로나 물질적으로도 사실입니다. 질만
좋다면 아주 작은 빵, 아주 조금의 빵 부스러기만으로도
충분합니다. 그런 빵은 영양가가 아주 높으니까요.
그러니까 우리 각자는 죽기 전에 자기 몸을 위해 적어도
빵 한 조각이라도 벌어 그 맛을 알 수 있도록 해야 할
것입니다. 그 빵은 생명의 빵과 다름없으며, 그 둘은
삼키는 즉시 아래로 내려갑니다.

우리가 먹는 빵은 결코 시큼하거나 소화하기에
딱딱해서는 안 됩니다. 자연은 정신에 영향을 미치는
것만큼 우리 몸에도 영향을 미칩니다. 자연은 상상력에
자양분을 제공하듯 우리 몸에도 영양분을 공급합니다.
자연이 말하는 것은 모두가 진심이며, 자연은 그것을
실행할 준비가 되어 있습니다. 자연은 시인의 눈에만
아름다운 것이 아닙니다. 무지개와 석양만이 아름다운
게 아니라, 음식을 먹고 옷을 입고 거처에서 지내며
알맞은 따뜻함을 누리는 것 또한 아름다우면서 영감을
고취하는 일입니다. 『1848. 5. 2, 해리슨 블레이크에게 보낸 편지』

20 사람은 바보같이 짐승처럼 일만 해서는 안 됩니다.
머리와 몸이 언제나, 또는 되도록 자주 함께 일하고 함께
쉬어야 합니다. 『1848. 5. 2, 해리슨 블레이크에게 보낸 편지』

21 어쩌면 난 그 어느 때보다 나의 자유를 누리고
싶어하는지도 모른다. 내가 사회와 맺고 있는 관계와
사회에 지고 있는 의무는 예나 지금이나 지극히
하찮고 덧없다는 생각이 든다. 생계를 유지하게 하고
동시대인들에게 어느 정도 도움이 되는 가벼운 노동이
내게 즐거움을 주는 것은 사실이다. 하지만 그 일이
필수적이라고 생각한 적은 별로 없다. 지금까지 나는
그럭저럭 잘 살아왔다. 그러나 지금보다 바라는 게 훨씬
많아진다면, 그 필요를 충족하기 위해 요구되는 노동은
고역이 될 것이다. 대부분의 사람들이 그리하듯 나의
오전과 오후를 모두 사회에 팔아넘겨야 한다면, 내겐
더 이상 살아갈 아무런 이유가 없을 터다. 죽 한 그릇을
먹기 위해 나의 생득권生得權을 파는 일구약성서 「창세기」 25장
29~34절에 나오는 에서와 야곱의 일화를 빗댄 것이다. 장자 에서는 팥죽 한
그릇에 야곱에게 장자의 권리를 팔아넘겼다. 눈앞의 이익을 얻고자 영구적인
권리를 잃는 것을 의미한다은 결코 없을 것이다. 『원칙 없는 삶』

22 내가 말하고 싶은 것은 더없이 부지런한 사람도 시간을
제대로 쓰지 못할 수 있다는 사실이다. 인생의 대부분을
생계를 잇는 데 소모하는 사람만큼 치명적인 실수를
하는 사람도 없다. 진취적인 사람들은 모두가 자급자족을
한다. 이를테면 증기로 움직이는 제재소가 스스로
만들어내는 대팻밥으로 보일러에 연료를 공급하듯,
시인은 자신의 시로 자기 몸을 건사해야 한다. 사람은

자기가 좋아하는 일로 생계를 유지해야 하는 법이다.
그러나 상인들의 97퍼센트가 실패한다는 기준에
비추어볼 때 대부분의 사람들의 삶은 실패하기 십상이며,
파산은 이미 예견된 것이나 다름없다. 『원칙 없는 삶』

23 삶에 대한 인간의 요구는 상대적인 것으로, 크게 두
가지로 나뉜다. 둘 사이에는 중요한 차이점이 있는데,
하나는 정직한 성공에 만족하며 모든 표적을 직사直射포병
사격에서, 탄도가 조준선 위로 목표보다 더 높게 올라가지 않도록 쏘는 것을
가리킨다로 쏘아 맞힌다. 반면 또 다른 하나는 삶이 아무리
비천하고 실패의 연속이라 할지라도 끊임없이 자신의
목표를 높인다. 그것이 비록 지평선상에서는 아주 미미한
각도에 불과할지라도. 나는 후자에 훨씬 가까운 사람일
것이다. 동양 속담에도 "언제나 아래를 내려다보는 사람은
위대해질 수 없고, 높은 곳을 바라보는 사람은 가난해지기
마련이다"라는 말이 있다고 하지 않는가. 『원칙 없는 삶』

24 밥벌이를 주제로 쓴 글은 생각나는 게 별로 혹은 전혀
없다는 건 놀라운 일이다. 어떻게 밥벌이를 하느냐
하는 것은 더없이 신성하고 고귀한 일일 뿐만 아니라
아주 유혹적이고 영예로운 일이기까지 하다. 밥벌이가
그렇게 될 수 없다면 우리의 삶 또한 그렇지 못할
것이다. 문학작품을 살펴본바 이 문제가 고독한 개인의
사색을 결코 방해한 적이 없다고 생각할지도 모른다.

사람들이 먹고사는 문제에 관해 말하고 싶어하지 않는
것은 그동안 겪은 일들에 넌더리가 나서일까? 돈이
우리에게 가르쳐주는 교훈, 조물주가 힘들여 가르치고자
하는 가치에 대한 교훈을 우린 깡그리 무시하려는
경향이 있다. 밥벌이의 수단으로 말하자면, 모든 부류의
사람들, 심지어 개혁가라는 사람들조차 그것에 얼마나
무관심한지 놀라지 않을 수 없다. 사람들은 유산을
상속받거나 자신이 벌거나 훔치거나 할 것 없이 어떤
방식에도 개의치 않는다. 이런 점에서 사회는 우리를
위해 아무것도 한 것이 없거나, 이미 스스로 이룬 것을
망쳐놓았다. 사람들이 추위와 굶주림을 피하기 위해
선택하고 내게 권하는 밥벌이의 방식들을 좇기보다는
추위와 굶주림을 받아들이는 편이 내 천성에 더 맞는 것
같다. 『원칙 없는 삶』

25 지혜롭다라는 말은 대부분 잘못 사용되고 있다. 다른
사람들보다 인생을 사는 법을 더 잘 알지도 못하면서
단지 교활하고 지적으로 교묘하기만 해서야 어떻게
지혜로운 사람이라고 할 수 있겠는가? 다람쥐 쳇바퀴
같은 삶에도 지혜라는 게 있긴 할까? 설사 있다고
한들 그 지혜가 자신을 본보기 삼아 성공하는 법을
우리에게 가르쳐줄까? 삶에 적용될 수 없는 지혜라는
게 존재할까? 지혜란 단지 가장 미묘한 세상의 이치를
가는 제분기에 불과한 것일까? 차라리 플라톤이 그의

동시대인들보다 나은 방식으로 혹은 더 성공적으로
생계를 이어갔는지, 아니면 다른 사람들처럼 인생의
역경에 굴복했는지를 알아보는 게 낫지 않을까? 그는
단지 초연한 태도로, 아니면 위세를 부리면서 그런
어려움을 극복했을까? 유언장에서 그를 언급한 숙모
덕분에 사는 게 한결 편해졌다고 생각한 것은 아닐까?
대부분의 사람들이 생계를 이어가는, 즉 살아가는
방식은 단지 임시변통일 뿐이다. 그들이 정말로 중요한
삶의 문제를 회피하는 가장 큰 이유는, 어떻게 해야 할지
모르거나, 다른 한편으로는 더 잘 살고자 하는 의지가
없기 때문이다. 『원칙 없는 삶』

26 교육이 종종 하는 일이 무엇일까? 교육은 자유롭게
구불구불 흐르는 개울을 똑바로 잘린 도랑으로 만들곤
한다. 『1850. 11. 날짜 미상. 일기』

27 '유용한 지식 보급협회'영국에서 1826년에, 미국에서는 1829년에
창립된 단체로, 정식 교육을 받지 못하거나 독학을 선호하는 사람들을 위한
각종 저작물을 펴냈다. 보스턴 지부에서는 한때 랠프 월도 에머슨이 초청
강사로 강연을 하기도 했다라는 단체 이름을 들어본 적이 있다.
'아는 것이 힘'이라는 말도 있다. 그렇다면 '유용한
무지 보급협회'도 있어야 하지 않을까. 아름다운
지식이라고 할 만한 유용한 무지는 더 높은 차원에서
유용한 지식이다. 우리가 자랑하는 이른바 지식의

대부분은 무언가를 안다는 자만에 지나지 않으며,
이는 우리의 실제 무지가 지닌 이점을 앗아가는 게
아닐까? 우리가 지식이라고 부르는 것은 종종 긍정적인
무지이며, 무지는 부정적인 지식을 가리킨다. 사람들은
수년간 꾸준히 노력하며 신문을 읽음으로써—학문의
도서관이라는 게 결국 신문 더미가 아니고 뭐겠는가?—
수많은 사실들을 축적하고 그것들을 기억 속에
차곡차곡 저장해둔다. 그러다 자기 인생의 봄날이
오면 거대한 생각의 들판으로 나아가 그곳을 느긋이
거닌다. 마구간에 마구를 벗어던지고 달려가 풀을 뜯는
말처럼. 나는 가끔씩 '유용한 지식 보급협회' 회원들에게
이렇게 말하고 싶어진다. 풀을 뜯으러 달려가세요. 너무
오랫동안 건초만 먹지 않았나요. 바야흐로 봄이 찾아와
들판은 초록 풀들로 넘친다. 농부들은 5월 말이 되기
전에 시골 목초지로 암소들을 데리고 간다. 1년 내내
소들을 외양간에만 가두어둔 채 건초만 먹이는 몰인정한
농부도 있다고 한다. '유용한 지식 보급협회'도 빈번하게
이런 식으로 자신의 소들을 다룬다.

인간의 무지는 때때로 유용할 뿐만 아니라 아름답기까지
하다. 반면 인간의 지식이란 것은 종종 추하다 못해
무용한 것보다 나쁠 때도 있다. 어떤 주제에 관해
아무것도 모르는 사람, 극히 드물긴 하지만 자신이
아무것도 모른다는 것을 아는 사람, 그리고 실제로
무언가를 알기는 하지만 자신이 전부를 안다고

생각하는 사람. 이들 중에서 누가 가장 상대하기 좋은
사람일까? 『걷기』

28 여기 광대하고 거친 우리의 어머니 자연이 있다. 사방에
펼쳐진 자연은 이토록 아름답고 넘치는 사랑으로 마치
표범처럼 자신의 자녀인 우리를 품에 안는다. 그러나
우린 너무나도 일찍 자연의 품을 벗어나 오로지 사람과
사람 사이의 상호 작용만으로 이루어진 문화 속으로
뛰어든다. 일종의 동종 번식을 하는 그 문화는 잘해야
영국의 귀족 제도 같은, 제한 속도가 있을 수밖에 없는
문명을 만들어낼 뿐이다.
인간이 만들어낸 최상의 제도인 사회에서는 어떤
조숙함이 쉽사리 눈에 띈다. 여전히 자라나는
어린아이여야 할 때 우린 너무 일찍 애어른이
되어버린다. 내가 원하는 것은, 인위적으로 가열한
거름과 개량된 농기구와 새로운 방식에만 의존하는
경작이 아니라, 초원에서 거두어들인 넉넉한 퇴비로
땅을 기름지게 하는 경작 방식이다. 『걷기』

29 듣자 하니 딱하게도 눈에 탈이 나는 학생들이 많다고
한다. 그렇게 밤늦게까지 앉아 있는 대신 바보의 여유를
가지고 제대로 잠을 잔다면 지적으로나 신체적으로 더
빠르게 성장할 수 있을 텐데.
빛도 과도하게 쏘이면 좋지 않은 법이다. 니에프스조세프

니세포르 니에프스, 1765~1833. 프랑스의 화학자이자 사진술의 발명자로
오늘날의 사진 제판의 기초를 마련했다라는 프랑스 사람은 햇빛
속에 화학적 효과를 일으키는 힘이 있다는 이른바
'화학선化學線 작용'을 발견했다. 그는 화강암, 석조
건축물, 금속 조각상 등은 "햇빛을 쐬는 동안에는
모두가 파괴적인 영향을 받는다. 그러나 그에 못지않게
경이로운 자연의 예비가 없었더라면 우주의 섭리가
지배하는 미묘한 힘이 살짝만 닿아도 이내 무너져
내리고 말 것"이라고 주장했다. 하지만 그는 다음과 같은
사실도 알아냈다. "낮 동안에 이런 변화를 겪는 물체들은
더 이상 이런 자극이 가해지지 않는 밤에는 원상태로
회복되는 힘을 지녔다." 따라서 이런 추론도 해볼 수
있다. "생물의 왕국에 밤과 잠이 필요하듯 무생물의
세계에도 어둠의 시간이 필요하다." 달조차도 매일 밤
빛나지는 않으며 때로는 어둠에 자리를 양보한다.
나는 모든 인간이 개발되는 것도, 인간의 모든 면이
계발되는 것도 바라지 않는다. 지구의 모든 땅이
개발되는 것을 원치 않는 것처럼. 물론 지구의 일부는
경작지가 될 터다. 그러나 훨씬 더 많은 부분은 목초지와
숲으로 남아 당장의 용도에 쓰일 뿐만 아니라 해마다
그곳에서 자라는 초목을 썩게 하여 먼 미래를 대비하게
될 것이다. 『걷기』

30 무언가를 볼 때마다 그것을 이해해야 한다면, 우리가 볼

수 있는 게 별로 없을 터다. 인간이 오성悟性의 줄자로
잴 수 있는 게 얼마나 되겠는가! 그러는 동안에도 우린
얼마나 많은 더 중요한 것들을 보고 있는가! 『1851. 2. 14, 일기』

31 손쉬운 일을 처리하는 것이라면 누구라도 다른 사람만큼
잘할 수 있다. 그러나 어려운 일에는 특별한 능력이
요구되는 법이다. 바람이 들어오지 못하게 구멍을 막는
일은 아무나 할 수 있지만, 이 장면『햄릿』의 5막 1장을 가리킨다을
쓰는 것 같은 일은 절대 아무나 할 수 없다. 『1851. 5. 6, 일기』

32 해가 갈수록 나의 앎의 성격이 점점 더 분석적이고
과학적이 되어간다는 생각이 든다. 창공처럼 너른
관점으로 보는 대신 현미경의 영역으로 스스로를
제한하는 것 같다. 나는 전체나 전체의 그림자가 아닌
세부들을 본다. 어떤 부분들을 헤아려보고는 "알겠다"고
말한다. 『1851. 8. 19, 일기』

33 여름에 우린 겨울을 대비해 차곡차곡 경험을 쌓는다.
다람쥐가 나무 열매를 모으듯 겨울밤을 위한
이야깃거리를 비축하는 것이다. 『1851. 9. 4, 일기』

34 나이가 들어갈수록 우린 점점 더 되는 대로 살게 된다.
자신을 단련하는 일에도 소홀해지고, 어느 정도는
자신의 가장 섬세한 본능을 더 이상 따르지 않게 된다.

자기가 먹는 음식과 정결을 지키는 일에도 예전보다
신경을 덜 쓴다. 그러나 그럴수록 정신을 굳게 다잡고
매사를 가려 해야 한다. 모든 지혜는 의식적이든
무의식적이든 스스로의 단련에 대한 보상이다.

『1851. 9. 5. 일기』

35   아, 사랑스러운 자연이여! 잠시 잊고 있다가 다시
떠올리는 소나무 숲이여! 굶주린 이가 빵 조각을 찾듯
나는 너에게로 온다.
나는 최근 20~30일간 측량 일을 하면서 거칠게 살았다.
심지어 음식에 관해서도 그랬는데, 내가 하는 일에
따라 먹는 음식도 달라지게 마련이라는 걸 깨달았다.
한마디로 아주 하찮은 삶을 산 것이다. 그리고 오늘
밤 처음으로 내 방에 불을 피우고는 다시 나 자신으로
돌아오고자 애썼다. 난 우주를 다스리는 힘들과 하나가
되기를 바랐다. 마을에서 멀리 떨어진 한적하고 기름진
초원을 통과해 구불구불 흐르는, 사려 깊고 헌신적인
삶의 깊은 흐름 속으로 뛰어들고 싶었다. 나의 가장
고귀한 내면, 나의 가장 신성한 본성과 꼭 어울리는 것을
단 한 번만이라도 다시 하고 싶었다. 푸릇푸릇한 강둑
아래서 헤엄치는 송어처럼 투명한 생각에 잠겨 길 잃은
누군가에게 수면에 떠오른 거품밖에 보이지 않기를
바랐다. 아! 나는 인간이 생각할 수 있는 한 최대한 멀리
떨어진 곳에서 살고 싶었다. 내 삶이 그 고유한 수로를

따라 본연의 흐름으로 흘러갈 수 있도록 여가와 평온을 누리기를 바랐다. 그리하여 나의 하루하루를 낭비하지 않을 수 있게 되면 가정에서 매일같이 기도와 감사를 드릴 수 있지 않을까. 콩코드와 칼라일미국 펜실베이니아주 남부에 있는 도시의 일이 아닌 나 자신의 일, 내게 돈보다 나은 것을 가져다주는 일을 할 수 있지 않을까. 모든 성취를 위해 우린 얼마나 많은 인내와, 아아, 희생과 손실을 거쳐야 하는가! 마침내 단순하게 말하는 법을 배우기 위해 인간은 얼마나 오래 훈련을 하고 얼마나 많은 대가를 치러야 하는가. 『1851. 12. 12, 일기』

36 인간의 무지는 인간의 지식만큼이나 유용할 때가 많다. 우리는 더 많이 알수록 덜 감탄하게 된다. 지금까지 한 번도 바다를 본 적이 없는 많은 농부들이 겨울철에 배 만드는 일을 돕는 걸 생각해보라! 『1853. 1. 14, 일기』

37 햇빛과 바람에 노출된 채 야외에서 생활하다보면 성격이 어느 정도 거칠어지기 마련이다. 얼굴과 손에 각질이 생기듯, 또는 심한 육체노동이 우리의 손놀림의 섬세함을 앗아가듯, 타고난 섬세한 성격에도 두꺼운 각질이 형성되는 것이다. 반면 집 안에 주로 머무는 사람은 피부가 더 얇아지지는 않더라도 더 부드럽고 매끈해지며, 감각이 더욱 예민해질 수 있다. 지금보다 햇빛과 바람을 덜 쐰다면 우리의 지적이고 도덕적인

성장에 중요한 영향을 미치는 힘에 좀더 민감하게
반응하게 될 터다. 이처럼 두꺼운 피부와 얇은 피부
사이의 균형을 맞추는 일은 상당히 미묘한 문제다.
그러나 그런 것은 금세 떨어져나갈 비듬 같은 것이며,
밤과 낮, 겨울과 여름, 생각과 경험 사이에서 둘 사이의
균형에 대한 자연스러운 해결책을 찾을 수 있을 터다.
우리의 생각에도 더 많은 공기와 햇빛이 필요하다.
게으른 사람의 흐늘거리는 손가락보다 노동자의 굳은
손바닥이 자존심과 용맹함이 새겨진 섬세한 피부 조직과
더 잘 어울리며, 그것에 닿는 순간 우리 마음을 뛰게
한다. 피부가 햇볕에 그을리고 굳은살이 박이는 경험은
도외시하면서 대낮에도 침대에 누운 채 스스로 피부가
희다고 생각한다면, 이는 얄팍한 감상주의에 지나지
않는다. 『걷기』

38 돈을 벌어야 하는 필요성이 자신의 계획을 무르익게
했다는 것을 솔직하게 말하지 않을 사람이 얼마나
될까? 『1852. 2. 6. 일기』

39 자신이 가진 지혜를 처세에 적용하는 것은 물론
바람직한 일이다. 나로 말하자면 사소한 일에서는
현명한 것 같지만 중요한 일에서는 어리석게 구는
경향이 있다. 별것 아닌 일들은 잘 처리하면서 내
인생 전체는 아무렇게나 살고 있는 것이다. 인간의

삶에서 넉넉하고 여유로운 여가는 책에서 보는 것과
마찬가지로 아름답다. 집안일 못지않게 인생에서도 급히
서두르다보면 일을 망치기 십상이다. 시간을 지키되,
짐마차의 시간이 아닌 우주의 시간을 잘 살피도록 하자.
우리의 삶을 우주의 삶과 일치하게 하는 신성하고
여유로운 순간들과 비교할 때 서둘러 조악하게 살아낸
70 평생이 무슨 의미가 있을까?
음식의 진정한 맛을 음미하지 못하고 허둥지둥 먹는
것처럼 우린 너무 성급하고 조악하게 인생을 살아간다.
우리의 특별한 재능이 아닌 우리의 의지와 오성과
사람들의 기대만을 고려하면서. 나는 평생 나를
짓누르고 모든 발전을 가로막는 일들을 스스로에게
강요할 수도 있고, 실제로도 그런 경향이 다분히
있다. 『1852. 12. 28, 일기』

40 나는 5년 넘게 오로지 손노동으로만 생계를 유지해왔다.
그러면서 1년에 6주 정도만 일하고도 생활비를 충당할
수 있음을 알게 되었다. 나는 여름날의 대부분과 겨울날
전부를 온전히 공부하는 데 쓸 수 있었다. 한때 학교
경영에 전념한 적도 있었다. 그런데 그 비용이 수입과
맞먹거나 초과한다는 것을 알게 되었다. 교육자다운
생각과 신념은 차치하고라도 적어도 하는 일에 맞춰
복장을 갖추고 준비를 해야 했으며 그 밖에도 시간을
많이 빼앗겼다. 게다가 난 나와 같은 인간의 행복을

위해 가르친 게 아니라 단지 생계를 위해 그 일을
했으므로 그 사실만으로도 실패한 것이나 다름없었다.
한때 사업을 시도한 적도 있었다. 그러나 사업이 정상
궤도에 오르려면 10년은 족히 걸리는 데다 그때쯤이면
난 타락의 길을 걷고 있을지도 모른다는 생각이 들었다.
그때쯤 소위 말하는 성공적인 사업을 하고 있을까봐
두려운 생각마저 들었다. 『월든』

41 세상과 상대하다보면 분노로 마음이 혼란스러워져
차분히 생각을 하기 힘들 때가 종종 있다. 아! 우리는
지나치게 세상에 휘둘리고 있다. 우리의 영혼 전부가
세상에 부대끼느라 마치 염색업자의 손처럼 세속의 때에
물들어 있다. 밥벌이를 하는 과정에서 자신의 순수함을
잃어버리느니 차라리 당장 굶어죽는 게 낫다.

『1853. 10. 26, 일기』

42 예술가는 예술에 전념함으로써 스스로를 얼마나 훌륭히
갈고닦는지요! 나무꾼은 자기 일을 잘해내고자 하는
노력을 통해 더 나은 나무꾼이 될 뿐만 아니라 현저히 더
나은 **사람**이 될 수 있습니다. 『1853. 12. 9, 해리슨 블레이크에게 보낸
편지』

43 지금 난 평온한 오후에 호수에 정박한 배에 앉아
있는 신사숙녀들을 보고 있다. 저들은 돈을 모으는

데 급급하지 않고 양산 아래에서 자연의 혜택을 한껏
누리고 있는 중이다. 밭을 가는 농부는 한나절을 꼼짝
않는 배에 앉아 있는 사람을 경멸과 우월감이 뒤섞인
시선으로 바라보곤 한다. 자신이 하는 노동의 목적이
어쩌면 단지 자신이 가진 것에 또 하나의 달러를 더하는
것일 뿐임을 깨닫지 못한 채. 그는 자신의 가족과
하인들에게 거칠고 비인간적인 일을 강요함으로써
종종 그러한 목표를 달성한다. 주로 아일랜드인이나
캐나다인이 월 단위로 그를 위해 일한다. 그가 스스로의
교훈과 모범을 통해 자신이 고용한 노동자에게
가르치고자 하는 게 무엇일까? 그 일이 노동자를 더
인간답게 만들 수 있을까? 이 지구를 천국을 닮은 곳이
되게 할 수 있을까? 『1854. 6. 1. 일기』

44 요즘은 다들 사는 게 어렵다며 야단법석입니다. 그러나
난 성직자들을 비롯한 모든 사람들과 지역 사회가
전반적으로 그 문제에 관해 잘못된 관점을 갖고
있다고 생각합니다. 어떤 공식에 따라 설교를 하는
일부 성직자들은 자신들의 관점이 옳다고 주장할지도
모르지만요. 이처럼 사적이거나 공적인 일반적인
실패는 우리가 누굴 책임지고 있는지를 일깨워주면서
언제나 정의가 실현된다는 걸 기뻐할 수 있는 기회가
되기도 합니다. 요즘 상인들의 대부분과 은행들이
실패하지 않는다면 세상의 오래된 법칙들에 대한

나의 믿음이 흔들리고 말 것입니다. 그런 사업을 하는
이들의 96퍼센트가 반드시 파산한다는 진술은 통계가
지금까지 보여준 것 중 가장 듣기 좋은 사실이자
봄날의 갯버들 향기처럼 기분 좋은 일일 것입니다. 만약
수천 명의 사람들이 실직을 한다면, 그것은 그들이
시간을 잘 활용하지 못했음을 암시합니다. 어째서
그들은 그 사실을 깨닫지 못하는 걸까요? 부지런한
것만으로는 충분하지 않습니다. 개미들도 부지런합니다.
중요한 것은 당신이 무엇 때문에 부지런한가 하는
것입니다. 『1857. 11. 16. 해리슨 블레이크에게 보낸 편지』

45 사람들의 마음은 상당 부분 일과 돈의 영역 안에서
움직이다보니 대중은 모든 문학적 노동을 즉각적으로
금전적 보상과 연관시키곤 한다. 그들이 주로 알고
싶어하는 것은 강사나 작가가 자신이 하는 일로 얼마를
버는가 하는 것이다. 자연주의자가 그토록 힘들게
식물이나 동물을 수집하는 것은 그 일에 대한 보수를
충분히 받았기 때문이라고 생각하는 식이다. 『1859. 4. 3. 일기』

46 나는 어떤 것들의 선호가 분명했고, 무엇보다 나의
자유를 소중히 여겼으며, 곤궁하게 살아도 얼마든지
잘 지낼 수 있었기에 비싼 카펫이나 호화 가구, 고급
음식 또는 고대 그리스풍이나 고딕 양식의 주택을
마련할 돈을 버느라 내 시간을 허비하고 싶지 않았다.

만약 끊임없이 이런 것들을 손에 넣으려 하고, 일단
가진 뒤에는 그것들을 제대로 사용할 줄 아는 사람들이
있다면, 그들에게는 그것들을 계속 좇으라고 하고 싶다.
또 어떤 이들은 선천적으로 '부지런하고' 일 자체를
사랑하거나, 나쁜 길로 빠지지 않기 위해 일을 하는
것처럼 보이기도 한다. 그런 사람들에게는 지금으로선
딱히 해줄 말이 없다.

현재 누리는 것보다 더 많은 여가를 누리게 되면 어쩔 줄
몰라하는 사람들에게는 지금보다 두 배로 열심히 일해서
빚을 다 갚고 자유 증서를 얻으라고 말해주고 싶다. 내가
보기에는 날품팔이가 가장 자유로운 직업인 것 같다.
1년에 30~40일만 일하면 먹고사는 데 부족함이 없기
때문이다. 그의 일과는 해가 지는 것과 동시에 끝나며, 그
후부터는 의무적인 노동과 상관없이 자신이 하고 싶은
일을 마음대로 할 수 있다. 그러나 매달 이런저런 궁리를
해야 하는 그의 고용주는 1년 내내 숨 돌릴 틈이 없다.
요컨대 나는 신념과 경험을 통해, 소박하고 현명하게
생활한다면 이 세상에서 생계를 유지하는 것은 힘든
일이 아니라 즐거운 일이라는 확신을 갖게 되었다.
단순하게 사는 민족의 일상적인 일은 보다 인위적으로
사는 민족의 오락에 불과하다. 유난히 땀을 많이 흘리는
사람이 아니라면 굳이 이마에 땀을 흘려가면서까지
생계에 매달릴 필요가 없는 것이다. 『월든』

47 때때로 나는 우리가 '흑인 노예제'라는 천박하고
이질적인 형태의 예속 관계에 집착할 만큼 경박한
국민이라는 사실에 놀라움을 금치 못한다. 북부인과
남부인 모두를 노예로 만들고자 눈을 번득이는 교활한
주인들이 수없이 많다. 남부의 노예 감독관 밑에서
일하는 것도 힘들지만 북부의 노예 감독관을 상대하기란
더더욱 힘든 일이다. 그러나 이 모든 것 중에서 최악은
스스로 자신의 노예 감독관이 되는 경우다. 『월든』

48 탄력 있고 힘찬 생각이 태양과 보조를 맞추는
사람에게는 하루가 언제까지나 아침이다. 시계가 몇
시를 가리키든 사람들의 태도와 일이 어떻든 아무
상관없다. 내가 깨어 있고 내 안에 새벽이 있을 때가
아침인 것이다. 정신적 개혁은 잠을 쫓으려는 노력이다.
사람들이 졸고 있는 게 아니라면 어째서 하루를 그렇게
허투루 보내는 걸까? 그들은 그렇게 계산에 어두운
사람들이 아니다. 그처럼 졸음에 압도당하지 않았더라면
그들은 무언가를 해냈을 것이다.
수백만 명의 사람들이 육체노동을 할 만큼은 깨어 있다.
그러나 효과적인 지적 활동에 충분할 만큼 깨어 있는
사람은 100만 명 중 한 사람이 고작이며, 시적이거나
신적인 삶을 살 수 있을 만큼 깨어 있는 사람은 기껏해야
1억 명 중 한 사람에 불과하다. 깨어 있는 것이 곧 살아
있는 것이다. 지금까지 난 진정으로 깨어 있는 사람을

만난 적이 없다. 그러니 어떻게 그의 얼굴을 들여다볼 수
있었겠는가? 『월든』

49 그동안 배운 것을 모두 잊어버릴 때 비로소 우린
무언가를 알기 시작한다. 어떤 학자에게서 입문용
지식을 얻었다고 생각하는 한 어떤 자연물에도 가까이
갈 수 없다. 무언가를 온전히 이해하려면 전혀 낯선
것처럼 그것에 다가가는 일을 수없이 반복해야 한다.
고사리류에 대해 알고 싶다면 자신의 식물학 지식을
잊어야 한다. 소위 지식이라고 하는 것을 모두 버려야
하는 것이다. 과학 용어나 분류 따위는 조금도 중요하지
않다. 무언가를 진정으로 알고 싶다면 선입견을 모두
버리고 대상에 다가가야 한다. 그동안 당연하다고
생각했던 것이 실은 아무것도 아니었음을 깨달아야
하는 것이다. 이 세상과 그 아름다움을 묘사한 책이
한 권이라도 있는가? 지금까지 누군가가 아름다움을
발견하는 방법을 고안해낸 적이 있는가? 통념과는
완전히 다른 차원에서 생각할 필요가 있다. 대상을 있는
그대로 인식하는 것만으로도 우린 커다란 성공을 거두는
셈이며, 영국학술원에 그 사실을 보고할 필요 따위는
없을 터다. 『1859. 10. 4, 일기』

50 '교양 교육'이라는 표현은 본래 자유인들에게 걸맞은
교육을 의미했다. 이것만이 진정 넓은 의미에서의

교육이라고 할 수 있다. 반면 사람들에게 생활비를
버는 법이나 인생의 어느 특정한 시기에 적응하는 법을
가르치기 위한 이른바 상업과 직업 교육은 비굴한 것이기
십상이다. 『1859. 12. 8, 일기』

51 젊은이나 누구에게라도 진리를 가르치고자 애쓰는 것은
얼마나 헛된 일인가! 사람들은 자신의 방식으로, 스스로
준비가 되었을 때에만 진리를 배울 수 있다.

『1859. 12. 31, 일기』

52 어떤 경험의 가치는 물론 그로 인해 얻게 되는 돈의
액수가 아니라 거기서 얼마만큼의 발전을 끌어낼 수
있느냐에 따라 평가되는 것이다. 『1860. 11. 26, 일기』

53 비교적 자유로운 이 나라에서도 대부분의 사람들은
무지와 오해로 공연한 걱정과 과도한 거친 노동에
몰두하는 바람에 인생의 아름다운 열매를 따지
못하고 있다. 그들의 손가락은 지나친 노역으로 너무
투박해지고 떨려서 그 열매를 딸 수가 없다. 실제로
노동하는 사람은 매일매일 진실하고 고결한 삶을 생각할
여유가 없다. 당당한 대인 관계를 유지할 여유가 없는
것이다. 그랬다가는 그의 노동은 시장에서 상품 가치를
잃게 될 것이기 때문이다.
노동자는 단순한 기계 말고는 다른 그 무엇도 될 시간이

없다. 그가 성장하려면 자신의 무지를 늘 기억해야
하는데, 자신의 앎을 수시로 사용해야 하는 사람이
어떻게 그럴 수 있겠는가? 우리는 그를 판단하기
이전에 때때로 무상으로 그에게 먹을 것과 입을 것을
제공하고, 우리의 강장제로 기운을 북돋아주어야 할
터다. 인간 본성의 가장 훌륭한 자질들을 잘 보존하려면
과분果粉처럼 아주 조심스럽게 다루어야 한다. 그러나
우린 우리 자신이나 다른 사람들을 그렇게 부드럽게
대하지 않는다. 『월든』

54 여러분 가운데 어떤 이들은 가난하고 사는 게 힘들어
허덕허덕할 때가 많다는 것을 우린 모두 알고 있다. 이
책을 읽는 사람들 중에도 이미 먹은 밥의 식대를 치르지
못하거나, 외투와 신발이 빠르게 닳거나 이미 닳을
대로 닳았는데도 새것을 장만하지 못하는 사람이 분명
있을 것이다. 심지어 빚쟁이 몰래 짬을 내, 즉 시간을
빌리거나 훔쳐서 이 글을 읽고 있는 사람도 있을 터다.
오랜 연륜으로 예리해진 내 눈에는 여러분 가운데
얼마나 많은 이들이 초라하고 비루한 삶을 살아가는지
빤히 보인다. 새로운 사업을 시작해 어떻게든 빚에서
벗어나보려고 애쓰지만 언제나 한계에 부딪히곤 하는
것이다. 빚이란 태곳적부터 있어온 수렁인바, 고대
로마인들은 빚을 '남의 놋쇠aes alienum'라고 불렀다.
당시에는 일부 동전을 놋쇠로 만들었기 때문이다.

여러분은 살아 있긴 하지만 죽은 것과 다를 바 없이 이런 남의 놋쇠에 파묻힌 채 살아가고 있는 것이다. 늘 갚겠다고, 내일은 꼭 갚겠노라고 거듭 약속을 하지만 오늘 갑자기 죽어서 영영 빚을 갚지 못할지도 모른다. 그래서 남의 환심을 사려고 애쓰며, 교도소에 갈 일만 빼고는 모든 수단과 방법을 동원해 고객을 확보하고자 노력한다. (…) 그러다보면 병이 나기도 하므로 이번에는 그럴 때를 대비해 돈을 모아둘 필요성을 느끼게 된다. 그리하여 오래된 장롱이나 벽 뒤의 양말 속에 꽁꽁 감춰두거나, 좀더 안전하게 벽돌로 만든 은행에 돈을 맡기기도 한다. 『월든』

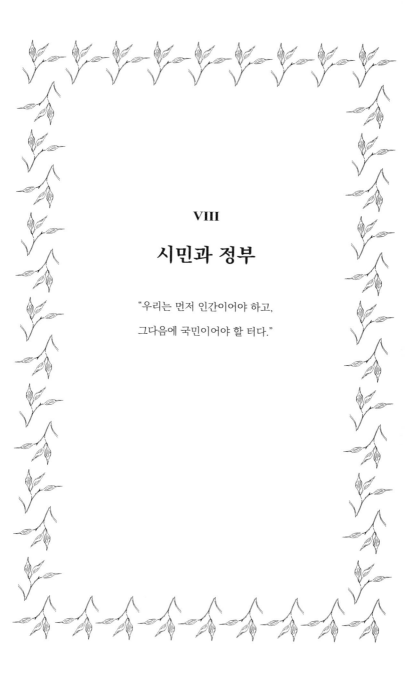

VIII

시민과 정부

"우리는 먼저 인간이어야 하고,
그다음에 국민이어야 할 터다."

시민과 정부

1   법은 결코 인간을 자유롭게 하지 못한다. 인간이
법을 자유롭게 해야 하는 것이다. 정부가 법을 어길
때 법을 지키는 사람들은 법과 질서를 사랑하는
사람들이다. 『매사추세츠주의 노예제』

2   나는 내 동포들에게 먼저 인간이 되어야 하며, 추후에
편리한 때에 미국인이 되면 된다는 것을 일깨워주고자
한다. 아무리 유용한 법이 당신 재산과 더불어
몸과 영혼까지 함께 지켜준다 할지라도, 그 법이
당신과 인류를 함께 지켜주지 못한다면 그러는 게
옳다. 『매사추세츠주의 노예제』

3   정책은 도덕이 아니고, 어떤 도덕적 권리도 보장해주지
못하며, 단지 편의적 태도를 견지할 뿐이라는 것을
사람들은 언제나 깨닫게 될까? 『매사추세츠주의 노예제』

4   고의로 부당한 일을 행하면서 그것을 고집하는
정부는 결국에는 세상의 웃음거리가 되고 말
것이다. 『매사추세츠주의 노예제』

5   모욕을 감수하는 사람은 잘못을 저지르는 사람의
공범이다. 『1840. 7. 9. 일기』

6   글로 쓰이지 않은 법이 가장 엄중한 법이다. 『1851. 9. 6. 일기』

7 영웅은 스스로의 법칙을 따른다. 『1852. 2. 1, 일기』

8 인간이 자유를 이야기하다니! 자유롭게 생각하고,
두려움과 불안, 편견에서 자유로운 사람이 얼마나
될까? 『1858. 5. 6, 일기』

9 우리 중에서 어떤 종파나 당파 혹은 파벌에 속해 있지
않은 사람이 몇이나 될까? 『1858. 8. 9, 일기』

10 숲에서의 첫 번째 여름이 끝나가던 어느 날 오후, 나는
구둣방에서 구두를 찾으려고 마을에 갔다가 체포되어
투옥되었다. 이미 다른 데소로는 1848년, '정부와 관련한 개인의
권리와 의무'라는 제목의 강연에서 자신이 인두세 납부를 거부한 이유를
설명한 바 있다에서도 기술한 바와 같이 나는 상원 의사당
문 앞에서 남자, 여자, 아이들 할 것 없이 사람들을
가축처럼 사고파는 나라에는 세금을 납부할 수 없었고,
그 권위도 인정할 수 없었다. 나는 정치적 목적이 아닌
다른 목적들 때문에 숲으로 들어갔다. 그러나 누가
어디를 가든 사람들은 뒤쫓아와 자신들의 더러운 제도로
그를 거칠게 다루며, 어떻게 해서라도 그를 자신들의
절망적인 비밀공제조합에 강제로 속하게 하려고 기를
쓴다. 사실 나는 효과가 있든 없든 사회에 강력하게
저항할 수도 있었을 테고, 사회를 향해 '미친 듯이 날뛸'
수도 있었을 것이다. 그러나 난 그보다는 사회가 나를

향해 '미친 듯이 날뛰게' 하는 편을 택했다. 더 필사적인 쪽은 내가 아닌 사회였으니까. 그러나 나는 그다음 날로 석방이 되었다. 그리고 수선한 구두를 찾은 뒤 한창때인 숲으로 돌아가 페어헤이븐 언덕에서 허클베리로 점심을 먹었다. 『월든』

11 노예제에 관해 이야기해보자! 노예제는 남부에 특유한 제도_{남북전쟁 이전의 남부에서는 흑인 노예제를 '남부에 특유한 제도'라고 불렸다가} 아니다. 인간을 사고파는 곳, 인간이 스스로를 한낱 물건이나 도구가 되게 하면서 이성과 양심의 양도할 수 없는 권리를 포기하는 곳이면 어디든 존재하는 것이다. 사실 이 같은 인간의 노예화는 신체만을 노예로 만드는 제도보다 철저하다고 할 수 있다. 이는 북부의 주들에도 존재하며 캐나다에도 존재한다는 것을 신문에서 읽은 기억이 난다. 지금까지 나는 이런 부류의 노예가 아닌 판사를 만나거나 들어본 적이 없다. 이와 같은 판사는 불의를 위한 가장 교묘하면서도 가장 확실한 무기나 다름없다. 판사가 흑인보다 좀더 비싼 값에 팔리는 것은 그가 좀더 유용한 노예이기 때문이다. 『1860. 12. 4. 일기』

12 나는 "가장 좋은 정부는 가장 적게 다스리는 정부"라는 구호에 진심으로 동의하며, 하루빨리 이 말이 조직적으로 실현되기를 바란다. 이 말은 결국 "전혀

다스리지 않는 정부가 가장 좋은 정부"라는 말로
귀결되는바, 나는 이 말 또한 믿는다. 사람들이 준비가
되었을 때 갖게 되는 정부는 그런 종류의 정부가 될
것이다. 정부란 기껏해야 하나의 방편에 지나지 않는다.
그러나 대부분의 정부가 대체로, 그리고 모든 정부가
때로는 불편한 존재다. 그동안 상비군의 존재를 두고
설득력 있고 옳다고 할 수 있는 많은 반대 의견이
제기돼왔는데, 결국에는 상설 정부에 대해서도 똑같은
반대 의견이 제기될 수 있을 것이다. 상비군은 상설
정부의 한쪽 팔에 불과하다. 국민이 자신의 뜻을
실행하기 위해 선택하는 방식일 뿐인 정부는 국민이
그것을 통해 행동하기도 전에 남용되고 악용되기
십상이다. 지금도 이어지고 있는 멕시코 전쟁1846~1848.
텍사스 합병을 둘러싼 영토 분쟁으로 시작된 미국과 멕시코 간의 전쟁을
보라! 이는 비교적 소수의 개인들이 상설 정부를
자신들의 도구로 사용한 결과다. 애초부터 국민은 이런
조처에 동의하지 않았을 것이기 때문이다. 『시민의 불복종』

13 이 미국 정부라는 것이 비록 그 역사가 짧긴 하지만 결국
하나의 전통이 아니면 무엇이겠는가? 고스란히 후대로
전해지고자 애쓰지만 매 순간 조금씩 그 순수성을
잃어가는 전통인 것이다. 이 정부는 살아 있는 한 사람의
생명력과 힘 정도도 갖고 있지 못하다. 비록 한 사람의
개인이라 할지라도 자신의 뜻을 따르도록 정부를

굴복시킬 수 있기 때문이다.

정부란 국민 자신에게는 일종의 나무총 같은 존재로, 국민들이 서로를 향해 마치 진짜 총처럼 진지하게 사용하게 되면 갈라져버리고 말 것이다. 하지만 그렇다고 해서 정부의 필요성이 줄어드는 것은 아니다. 국민은 자신이 품은 정부에 대한 이상을 충족하기 위해 어떤 복잡한 기구를 두길 원하고, 그것이 내는 시끄러운 소리를 들어야 하기 때문이다. 이런 식으로 정부는 사람들이 얼마나 잘 속아 넘어가는지, 심지어는 자신의 이익을 위해 스스로를 어떻게 속이는지를 보여준다. 그것까지는 좋다고 치자. 그러나 이 정부는 재빨리 길을 비켜준 것 외에는 독자적으로 어떤 모험적인 시도도 한 적이 없다. 이 정부는 나라의 자유를 수호해주지 못한다. 또한 사람들을 서부에 제대로 정착시키지도 못하고, 국민을 교육하는 일에도 소홀하다. 미국 국민의 타고난 기질이 이 모든 것을 이루어낸 것이다. 정부가 때때로 방해만 하지 않았더라면 국민들은 더 많은 것을 이루어냈을지도 모른다. 정부란 사람들이 기꺼이 서로를 내버려두게끔 돕는 하나의 방편이기 때문이다. 앞서도 말한 것처럼, 정부가 그 역할을 가장 잘 수행하는 길은 국민을 최소한으로 간섭하는 것이라고 할 수 있다. 『시민의 불복종』

14 그러나 한 사람의 시민으로서 현실적으로 말하자면,

나는 무정부주의자로 자처하는 사람들과는 달리 당장
정부를 없애라고 요구하는 게 아니라 당장 더 나은
정부를 요구하는 것뿐이다. 존중받을 만한 정부가 어떤
것인지 모든 이들이 알게 하자. 그래야 그런 정부를 얻을
수 있는 길로 한 걸음 더 나아갈 수 있다.

권력이 일단 국민의 손에 들어왔을 때 다수의 지배가
허용되고 오랜 기간 지속되는 것은, 그들이 옳을
가능성이 크거나 그러는 게 소수에게 가장 공정해
보여서가 아니라 그들이 물리적으로 가장 힘이 세기
때문이다. 그러나 모든 일에서 다수가 지배하는 정부는
정의에 입각한 정부라고 할 수 없다. 그것이 사람들이
이해할 수 있는 정도라고 할지라도 말이다. 옳고 그름을
다수가 아닌 양심이 결정하는, 그런 정부는 없는
걸까? 그러면서 다수는 오직 편의의 법칙이 적용되는
문제들만을 결정하면 되는, 그런 정부는 없을까?
시민이 한순간이라도, 혹은 아주 조금이라도 자신의
양심을 입법자에게 맡겨야 하는가? 그렇다면 우리에게
양심이란 게 왜 있는 걸까?

우리는 먼저 인간이어야 하고, 그다음에 국민이어야
할 터다. 옳은 것을 존중하듯 법에 대한 존중심을
기르는 것은 바람직한 일이 아니다. 내가 떠맡을
권리가 있는 유일한 책무는 내가 옳다고 생각하는 일을
언제고 행하는 것이다. 집단에는 양심이 없다는 말이
있는데 이는 참으로 옳은 말이다. 그러나 양심적인

사람들이 모인 집단은 양심을 가진 집단이다. 지금까지
법이 사람들을 조금이라도 더 정의로운 존재가
되게 한 적은 없다. 오히려 법을 존중하느라 선량한
사람들까지 매일같이 불의의 하수인으로 전락하고 있는
실정이다. 『시민의 불복종』

15 나는 노예의 정부이기도 한 이 정치 조직을 단 한순간도
나의 정부로 인정할 수 없다. 『시민의 불복종』

16 모든 기계는 마찰을 일으키기 마련이다. 어쩌면
이것만으로도 악을 상쇄하기에 충분할 터다. 어쨌든
그 때문에 소란을 일으키는 것은 큰 잘못이다. 그러나
그 마찰이 기계 자체를 집어삼키고 억압과 강탈이
조직화될 때는 더 이상 그 기계를 그냥 놔두어서는 안
될 것이다. 다시 말해서, 자유의 피난처임을 자임해오던
나라의 인구의 6분의 1이 노예이고, 온 나라가 외국
군대에게 부당하게 짓밟히고 점령당해 군법의 지배하에
놓였을 때, 정직한 사람들이 들고일어나 저항하고
혁명을 일으키는 것은 언제라도 이르다고 할 수 없다.
이런 의무를 더욱 시급히 이행해야 하는 것은, 그렇게
침략당한 나라가 우리 나라가 아니고, 침략한 군대가
우리 나라 군대라는 사실 때문이다. 『시민의 불복종』

17 도덕 문제에 관한 권위자로 널리 인정받는 페일리는

그의 저서윌리엄 페일리(1743~1805)는 영국의 공리주의 철학자로, 그의 저서는 『도덕 및 정치 철학의 원리(1785)』를 가리킨다의 「시민 정부에 대한 복종의 의무」라는 장에서 모든 시민의 의무를 '편의'의 개념으로 해석하고 있다. 이에 대해 그는 다음과 같이 설명한다. "사회 전반의 이해관계가 그것을 요구하는 한, 즉 대중의 불편을 야기하지 않고는 정부에 저항하거나 기존 정부를 바꿀 수 없는 한 기존 정부에 복종하는 것이 신의 뜻이며, 그 이상은 아니다." "이러한 원리를 인정한다면, 국민의 개별적인 저항의 정당성은 한편으로는 위험과 불만, 다른 한편으로는 개선의 가능성과 그 비용을 계산함으로써 판단할 수 있을 터다." 페일리는 이에 대해서는 각자가 스스로 판단해야 할 것이라고 이야기한다.

그러나 페일리는 편의의 법칙이 적용되지 않는 경우는 고려하지 않은 듯 보인다. 개인이든 국민이든 어떤 대가를 치르더라도 반드시 정의를 행해야 하는 경우 말이다. 내가 만약 물에 빠진 사람에게서 부당하게 널빤지를 빼앗았다면 내가 물에 빠져 죽는 한이 있더라도 그에게 그것을 돌려줘야 마땅하다. 페일리의 말에 따르면 이는 불편한 일일 것이다. 그러나 이런 경우 자신의 목숨을 구하고자 하는 사람은 결국엔 죽고 말 것이다. 미국인은 노예제를 폐지하고 멕시코에 대한 전쟁을 그만두어야 한다. 그로 인해 더 이상 미국 국민이 존재하지 않게 되더라도 말이다. 실제로 여러 나라들이

페일리의 말대로 하고 있다. 하지만 그 누가 현재의
위기에서 매사추세츠주가 올바른 행동을 하고 있다고
생각하겠는가? 『시민의 불복종』

18 나는 노예제나 멕시코를 정복하는 일에서
매사추세츠주를 지지할 생각이 없다. 이런 면에서는
내가 그들보다 좀더 나은 셈이다. 『콩코드 강과 메리맥 강에서의
일주일』

19 고귀한 행위가 행해졌을 때 그 가치를 알아보는 사람은
누구일까? 스스로 고귀한 사람들만이 그럴 수 있을 터다.
『존 브라운 대위를 위한 탄원』

20 사실대로 말하자면, 매사추세츠주의 개혁에 반대하는
사람들은 남부의 10만 정치인이 아니라 이곳의 10만
상인과 농부 들이다. 그들은 인도주의보다는 장사와
농사에 더 관심이 있으며, 어떤 대가를 치러서라도 노예와
멕시코를 위해 정의를 행할 마음의 준비가 되어 있지
않다. 나는 멀리 있는 적들이 아니라, 여기 가까이에서
멀리 있는 적들에게 협력하고 그들이 시키는 대로 하는
사람들과 싸우는 것이다. 그런 사람들이 없다면 적들도
우리에게 아무런 해를 끼치지 못할 것이다. 『시민의 불복종』

21 우린 대중은 아직 멀었다고 입버릇처럼 말하곤 한다.

그러나 발전이 더딘 진짜 이유는 소수가 다수보다
실질적으로 더 현명하거나 더 낫지 않기 때문이다.
중요한 것은 많은 사람들이 당신처럼 착하게 사는 게
아니다. 그보다는 단 몇 명이라도 절대적으로 선한
사람들이 어딘가에 존재한다는 사실이 더 중요하다.
그들이 서서히 전체를 감화시킬 것이기 때문이다. 『시민의
불복종』

22 수많은 사람들이 말로는 노예제와 전쟁에 반대한다고
떠들어대지만 실질적으로 그것들을 종식하기 위해
하는 일은 아무것도 없다. 그들은 워싱턴과 프랭클린의
후손임을 자처하면서도 가만히 앉아서 주머니에
손을 찔러 넣은 채, 무엇을 해야 할지 모르겠다고
하고, 실제로도 아무것도 하지 않는다. 심지어 자유의
문제보다 자유무역의 문제를 우선시하면서, 저녁을
먹은 뒤 물품 시세들과 멕시코의 최근 소식을 차분히
읽다가는 그 위에 엎드려 잠들곤 한다.
오늘날 정직한 사람과 애국자의 시세는 얼마일까?
그들은 망설이고, 후회하며, 때로는 청원서를 내기도
한다. 하지만 그들은 실제로 어떤 효과를 거둘 수
있는 일은 아무것도 하지 않는다. 단지 남들이 악을
몰아내주어 더 이상 그 일을 유감스럽게 생각하지
않아도 되기를 호의적인 자세로 기다릴 뿐이다. 그런
사람들은 기껏해야 값싼 한 표를 던져주고 미미한

지지를 보내면서, 정의가 그들 옆으로 지나갈 때 행운을
빌어주는 것으로 만족한다. 덕을 찬양하는 사람이
999명이라면 진정한 덕인은 단 한 사람에 불과하다.
그러나 어떤 것을 잠시 맡아두는 사람보다는 그것의
실제 주인과 거래하는 게 훨씬 쉬운 법이다. 『시민의 불복종』

23 투표는 모두가 일종의 도박으로, 장기나 주사위
놀이와 같은 것이다. 거기에 약간의 도덕적 색채가
더해졌을 뿐이다. 말하자면 무엇이 옳고 그른지, 무엇이
도덕적인지를 두고 도박을 하는 것이다. 따라서 자연히
내기가 뒤따른다. 그렇다고 투표인의 인격까지 거는
것은 아니다. 나는 내가 옳다고 생각하는 것에 표를
던지겠지만, 옳은 것의 승리를 위해 목숨을 걸 생각은
없다. 나는 그 일을 기꺼이 다수에게 맡기고자 한다.
따라서 다수의 책임은 결코 편의의 책임을 넘어서지
못한다.
더구나 옳은 것을 위해 투표하는 것이 정의를 위해 어떤
행동을 하는 것을 의미하지는 않는다. 투표는 단지 옳은
것이 승리하기를 바란다는 당신의 의사를 사람들에게
미약하게 표현하는 것뿐이다. 현명한 사람이라면 정의를
운에 맡기지도 않을뿐더러 다수의 힘을 통해 정의가
승리하기를 바라지도 않을 것이다. 『시민의 불복종』

24 다수의 행동에는 덕이란 게 별로 없다. 마침내 다수가

노예제의 폐지에 표를 던지게 된다면, 그것은 그들이
노예제에 무관심하거나 그들의 투표로 폐지될 노예제가
거의 남아 있지 않기 때문일 터다. 그때가 되면 유일하게
남아 있는 노예는 그들일 것이다. 자신의 표로 스스로의
자유를 주장하는 사람만이 자신의 표로 노예제의 폐지를
앞당길 수 있다. 『시민의 불복종』

25 물론 어떤 악—비록 그것이 엄청난 악일지라도—의
근절에 헌신하는 것이 인간의 의무라고 할 수는 없다.
우리에게는 마음을 끄는 다른 관심사가 얼마든지 있을
수 있다. 그러나 적어도 악에서 손을 떼고 더 이상 그것에
관심을 두지 않더라도, 실질적으로 그 악을 지원하는 일은
하지 말아야 할 의무가 우리에겐 있다. 다른 일과 계획에
전념할 때에도, 행여 다른 사람의 어깨 위에 올라탄 채
그것들을 추진하고 있는 건 아닌지 먼저 살펴야 할 터다.
만약 그렇다면 그 사람도 자신의 계획을 추진할 수 있도록
먼저 그의 어깨에서 내려와야 할 것이다. 『시민의 불복종』

26 죄를 지으면 처음에는 얼굴을 붉히지만 이내
무감각해진다. 말하자면 부도덕이 무도덕이 되고, 그
죄악조차 우리가 만든 삶에 필요한 것이 되고 마는
것이다. 『시민의 불복종』

27 사람이 어떻게 단지 어떤 의견을 갖는 데에만

만족하면서 그 의견을 즐길 수 있겠는가? 자신의
의견으로 인해 고통을 받고 있다면 어떻게 그 의견에서
즐거움을 느끼겠는가? 만약 당신 이웃에게 단 1달러라도
사기를 당했다면 당신은 사기당한 것을 아는 것만으로,
혹은 사기당했다고 말하는 것만으로, 또는 그에게 돈을
모두 갚으라고 사정하는 것만으로 만족하지는 않을
것이다. 당신은 즉시 돈을 모두 돌려받을 수 있도록
효과적인 조치를 취할 것이고, 다시는 사기를 당하지
않도록 주의를 할 터다.

원칙에 따라 행동하는 것―정의를 알고 실천하는
것―은 사물과 관계 들을 변화시킨다. 이는 근본적으로
혁명적이며, 그 이전의 것들과는 결코 양립할 수 없다.
그런 행동은 국가와 교회뿐만 아니라 가족까지도
갈라놓는다. 심지어 개인개인individual이라는 단어는 본래 '나눌
수 없음indivisible'을 의미했다. 그리고 17세기부터 '개인주의'에서처럼
'개별적'이라는 의미가 더해졌다마저 갈라놓으면서 그의 안에
있는 악마적인 것과 신적인 것을 분리한다. 『시민의 불복종』

28 세상에는 부당한 법들이 존재한다. 우리는 그 법들을
준수하는 것으로 만족할 것인가? 아니면 법들을
개정하도록 노력하면서 개정에 성공할 때까지 그 법들을
따를 것인가? 혹은 당장이라도 그 법들을 어길 것인가?
사람들은 대개 이런 정부 밑에서는 다수를 설득해
그 법들을 바꿀 수 있을 때까지 기다려야 한다고

생각한다. 만약 저항한다면 치료가 병보다 나쁠 거라고
생각하면서. 그러나 치료가 병보다 나쁘다면 그건
정부의 잘못일 터다. 정부가 치료를 더 나쁜 것이 되게
하는 것이다. 어째서 정부는 좀더 앞날을 내다보고
개혁을 준비하지 않는가? 어째서 정부는 현명한 소수를
소중히 여기지 않는가? 왜 정부는 상처를 입기도 전부터
비명을 지르며 맞서려 하는가? 어째서 정부는 시민들로
하여금 항상 경계하여 정부의 잘못을 지적하게 하고,
정부가 시키는 것보다 잘해내게끔 시민들을 격려하지
않는가? 어째서 정부는 항상 예수를 십자가에 못 박고,
코페르니쿠스와 루터를 파문하며, 워싱턴과 프랭클린을
반역자라고 선언하는가? 『시민의 불복종』

29 만약 불의가 정부라는 기계에 필요한 마찰의 일부라면
그냥 내버려두라, 그냥 내버려두라. 아마도 그 기계는
매끄럽게 닳을 것이며, 결국에는 닳아 없어지고 말
것이다. 혹시라도 불의가 자체적인 스프링이나 도르래,
혹은 로프나 크랭크를 가지고 있다면 그때는 치료가
병보다 나쁘지는 않을지 깊이 생각해봐야 할 터다.
그러나 그 불의가 당신으로 하여금 타인에게 행해지는
불의의 하수인이 되게 한다면, 분명히 말하지만, 그
법을 어기라. 당신의 삶이 정부라는 기계를 멈추게 하는
역逆마찰이 되게 하라. 어떤 경우에라도 내가 단죄하고자
하는 악에 힘을 보태지 않는 것이 내가 해야 할 일인

것이다. 『시민의 불복종』

30 나는 다음 사실을 잘 알고 있다. 이 매사추세츠주에서 1000명, 100명, 아니 내가 이름을 댈 수 있는 열 명―단 열 명의 정직한 사람―, 아니 단 한 명의 정직한 사람이 노예를 소유하기를 그만두고 노예제를 방관하는 입장에서 물러나 그 때문에 州 교도소에 갇힌다면, 그때는 미국에서 노예제가 폐지되리라는 것을 말이다. 시작이 아무리 미미해 보여도 상관없다. 한번 올바른 일을 했다는 사실은 시간이 지나도 변치 않을 것이기 때문이다. 하지만 우리는 그것이 우리의 사명이라고 하면서 말로만 떠들 뿐이다. 개혁을 이야기하는 신문은 숱하게 많지만 실제로 개혁에 나서는 사람은 단 한 사람도 없다. 『시민의 불복종』

31 당신의 온몸과 마음으로 표를 던지라. 단지 한 장의 종이 쪼가리가 아닌 당신의 모든 영향력을 행사하라. 소수가 무력한 것은 다수에게 순응할 때다. 그때는 이미 소수라고 할 수도 없다. 그러나 소수가 전력을 다해 막으면 거역할 수 없는 힘을 갖게 된다. 의로운 사람들을 모두 감옥에 가두거나 전쟁과 노예제를 포기하는 것 중 하나를 선택해야 한다면 주 정부는 어떤 길을 택할지 망설이지 않을 것이다. 『시민의 불복종』

32 부당한 비유를 하려는 건 아니지만, 부자는 언제나
자신을 부자로 만들어준 제도에 영합하기 마련이다.
단언컨대 부가 늘어날수록 덕은 줄어든다. 사람과 그가
추구하는 목적 사이에 부가 끼어들어 그를 대신해 그
목적을 이뤄주기 때문이다. 무슨 대단한 덕이 있어서 부를
성취한 것도 아니다. 부는 해결책을 찾느라 고심해야
했을 많은 문제들을 해결해준다. 부가 유일하게 야기하는
새로운 문제는 돈을 어떻게 쓸 것인가 하는 어렵고도
부질없는 문제뿐이다. 이런 식으로 부자의 도덕적 기반이
송두리째 흔들리게 된다. 이른바 '방편'이라는 것이
늘어날수록 삶의 기회들은 줄어든다. 부자가 된 사람이
스스로의 함양을 위해 할 수 있는 최선은 그가 가난했을
때 꿈꾸었던 계획들을 실행에 옮기도록 노력하는
것이다. 『시민의 불복종』

33 내 이웃들 중에서 가장 자유분방한 사고방식을 지녔다는
사람들과 이야기를 해보면, 그들이 이 문제의 중요성과
심각성에 대해 무슨 말을 하건, 공공의 안녕을 어떤
관점에서 바라보건, 그들은 결국 현존하는 정부의 보호
없이는 살 수 없으며, 정부에 불복종하는 경우 자신들의
재산과 가정에 미칠 결과를 두려워하고 있음을 알 수
있다. 『시민의 불복종』

34 나는 6년간 인두세를 내지 않았다. 그 때문에 하룻밤을

감옥에 갇혀 지내야 했다. 그 안에서 두께가 2~3피트쯤
되는 단단한 돌벽과 1피트 두께의, 나무와 쇠로
된 문 그리고 햇빛이 스며드는 쇠창살을 바라보며
서 있노라니, 나를 이런 곳에 가둘 수 있는, 살과
피와 뼈로만 이루어진 존재인 양 다루는 이 제도의
어리석음에 경악하지 않을 수 없었다.

주 정부가 마침내는 나를 감옥에 가두는 것이
최선책이라고 결론 내리면서 어떤 식으로든 나라는
사람을 이용할 생각을 하지 않은 것이 의아했다. 나와
마을 사람들 사이에 돌벽이 있다면, 그들이 나처럼
자유로워지기 위해서는 그보다 훨씬 더 단단한 벽을
넘거나 부숴야 한다는 것을 깨달았다.

나는 한순간도 감옥에 갇혀 있다는 느낌이 들지
않았다. 감옥의 담장이 돌과 모르타르의 엄청난 낭비로
여겨졌다. 마치 마을 사람들 중에서 나 혼자만 세금을 낸
것 같은 기분이었다. 주 정부는 나를 어떻게 다루어야
할지 잘 알지 못했고 마치 본데없는 사람들처럼 굴었다.
나를 위협하거나 추켜세울 때마다 어설프기 짝이
없었다. 그들은 내가 이 돌벽 밖으로 나가기를 간절히
바라고 있을 거라고 믿었다.

그들이 나의 명상의 문을 열심히 걸어 잠그려는 모습에
실소를 금할 수 없었다. 나의 생각은 아무런 허락이나
방해 없이 그들을 따라 다시 밖으로 나갔고, 그런 내
생각이야말로 진정으로 위험한 것이었다. 나를 어쩌지

못하자 그들은 나의 육신을 벌하기로 결심한 것이었다.
마치 자신이 앙심을 품은 누군가를 해칠 수 없자
그 사람 대신 그의 개를 괴롭히기로 마음먹은 어떤
소년처럼. 『시민의 불복종』

35 이처럼 주 정부는 한 인간의 지성이나 도덕성과
상대하려는 의지는 조금도 없이 오직 인간의 육체와
감각만을 상대하고자 한다. 정부는 뛰어난 지력知力이나
정직성이 아닌 우월한 물리적 힘으로 무장하고 있을
뿐이다. 나는 누군가에게 강요받기 위해 세상에 태어난
게 아니다. 나는 내 방식대로 숨 쉬며 살아갈 것이다.
진정한 강자가 누구인지는 두고 보면 알 일이다. 『시민의
불복종』

36 다수가 가진 힘은 어떤 힘일까? 나 자신보다 고귀한
법을 따르는 사람들만이 나에게 강제할 수 있을
터다. 다수는 나보고 자신들처럼 되라고 강요한다.
나는 다수의 강요로 이러저러하게 살아가는 사람들의
이야기를 들은 적이 없다. 그렇게 사는 삶이 대체 무슨
의미가 있겠는가? 『시민의 불복종』

37 지금까지 나는 도로세의 납부를 거부한 적이 한 번도
없다. 내게는 나쁜 국민이고자 하는 마음만큼 좋은
이웃이고자 하는 바람 또한 존재하기 때문이다. 학교를

후원하는 일로 말하자면, 난 지금 동포들을 교육하는
데 한몫을 하고 있다. 게다가 나는 세금 고지서의 어떤
특정한 항목에 대한 납세를 거부하는 게 아니다. 나는
단지 주 정부에 충성하기를 거부하고, 실질적으로
멀찌감치 뒤로 물러나 있고자 하는 것뿐이다. 나는
내가 낸 세금으로 누군가를 쏠 총이나 총을 쏠 사람을
사지 않는 한 그게 어디에 쓰이는지 알고 싶지도 않다.
돈은 아무 죄가 없다. 하지만 난 내 충성의 결과가 어떤
것인지를 추적하는 데는 관심이 많다. 사실 나는 내
방식대로 조용히 주 정부에 선전포고를 하는 셈이다.
이런 경우에 대개 그러듯 최대한 주 정부를 계속
이용하면서 그 혜택을 누리긴 하겠지만.

만약 다른 이들이 주 정부에 동조하는 의미에서 내게
부과된 세금을 대신 낸다면, 그건 자신들의 경우에 이미
했던 일을 되풀이하는 격이다. 아니, 한발 더 나아가 주
정부가 필요로 하는 것보다 훨씬 큰 불의를 저지르도록
정부를 부추기는 것과 같다. 행여 세금이 부과된 개인에
대한 그릇된 호의로 그 사람의 재산을 보호하거나
그가 감옥에 가는 것을 막기 위해 세금을 대신 낸다면,
이는 자신들의 사사로운 감정이 공공의 이익에 얼마나
반하는지를 신중하게 생각해보지 않은 처사라고 할 수
있다.

이것이 현재의 나의 입장이다. 이런 경우 우린 아집이나
다른 사람들의 의견에 대한 지나친 존중 때문에 어느

한쪽으로 치우쳐 행동하는 일이 없도록 늘 경계해야
할 것이다. 또한 스스로에게 충실한 행동과 그 시점에
적합한 행동만을 하도록 노력해야 할 터다. 『시민의 불복종』

38 나는 어떤 개인이나 국가와 다툴 생각이 없다. 어떤
것을 꼬치꼬치 따지거나 내가 내 이웃들보다 잘났다며
거들먹거리고 싶지도 않다. 아니, 오히려 이 나라의 법을
지킬 구실을 찾고 있다고 해야 할 터다. 나는 기꺼이
법을 준수할 준비가 되어 있다. 사실 이 점에서는 나
자신을 의심할 만한 근거가 있다. 해마다 세금 징수원이
찾아올 무렵이면 나는 법을 준수할 구실을 찾기 위해
연방 정부와 주 정부의 법령과 입장 및 국민의 기본
정신을 다시 살펴보곤 하는 것이다. 『시민의 불복종』

39 하지만 나는 정부에는 별 관심이 없으며, 되도록 그에
대한 생각을 하지 않는 편이다. 이 세상에서 사는
동안에도 나는 정부의 지배하에 있는 순간이 많지 않다.
우리가 자유롭게 생각하고 자유롭게 공상하며 자유롭게
상상한다면, 존재하지 않는 것이 우리에게 존재하는
것처럼 보이는 일이 결코 오랫동안 지속되지 않는다면,
지혜롭지 못한 통치자나 개혁가가 치명적으로 우리를
가로막지는 못할 것이다.
나는 대부분의 사람들이 나와 생각이 다르다는 것을
알고 있다. 하지만 나는 직업상 이런 문제들이나

이와 비슷한 문제들의 연구에 몸 바치는 사람들에게
여간해서는 만족할 수가 없다. 정치가와 입법자 들은
철저하게 제도 안에 자리 잡고 있는 탓에 그 제도를
분명하고 적나라하게 바라볼 수가 없다. 그들은 사회를
변화시킨다고 말하지만 그 제도 밖에서는 쉴 곳을
찾지 못한다. 그들은 어느 정도의 경험과 분별력을
갖추었다고 할 수 있고, 정교하고 유용하기까지 한
체제를 만들어낸 것도 사실이다. 그 점에 대해서는
진심으로 감사하는 바이다. 그러나 그들의 모든 기지와
유용성은 그 범위가 별로 넓지 못하다. 그들은 이 세상이
정책과 편법으로 다스려지지 않는다는 사실을 자주
잊어버리곤 한다. 『시민의 불복종』

40 정부의 권위는 내가 기꺼이 순종하고자 하는
권위일지라도 여전히 불순하다고 할 수 있다. 내가
기꺼이 순종하겠다고 하는 것은, 나는 나보다 잘
알고 더 잘할 수 있는 사람에게는 즐거운 마음으로
순종하며, 심지어 나보다 잘 알지도 잘하지도 못하는
사람에게까지 순종하는 경우가 많기 때문이다. 엄정하게
말하면 정부는 피통치자의 허락과 동의를 구해야 한다.
정부는 내가 허용한 부분 외에는 나의 신체와 재산에
대한 순수한 권리를 주장할 수 없다. 전제군주제에서
입헌군주제로, 입헌군주제에서 민주주의로 진보해온
것은 개인에 대한 진정한 존중을 향한 진보다. 중국의

철인哲人조차 개인을 제국의 근본으로 볼 만큼 현명했다.
우리가 알고 있는 것과 같은 민주주의가 정부가 도달할
수 있는 마지막 단계의 진보일까? 인간의 권리를
인정하고 조직화하는 방향으로 한 걸음 더 나아갈 수는
없는 걸까? 국가가 개인을 보다 높고 독립적인 힘으로
인식하고, 국가의 모든 힘과 권위가 개인으로부터
비롯된다는 것을 인정하면서 개인을 그에 합당하게
대하지 않는 한 진정으로 자유롭고 개화된 나라란 있을
수 없다.

나는 마침내 모든 사람에게 공정하면서 개인을 한
사람의 이웃으로 정중하게 대할 수 있는 나라를 즐겁게
상상해보곤 한다. 그런 나라라면, 소수의 사람들이
국가와 거리를 두고 살면서 국가의 일에 간섭하지도
국가에 종속되지도 않으며 이웃과 동포로서의 모든
의무를 다하는 한 그들이 국가의 안녕에 배치된다고
여기지는 않을 것이다. 이런 열매를 맺고 그 열매가
익자마자 떨어지는 것을 허용하는 나라는, 내가
상상만 했지 아직까지 어디에서도 본 적이 없는,
더욱더 완전하고 영예로운 나라로 향하는 길을 열어줄
것이다. 『시민의 불복종』

1817년   7월 12일, 미국 매사추세츠주의 콩코드에서
              존 소로와 신시아 던바의 네 자녀 중 셋째로
              태어나다. 위로는 누나 헬렌(1812~1849)과
              형 존(1815~1842), 아래로는 여동생
              소피아(1819~1876)가 있었다. 어릴 적 이름은
              데이비드 헨리 소로였으나 대학을 졸업한
              후부터 헨리 데이비드 소로라는 이름을
              사용하기 시작했다.

1818년(1세)   매사추세츠주의 첼름스퍼드로 가족이 이사하다.
              아버지 존, 잡화점을 열다.

1821년(4세)   잡화점 문을 닫고 가족이 보스턴으로 이사하다.
              아버지 존, 교사로 일하다.

1822년(5세)   처음으로 월든 호수를 찾아가다.

1823년(6세)   가족이 콩코드로 돌아오다. 아버지 존이 연필
              공장을 시작하고, 가족은 하숙을 치다.

1828년(11세)   콩코드 아카데미에 입학해 지리학, 역사, 과학 및
              프랑스어, 라틴어, 그리스어를 공부하다.

1829년(12세)   콩코드 문화회관에서 강연을 듣다.

1833년(16세)   하버드대학에 입학하다.

1834년(17세)   초월주의를 대표하는 미국의 사상가 랠프 월도
              에머슨이 콩코드로 이사 오다.

1835년(18세)   돈을 벌기 위해 겨울 학기 동안 매사추세츠주의
              캔턴에서 교사로 일하다. 폐결핵에 걸리다. 이후
              평생을 고통받다가 결국 폐결핵으로 사망하게
              된다.

1836년(19세)   건강상의 이유로 잠시 하버드대학을 떠나다.
              에머슨, 『자연론』을 출간하다.

1837년(20세)   하버드대학을 졸업하다. 1837년 대공황이
              발생해 수많은 은행과 회사가 문을 닫고
              실업자가 대량으로 양산됐다. 대학 졸업 후
              콩코드로 돌아와 공립학교에 교사로 취직했지만
              체벌에 반대하여 2주 만에 사직서를 제출했다.
              가업인 연필 제조와 흑연 사업에 뛰어들다. 이후
              연필의 품질을 획기적으로 향상하는 데 지대한
              공헌을 하게 된다. 공통의 친구를 통해 랠프
              월도 에머슨과 친구가 되다. 에머슨의 권유로
              10월 22일, 처음으로 일기를 쓰기 시작하다.

1838년(21세) 교사직을 구하기 위해 처음으로 캐나다
접경 지역인 메인주를 여행하다. 콩코드
문화회관에서 '사회'라는 제목으로 첫 강연을
하다. 형 존과 함께 작은 사설 학교를 열다. 얼마
뒤 소로는 콩코드 아카데미의 건물과 이름을
대여해 학생들을 모집했다. 기계적인 암기
위주의 교육에서 벗어나 자연 속에서 걷기,
현장학습, 대화와 토론 같은 진보적 수업 방식을
도입하다.

1839년(22세) 존이 콩코드 아카데미에 교사로 합류하다.
17세 여성 엘런 수얼이 소로 형제가 운영하는
학교에 다니는 동생을 보러 오다. 소로 형제와
함께 지낸 2주 동안 그녀는 두 형제의 마음을
동시에 사로잡았다. 존과 2주간 화이트산맥으로
배 여행을 떠나다. 이 여행에서 훗날 그의 첫
저서 『콩코드 강과 메리맥 강에서의 일주일』이
탄생했다.

1840년(23세) 형 존이 엘런 수얼에게 청혼하다. 그녀는
청혼을 받아들였다가 이내 결정을 번복했다.
그 후 헨리가 다시 그녀에게 편지로 청혼을
했지만 거절당했다. 초월주의자 그룹의
기관지인 〈다이얼Dial〉이 창간되다. 잡지의 주요

편집위원이었던 에머슨의 권유로 기고가와
편집위원으로 일하면서 글을 발표하다. 측량
일을 독학하다.

1841년(24세)   존의 건강 악화로 콩코드 아카데미의 문을
닫다. 에머슨의 자택으로 거주지를 옮겨 그의
아이들의 가정교사와 수리공, 정원사로 일하다.

1842년(25세)   존이 면도날에 베인 상처가 덧나 파상풍으로
갑작스레 세상을 떠나다. 콩코드로 새로 이사
온 소설가 너새니얼 호손을 만나 친구가
되다. 매사추세츠주 중부의 우스터 카운티에
있는 와추셋 산을 오르다. 〈다이얼〉에
「매사추세츠주의 자연사」를 발표해 호평을 받다.

1843년(26세)   뉴욕 스태튼 섬에 있는 윌리엄 에머슨(랠프 월도
에머슨의 형)의 집에 몇 달간 머물면서 아이들의
가정교사로 일하다. 그사이 뉴욕에서 자신의
글을 출판하는 데 도움을 줄 수 있는 문인,
저널리스트 들과 접촉을 시도하다.

1844년(27세)   친구와 함께 강에서 잡은 물고기를 구우려다
실수로 300에이커에 이르는 숲을 태우다. 가족이
콩코드의 남서쪽 텍사스가에 집 짓는 일을 돕다.

1845년(28세)   3월부터 월든 호숫가에 손수 작은 오두막집을
               지어 7월 4일부터 살기 시작하다. 『콩코드 강과
               메리맥 강에서의 일주일』을 쓰기 시작하다.

1846년(29세)   『월든』을 쓰기 시작하다. 6년간 인두세를 내지
               않아 체포되어 하룻밤을 감옥에서 보내다. 이
               경험은 훗날 그의 명저 『시민의 불복종』을
               탄생시키게 된다. 메인주의 카타딘 산을 오르다.
               이 짧은 여정은 훗날 그의 사후에 출간된 『메인
               숲』의 제1장 '크타든Ktaadn'에 기록된다. 멕시코
               전쟁이 발발하다.

1847년(30세)   콩코드 문화회관에서 '나 자신의 역사A History
               of Myself'라는 제목의 강연을 하다. 이 글은
               그의 대표작 『월든』의 바탕이 된다. 9월 7일, 2년
               2개월 2일간의 숲 생활을 끝내고 유럽 여행 중인
               에머슨의 저택으로 들어가다.

1848년(31세)   〈사르테인스 유니언 매거진Sartain's Union
               Magazine〉에 「크타든」을 발표하다. 콩코드
               문화회관에서 했던 '정부와 관련한 개인의
               권리와 의무The Rights and Duties of the
               Individual in Relation to Government'라는
               제목의 강연에서 자신이 인두세 납부를

거부했던 이유를 설명하다. 멕시코 전쟁이
종료되다.

1849년(32세) 『콩코드 강과 메리맥 강에서의 일주일』의
출판업자를 구하지 못해 에머슨의 권유에 따라
1000부를 자비로 출간하다. 1848년의 강연
내용을 일부 수정하여 엘리자베스 피바디가
창간한 〈에스테틱 페이퍼스Aesthetic Papers〉에
「시민 정부에 대한 저항Resistance to Civil
Government」이라는 제목으로 글을 발표하다.
이 글은 그의 사후에 『시민의 불복종』이라는
제목으로 더 널리 알려진다. 누나 헬렌이
폐결핵으로 사망하다. 처음으로 케이프코드를
여행하다. 빚을 갚기 위해 본격적으로 측량 일을
시작하다.

1850년(33세) 가족이 콩코드 메인가의 집으로 이사하다. 이후
소로는 죽을 때까지 이 집에서 살았다. 절친한
친구 윌리엄 엘러리 채닝과 캐나다 여행을
떠나다. 도망간 노예를 다른 주에서 잡아오는
것을 허용하는 '도망 노예법'이 연방의회에서
통과되다.

1851년(34세) '도망 노예법'의 통과에 분노해, 남부에서 탈출한

흑인들을 돕는 비밀 조직 '지하철'의 일을
도왔다.

1852년(35세) 〈사르테인스 유니언 매거진〉에 『월든』 일부를
발표하다.

1853년(36세) 〈퍼트넘스 먼슬리Putnam's Monthly〉에
『캐나다의 양키A Yankee in Canada』 일부를
발표하다. 메인주로 여행을 떠나다. 이 여행은
훗날 『메인 숲』의 제2장 '체선쿡Chesuncook'의
바탕이 된다.

1854년(37세) 〈뉴욕 트리뷴New York Tribune〉을 비롯한 여러
신문에 「매사추세츠주의 노예제」를 발표하다.
찰스 디킨스, 에머슨, 마크 트웨인 등의 작품을
출간한 보스턴의 '티크너 앤 필즈Ticknor
and Fields' 출판사에서 『월든 혹은 숲에서의
삶Walden; or, Life in the Woods』을 출간하다.
사람들의 주목을 받지 못했던 『콩코드 강과
메리맥 강에서의 일주일』과는 달리 좋은 반응을
얻다. 강연 요청이 늘어나다.

1855년(38세) 〈퍼트넘스 먼슬리〉에 『케이프코드』의 일부를
발표하다.

1856년(39세)   뉴저지주의 퍼스 앰보이로 오랜 기간 측량 일을
               하러 떠나다. 브루클린에서 시인 월트 휘트먼을
               만나다.

1857년(40세)   급진적 노예제 폐지론자인 존 브라운 대위를
               만나다. 메인주로 마지막 여행을 떠나다.

1858년(41세)   〈애틀랜틱 먼슬리〉에 「체선쿡」을 발표하다.
               화이트산맥을 통과하는 여행을 하다. 워싱턴
               산을 오르다.

1859년(42세)   아버지 존 소로가 세상을 떠나 가업인 연필
               공장을 물려받다. 하퍼스 페리의 연방정부
               무기고 점거 사건으로 존 브라운이 체포되다.
               그를 위해 콩코드에서 〈존 브라운 대위를 위한
               탄원〉이라는 제목의 연설을 하다. 존 브라운,
               반역죄로 버지니아에서 처형되다.

1860년(43세)   폭풍우가 치는 밤, 나무 그루터기의 나이테를
               세다가 걸린 독감이 기관지염으로 발전하다.
               그 바람에 1835년부터 앓아온 폐결핵이
               더욱 악화되었다. 그의 이모 루이자가 신과
               화해했는지를 묻자 소로는 "나는 우리가 싸운
               기억이 없습니다"라고 대답했다.

1861년(44세)　링컨이 미국의 제16대 대통령으로 취임하다.
소로는 요양 차 잠시 미네소타로 떠났으나
차도가 없어 다시 콩코드로 돌아왔다. 9월에
마지막으로 월든 호수를 찾아가다. 생의 마지막
날이 얼마 남지 않았음을 직감하고 그간의
저술들과 미출간 작품들, 특히 『메인 숲』과
『여행들Excursions』을 손보며 차분한 시간을
보내다. 11월 3일 자 일기를 끝으로 더 이상
일기를 쓰지 못하다.

1862년(45세)　5월 6일, 45세의 나이에 폐결핵으로 세상을
떠나 콩코드의 슬리피 할로우 묘지에 묻히다.
소로가 죽어가면서 마지막으로 한 말은 '무스'와
'인디언'이었다.

단행본

Henry D. Thoreau, *A Week on the Concord and Merrimack Rivers,* Penguin Classics; Reprint edition, 1998.

Henry D. Thoreau, *Collected Essays and Poems,* Library of America, 2001.

Henry D. Thoreau, *I to Myself: An Annotated Selection from the Journal of Henry D. Thoreau,* Yale University Press; annotated edition, 2012.

Henry D. Thoreau, *iThoreau: A Transcendental Day Book from The Journals of Henry David Thoreau,* CreateSpace Independent Publishing Platform, 2011.

Henry D. Thoreau, *Letters to Various Persons,* Wentworth Press, 2019.

Henry D. Thoreau, *The Green Thoreau: America's First Environmentalist on Technology, Possessions, Livelihood, and More,* New World Library; Revised edition, 2012.

Henry D. Thoreau, *The Heart of Thoreau's Journals,* Dover Publications; 1st edition, 1961.

Henry D. Thoreau, *The Journal of Henry David Thoreau, 1837-1861,* New York Review Books Classics; Original edition, 2009.

Henry D. Thoreau, *The Portable Thoreau,* Penguin Classics, 2012.

Henry D. Thoreau, *The Quotable Thoreau,* Princeton University Press; 1st edition, 2011.

Henry D. Thoreau, *Walden and Civil Disobedience,* Signet; Reissue edition, 2012

사이트

https://www.walden.org/what-we-do/library/thoreau/the-writings-of-henry-david-thoreau-the-digital-collection/